HENDRIK BERG

Deichmörder

GOLDMANN
Lesen erleben

Buch

Die Erzieherin Eva und ihr Mann Till ziehen aus Berlin nach Nordfriesland – in ein wunderschönes, über 150 Jahre altes Haus direkt am Deich. Doch es ist nicht allein der Wunsch nach unverbrauchter Natur, der sie aus der großen Stadt in das verträumte Dörfchen Kleebüll führt. Die beiden haben eine schwere Zeit hinter sich, nachdem Eva in Berlin den sexuellen Belästigungen eines Stalkers ausgesetzt war, der, obwohl er sie fast vergewaltigt hatte, mit einer Bewährungsstrafe davonkam. Durch den Umzug hofft Eva, die Erinnerungen an den skrupellosen Mann endlich hinter sich lassen zu können. Anfangs scheint das junge Paar in der Idylle Nordfrieslands seinen Frieden gefunden zu haben. Die Menschen im Ort erweisen sich als exzentrisch, aber äußerst liebenswert. Doch bald fühlt sich Eva erneut verfolgt und bedroht – und diesmal von weit mehr als nur von der eigenen Vergangenheit …

Weitere Informationen zu Hendrik Berg
sowie zu lieferbaren Titeln des Autors
finden Sie am Ende des Buches.

Hendrik Berg

Deichmörder

Roman

GOLDMANN

Dieses Buch ist auch als E-Book erhältlich.

MIX
Papier aus verantwortungsvollen Quellen
FSC® C014496

Verlagsgruppe Random House FSC® N001967
Das FSC®-zertifizierte Papier *München Super* für dieses Buch liefert Arctic Paper Mochenwangen GmbH.

1. Auflage
Originalausgabe April 2014

Umschlaggestaltung: Uno Werbeagentur München
Umschlagfoto: Gettyimages/Look/Hauke Dressler
mb · Herstellung: Str.
Satz: omnisatz GmbH, Berlin
Druck und Bindung: GGP Media GmbH, Pößneck
Printed in Germany
ISBN 978-3-442-47991-7
www.goldmann-verlag.de

When the flood calls
You have no home, you have no walls
In the thunder crash
You're a thousand minds, within a flash
Don't be afraid to cry at what you see
The actors gone, there's only you and me
And if we break before the dawn, they'll
use up what we used to be.

(Peter Gabriel, Here comes the flood)

1
Früher

»Und wenn der Tag der Verdammnis kommt – und er wird bald kommen, da könnt ihr gewiss sein, ihr nichtswürdigen Schafe – dann solltet ihr euch alle fragen, ob ihr dem Herrn allzeit wohlgetan habt! Denn mit Seinem göttlichen Hammer wird Er die strafen, die in Seinem Angesicht gesündigt haben. Er wird sie mit Seiner nassen Hand zerschmettern und in die tiefsten Abgründe der Hölle schicken, auf dass sie ihr sündhaftes Leben bis in alle Ewigkeiten, bis ans Ende aller Zeiten bereuen! Hört ihr den Sturm, hört ihr Ihn?! Jawohl, das ist Er, der Einzige und Ewige! Er ruft euch! Und nur die, die ein Leben in Keuschheit und Demut vor Ihm gelebt haben, können Seinen Erzengeln entfliehen! Nur die, die Seinen Namen und den Seines Sohnes gepriesen, die ihr Leben nach Seinen strengen, aber gerechten Regeln gelebt haben, können auf Seine Gnade hoffen! Alle anderen wird das Meer in einer gewaltigen Woge hinwegspülen und auf den dunklen, kalten Grund der See hinabziehen! Also, tut Buße, ihr alle, tut Buße, jetzt!«

Die Balken im Dachstuhl knirschten und krachten. Nervös blickte die junge Frau in der dunklen Sonntagstracht nach oben. Der heftige Sturm, der draußen über der Marsch tobte, ließ die kleine Kirche bis in ihre Grundfesten erzittern. Blitze erleuchteten die Heiligenfiguren im Altar in grellen Farben. Der heilige Bonifatius, der heilige Severin, der heilige Martin, ja, der heilige Gottvater selbst, sie alle schauten streng auf sie und die anderen Männer, Frauen und Kinder herunter, die sich hier zum Gottesdienst versammelt hatten und voller Angst der Predigt lauschten.

Sie mochte Pastor Hermanns Predigten nicht. Wieso nur musste er immer mit fürchterlichen Strafen und der Hölle drohen? War das Leben denn nicht schon hart genug? Warum musste er ihnen solche Angst machen?

Sie betrachtete die anderen Dorfbewohner, die sich an diesem dunklen Tag zur Messe versammelt hatten. Die harte Arbeit auf den Feldern, der tägliche Kampf gegen die Urgewalten, gegen Kälte, Wind und die stürmische See, hatten tiefe Spuren in ihren Gesichtern hinterlassen. Sie sah den alten Schroeder, der sein Leben lang Schafe gezüchtet hatte. Wenn er mit seinem langen Stock zwischen seinen Tieren auf dem Feld stand, sah er aus wie eine der schiefen Birken, vom Westwind gebeugt.

Neben ihm saß Bauer Heiner mit seiner Frau Agnetha, die bei der Sturmflut von 1857 nicht nur ihren Hof, sondern auch zwei ihrer Kinder an den Blanken Hans verloren hatten. Agnetha, eine Schwedin, die Heiner auf dem Markt in Schleswig kennengelernt hatte, hatte seitdem kein Wort mehr gesprochen.

Sie blickte zur alten Trine. Ihr ganzes Leben hatte sie nur hinter dem Spinnrad gesessen. Ihre Hände, die sich jetzt angstvoll in das Gesangbuch krallten, waren voller Schwielen und Narben vom scharfen Garn. Ihre vom grauen Star getrübten Augen blickten ergeben zur Kanzel hinauf. Neben der Alten saß ihr Sohn Volker, dessen Augen im Gegensatz zu denen seiner fast blinden Mutter wie blaue Sterne leuchteten. Er war einer der Fischer des Dorfes. Das Salzwasser hatte ihm mittlerweile auch die letzten Haare vom kantigen Schädel gewaschen. Die Hände waren von der Arbeit mit den Netzen gezeichnet und von dicker Hornhaut überzogen. Zwei Finger fehlten; sie waren ihm vor vielen Jahren abgerissen worden, als sein Netz sich in einem Riff verfangen hatte, draußen vor der Tiefen Senke. Die Strafe für sein unzüchtiges Leben, wurde im Dorf gemunkelt. Sie hatte nie herausgefunden, warum, denn Volker lebte immer noch bei seiner Mutter und war fast jeden Tag alleine auf See.

Wieder ließ ein heftiger Donner die Kirche erzittern. Putz rieselte von der hohen Decke, die Kerzen auf dem Altar flackerten. Mehnert, der Bürgermeister, und Goedeke, der alte Schulmeister, blickten sich in der ersten Reihe nachdenklich an. Dahinter sah sie Mütter, die besorgt ihre Kinder an sich drückten, welche mit großen, ängstlichen Augen zu den im Sturm klirrenden Fenstern starrten.

»Und es kam ein anderes Ross daher, feuerrot, und dem, der auf ihm saß, wurde gegeben, den Frieden hinwegzunehmen von der Erde und dass sie einander hinschlachten, und es wurde ihm ein großes Schwert gereicht …«

Ein lauter Knall unterbrach den Pastor und ließ die Gemeinde zusammenfahren. Alle drehten sich erschrocken um: Der Wind hatte die Tür aufgeschlagen. Sofort brauste der Sturm wie ein unheimlicher Gast in die Kirche und blies einen Großteil der Kerzen auf dem Altar aus. Ein paar Kinder schrien erschrocken auf, während die Dorfbewohner zu der offenen, wild hin und her schwingenden Tür blickten, als erwarteten sie, dass Satan persönlich hereintreten und sie alle mit sich in den Abgrund der Hölle ziehen würde.

Aber das tat er nicht. Stattdessen sprangen zwei der Knechte, die auf der letzten Bank saßen, auf und drückten die schwere Holztür mit vereinten Kräften wieder zu. Ein erleichtertes Aufatmen ging durch die Gemeinde, während Mehnert den beiden Burschen dankbar zunickte.

Die beiden setzten sich wieder zu ihren Freunden. Sie sah, dass einer der Knechte sie mit einem begehrlichen Grinsen anstarrte. Sie kannte ihn nur zu gut. Sein Name war Hans. Er arbeitete auf dem Mannsen-Hof, stammte aus Hallstedt und lebte erst seit zwei Jahren im Dorf. Vom ersten Tag an hatte er ihr Angst gemacht. Er war fast zwei Köpfe größer als sie. Seine Haare hingen ihm in wirren Strähnen über die breiten Schultern. Wenn er ihr auf diese unverschämte Weise direkt in die Augen blickte, bekam sie jedes Mal eine Gänsehaut.

Aber er hatte es nicht bei Blicken belassen.

Vor drei Monaten, als sie nach dem Kirchfest alleine nach Hause gegangen war, hatte er ihr aufgelauert und sie brutal gegen eine Scheunenwand gedrängt. Mit seiner Schlangenstimme hatte er behauptet, sie würde ihm ständig freche Blicke zuwerfen. Dann hatte er seine riesigen Pranken auf ihre Brüste gelegt und versucht, sie in die Scheune zu schieben. Nie würde sie seinen Gestank, den Anblick seiner verfaulten Zähne und das böse Funkeln in seinen Augen vergessen. Sie hatte versucht, sich loszureißen, aber er war viel zu stark für sie gewesen. Zum Glück hatte sich in diesem Moment ein Bauer mit seinem Knecht genähert. Gesehen hatten sie nichts, aber es hatte gereicht, dass Hans von ihr abgelassen hatte und weggelaufen war.

Sie hatte sich bei Mehnert über den Knecht beschwert. Doch Hans hatte alles abgestritten, und der Bürgermeister hatte ihm geglaubt. Hans sei ein fleißiger Bursche, hatte Mehnert gesagt. Sein Bauer sei sehr zufrieden mit ihm und habe noch nie einen Grund zur Beschwerde gehabt. Mehr wollte Mehnert zu dem Thema nicht sagen. Sie hatte die leise Verachtung in den Augen des Bürgermeisters gesehen. Seit zwei Jahren wohnte sie jetzt schon hier im Dorf. Aber sie war noch immer eine Außenseiterin. Die meisten unterstellten ihr, etwas Besseres sein zu wollen, nur weil sie aus einer alten Föhrer Kapitänsfamilie stammte. Dummes Zeug, dachte sie und erinnerte sich voller Wehmut an ihre lieben Eltern und ihre Geschwister, an die stolze Insel mitten im Wattenmeer und an das schmucke Häuschen in Wyk, in dem sie aufgewachsen war. Oben vom Deich konnte sie die grüne Insel am Horizont sehen, trotzdem erschien ihr ihre alte Heimat an manchen Tagen unendlich fern. Hier im Dorf fühlte sie sich immer noch fremd. Es würde wohl noch Jahre dauern, bis ihre Nachbarn sie als eine der Ihren sehen würden.

Für einen kurzen Moment traf sich ihr Blick mit dem von Hans. Der Knecht verzog seinen Mund zu einem gierigen Lächeln. Hastig drehte sie sich weg.

Was für ein Widerling! Seit der Sache bei der Scheune ging sie nicht mehr alleine durch den Ort und schloss ihre Haustür doppelt ab. Immerhin, er hatte sie seit damals nicht mehr belästigt und nie wieder angesprochen. Er hatte ihr lüsterne Blicke zugeworfen, aber mehr war zum Glück nicht passiert. Vielleicht hatten Mehnert oder sein Bauer ihm gesagt, dass er sich von ihr fernhalten sollte.

Aber da war noch etwas anderes gewesen.

Vor zwei Wochen war ein junges Mädchen, nicht älter als sechzehn Jahre, das als Magd auf der Jessen-Warft arbeitete, in einen Pflug gestürzt. Ein tragischer Unfall, sagten alle. Aber sie hatte beobachtet, wie Hans ihr vorher auf einem Hochzeitsfest hinterhergesehen hatte, dann aufgestanden und ihr gefolgt war. Zwei Stunden später war das Mädchen tot gewesen.

Sie war wieder zu Mehnert gegangen und hatte ihm erzählt, was sie gesehen hatte. Doch der Bürgermeister hatte sie weggeschickt. Dummes Weibergeschwätz, hatte er geschimpft und sie aufgefordert, mit ihrem Getratsche nicht den Dorffrieden zu stören.

Aber sie wusste, was sie gesehen hatte. Und als Hans ihr später voller Genugtuung einen verächtlichen Blick zuwarf, wusste sie, dass sie recht hatte.

Sie schüttelte sich und versuchte sich auf einen Punkt am Altar zu konzentrieren, während sie seine begehrlichen Blicke in ihrem Rücken spürte. Zwischen den anderen Frauen auf der Bank fühlte sie sich völlig wehrlos. Verzweifelt schloss sie die Augen.

Boye, dachte sie voller Wehmut und Schmerz. Warum hast du mich alleine gelassen?

Instinktiv fasste sie sich ans Kopftuch, unter dem sie als verheiratete Frau eine mit Perlen bestickte Haube trug. Da merkte sie, dass etwas fehlte. Auch wenn sie jetzt auf dem Festland lebte, trug sie sonntags und zu den Feiertagen die Föhringer Tracht. Zu der gehörte normalerweise auch der Knooper, eine mit Silberschmuck verzierte Kette. Mit Rücksicht auf die eher ärmeren Bäuerinnen des Dorfes trug sie dieses Kettengeflecht nur selten, aber auf ein Schmuckstück verzichtete sie nie. Erschrocken tastete sie unter ihrem schwarzen Leinenkleid und befühlte ihren Hals.

Sie hatte die Kette nicht um!

Wie hatte das passieren können? Sie trug die Kette mit dem Medaillon immer, sogar bei der Arbeit im Garten, ja sogar wenn sie schlief!

Nur nicht, wenn sie ein Bad nahm. Ihr fiel ein, dass sie die Kette heute Morgen nach ihrem Bad noch nicht herausgeholt hatte. Dann hatte sie plötzlich die Gänse gehört. Irgendwas, vielleicht ein Fuchs, musste sie erschreckt haben. Sie erinnerte sich, dass sie hinaus in den Garten gegangen war, um nach dem Rechten zu sehen. Dabei hatte sie die Kette komplett vergessen.

Ein warmes Gefühl der Scham durchströmte ihren Körper. Sie fühlte eine tiefe, bohrende Schuld. Das würde sie sich niemals verzeihen! Alles hätte sie auf dem Gang zur Messe vergessen dürfen, aber doch nicht seine Kette, das Medaillon mit seinem Bild.

War das ein erstes Zeichen dafür, dass sie Boye langsam vergaß? Dass er keine Rolle mehr in ihrem Leben spielte? Keinen Platz mehr in ihrem Herzen hatte?

Nein, dachte sie und stöhnte leise. Niemals, Boye war in ihren Gedanken immer bei ihr, und er würde es auch immer bleiben.

Unsicher blickte sie zu den anderen Mädchen und Frauen, die neben ihr auf der Bank saßen. Ob eine ihre Schuld bemerkt hatte? Für eine Hure würden sie sie halten, wenn sie von ihrem Fehler wüssten.

Aber keine achtete auf ihre Seelenpein. Alle waren mit ihren eigenen Gefühlen und Ängsten beschäftigt und lauschten ängstlich dem Sturm, der immer heftiger um die Kirche donnerte. Das ungeduldige Scharren in den engen Bankreihen wurde immer lauter. In den Gesichtern der Männer und Frauen konnte sie den deutlichen Wunsch erkennen, dass Pastor Hermann mit seiner Predigt bald zum Ende kommen möge. Alle hatten den Wunsch, nach Hause zu ihren Häusern und Höfen zu gehen und nach dem Rechten zu sehen.

Wieder blickte sie besorgt nach oben zum leise stöhnenden Gebälk. Mittlerweile schien es, als wenn der Orkan, der draußen über dem Meer und über der Marsch tobte, jeden Augenblick den kompletten Dachstuhl davontragen könnte.

Der Pastor bemerkte die Angst seiner Schäfchen. Aber noch wollte er sie nicht ziehen lassen. Im Gegenteil, endlich war er sich ihrer uneingeschränkten Aufmerksamkeit sicher. Mit seinen dicken Händen hielt er sich an seiner Kanzel fest und beugte sich nach unten zu seiner Gemeinde:

»Dieser Sturm, er ist eine Prüfung, eine Strafe und eine Chance zugleich. Der Herr, der über uns allen oben im Himmel wacht, er schickt euch Seine Flut, um euch zu reinigen, um euch den Schmutz abzuwaschen, den Gestank von Unzucht, Missgunst und Völlerei ...«

In diesem Augenblick wurde die Kirchentür wieder aufgestoßen. Wieder schoss eine Windböe in den Innenraum und brachte die noch brennenden Altarkerzen zum Tanzen. Der Regen peitschte herein, und durch die offene Tür konnte sie sehen, dass der Himmel mitten am Tag pechschwarz geworden war.

Doch dieses Mal war es nicht der Wind gewesen, der die Tür aufgestoßen hatte. Ein erschrockenes Raunen ging durch die Gemeinde, als sie die dunkle Gestalt in dem langen Mantel im Eingang sah.

Dann schob der Mann die Kapuze zurück und zeigte den Dorfbewohnern sein von Schweiß und Regen tropfendes Gesicht.

Die junge Frau kannte den Mann. Es handelte sich um Gustav, den Großknecht des Deichgrafen. Er war völlig erschöpft und schien eine lange Strecke gelaufen zu sein. Schwankend hielt er sich am Türrahmen fest, als er seine Botschaft in die Kirche rief:

»Der Deich ...«, stöhnte er, und die Stimme versagte ihm für einen Moment, »der Deich bricht!«

2

Eva konnte ihr Glück nicht fassen. Sie waren schon mal hier gewesen. Aber da hatte es in Strömen geregnet, und graue Wolken hatten den Himmel bedeckt. Doch jetzt, an diesem warmen Sommertag, mit dem grenzenlosen Blau über sich und der frischen Brise, fühlte sie sich wie in einem Traum.

Sie standen zusammen vor dem Haus, und alles war voller Licht und sah so unglaublich kuschelig und schön aus, dass es einfach nicht wahr sein konnte.

Ihr neues Zuhause war eine kleine Friesenkate direkt hinterm Deich. Ein über 150 Jahre altes Kunstwerk. Die weiß verputzten Wände leuchteten in der Sonne und bildeten den perfekten Hintergrund für die Rosenbüsche, die in sanften Schwüngen hinauf bis zum Dach rankten. Die vier Fenster der Vorderfront harmonierten perfekt mit der grün-weißen Eingangstür, die sich unter einem gemauerten Torbogen befand. Darüber erhob sich die Giebelluke in der ersten Etage – und das alles unter einem heimeligen Reetdach.

Und erst der Garten! Geschützt von einem moosbewachsenen Wall aus Natursteinen blühten Rosen, Sonnen- und bunte Feldblumen. Der Rasen war grün und frisch gemäht, und neben der kleinen Terrasse bewegte sich eine Kinderschaukel sanft im Wind.

Eva spürte, wie Till nach ihrer Hand griff.

»Und? Gefällt es dir immer noch?«

»Ich liebe es«, seufzte sie und fiel ihrem Mann in den Arm.

Die Vorbesitzer, eine vierköpfige Professorenfamilie, die zurück nach Hamburg gezogen war, hatten nicht nur bei der Renovierung der Außenfassade viel Liebe zur Tradition bewiesen. Hamburger Lehrern sei es zu verdanken, dass die friesische Kultur erhalten worden war, hatte der Makler gesagt. Denn während die Einheimischen froh waren, wenn sie sich neue, moderne Höfe leisten konnten, hätten sich seit Anfang der siebziger Jahre viele Akademiker aus der Hansestadt heruntergekommene Bauernhäuser in Nordfriesland als Wochenendhäuser hergerichtet. Auch bei der Gestaltung der kleinen, verwunschenen Innenräume hatte die Familie aus Hamburg sich bemüht, alles Alte zu bewahren oder mit viel Hingabe wiederherzustellen. Im Wohnzimmer gab es sogar noch einen Alkoven, eine kleine Kammer in der Wand, in der die Bewohner des Hauses früher geschlafen hatten. Die alten Holzdielen waren sorgfältig gesäubert und geschliffen worden. An den Wänden war zum Teil auf Putz und Tapete verzichtet worden, um den Blick auf das alte, jetzt neu verfugte Mauerwerk freizulegen. Und in der Küche hingen noch immer die über hundert Jahre alten weiß-blauen Fliesen mit handgemalten Windmühlen, Segelschiffen und anderen friesischen Motiven.

Hand in Hand und andächtig schweigend gingen Eva und Till durch die noch leeren Räume ihres neuen Zuhauses.

»Wie ein Puppenhaus, findest du nicht?«, meinte Eva.

Till nickte gedankenverloren, während er sich vergewisserte, dass die Handwerker die gewünschten zusätzlichen Steckdosen installiert hatten.

Eva betrachtete ihn nachdenklich und gab ihm dann einen Kuss auf die Wange. »Danke«, sagte sie.

»Wofür?«

»Dass du mit mir hierhergezogen bist. Und dich mit mir auf dieses Abenteuer einlässt.«

Er küsste sie auf den Mund und grinste. »He, wer ist denn hier der Fischkopp? Ich bin hier praktisch zu Hause.«

»Aber du kommst aus Hamburg. Das ist nicht das Gleiche.«

»Hauptsache Nordsee. Mehr brauche ich nicht.«

Bis vor 130 Jahren hatten die Wellen hier direkt auf der anderen Seite des Deichs gegen das Land geschlagen. Immer wieder hatten verheerende Sturmfluten viele Menschen das Leben gekostet. Dann war ein besserer, moderner Deich weiter draußen im Meer gebaut worden. Nach und nach war das Land zwischen dem alten Sommerdeich und dem neuen Seedeich kultiviert und bepflanzt worden. Heute war im nach dem damaligen Deichgrafen benannten Michael-Hansen-Koog nichts mehr vom ehemaligen Meeresgrund zu sehen. Stattdessen weideten dort Schafe und schwarz-weiße Kühe.

Eva sah aus dem Küchenfenster auf die Marschlandschaft, die hinter ihrem Grundstück auf der dem Deich abgewandten Seite begann. Nichts zu sehen von den sonst allgegenwärtigen riesigen Windrädern. Stattdessen breiteten sich vor ihren Augen fruchtbare Felder wie ein endloses, grünes Tuch aus, nur unterbrochen von schmalen Wassergräben. Die nächsten Häuser waren ein gutes Stück entfernt, genau wie die Straße, die in den verträumten Kleebüller Ortskern führte.

Till schaute ihr über die Schulter: »Nicht viel los hier, was?«

»Meinst du, es könnte langweilig werden?«

»Bestimmt nicht. Endlich kann ich in Ruhe arbeiten. Außerdem soll es in Husum sogar ein nettes Café geben, falls wir mal ein bisschen Abwechslung brauchen.« Er zwinkerte zum Zeichen, dass er nur Spaß machte.

»Also machen wir das Richtige?«

Er schwieg einen Moment und sagte dann mit fester

Stimme: »In meinem Leben hat sich noch nie was so richtig angefühlt wie das hier.«

Glücklich ließ sie sich von ihm in den Arm nehmen. Ein Neuanfang, das war es. Und sie würde alles dafür tun, dass es ein guter Neuanfang wurde nach all den schlimmen Monaten, die sie hinter sich hatten.

Für einen Moment lauschten sie der Stille, dann küsste Till sie zärtlich in den Nacken.

»Wollen wir uns mal das Schlafzimmer anschauen?«, schnurrte er, als sie ein Hupen von der Straße hörten.

»Der Möbelwagen!« Eva lächelte.

»Glück gehabt!«, knurrte Till, nahm sie an die Hand und ging mit ihr auf den Hof, von dem aus ein schmaler Sandweg zur Kleebüller Dorfstraße führte.

»Klasse Arsch!«

Hauptkommissar Holger Mannsen guckte mit deutlichem Missfallen zu seinem jungen Kollegen, der neben ihm am Steuer saß und mit einem Fernglas zu dem kleinen Haus am Deich hinübersah. Sie hatten ihren Passat ein Stück entfernt im Schatten einer Eiche geparkt. Bis jetzt hatte das junge Ehepaar nicht ein Mal zu ihnen herübergeschaut.

Todde bemerkte den vorwurfsvollen Blick seines Vorgesetzten. »Was denn?«, fragte er unbeeindruckt. »Jetzt tun Sie nicht so, als wenn der Ihnen nicht aufgefallen wäre.«

Mannsen schüttelte nur den Kopf und sah wieder zu dem Friesenhaus am Ende der Straße. Er beobachtete, wie die neuen Besitzer die Möbelpacker begrüßten, die ihren Lkw mit Berliner Kennzeichen direkt vor dem Eingang geparkt hatten, hinter dem schwarzen Porsche-Cabrio, das dem jungen Paar gehörte.

Natürlich war ihm aufgefallen, wie hübsch die junge

Frau war. Eine richtige Schönheit. Die langen schwarzen Haare reichten ihr bis zur Hüfte. Und so wie er es von hier aus mit dem Fernglas erkennen konnte, hatte sie ein freundliches, offenes Gesicht mit großen, dunklen Augen. Die engen Jeans brachten ihre sportliche Figur zur Geltung. Er sah, wie auch die Möbelfahrer ihr ganz offen auf den Hintern starrten. Mannsen seufzte. Die junge Frau würde hier in Kleebüll bestimmt für einige Unruhe sorgen. Und er hasste Unruhe.

Jetzt begrüßte der Mann die Möbelpacker mit Handschlag und führte sie ins Haus.

»Wer sind die beiden denn?«, fragte Todde.

Der Kommissar packte eine Salamistulle aus und biss hinein. »Eva und Till Becker. Sie ist Kindergärtnerin und er Werbetexter. Kommen aus Berlin«, sagte er mit vollem Mund.

Todde nickte mit starrer Miene. Er brauchte eine kleine Weile, bis er die Information gespeichert hatte. »Und was ist mit ihnen?«, erkundigte er sich und kratzte sich an der Nase.

Mannsen zögerte und starrte weiter zum Möbelwagen. Wenn er seinem jungen Kollegen alles erzählte, konnte er gleich ein Flugblatt an die Dorfbewohner verteilen. Todde war die größte Plaudertasche an der nordfriesischen Küste.

»Chef?«, hakte Todde noch einmal nach, weil er nicht sicher war, ob Mannsen ihn verstanden hatte. »Warum wollen Sie, dass wir die beiden bespitzeln?«

»Von Bespitzeln war nie die Rede. Ich möchte einfach nur ein Auge auf sie haben.«

»Warum?«

»Ein Gefallen. Ein Kollege aus Berlin hat mich gebeten, ein wenig auf sie … aufzupassen.«

»Aufpassen? Wieso das denn? Was soll ihnen denn ausgerechnet hier passieren?« Todde glotzte ihn mit seinen Kuhaugen weiter verständnislos an. Immerhin, hartnäckig war er, dachte Mannsen spöttisch, vielleicht machte er ja doch noch Karriere bei der Polizei. Er überlegte, wohin er das Butterpapier seiner Stulle stopfen sollte, und entschied sich schließlich für den Spalt zwischen Tür und Sitz. Dann wischte er sich die Hände an der Uniform ab und legte sie anschließend auf seinen mächtigen Bauch.

»Er kennt die beiden eben und will, dass es ihnen hier gut geht.«

Toddes Miene war deutlich anzusehen, dass ihm diese Antwort immer noch nicht reichte. Aber er begriff, dass sein Chef nicht mehr zu dem Thema sagen wollte. Also hielt er seinen Mund, beobachtete das Friesenhaus und kratzte sich dabei wieder an seiner Nase.

Mannsen betrachtete ihn von der Seite. Warum war er nur so dumm gewesen, diesen Trottel in seine Wache aufzunehmen? Natürlich wusste er, warum: weil Toddes Vater Polizeirat in Kiel war. Ohne die »Unterstützung« für seinen Sohn hätte Mannsen die Mittel für die Renovierung der Wache in Bredstedt nie so zügig zugesichert bekommen.

Er wandte sich wieder den Beckers zu. Mittlerweile hatten die Möbelpacker begonnen, die Sachen in das Haus zu tragen. Till Becker hatte den Arm um seine Frau gelegt. Mannsen sah, wie er ihr etwas ins Ohr tuschelte, worauf sie lachte und ihn verliebt ansah.

Hübsches Paar, dachte Mannsen und erinnerte sich daran, wie besorgt der Berliner Kollege am Telefon geklungen hatte. Krumme hieß der Mann. Er hatte ihn vor ein paar Jahren auf einem Fortbildungsseminar in Hamburg kennengelernt. Ein erfahrener Kriminalhauptkommissar aus

Neukölln, der im Gegensatz zu ihm täglich mit Schwerstkriminalität zu tun hatte. Die beiden hatten nur ein, zwei Worte miteinander gewechselt, und er hatte damals nicht den Eindruck gehabt, dass ihm der Kollege aus der Hauptstadt besonders viel Respekt entgegenbrachte. Umso überraschter war er gewesen, als er ihn auf einmal am Telefon hatte.

Mannsen beobachtete das glückliche Paar, das händchenhaltend ins Haus ging. Auf einmal hatte er so ein seltsames Gefühl im Magen, so ähnlich wie Sodbrennen. Er stöhnte leise und schob seinen schweren Körper auf dem durchgesessenen Sitz hin und her. Dann wandte er sich an Todde: »Lass uns zurückfahren. Ich glaub, wir kriegen Sturm.«

Todde startete den Motor, blickte dabei aber irritiert in den Himmel. Es war keine Wolke zu sehen.

3

Abends frischte es auf. Nachdem die Möbelpacker gefahren waren, beschlossen Eva und Till, einen Spaziergang auf dem Deich zu machen. Dort wurden sie von einer Brise begrüßt, die heftig an ihren Jacken zerrte. Dazu verwandelte ein spektakulärer Sonnenuntergang den Himmel in ein Meer aus roten und gelben Flammen. Hand in Hand spazierten sie in einem langen Bogen auf dem Sommerdeich entlang, bis sie schließlich den Seedeich erreichten, der nur etwas höher, aber deutlich breiter war und sanft Richtung Meer abfiel.

Aber das Meer war gar nicht da.

Es war Ebbe. Vor Evas und Tills Augen erstreckte sich das Watt, eine endlose graubraune Landschaft, unterbrochen durch ein Labyrinth aus kleinen Bächen und Prielen, in denen glitzerndes Wasser abfloss. Am Horizont konnten Eva und Till die Halligen Hooge und Gröde ausmachen, winzige Inseln mit nur wenigen Häusern, die sich vor dem Abendhimmel wie kleine Schlösser erhoben und in der flimmernden Luft zu schweben schienen.

»Hallo«, sagte Eva leise mit Blick auf das Watt.

Till sah überrascht zu ihr.

Sie lächelte. »Ich wollte nur unsere neue Heimat begrüßen.«

Er fasste sie zärtlich an der Hand.

»Das können wir ab jetzt jeden Tag haben«, flüsterte er, als wenn er Angst hätte, diesen erhabenen Moment zu zerstören.

Schweigend gingen sie weiter auf dem Deich entlang und folgten schließlich einem kleinen Pfad, der sie am Ende des Michael-Hansen-Koogs landeinwärts zurück auf den Seedeich führte. In der Ferne konnten sie die ersten Lichter von Kleebüll sehen, die sich wie eine Perlenkette an der Dorfstraße aneinanderreihten. Dahinter erhob sich der rotweiße Leuchtturm von Dovelbüll mit seinem sanft pulsierenden Licht.

Als Eva und Till nach einer Stunde in ihr Haus zurückkehrten, funkelten schon die ersten Sterne. Die Möbelpacker hatten die Möbel und die Kartons in die richtigen Zimmer gebracht und zum Teil sogar schon aufgebaut, so dass sich das Umzugschaos in Grenzen hielt. Erschöpft von so viel ungewohnter frischer Luft ließ sich Eva im Wohnzimmer auf das Sofa fallen. Till legte seinen Kopf in ihren Schoß. Versonnen kraulte sie in seinen Locken und blickte zum Fenster, wo der letzte goldene Streifen der Sonne gerade verschwand.

Für einen langen Moment schwiegen beide und lauschten der Stille.

»Soll ich uns noch ein paar Brote machen?«, fragte sie.

Till nickte. Eva stemmte sich hoch und ging in die Küche. Zum Glück hatte sie das Essen für den ersten Tag in einen Extrakorb gelegt. Sie schmierte ein paar Brote mit Käse und Schinken, den sie gestern Abend noch im Supermarkt in Schöneberg gekauft hatte. Sie dachte an den Lärm und die endlose Schlange vor der Kasse, die Rückfahrt zur Wohnung in der verstopften U-Bahn und konnte sich gar nicht vorstellen, dass das alles gerade mal einen Tag her war. Berlin und der ganze Stress der Großstadt, all die schlimmen Erlebnisse der letzten Zeit, das kam ihr jetzt vor wie ein anderes, dunkles Leben auf einem fernen Planeten.

Schließlich kehrte sie mit dem Teller zurück ins Wohnzimmer – und fand Till selig schlafend auf dem Sofa. Sie lächelte und weckte ihn mit einem Kuss auf die Wange.

Eine Viertelstunde später lagen beide aneinandergekuschelt in ihrem Bett im Schlafzimmer direkt unter dem Reetdach. Till war nach der kurzen Störung sofort wieder eingeschlafen und schnarchte Eva jetzt direkt ins Ohr. Sie überlegte, ob sie ihn in die Seite knuffen sollte, damit er endlich still war, aber schon nach wenigen Augenblicken war sie selber eingeschlafen.

Der Wind rauschte um das Haus, rüttelte an den Fenstern und drückte die Gardinen in das Zimmer. Die Balken, die das Reetdach stützten, knarrten wie morsche Gelenke.

Eva streckte sich stöhnend. Sie konnte nicht schlafen. Müde setzte sie sich auf und rieb sich die Augen. Wie schrecklich! Auch in ihrem neuen Haus, viele hundert Kilometer von Berlin entfernt, spürte sie seine Gegenwart.

Plötzlich war es wieder da, das Gefühl, keine Luft mehr zu bekommen. Sie schluckte, hustete. Spürte einen immer stärkeren Druck auf ihrem Hals, ein Gewicht auf ihrer Brust, das ihr den Atem aus der Lunge presste. Ihr schwindelte, das Zimmer drehte sich, sie glaubte, jeden Moment die Besinnung zu verlieren. Sie kniff die Augen zusammen, schüttelte den Kopf, um den Alptraum zu verscheuchen. Und tatsächlich: Als sie die Augen wieder öffnete, war der Druck verschwunden.

Sie atmete auf. Vorsichtig versuchte sie ein Stück Bettdecke von Till zurückzuerobern. Ohne Erfolg. Sie zerrte heftiger, aber Till wälzte sich mit der Decke nur weiter Richtung Bettkante. Wenn sie nicht mehr frieren wollte, musste sie ihn wecken.

Sie zog die Knie an. Die Fenster mussten undicht sein, sie spürte einen kühlen Lufthauch, der sie erschaudern ließ. Ohne Decke kam sie sich völlig wehrlos vor.

Plötzlich hörte sie ein Knarzen. Jemand kam die kleine Holztreppe herauf, langsam, ganz langsam, Schritt für Schritt.

Sie erstarrte. Was, wenn er ihr von Berlin hierher gefolgt war? Sie wollte Till an der Schulter packen, ihn aufwecken, aber sie konnte sich nicht bewegen. Wie gelähmt lag sie auf dem Rücken und starrte zur Tür, deren Knauf sich langsam drehte …

Mit einem leisen Stöhnen setzte sie sich auf.

Sie hatte geträumt, schon wieder.

Erschöpft wischte sie sich mit dem Handrücken über die feuchte Stirn. Ihr Nachthemd war völlig durchgeschwitzt und klebte an ihrem Körper. Eva blickte auf den kleinen Wecker auf ihrem Nachttisch und stellte fest, dass sie gerade mal zwei Stunden geschlafen hatte. Es war mitten in der Nacht. Seufzend warf sie ihren Kopf ins Kissen und starrte an die Decke. Es war zum Weinen. Nach dem schönen Tag war sie sich sicher gewesen, dass sie ihre Schlafprobleme in Berlin gelassen hatte. Sie hatte gehofft, dass sie wenigstens nicht wieder von *Ihm* träumen würde. Aber sie hatte sich getäuscht.

Eva schaute zu Till, der friedlich neben ihr schlummerte. Beneidenswert. Er konnte immer und überall schlafen, wenn er müde war. Sie dagegen wurde schon beim kleinsten Geräusch wach.

Das war nicht immer so gewesen.

Sie lauschte. Der Wind war stärker geworden. Wie gemütlich es hier war. Die schräge Decke des kleinen Schlafzimmers war nur einen Meter von ihrem Kopf entfernt. Sie schliefen praktisch *im* Dach. Kein Vergleich zu Berlin, wo die Decke in ihrer Altbauwohnung über vier Meter hoch gewesen war.

Till seufzte im Schlaf. Ohne die Augen zu öffnen, drehte er sich auf Evas Seite, legte seinen Arm um sie und schmiegte sich ganz dicht an sie. Im Nacken konnte sie seinen Atem spüren, in ihrem Rücken seinen warmen Bauch.

Schluss mit den düsteren Gedanken! Jetzt begann ein neues Leben, hier in diesem Häuschen im Paradies. Hier, in Tills Armen, war sie in Sicherheit, sie musste keine Angst mehr haben. Das Dunkel lag hinter ihr, hinter *ihnen*. Jetzt würde alles wieder gut werden.

Nein, falsch. Als sie Tills Körper roch, den frischen Limonenduft der Bettwäsche, dazu den intensiven Holzgeruch ihres neuen Zuhauses, da wurde ihr auf einmal klar, dass alles schon gut *war*!

Mit dieser Erkenntnis im Herzen konnte sie sich endlich

entspannen. Schon nach wenigen Augenblicken war sie in einen tiefen Schlaf gefallen.

Auch das laute Kreischen der Möwe direkt vor dem Schlafzimmerfenster konnte sie nicht wecken. Sanft ließ sich der Vogel vom Wind in die Höhe heben, hinauf in den funkelnden Sternenhimmel der warmen Spätsommernacht, und sah hinunter auf das kleine Dorf, auf die Marsch, auf der Kühe und Schafe träumten. In den Kanälen glitzerte friedlich das Wasser im Mondlicht. Doch da war etwas, ein dunkler Schatten auf der Deichkrone.

Ein Tier? Ein Baum, der sich im Wind bewegte?

Nein, es war kein Tier. Es war ein Mann, ein großer Mann. Er trug einen langen Mantel, der im Mondlicht glänzte. Die Haare hingen ihm bis über die Schultern und verdeckten sein Gesicht. Regungslos stand er auf dem Deich, die Hände tief in den Taschen vergraben, und starrte hinunter auf das kleine Reetdachhaus.

4

Eva.

Ihr Bild strahlte wie ein helles Licht in einem dunklen Tunnel. Es gab ihm immer Kraft, zeigte ihm den Weg aus dem Schatten zurück auf die gute Seite.

Aber nicht heute Abend.

Er saß im dunklen Zimmer alleine auf seinem Ledersofa, der Rücken kerzengerade, die Hände auf den Knien. Regungslos starrte er die weiße Wand an und ließ die Gedanken treiben.

Durch die hochgeklappte Jalousie fiel das kalte Licht der

Straßenlaterne in dünnen Streifen herein und ließ seine kleine Wohnung wie ein Gefängnis erscheinen.

Ein sehr aufgeräumtes Gefängnis.

Er hasste kaum etwas mehr als Unordnung. Herumliegende Bücher, aufgeschlagene Illustrierte, Schlüssel oder auf dem Tisch vergessene Briefumschläge gab es bei ihm nicht. Es machte ihn verrückt, wenn sich nicht alles an seiner richtigen Stelle befand.

Eva.

Er schloss die Augen und versuchte sich auf ihr Bild zu konzentrieren. Und tatsächlich: Langsam verblassten die Erinnerungen an das, was heute passiert war. Der schrille Schrei. Der dumpfe Aufschlag. Quietschende Bremsen. Seine Wut, vor allem seine Wut. All das verschwand, wenn er an ihr Gesicht dachte. Auf einmal fühlte er sich ihr wieder ganz nah. Er sah ihre leuchtenden Augen, spürte ihre warme Nähe, roch den Duft ihrer Haare.

Eva.

Wo bist du? Kannst du mich hören?

Er sprach mit ihr. Seine Lippen bewegten sich kaum merkbar, als er versuchte zu erklären, was er heute getan hatte. Dass es nicht seine Schuld gewesen war. Aber so sehr er sich bemühte, es wollte ihm nicht gelingen.

Aber musste sie überhaupt alles wissen? Es gab Dinge, die sollte sie gar nicht erfahren. Sie war ein Engel. Sie war die Einzige, die ihn retten konnte. Dafür war es seine Aufgabe, sie vor den Grausamkeiten des Lebens zu beschützen. Irgendwann. Wenn sie wieder an seiner Seite war. Und er war sicher, ganz sicher, dass das nur eine Frage der Zeit war.

Stille.

Von außen drangen die nächtlichen Geräusche der Stadt in sein Zimmer. Autos fuhren über das feuchte Pflaster. Die

Schritte einsamer Passanten. Fernes Hupen. Ein weinendes Baby. Musik aus einer Eckkneipe. Der Wind.

Wie lange saß er schon so auf seinem Sofa? Zehn Minuten? Eine Stunde? Er hatte jedes Zeitgefühl verloren.

Das plötzliche Zuschlagen einer Autotür ganz in der Nähe riss ihn aus seiner puppengleichen Starre. Er blinzelte und erhob sich langsam vom Sofa.

Er schluckte mühsam und fuhr sich mit der Hand über die Kehle. Er hatte Durst. Seit Stunden hatte er nichts mehr getrunken. Wie ein Gespenst schlich er durch die dunkle Wohnung in die Küche und öffnete den Kühlschrank. Licht strömte in den Raum und blendete ihn. Mit immer noch starrer Miene begutachtete er seine Vorräte. Gemüse, Joghurt, Käse und Aufschnitt, alles lag sorgfältig sortiert jeweils in einem Fach. Er bemerkte, dass ein Bund Frühlingszwiebeln falsch abgelegt war, und schob es an die richtige Stelle im untersten Fach. Dann nahm er eine Flasche Mineralwasser heraus und goss sich ein großes Glas ein.

Als er den Kühlschrank wieder schloss, stand er sofort wieder im Dunkeln. Mit gierigen Schlucken leerte er das Glas. Das eiskalte Wasser tat ihm gut. Auf einmal war er wieder im Hier und Jetzt.

Er beschloss, ins Bett zu gehen, auch wenn er wusste, dass er auch heute kaum Schlaf finden würde.

Er ging ins Bad, um sich die Zähne zu putzen. Wieder musste er die Augen zusammenkneifen, als er auf den Lichtschalter drückte. Als sich seine Augen an die Helligkeit gewöhnt hatten, griff er nach seiner Zahnbürste, hielt dann aber inne und sah in den Spiegel.

Eigentlich war er ein attraktiver Mann. Er achtete auf sein Äußeres. Darauf, dass seine Haare und seine Augenbrauen immer gepflegt aussahen. Er ging mindestens einmal im Monat zum Friseur, joggte regelmäßig an der Spree und achtete auf gesunde Ernährung und modische Kleidung.

Doch jetzt sah er im Spiegel einen alten Mann, unrasiert, mit Schatten unter den Augen und zerzausten Haaren.

Gut, dass Eva ihn nicht so sah.

Ungläubig strich er mit der Hand über seine eingefallenen Wangen. Wie konnte ein Mensch sich so schnell verändern?

Er stöhnte, es klang wie ein leises Grunzen. Langsam drehte er den Kopf und verzog dabei angewidert das Gesicht. Er wollte nicht so aussehen. So schwach. So gebrechlich. Jeder Idiot konnte erkennen, was mit ihm los war.

Plötzlich schlug er seinen Kopf hart gegen den Spiegel. Einmal! Zweimal! Mit einem lauten Krachen zersplitterte der Spiegel, pendelte hin und her und hing schließlich schief an der Wand.

Voller Verachtung blickte er auf sein jetzt zerrissenes Spiegelbild. Und sein Spiegelbild sah voller Verachtung zurück.

Auf seiner Stirn war zunächst nur ein kleiner blauer Fleck zu erkennen. Dann löste sich ein Blutstropfen und lief ihm langsam das Gesicht herunter.

Ungeduldig verschmierte er das Blut über die ganze Stirn.

Aber er spürte keinen Schmerz. Gar nichts.

Schon hatte er sich wieder im Griff. Wo eben noch Hass und Verachtung sein Gesicht verzerrten, war jetzt nur noch eine unergründliche Fassade.

Ohne den Blick von dem zerstörten Spiegel zu lassen, griff er nach einem Handtuch und wischte sich das Blut von der Stirn.

Dann schaltete er das Licht aus und ging ins Bett.

5

»So, Kinder, jetzt wollen wir Frau Becker ganz herzlich mit dem Lied von Lütt Matten bei uns begrüßen, das wir gestern geübt haben.«

Die 20 Kinder im Alter von drei bis sechs Jahren begannen ein plattdeutsches Kinderlied zu singen, das heißt: Eigentlich sang die Kindergärtnerin, die meisten Kinder murmelten nur leise den Text oder bohrten gedankenverloren in der Nase.

Eva war trotzdem so gerührt, dass ihr fast die Tränen kamen. Von dem Inhalt des Liedes verstand sie kaum ein Wort – aber was für süße Kinder! Fast alle waren hellblond und hatten Namen wie Bente, Volkmar, Malte, Inga oder Nils. Mit großen Augen sahen sie ihre neue Erzieherin an.

Kumm laat uns tosam!
Ik kann as de Daam!
De Kreih, de speelt Fidel,
denn geiht dat kandidel,
denn geiht dat man scheun
op de achtersten Been!

Als das Lied zu Ende war, verneigten alle sich vor Eva. Die applaudierte kräftig und bedankte sich bei jedem einzelnen Kind mit einer Umarmung. Anschließend begleitete sie die Gruppe zusammen mit ihrer neuen Kollegin nach draußen auf den kleinen Spielplatz, der zu dem Gelände des evangelischen Gemeindekindergartens »De lütten Krabben« gehörte. Lächelnd beobachtete sie, wie ihre neuen Schützlinge davonflitzten. 20 Kinder aus Kleebüll und den umliegenden

Dörfern, mehr gab es in diesem Kindergarten nicht. In Berlin waren es vier Mal so viele gewesen.

»Soll ich uns einen Kaffee holen? Dann können wir uns auf die Bank setzen und ein bisschen plaudern«, meinte die neue Kollegin freundlich. Sie hieß Wibke, war Anfang zwanzig und etwas kräftiger in den Hüften, was ihr aber sehr gut stand. Außerdem hatte sie kaum zu bändigende, strohblonde Haare, strahlend blaue Augen und ein offenes Gesicht mit Sommersprossen. Sie war Eva auf den ersten Blick sympathisch gewesen.

Wibke ging zurück ins Haus, während Eva sich auf die Bank setzte und zufrieden die frische Luft einsog, die deutlich nach Meer schmeckte.

Sie begutachtete ihren neuen Arbeitsplatz. Der Kindergarten befand sich in einem ehemaligen Pfarrhaus, das direkt neben einer entzückenden kleinen Kapelle stand. Das Pfarrhaus selbst hatte wie die meisten Häuser in Kleebüll ein Reetdach und war nur ein bisschen größer als ihr neues Zuhause am Deich. Der Rasen auf dem Spielplatz war grün und saftig, alles leuchtete in kräftigen Farben, war sauber und gepflegt.

Einige Minuten später erschien Wibke wieder mit zwei dampfenden Bechern und hielt Eva eine Milchtüte unter die Nase.

Eva lächelte. »Nur einen Spritzer, bitte.«

Wibke setzte sich zu ihr. Gemeinsam sahen sie den Kindern beim Spielen zu.

»Ihr habt es wirklich unglaublich schön hier«, seufzte Eva.

»Ja, wenn die Sonne scheint, kann man es gut aushalten.«

»Nicht nur dann, finde ich. Gestern Abend, als es so windig war, haben wir einen Spaziergang gemacht, über den

Deich bis zur Düne. Das war so … toll, so unglaublich intensiv.«

»Intensiv? Dann pass mal auf, wenn es hier richtig stürmt und der Wind dich fast von den Füßen pustet.«

»Ich kann's kaum erwarten.«

»Und ich kann's kaum erwarten, von Berlin zu hören. Erzähl mal! Das muss doch total spannend sein. Ich meine: das Nachtleben, die vielen Partys und dann noch die coolen Promis überall – wieso bist du da nur weg?«

»Wir hatten eben genug von der Stadt«, sagte Eva ruhig. »Wir wollten mal was Neues probieren.«

»Aber warum ausgerechnet in Kleebüll?«

»Bist du hier groß geworden?«

Wibke seufzte. »In Büsum. Dann hat meine Familie ein paar Jahre in Niebüll gewohnt. Dann noch ein paar Jahre Ausbildung in Husum und Kiel, das war's. Am Ende bin ich hier in diesem Kaff gelandet.«

»Kaff? Findest du es denn nicht schön hier?«

Wibke zögerte einen Moment. »Doch, schon …«

»Warst du schon mal in Berlin?«

»Nur einmal, Schulausflug. Und das war super!«

Wibke wollte nun alles von Eva wissen: wo genau sie in Berlin gewohnt hatte. Was für Kneipen und Diskotheken in der Nähe waren. Ob sie oft in Konzerte gegangen war. Und ob sie irgendwelche Promis in der Hauptstadt kannte. Zwar hatte sich Eva eigentlich vorgenommen, alles, was zu Berlin gehörte, zu vergessen, aber nach anfänglichem Zögern konnte sie Wibkes Interesse für die Großstadt und ihr altes Leben nicht widerstehen.

Schließlich rückte Wibke noch etwas näher zu Eva. »Und was ist mit den Männern?«, erkundigte sie sich mit verschwörerischer Miene.

Eva sah sie verständnislos an.

»Na komm schon, raus mit der Wahrheit: Wie sind die Berliner Männer?«

»Was soll ich sagen? Ganz gut, denke ich.« Eva lächelte unsicher.

Wibke sah sie mit herausfordernder Miene an. Sie wollte mehr hören.

Eva seufzte: »Die Männer in Berlin sind in Ordnung. Aber ich stehe mehr auf den norddeutschen Typ. Mein Mann kommt aus Hamburg.«

»Du bist verheiratet?« Wibke klang irgendwie enttäuscht.

Eva hielt die Hand mit dem Ehering hoch und nickte: »Seit vier Jahren.«

»Und? Immer noch verliebt?«

»Du möchtest aber alles ganz genau wissen, was?«

»Entschuldigung, ich will dir nicht auf die Nerven gehen.« Wibke wurde rot.

»Ach was, schon gut. Ja, ich liebe ihn immer noch. Till ist mein Traummann.«

»Wie ist es mit Kindern?«

»Noch nicht. Till mag Kinder, will aber noch ein bisschen warten. Und ich …«, sie zeigte ein wenig verlegen auf die spielenden Kinder in der Sandkiste, »habe hier ja sowieso genug.«

Für einen Moment schwiegen beide. Eva merkte, wie Wibke sie nachdenklich musterte. Ob sie gemerkt hatte, dass sie bei der Frage, ob sie immer noch verliebt sei, ganz kurz gezögert hatte? Eva spürte, wie das schlechte Gewissen an ihr nagte. Ja, sie hatte gezögert. Aber nicht, weil sie Till nicht liebte. Sondern weil … eben alles nicht so einfach war.

Aber das war vorbei. Jetzt wurde nach vorne geschaut. Sie

hatten so viel gemeinsam durchgestanden, da musste es doch Liebe sein, wenn man gemeinsam weit weg von zu Hause ein Haus kaufte und aus der Stadt in ein kleines Dorf zog.

»Wie ist es mit dir?«, fragte sie Wibke. »Gibt es da jemanden?«

Wibke schüttelte den Kopf. »Nee. Irgendwie lerne ich nur Idioten kennen. Und hier oben gibt es sowieso keine interessanten Kerle.«

»Kann ich mir gar nicht vorstellen.«

»Alles Bauern. Treckerfahrer. Krabbenfischer. Und das war's.«

»Quatsch! Wenn ich hier so mit dem Fahrrad durch die Gegend fahre, sehe ich immer viele attraktive Typen.«

»Aber wenn du sie ein bisschen näher kennenlernst, merkst du schnell, dass sie ihre Klappe nicht aufkriegen. Wenn du willst, fahren wir mal zusammen nach Husum in die Disko. Dann beweise ich es dir.« Wibke grinste.

»Abgemacht!«

Im selben Moment hörten sie lautes Weinen aus der Sandkiste. Ein kleiner Junge hatte einem Mädchen die Schaufel auf den Kopf gehauen.

Wibke knurrte. »Volkmar schon wieder. Ständig macht der Stunk.«

Eva stand sofort auf und wollte hingehen, aber Wibke hielt sie am Arm fest.

»Ich mache das schon.«

»Aber ich muss doch nicht den ganzen Tag hier nur so rumsitzen.«

»Das nächste Kind gehört dir. Aber Volkmar ist ein jähzorniger kleiner Bock. Auf dich wird der nie hören. Trink lieber deinen Kaffee zu Ende.«

Wibke drückte die unschlüssige Eva wieder auf die Bank

und lief schnell zur Sandkiste, wo das kleine Mädchen wie am Spieß schrie. Eva sah voller Mitgefühl zu der Kleinen hinüber. Volkmar stand mit der Schaufel immer noch neben ihr. Auf Wibkes strenge Zurechtweisung reagierte er nur mit trotzigem Grinsen.

Eva lächelte. Die Kinder wuchsen hier im Paradies auf, aber kleine Teufelchen gab es überall. Sie nippte an dem erkalteten Kaffee und lehnte sich behaglich zurück. Zufrieden schloss sie die Augen und genoss die frische, nach Meer und einer wunderbaren Zukunft duftende Luft.

Im Nachhinein war sie nicht sicher, ob der Mann schon länger auf der anderen Straßenseite gestanden hatte. Aus dem dunklen Schatten einer Eiche blickte er zu ihr herüber. Trotz der warmen Temperaturen trug er einen langen, dunklen Mantel und schwere Schuhe. Eva erschrak, als sie ihn zum ersten Mal bewusst sah.

Sie konnte sein böses Grinsen erahnen.

Er ist es.

Die Erkenntnis traf sie wie ein Faustschlag. Ihre Hände zitterten, ihre Beine verkrampften sich.

Aber das konnte doch nicht sein! Wie hatte er sie hier gefunden?

Sie konnte sein Gesicht nicht erkennen. Nur seine Augen blitzten aus dem Schatten kurz auf. Eva schüttelte benommen den Kopf. Auf einmal war sie von einem Dröhnen umgeben, das alle Geräusche um sie herum wie ein dunkles Tuch erstickte.

»Eva? Alles in Ordnung?«

Mit einem leisen Schrei drehte sie sich zu Wibke um, die jetzt – mit Volkmars Schaufel in der Hand – neben ihr stand und sie besorgt ansah.

»He, ganz ruhig. Was ist denn los mit dir?«

Eva fühlte sich wie ertappt. »Nichts ist los«, stammelte sie. »Ich habe mich nur gefragt, was der Mann da drüben macht.«

Sie zeigte auf die andere Straßenseite – und stutzte. Der Platz unter der Eiche war leer. Nur eine einsame Holzbank stand dort unter dem Baum. Der Wind wirbelte lautlos ein paar Blätter auf. Keine Spur von einem Mann.

Hastig sprang Eva auf, lief zu dem mannshohen Maschendrahtzaun und sah rechts und links die Straße entlang. Kein Mensch zu sehen. Nur eine Mutter, die ihr Baby im Kinderwagen spazieren fuhr.

Wibke war zu ihr an den Zaun gekommen.

»Was ist los? Wen hast du denn gesehen?«

»Ich … ich weiß nicht. Da war ein …« Ein Mann mit einem dunklen Mantel, aber das behielt sie lieber für sich.

»Nichts«, seufzte sie und schüttelte den Kopf. »Hab wohl geträumt.«

»Geträumt?« Wibke sah sie ungläubig an. »Sag bloß, du bist eingenickt?«

Mittlerweile hatten die Kinder bemerkt, dass etwas mit ihrer neuen Erzieherin nicht stimmte, und standen neugierig um sie herum.

Eva zwang sich zu einem unbekümmerten Lächeln. »Natürlich nicht«, sagte sie. »Ich hab nur letzte Nacht nicht so gut geschlafen.« Sie blickte freundlich in die Runde zu den Kindern. »Ich war so aufgeregt, weil ich euch heute alle zum ersten Mal sehen würde.«

Keiner sagte etwas. Auch Wibke wirkte nicht überzeugt. Sie warf Eva einen aufmunternden Blick zu und klatschte dann in die Hände: »Kommt, Kinder, es ist nichts passiert, ihr könnt weiterspielen. Und du, Volkmar, lässt Biene endlich in Ruhe!«

Damit gab sie ihm die Schaufel zurück und ging mit ihm zur Sandkiste, um ihm noch einmal klarzumachen, dass er aufhören sollte, kleine Mädchen zu verprügeln. Die anderen Kinder liefen zurück zu ihren Spielsachen und hatten den Zwischenfall sofort wieder vergessen.

Nur Eva blieb alleine am Zaun zurück. Wie peinlich. Ihr erster Arbeitstag, und sie führte sich gleich wie eine hysterische Kuh auf. Vor den Kindern!

»Hast du Angst vor dem schwarzen Mann?«, fragte sie auf einmal ein kleines Stimmchen. Irritiert drehte sie sich um. Vor ihr stand die kleine Inga und sah sie neugierig an. Eva ging in die Knie, um dem Mädchen in die Augen zu schauen.

»Sag bloß, du hast ihn auch gesehen?«, fragte sie mit brüchiger Stimme. Sie musste schlucken, bevor sie einen Ton herausbekam. Aber das Mädchen antwortete nicht.

»Inga, hast du den Mann gesehen? Da hinten, unter der Eiche?«

Das kleine Mädchen starrte Eva nur mit großen Augen an. Plötzlich streichelte es Eva zärtlich über die Wange, ganz zart, als wenn es sich vergewissern wollte, dass sie wirklich da war. Dann lächelte Inga und lief zurück zu ihren Freundinnen, die schon ungeduldig mit ihren Puppen warteten.

Eva sah ihr sprachlos hinterher.

6

Kriminalhauptkommissar Theo Krumme hasste Baumärkte. Es mochte sein, dass andere Männer hier sofort den Drang verspürten, die Wände ihrer Wohnung einzuschlagen, das Bad herauszureißen oder mit einer neuen Motorsäge die Bäume im Garten zu fällen. Er jedoch fühlte sich in diesen Kathedralen für Hobbyhandwerker völlig verloren. Es war ihm ein Rätsel, wo all diese Heimwerker die Muße fanden, so viel Energie für die Verschönerung ihrer Häuser, Wohnungen und Gärten zu verschwenden, während er es noch nicht einmal schaffte, sich selbst in Schuss zu halten. Er dachte an seine unaufgeräumte Wohnung und daran, dass er schon wieder vergessen hatte, sich zu rasieren.

Endlich hatte er die Abteilung für Bad- und Sanitärbedarf gefunden. Und da war auch schon der Mann, den er sprechen wollte. Gerade versuchte er einem Kunden die Vorteile einer rahmenlosen Duschkabine zu erklären.

Für Krumme Gelegenheit, ihn sich noch einmal aus der Entfernung genauer anzusehen.

Stein war ein recht attraktiver Mann. Groß, kräftig, breite Schultern, die schwarzen Haare sauber geschnitten. Während des Kundengesprächs strahlte er keine besondere Herzlichkeit aus, dafür aber Seriosität und Selbstbewusstsein. Höflich hörte er dem Kunden zu, um ihm dann sein Angebot zu erklären, ganz ruhig, mit einer seltsam weichen Stimme, die Krumme an warmen, klebrigen Honig erinnerte. Anders als viele Angestellte in dem Baumarkt trug Stein keinen Arbeitsanzug mit Firmenlogo, sondern Jeans und ein weißes, perfekt gebügeltes Hemd.

Endlich hatte er sein Gespräch beendet. Als er zu seinem Tresen zurückkehrte, ging Krumme zu ihm.

»Guten Tag, Herr Stein.«

Stein blickte irritiert, für einen kurzen Moment sogar erschrocken zu ihm. Dann hatte er sich wieder gefasst und schenkte ihm ein betont freundliches Lächeln.

»Herr Kommissar? Das ist ja eine Überraschung!«

Krumme gab ihm die Hand und sah ihm dabei tief in die Augen. »Eine gute oder eine schlechte?«

»Kommt drauf an. Wenn Sie ein neues Bad suchen, würde ich mich freuen, Sie beraten zu dürfen.«

»Tut mir leid, aber ich fürchte, wir müssen über ernstere Dinge sprechen als über meine Badewanne.«

Stein nickte nur. Krumme versuchte in seinem Gesicht Zeichen von Angst zu erkennen, konnte aber nichts finden. Stein führte ihn zu seiner Büroccke, wo sie etwas mehr Ruhe hatten.

»Was kann ich dieses Mal für Sie tun, Herr Kommissar?«, erkundigte er sich, während er sich einen Kaffee eingoss. Sie hatten sich schon öfter miteinander unterhalten. Bei aller Höflichkeit war Steins Ton anzumerken, dass er auf Krummes Gegenwart gut verzichten konnte.

»Was haben Sie denn da an der Stirn?«, erkundigte sich Krumme.

Stein fasste sich verlegen an den Kopf. »Hab mich gestoßen. Am Schrank.«

»Sieht schlimm aus.«

»Nur eine kleine Platzwunde.«

»Am Schrank, sagen Sie?«

Stein nickte. Krumme musterte ihn skeptisch. Dann entschied er sich, zum eigentlichen Thema zu kommen.

»Herr Stein, wo waren Sie gestern Abend?«

»Zu Hause, wieso?«

»Kann das jemand bezeugen?«

»Ich war alleine und habe ferngesehen.«

»Vorher waren Sie nicht zufällig joggen?«

»Nein, wieso?«

»Im Rudolph-Wilde-Park?«

»Nein, ich sagte doch …« Stein stutzte und schien auf einmal zu verstehen. »Es geht um die Joggerin, die letzte Nacht gestorben ist. Ich habe es im Radio gehört.«

Krumme nickte kaum merkbar und ließ Stein dabei nicht aus den Augen.

Der sah ihn verständnislos an. »Denken Sie, ich habe was damit zu tun? Das Mädchen ist vor ein Auto gelaufen.«

Krumme zog ein Foto aus der Jacke. Es zeigte eine junge, fröhliche Frau mit langen schwarzen Haaren.

»Ist sie das?«, fragte Stein, blickte aber nur flüchtig auf das Bild.

Krumme nickte.

»Süß.«

»Sie haben sich das Foto ja gar nicht richtig angesehen.«

Stein schluckte. Dann betrachtete er mit unbewegter Miene das Foto. Krumme bemerkte, wie Stein die Lippen aufeinanderpresste.

»Anja Görling. 22 Jahre alt. Studierte Medizin an der FU. Der Lkw hat sie zwanzig Meter mitgeschleift, bevor er halten konnte. Der geschockte Fahrer hat gesagt, ihr zerquetschter Körper habe noch fünf Minuten lang gekrampft, bevor sie auf der Straße gestorben ist.«

Stein hob den Kopf. »Was soll das?«, fragte er verärgert. »Warum erzählen Sie mir das?«

Krumme zeigte noch einmal auf das Foto.

»Ein hübsches Mädchen, oder?«

Stein nickte nur. Wieder blickte er nur kurz auf das Bild.

»Finden Sie nicht, dass sie genau wie Eva Becker aussieht?«

Stein zuckte, als hätte ihn ein Stromschlag getroffen. Aber nur kurz, dann sah er den Kommissar wieder mit kühl-arroganter Miene an.

»Wollen Sie mir etwa den Tod dieser jungen Frau anhängen?«

Auch Krumme blieb ganz ruhig.

»Ich will Ihnen nichts anhängen, Stein. Mir ist nur aufgefallen, dass dieses arme Mädchen in genau dem Park gejoggt ist, in dem Sie auch Frau Becker aufgelauert haben.«

»Ich habe ihr nicht aufgelauert! Ich wollte nur mit ihr sprechen!«

»Blödsinn. Sie haben Frau Becker verfolgt, überfallen und fast erwürgt.«

»Nein! Das habe ich nicht! Sie haben doch keine Ahnung, was zwischen uns beiden passiert ist!«, rief Stein und schlug dabei so laut auf den Tisch, dass sich ein paar Kunden irritiert nach ihnen umschauten.

Ihm wurde bewusst, dass er sich zu sehr hatte gehen lassen. Mit einem verärgerten Seufzer zog er sein Hemd glatt.

»Ich habe Eva nichts tun wollen. Das war alles nur ein Missverständnis.«

Er drückte den Rücken durch und nippte an seinem Kaffee. Krumme betrachtete ihn nachdenklich.

»Sie hängen immer noch an ihr«, stellte Krumme fest.

Stein schien etwas erwidern zu wollen, schwieg dann aber und spielte lieber gedankenverloren mit einem Schraubenzieher, der auf seinem Tisch lag. Krumme konnte sehen, wie es in seinem Kopf arbeitete.

»Haben Sie mal wieder von ihr … gehört?«, fragte Stein.

»Nein. Sie?«

Stein sah Krumme verächtlich an. »Nein, habe ich nicht. Wie auch? Seit dem Urteil halte ich Abstand zu ihr.«

»Und? Wie schwer fällt Ihnen das?«

»Das geht Sie gar nichts an. Ich muss mit Ihnen doch nicht über meine Gefühle reden.«

»Nicht, wenn es nur bei Gefühlen bleibt.«

»Was ist das hier eigentlich? Ein richtiges Verhör ja wohl nicht, sonst hätten Sie mich ins Präsidium bestellt. Oder wären mit einem Kollegen gekommen.«

»Vielleicht hole ich das ja noch nach.«

»Machen Sie, was Sie wollen. Ich habe das Mädchen nicht angerührt.«

»Also geben Sie zu, dass Sie im Park waren?«

Stein sah Krumme einen Moment lang regungslos an. Dann stemmte er sich hoch und stand auf.

»Tut mir leid. Wenn Sie Ihre Zeit mit einem Autounfall verschwenden wollen, kann ich Ihnen auch nicht helfen. Aber ich für meinen Teil muss arbeiten. Einen schönen Tag noch.«

Damit ging er zu dem älteren Ehepaar, das sich eben noch nach ihm umgedreht hatte, und fragte, ob er helfen könne.

Krumme blieb alleine am Tisch zurück und sah ihm schlecht gelaunt hinterher.

Mehr konnte er nicht machen. Tatsächlich hatte er keinen echten Beweis, dass die junge Joggerin gestern Abend umgebracht worden war. Nur die Aussage eines Junkies, dass sie vorher gerufen hätte, ein Mann würde sie verfolgen. Die Polizei hatte den Park sofort abgesucht und keine verdächtige Spur gefunden.

Aber Stein war dort gewesen, da war Krumme ganz sicher. Stein war ein Psychopath. Und dieses arme Mädchen war sein Opfer. Und nicht nur sie.

Stein dozierte derweil über verschiedene Arten der Badezimmerisolierung. Für einen Augenblick kreuzten sich ihre Blicke. Nur ganz kurz meinte Krumme tatsächlich so etwas wie Wut, Verachtung und auch Angst zu erkennen, dann widmete Stein sich wieder seinen Kunden, als wenn nichts gewesen wäre.

Krumme hatte genug gesehen. Er nahm seine zerknitterte Jacke und ging.

Kaum hatte der Kommissar sich auf den Weg gemacht, ließ Stein die Kunden einfach stehen und sah Krumme hinterher, wie er mit seltsam unrunden Schritten Richtung Ausgang lief. Voller Verachtung presste er die Lippen zusammen – und merkte gar nicht, dass er dabei den Schraubenzieher so fest in seinen Daumen presste, dass er einen dicken Tropfen Blut herausquetschte.

7

War das ein Reh? Eine riesige Orchidee? Oder ein alter Mann, vielleicht der liebe Gott selbst, der mit gütigen Augen auf sie heruntersah?

Von angenehmer Schläfrigkeit umhüllt lag Eva auf dem von Schafen kurz gefressenen Rasen des Seedeichs, sah in die blau-weiße Unendlichkeit des friesischen Himmels und beobachtete, wie die Wolken landeinwärts trieben.

Bis auf das gelegentliche Mähen der Schafe und das Kreischen der Möwen war es vollkommen still. Nein, natürlich brauste im Hintergrund auch noch das Meer. Aber nach einer Woche in Kleebüll war dieses Geräusch für Eva so vertraut, dass sie es nicht mehr wahrnahm. Egal ob ein Sturm über das Land raste oder der warme Sommerwind über die Dünen und die grüne Marsch glitt, wenn Ebbe und Flut sich in einem täglichen Wunder von Vergehen und Wiedergeburt abwechselten, dann fühlte Eva eine so tiefe Verbundenheit mit dieser Landschaft, als ob sie schon ihr ganzes

Leben hier gelebt hätte. Kleebüll war nicht nur ihr *neues* Zuhause – es fühlte sich so an, als sei der kleine Ort hinter dem Deich schon immer ihr Zuhause gewesen.

Sie stützte sich auf die Ellenbogen und sah zum Meer. Momentan war Flut, und das Wasser klatschte leise bis an das mit Steinen und Asphalt befestigte Ufer unter ihr.

Ein Rascheln ließ Eva aufhorchen. Eine Silbermöwe hatte sich ein paar Meter entfernt auf dem Deich niedergelassen und schaute gedankenverloren auf die ruhige See, während sich ihre Federn im Wind bauschten.

Nirgends war ein Mensch zu sehen. Nur ganz in der Ferne konnte Eva ein Pärchen erkennen, das Hand in Hand an der Wasserkante entlangspazierte.

Das gefiel ihr am besten an diesem Ort und seiner flachen Landschaft: immer freie Sicht. Wenn man sich in alle vier Himmelsrichtungen umschaute, wusste man, was auf einen zukam. Nichts konnte einen überraschen. Hier auf dem Deich musste sie keine Angst haben, dass ihr plötzlich jemand gegenüberstand und sie bedrohte. Dass *er* ihr plötzlich gegenüberstand und sie bedrohte.

Auf dem Deich vielleicht nicht …

Sie dachte an den Mann, den sie auf der anderen Seite des Zauns beim Kindergarten gesehen hatte. War er ihr wirklich bis nach Kleebüll gefolgt? Das konnte nicht sein, keiner in Berlin kannte ihre neue Adresse. Nur ihre allerengsten Freunde wussten, dass sie an die Nordsee gezogen waren.

Oder war das vorhin nur ein Ergebnis ihrer überspannten Fantasie, ihrer schlimmen Erfahrungen und des Schlafmangels gewesen? Doch auch die kleine Inga hatte einen schwarzen Mann gesehen. Als Eva das Mädchen später noch einmal darauf ansprach, hatte es jedoch nur völlig verständnislos zu ihr aufgeschaut und überhaupt nicht gewusst, wovon die

Rede war. Hatte sie sich auch Ingas Reaktion nur eingebildet? Nein, so durchgeknallt war sie nicht. Inga hatte gesagt, dass sie den Mann gesehen hatte. Und wenn Eva die Augen schloss, konnte sie sich noch immer an das kleine Kinderhändchen auf ihrer Wange erinnern. Seltsam.

Das musste aufhören!

Genau deshalb war sie mit Till hierhergezogen. Um endlich wieder einen klaren Kopf zu bekommen. Kein ständiges Grübeln mehr, was wahr war und was nicht, keine Angst und keine Alpträume.

Und es funktionierte ja auch. Kleebüll war gut für sie, die Menschen, die Natur, die Luft, das spürte sie schon nach so kurzer Zeit. Hier fühlte sie sich sicher.

Nur nachts, wenn sie schlafen wollte, war das anders. Dann kehrten die alten Alpträume zurück. Dann lief sie alleine durch den Park und spürte plötzlich, wie *er* sie beobachtete, sie verfolgte, ihr den Arm von hinten um ihren Hals legte. Wie albern, dachte sie, wenn sie völlig verschwitzt aufwachte und an die Decke starrte, sie war doch eine kluge Frau, sie musste wissen, dass objektiv keine Gefahr mehr bestand, nicht hier, so weit weg von Berlin. Und trotzdem, so sehr sie sich bemühte, sie schaffte es einfach nicht, dieses unangenehme Gefühl aus ihrem Kopf zu verdrängen. Meistens hallte der Traum noch nach, und es dauerte Stunden, bis sie endlich wieder in den Schlaf fand.

Till sagte sie nichts davon, natürlich nicht. Ihre Schlafprobleme und ihre ständigen Ängste, *er* würde sie weiter verfolgen, sie beobachten und ihr auflauern, waren in Berlin eine große Belastung für ihre Ehe gewesen.

Natürlich war Till auf ihrer Seite gewesen. Aber insgeheim warf er ihr vor, dass sie selbst an dieser ganzen verdammten Situation nicht unschuldig war. Wenn sie damals nicht diesen verhängnisvollen Fehler gemacht hätte, wäre das alles nicht passiert. Eva seufzte und beobachtete, wie am Horizont eine Fähre zu den Halligen hinausfuhr.

Warum war sie denn damals alleine in diese Bar gegangen? Doch nur wegen ihm! Till war mindestens genauso schuld an dem ganzen Elend wie sie. Wie hatte er nur so heftig mit seiner hübschen Chefin flirten können, während sie genau neben ihm an der Bar gestanden hatte? Da hätten andere Ehefrauen noch ganz anders reagiert.

Schluss damit! Genug!

Eine leise Stimme in ihrem Kopf ermahnte sie, endlich mit dem Grübeln und den Schuldzuweisungen aufzuhören.

Ja, in Berlin war einiges schiefgelaufen. Sie hatten beide Fehler gemacht, auch Till. Aber letztlich hatte er mehr Dankbarkeit verdient. Wer hatte denn die Idee mit dem Haus an der Nordsee gehabt? Till. Und er hatte so viel mehr verloren als sie. Zum Beispiel seine Freunde aus der Werbebranche. Seine Arbeit war auf einmal viel schwieriger geworden, egal mit wie viel Optimismus er ihre neue Situation sah. Gut, per Internet konnte er als Texter immer noch mit seinen Agenturen in Berlin in Kontakt bleiben. Aber das war natürlich nicht das Gleiche, wie gemeinsam in angesagten Cocktailbars über neuen Konzepten zu brüten. Alles kein Problem, behauptete Till. Die besseren Agenturen seien sowieso in Hamburg. Aber auch das war über eine Stunde Autofahrt entfernt. Eva war nicht sicher, ob Till noch genügend Aufträge bekommen würde, wenn er so weit weg von allem war. Sie hatte mit ihm darüber gesprochen. Aber er hatte nur abgewunken und sie beruhigt. Wichtig war allein, dass sie die Sache in Schöneberg und vor allem *sein* Gesicht endlich aus ihrem Kopf bekam.

Und aus ihrer Ehe.

Wenn ihre Alpträume doch endlich verschwinden würden! Jetzt, da sie wieder arbeitete, brauchte sie ihren Schlaf. Außerdem war Schlafmangel nicht gesund – kein Wunder, dass sie unter Tagträumen litt.

Wieder musste sie an den Mann hinter dem Zaun denken. Und an Ingas Reaktion. Ob sie Till davon erzählen sollte? Immerhin sollte das hier ein gemeinsamer Neuanfang werden. Dazu gehörte, dass man keine Geheimnisse voreinander hatte und über alles redete, was einen bedrückte.

Das laute Kreischen der Möwe holte sie aus ihren Gedanken. Erschrocken blickte sie zu dem großen Vogel, der sich noch einmal kurz aufplusterte und dann davonflog.

Sie lächelte. Till hatte recht: Schluss mit der Grübelei, sie musste nach vorne schauen, sich auf ihre neue Arbeit im Kindergarten und das Einrichten ihres neuen Heims konzentrieren.

Sie blickte zu dem jungen Pärchen in der Ferne. Gerade hatte der Mann die Arme um seine Freundin gelegt und küsste sie zärtlich auf den Mund. Wie die beiden da am Meer standen, vor dem blauen Himmel, die Haare vom Seewind zerzaust, im Hintergrund die dicken schwarz-weißen Holsteiner-Kühe, das erinnerte Eva an die Anzeige eines Werbekatalogs für Urlaub an der Nordsee. Oder für ein Kontaktinstitut, das seinen Kunden versprach, den idealen Partner zu finden.

Sie war sicher, dass sie ihren schon gefunden hatte. Seufzend stand sie auf und strich ihren Pullover glatt. Es wurde Zeit, zurück zu ihrem Schatz zu gehen.

8

»Nein, ich kann am Samstag nicht kommen! Ich gucke mir das Spiel im Fernsehen an.« Till stand in kurzer Sporthose auf der Terrasse und kratzte sich versonnen am Hintern. »Ja, ich weiß, das Derby gegen Werder. Aber ich habe Eva versprochen, das Wochenende zu Hause zu bleiben und mit ihr eine Radtour zu machen.« Er trank einen letzten Schluck aus einer Bierflasche und lauschte dem aufgeregten Freund am Telefon. Dann stöhnte er: »Jetzt hör schon auf, ich würde ja auch gerne kommen. Aber es geht nun mal nicht. Das nächste Mal bin ich dabei, ich wohne doch jetzt praktisch um die Ecke.«

Der Freund protestierte noch einmal, aber Till hatte keine Lust, weiter über das Thema zu reden, und beendete das Gespräch. Er atmete tief durch und setzte sich an den Terrassentisch, wo sein Laptop stand. Im Wohnzimmer donnerten die Bässe seiner neuen Stereoanlage, die ihm Eva zusammen mit der Playstation geschenkt hatte – als Dankeschön für sein Okay zum Umzug an die Nordsee.

Dabei hatte er sowieso nichts dagegen gehabt, das stickige Berlin zu verlassen, nicht nur wegen dieser Sache mit dem Stalker. Eigentlich war der Umzug sogar seine Idee gewesen. Als kleines Kind war er mit seinen Eltern fast jedes Wochenende von Hamburg ans Meer gefahren. Den ganzen Tag hatte er damals mit seinen Brüdern auf dem perfekten Rasen Fußball gespielt, war mit ihnen durchs Watt gelaufen und hatte am Strand Burgen gebaut. Die Nordseeküste zwischen Niebüll und Büsum, die Inseln Sylt, Amrum, Föhr, die Halligen – all das war für ihn ein Stück Heimat oder wenigstens eine sehr romantische Erinnerung, die jetzt wieder lebendig wurde. Und was den Job anging: Ein Texterfreund aus Berlin hatte sich ein Haus in Frankreich gekauft und arbeitete fast ausschließlich von da. Warum sollte das nicht auch in Nordfriesland klappen?

Till öffnete noch ein Bier, legte die nackten Füße entspannt auf einen Stuhl und betrachtete sein neues Reich. Ein eigener Garten, eine gemütliche Terrasse mit großem Sonnendach und auch sonst alles, was ein großer Junge wie er brauchte. Endlich musste er keine Rücksicht mehr auf Nachbarn nehmen und konnte seine Anlage so laut aufdrehen, wie er wollte. Und im Fernsehen lief praktisch nonstop irgendein Sportkanal – an diesem Wochenende das HSV-Spiel gegen Werder. Wenn er nebenbei auch mal arbeiten sollte, war er dank Internet und Skype komplett vernetzt. Alles Gold!, dachte er und nippte wieder an seinem Flens.

Das Einzige, was ihm noch fehlte, war ein neuer Fußballclub. In Berlin hatte er regelmäßig mit einigen Kumpels in einer Halle gekickt. Vielleicht würde er auch hier noch irgendwo Anschluss finden. Beim Joggen hatte er gesehen, dass Kleebüll einen eigenen Fußballverein hatte, und im Gegensatz zu den meisten Großstadtvereinen hatten sie hier sogar einen wunderbar gepflegten Rasenplatz. Er beschloss, so bald wie möglich beim Training vorbeizuschauen. Vielleicht hatte die Concordia Kleebüll ja noch Bedarf an einem dynamischen Mittelfeldspieler.

Ja, sein Leben gestaltete sich ganz angenehm. Und Eva schien es hier an der Nordseeküste mit jedem Tag besser zu gefallen. Auch wenn sie sich immer noch mit Alpträumen herumplagte, das hatte er sehr wohl mitbekommen. Aber mit der Zeit würde sie ihren Gespenstern schon entkommen.

»Moin, Herr Nachbar«, hörte er auf einmal eine heisere Stimme.

Erstaunt schob Till seine Ray-Ban-Sonnenbrille nach oben und betrachtete den Riesen, der auf einmal auf seiner Terrasse stand und mit der Sonne im Rücken wie eine Erscheinung des Himmels aussah. Er war unrasiert und hatte strubbelige erdbeerblonde Haare. Unter dem blauen Wollpullover wölbte sich ein Bauch eindrucksvoll über den Gürtel einer ausgeblichenen Jeans. Till schätzte den Mann, dem er jetzt leicht irritiert die Hand reichte, auf ungefähr vierzig.

»Moin.«

Der Besucher zog eine wagenradgroße Pranke aus der Hosentasche und reichte sie ihm. Sein Lächeln wirkte etwas einfältig. War er betrunken? Till bemerkte ein leichtes Schwanken. Doch in dem breiten, von Sonne und Meerwind gezeichneten Gesicht leuchteten die blauen Augen klar und freundlich.

»Harke.«

»Was?« Till sah ihn irritiert an. Seine Hand schmerzte, so unbeholfen-heftig war der Händedruck des blonden Riesen gewesen.

»Harke Friedrichsen. So heiße ich.« Der Mann grinste.

»Ah, sehr angenehm. Till Becker«, fügte Till mechanisch hinzu, obwohl er eigentlich nicht sicher war, ob er dem Mann irgendwas von sich verraten sollte.

»Ich wollte mich nur vorstellen«, sagte Harke. »Wir sind doch Nachbarn. Das da hinten, das ist mein Haus.«

»Wie nett«, sagte Till und sah in die von Harke gezeigte Richtung. In der Ferne konnte er die Dächer einiger kleiner Häuser sehen, hatte aber keine Ahnung, welches genau gemeint war.

Er blickte zu dem blonden Riesen hoch, der immer noch

lächelnd vor ihm stand. Was sollte er nur mit ihm anfangen? Verlegen schaute Till sich um.

»Flens?«

»Da sage ich nich' Nein.« Wieder grinste Harke. Offensichtlich hatte er schon auf eine Einladung gewartet. Betrunken war er nicht, aber Till war sicher, dass er nicht alle Tassen im Schrank hatte. Er ging ins Wohnzimmer und drehte die Musik etwas leiser. Dann holte er in der Küche ein Bier aus dem Kühlschrank. Als er zurück auf die Terrasse kam, saß Harke schon auf einem Stuhl und schaute zufrieden hinaus auf die Marsch. Seine riesigen Hände hatte er auf die Knie gelegt.

»Ein Glas?«, fragte Till. Aber Harke hatte die Flasche schon mit einem leisen Plopp geöffnet und hielt sie Till zum Anstoßen hin.

»Auf uns. Jünger werden wir nich' mehr.«

Till nickte und setzte sich neben ihn. Das konnte ja nett werden.

Für eine Weile starrten die beiden in die grüne Natur. Harke schien eins mit sich und der Welt. Ein Bier in der Hand – mehr brauchte er offensichtlich nicht, um glücklich zu sein.

»Du wohnst also hier in der Nähe?«, versuchte Till das Gespräch in Gang zu bringen.

Harke nickte freundlich und zeigte wieder Richtung Kleebüll. »Da hinten, ganz alleine mit Reiko und Nis.«

»Deine Kinder?«

Harke sah Till verständnislos an. Dann grinste er. »Nee, Reiko ist mein Hund.«

»Oh, und Nils …«

»*Nis* ist mein Hausgeist. Wohnt da schon ewig. Seit über hundert Jahren.«

Mit dem Bier am Mund sah Till verwirrt zu dem Riesen, der weiter freundlich hinaus über die Felder blickte, die rechte Hand immer noch auf dem Knie, in der Linken die nach nur einem Schluck schon fast leere Bierflasche.

»Du hast einen … Hausgeist?«

»Klar. Fast jeder hier hat einen. Die meisten wissen es nur nich'. Dabei muss man nur mal genauer hinschauen.«

»Und was gibt es dann zu sehen?«

Harke kratzte sich am Kopf und drückte die vom Wind zerzausten Haare platt. »Ganz verschieden. Manche futtern die halbe Speisekammer leer. Oder werfen immer wieder die Blumenpötte um. Manche heulen auch in der Nacht.«

»Warum? Weil sie traurig sind?«

»Quatsch. Weil sie ein bisschen Stunk machen wollen. Damit man sie beachtet.«

Till sah Harke mit großen Augen an. Der trank einen Schluck Bier.

»Aber Nis macht so was nich'. Nis ist ein guter Kerl.«

»Wie schön«, sagte Till vorsichtig. »Was kann es Besseres geben als einen guten Freund, der immer zu Hause wartet.« Er prostete Harke zu.

»Find ich auch.« Der Riese strahlte.

Till lehnte sich entspannt zurück. Gut, das hatten sie geklärt. Der Mann hatte einen Dachschaden, schien sonst aber ganz harmlos zu sein. Amüsiert beobachtete er, wie eine kräftige Brise die dünnen Haare seines Gasts fast waagerecht vom Kopf abstehen ließ.

»Ganz schön windig heute.«

Harke nickte. »Heute Nacht kommt die Flut bestimmt besonders hoch.«

»Wie gut, dass das Meer so weit weg ist.«

»Das war nich' immer so. Früher war das hier der äußerste Deich. Da hat der Blanke Hans nur ein paar Meter entfernt ans Land geschlagen.«

»Ich hoffe, der Deich hat immer gehalten?«

Harke trank die Bierflasche mit einem letzten Schluck leer. »Aber nur, weil der alte Fedder seinen Sohn gegeben hat.«

»Was?«

»Der alte Fedder. Der Deichvogt. War vor vielen Jahren für den Deich verantwortlich.«

»Er hat seinen Sohn gegeben? Wem denn?«

Harke sah ihn verständnislos an. »Dem Teufel natürlich. Damit der Deich endlich hält. Ist damals nämlich immer wieder gebrochen.«

»Er hat dem Teufel sein Kind gegeben?«

Harke seufzte traurig. »Man sagt, er hat den Jungen in den Deich eingegraben. Ob lebendig oder tot, weiß keiner.«

Auf einmal glaubte Till zu verstehen. Er lächelte. »Das hast du aus dem Buch!«

»Buch?« Harke sah ihn so unsicher an, als wenn er dieses Wort zum ersten Mal hörte.

»Der Schimmelreiter. Von Theodor Storm.«

»Kenn ich nich'.«

»Das hat doch jeder in der Schule gelesen. Da gab es auch so was mit einem Opfer.« Till überlegte. »Irgendein Zigeunerkind, oder nicht?«

Harke schüttelte verständnislos den Kopf. »Nee, Fedder hat sein eigenes Kind genommen.«

»Aber nein, im Schimmelreiter, also in der Geschichte, steht, dass ...«

Harke wirkte gekränkt, als er Till unterbrach: »Ich kenn keine Geschichte. Ich weiß nur, dass der Deich seitdem immer gehalten hat. Nis sagt, ohne das Opfer würde hier alles unter Wasser stehen.«

Till starrte Harke fassungslos an. Der Mann war ja völlig durchgeknallt. Verrückt. Total plemplem. Er zwang sich zu einem Kopfnicken und nippte an seinem Bier, obwohl die Flasche leer war.

Harke musterte ihn kritisch. Dann grinste er auf einmal schräg. »Du glaubst mir nich', was?«

Till zögerte. »Was soll ich sagen?«, fing er langsam an. »Ich komme aus der Großstadt. Aus Berlin. Geboren bin ich in Hamburg. Da gibt es so was alles nicht.«

»Bist du sicher?« Harke sah ihn an wie ein Vater sein kleines Kind. Langsam fing er an zu nerven.

»Tut mir leid, Harke«, seufzte er, »aber Hausgeister, Kobolde, Untote, dieser ganze Spökerkram, das ist nichts für mich.«

Harke blickte ihn verwirrt an. »Das ist kein Spökerkram. Das gibt es wirklich. Überall.«

»Ach ja? Hier auf dem Land vielleicht, aber ...« Till verkniff sich eine abschätzige Bemerkung und lächelte mitleidig.

»Denkst du, ich lüge dich an?«

»Nein, schon gut. Komm, beruhig dich. Du musst dich wegen so einem Quatsch nicht so aufregen.«

Harke stutzte, offensichtlich hatte ihn Tills Skepsis komplett aus dem Konzept gebracht.

Armer Irrer, dachte Till, irgendwie tat er ihm leid. Er hob seine Flasche. »Noch ein Bier?«, fragte er mit versöhnlicher Stimme.

Harke schüttelte nur geistesabwesend den Kopf. Dabei ging sein Blick an Till vorbei hinaus auf das Feld. Till rutschte nervös auf seinem Stuhl herum und fragte sich, ob es klug war, dem kräftigen Riesen zu widersprechen. Was, wenn er richtig durchdrehte und gewalttätig wurde?

Auf einmal sah ihn Harke mit großen Augen an und lächelte wieder. Offensichtlich hielt er noch einen Trumpf in der Hand. »Du weißt schon, dass ihr hier in eurem Haus auch nich' alleine seid?«

Till stöhnte und verdrehte die Augen. »Jetzt lass gut sein, Harke. Ich will von dem Scheiß nichts mehr hören.«

»Das ist kein Scheiß!«

Till hörte, wie die Haustür aufgeschlossen wurde. Eva kam nach Hause. Ausgerechnet jetzt. Er sprang von seinem Stuhl auf. Auf keinen Fall durfte sie unvorbereitet auf diesen Spinner treffen.

»Einen Augenblick, bin gleich wieder da.« Damit lief er ins Haus, wo Eva an der Garderobe gerade ihre Schuhe auszog.

»Hallo, Schatz, machst du wieder Multimedia?«, sagte sie und zeigte auf den Fernseher, der parallel zur Stereoanlage angeschaltet war.

Till nickte fahrig. »Wie war der Spaziergang?«

Eva schlüpfte in ihre Hausschuhe. Ohne war ihr der Fliesenboden viel zu kalt. »Wunderschön, wie immer.«

Ihr fiel auf, dass Till sich zur Terrasse umschaute. »Alles in Ordnung? Hast du Besuch?«

Till lächelte mühsam. »Ja, tatsächlich. Ein Nachbar.«

»Wie nett«, sagte Eva. Till wollte sich ihr in den Weg stellen, aber sie ging schon an ihm vorbei nach draußen.

»Eva, warte mal einen Moment, ich …«

»Aber wo ist er denn?«

Eva stand verwirrt vor der Terrassentür. Till folgte ihr und sah zu seiner großen Überraschung, dass der Stuhl vor dem Tisch leer war. Harke war weg. Eva sah Till mit großen Augen an.

»Ich bin doch nicht bescheuert. Hier war wirklich gerade einer.« Zum Beweis hob er die beiden Bierflaschen hoch.

Eva küsste ihn auf die Wange. »Ist ja gut. Vielleicht hat er Angst vor Frauen?«

Till runzelte die Stirn. Da konnte sie recht haben.

»Und war er sonst nett?«

Till zuckte mit den Schultern. »Ein totaler Spinner.«

»Wieso?«

»Ach, das willst du gar nicht wissen. Nachher hast du nur Angst und kannst nicht schlafen.« Till brachte die Flaschen weg, aber Eva folgte ihm.

»He, du kannst doch nicht einfach so weglaufen. Los, raus damit! Was hat er gesagt?«, fragte sie neugierig.

Till seufzte leise. »Er hat nur so schwachsinnigen Spökerkram erzählt.«

»Was für einen Kram?«

»Spökerkram. Von Kobolden, toten Deichgrafen, Hausgeistern, so was.«

Er schüttelte den Kopf und blieb mit dem Blick am Fernseher hängen, wo gerade eine Zusammenfassung des letzten Bundesligaspieltages lief.

»Geister und Kobolde?«

Till nickte gedankenverloren und tippte sich an die Stirn. »Ja, total gaga.«

Eva betrachtete ihn nachdenklich. Till schenkte ihr ein kurzes Lächeln und sah wieder zum Fernseher. Die Bayern hatten gegen Mainz verloren. Sehr gut.

Er bemerkte, dass Eva ihn immer noch schweigend ansah.

»Ist was? Du guckst so traurig.«

»Nein, alles in Ordnung«, sagte sie und ging an ihm vorbei auf die Terrasse. Durch die Scheibe konnte er sehen, wie sie die hintere Gartenpforte schloss und dabei einen nachdenklichen Blick über den Steinwall hinweg zu den kleinen Friesenhäusern warf, von denen nur die reetgedeckten Dächer zu sehen waren.

Was hatte sie bloß? Wahrscheinlich war sie einfach müde, dachte er. Oder hungrig. War schließlich bald Zeit fürs Abendessen. Damit wandte er sich vom Fernseher ab und ging zum Kühlschrank, um zu sehen, was sie heute vielleicht kochen konnten. Er bemerkte nicht, dass Eva immer noch im Garten stand und hinaus auf das Feld schaute.

9

Sie lief durch den dunklen Wald. Es war fast vollkommen still, und am nächtlichen Himmel waren die Wolken nur zu erahnen. Sie lief absolut gleichmäßig, wie eine gut geölte Maschine. Ihre langen Schritte knirschten auf dem Kies. Sie verließ den Wald und erreichte einen gepflegten Park. Sauber geschnittene Hecken, sorgfältig gemähte Rasenflächen. Perfekte Harmonie der Natur wie auf einem Gemälde.

Auf einmal fiel ihr das Laufen schwerer, als wenn ein um ihre Hüften gespanntes Gummiband sie festhielt. Sie sah die nächste Wegbiegung, konnte sie aber nicht erreichen.

Vielleicht war es besser so. Denn sie spürte es ganz deutlich, fühlte es mit jeder Zelle ihres verschwitzten Körpers, dass hinter der Biegung jemand auf sie wartete. Wieso versuchte sie trotzdem dorthin zu gelangen? Wieso kehrte sie nicht um? Sie wusste es nicht. Stattdessen lief sie immer weiter, stemmte sich gegen die Watte, in die die Luft sich verwandelt hatte. Ihr Atem ging immer schwerer, ein unsichtbares Gewicht schien sich auf ihre Brust zu legen.

Endlich hatte sie die Biegung erreicht. Wohin jetzt? Nervös schaute sie den dunklen Weg entlang. Sie hatte das sichere Gefühl, dass sie erwartet wurde. Von wem? Sie wusste es nicht. Aber es war nicht gut, hier an der Kreuzung zu verweilen, an einem Ort, wo sie aus allen Richtungen gesehen werden konnte.

Sie wurde beobachtet. Diese Erkenntnis traf sie mit der Wucht eines Keulenschlags. Sie war nicht alleine in dem Park. Noch jemand war hier, ein Mann. Seine Augen sahen ihr nach, betrachteten ihren Körper und ihr Gesicht. Sie konnte ihn nicht sehen, aber sie fühlte sein spöttisches Lächeln.

Sie musste weiterlaufen, so schnell wie möglich den Ausgang finden. Aus den Augenwinkeln sah sie einen Schatten hinter den Bäumen entlanghuschen. Auf einmal hatte der Park nichts Schönes mehr. Im Gegenteil: Die Buchen am Weg hatten keine Blätter mehr, wie Gerippe reckten sie ihre kahlen Äste in den Himmel. Die Hecken waren ungepflegt und voller Löcher. Und der ungemähte Rasen reichte ihr bis über die Knie und kitzelte ihre Schenkel.

Entsetzt entdeckte sie, dass sie nackt war. Völlig nackt. Zögerlich setzte sie einen Fuß nach dem anderen auf den harten Weg, spürte, wie kleine Kieselsteine sich in ihre Fußsohlen bohrten. Blütenlose Rosenstauden mit langen, dornigen Ästen rissen ihr die Beine auf.

Sie wollte nach Hause! Aber wo war das? In der Stadt? In dem kleinen Haus, ihrem Haus, dessen behaglich beleuchtete Fenster sie nun durch die weit auseinanderstehenden Bäume erblickte.

Ein Reetdachhaus, mitten in der Stadt? Wie seltsam.

Egal, sie musste da hin, nur dort war sie vor *ihm* sicher, denn dass *er* hier irgendwo auf sie wartete, daran hatte sie nicht den geringsten Zweifel mehr.

Ein Rentner mit einem hässlichen Dobermann kam ihr entgegen. Erschrocken hielt sie die Hände vor den Körper und bedeckte ihre Scham. Doch sie hatte nichts zu verlieren, zu groß war die Gefahr, die sie mit jeder Faser ihres Körpers spürte. Verzweifelt bat sie den alten Mann um Hilfe. Aber der schüttelte nur den Kopf und starrte sie fassungslos an, während sein Köter ihr mit seiner nassen Schnauze zwischen den Beinen herumschnüffelte. Angewidert versuchte sie dem Hund auszuweichen, ohne die Hände vom Körper zu nehmen. Schließlich hatte sie genug. Sie drehte sich um und lief davon, rannte weiter durch den Park, hin und her, fand keinen Ausgang. Immerhin, jetzt trug sie wieder Joggingschuhe, war aber noch immer völlig nackt.

Auf einer einsamen Bank saß ein kleines Mädchen. Besorgt beugte sie sich zu der Kleinen hinab und fragte sie, was sie mitten in der Nacht alleine im Park zu suchen hatte. Doch die Kleine lächelte nur und schwieg. Sie kam ihr seltsam vertraut vor. Wenn sie jemals ein Kind haben würde, würde es genau so aussehen. Erst jetzt erkannte sie, dass das Mädchen sie selbst war, sie selbst als kleines Kind. Auf einmal sah sie mit seinen Augen sich selbst, roch den Schweiß, der ihr auf der Stirn stand und im Mondlicht auf ihrer Haut glänzte. Dann blickte sie wieder in die Augen der Kleinen, die sie gütig und voller Liebe anstarrten.

Nein, sie war es nicht selbst. Auf der Bank saß Inga, das kleine Mädchen aus dem Kindergarten.

»Was machst du hier, Süße?«, fragte sie das Kind und legte dabei ihre Hände wieder über ihre Scham und ihre nackten Brüste – das Mädchen durfte sie doch nicht so nackt sehen. Was, wenn es seinen Eltern von der verrückten neuen Kindergärtnerin erzählte?

Doch Inga schien Evas Nacktheit völlig egal zu sein. Sie

legte nur den Finger auf den Mund und forderte sie mit einer stummen Geste zum Näherkommen auf.

Eva beugte sich weiter nach unten – als das kleine Mädchen ihr mit der Rückseite seiner Hand über die Wange streichelte. Seufzend schloss Eva die Augen, so viel Trost und Zärtlichkeit lag in diesem Streicheln. Dabei war sie doch die Erwachsene. Wenn jemand hier Trost spenden sollte, dann sie.

Sie spürte, wie die kleinen Hände ihr Gesicht ergriffen und es noch näher zu sich zogen. Nun waren ihre Augen nur Zentimeter voneinander entfernt. In den Pupillen des Mädchens glaubte sie die Wogen des Meeres sehen zu können. Und tatsächlich: Ganz in der Nähe hörte sie die an den Deich brandende See.

»Pass auf!«, sagte Inga und sah sie bekümmert an. »Pass auf, er ist wieder da!«

»Wo?«, hauchte sie.

»Hinter dir, er steht genau hinter dir.«

Langsam, ganz langsam drehte sie sich um und musste dabei wieder gegen die unheimliche Starre ankämpfen, die ihren Körper lähmte.

Sie stand auf dem Deich. Über sich die schwarzen Wolken, neben sich die tobende See. Sie spürte das Wasser auf der Haut, schmeckte das Salz im Mund und hörte – nichts. Absolut nichts, es war völlig still. Keine tosenden Wellen, keine kreischenden Möwen und kein donnernder Sturm, nur Stille. Die Welt wirkte wie eingefroren.

Was passierte mit ihr? Konnte es sein, dass sich der Boden unter ihren Füßen bewegte? Sie blickte nach unten und sah, wie sich die Grasdecke des Deiches hob und senkte, als wenn eine riesige Hand sich daruntergeschoben hätte und sich nun hin und her bewegte. Hände ragten aus dem schwankenden Boden, Beine, Arme. Spuren eines schrecklichen Verbrechens? Was war hier geschehen?

»Pass auf!« Wieder die Stimme des kleinen Mädchens.

Benommen hob Eva den Kopf und blickte nach oben. Auf dem Deich, nur wenige Meter von ihr entfernt, stand *er*.

Seine Lederjacke glänzte im einsetzenden Regen. Mit seinen Stiefeln stand er im Schlamm. Und in der Hand hielt er ein Messer, ein großes Messer, fast ein Säbel.

Er trug eine Maske, so dass sie sein Gesicht nicht erkennen konnte, nur seine Augen. Dieses schwarze Funkeln, das sie nicht vergessen konnte.

Sie wollte laut schreien, um Hilfe rufen. Aber kein Laut kam über ihre Lippen.

Wieder war sie im Park. Immer noch bewegte sich der Boden unter ihr wie ein lebendiges Tier. Ihre Füße steckten bis zu den Knöcheln fest. Sie versuchte sich zu befreien, ohne Erfolg.

Ich muss hier weg!

Sie drehte sich um, wollte nach der kleinen Inga greifen, doch die war nicht mehr da, auch die Bank, auf der sie eben noch gesessen hatte, war nicht mehr zu sehen.

Taumelnd vor Angst sah sie wieder zu dem Mann, der, langsam näher kommend, ihren nackten Körper gierig betrachtete. Sie konnte hören, wie der Boden unter seinen schweren Stiefeln knirschte.

Mit aller Kraft versuchte sie ihrem Körper den Befehl zu geben, sich zu befreien, loszulaufen, sich endlich von diesem Anblick loszureißen, solange es nicht zu spät war. Endlich: Neues Leben schoss durch ihren Körper. Panisch zog sie die Füße aus dem kalten Schlamm und hastete den Weg entlang. Wo war der Ausgang? Sie wusste es nicht mehr.

Aber wenigstens konnte sie wieder laufen. Wie der Wind

sauste sie durch den Park, schneller, immer schneller. Sie jubelte, ihre Kraft war wieder da! Sie drehte sich um und sah, wie der Mann hinter ihr zurückblieb und keinerlei Anstalten machte, ihr zu folgen.

Sie würde ihm entkommen. Ihr würde nichts passieren. Sie würde nach Hause laufen, in ihre Wohnung, zu Till. Nein, das kleine Haus am Deich war jetzt ihr Zuhause. Tatsächlich waren die Großstadthäuser, die sie über den Baumwipfeln gesehen hatte, verschwunden. Stattdessen funkelten die beleuchteten Fenster ihres kleinen Friesenhauses durch das Dickicht des Waldes. Seltsam, dachte sie, bei ihnen hinter dem Deich gab es überhaupt keinen Wald. Aber egal, bald hatte sie es geschafft, bald war sie in Sicherheit.

Plötzlich, hinter einer Wegbiegung, stand der Mann wieder vor ihr! Fast wäre sie ihm in die Arme gelaufen. Wie war er so schnell hergekommen? Erschrocken drehte sie sich um und rannte in die entgegengesetzte Richtung, doch da stand er schon wieder vor ihr. Wo sollte sie jetzt hin? Zu ihrem Entsetzen sah sie ihn auf einmal überall. Rechts, links auf dem Weg, auf der Wiese, bei den Bäumen, vor den Lichtern ihres Hauses. Der ganze Park war voller Männer.

Hektisch drehte sie sich im Kreis, immer schneller wie ein Karussell. Wo war der verdammte Ausgang?

Plötzlich legte sich von hinten ein Arm um ihre nackte Hüfte. Zuerst fast sanft wie eine Schlange, dann hart und mit brutaler Gewalt. Eva stöhnte, strampelte und zerrte, versuchte sich mit aller Macht loszureißen.

»Schluss jetzt«, flüsterte eine Stimme. »Hör auf, dich zu wehren.«

Sofort fror Eva ein. Zu einer Puppe erstarrt verfolgte sie mit aufgerissenen Augen, wie ein Handschuh ihren nackten Körper abtastete, sich von ihrem Hals abwärts über ihre Brüste bewegte, sie drückte und presste wie ein Stück Gummi und sich weiter nach unten schob.

Mit allerletzter Kraft versuchte sie sich loszureißen, bewegte ruckartig ihren verschwitzten Körper hin und her, und tatsächlich, für einen kurzen Moment sah es so aus, als ob sie ihm entkommen könnte.

Da spürte sie die kalte Klinge auf dem Bauch. Die Spitze bohrte sich schon in ihre Haut.

»Nein, nein, bitte nicht«, flüsterte ihr gequälter Verstand. »Ich will nicht.«

»Dann halt endlich still«, flüsterte die Schlangenstimme in ihrem Rücken.

Das Messer bewegte sich langsam nach oben. Eva hielt die Luft an, aus Angst, dass sich die Spitze sonst wieder in ihre Haut schneiden könnte. Immer höher ging die Klinge, streichelte mit der scharfen Schneide über ihre Brüste, dann den Hals.

Eva drückte das Kreuz nach vorne und den Kopf nach hinten, um dem Messer auszuweichen. So, mit verdrehtem Kopf, konnte sie endlich das Gesicht ihres Peinigers sehen.

Der Mann trug noch immer eine Maske. Aber durch die kleinen Öffnungen konnte sie deutlich seine vollen Lippen und seine dunklen, funkelnden Augen erkennen.

Er lächelte, als er ihren verängstigten Blick bemerkte. Mit seiner linken Hand drückte er ihren Kopf zu sich heran, während er mit der rechten das Messer an ihre Kehle presste.

»Nein …«, flüsterte Eva atemlos.

»Alles gut«, antwortete er, und ihr schien es, als würde er für sie singen.

Sie spürte, wie sich die Klinge in ihre Haut drückte. Warmes Blut, *ihr* Blut, lief zwischen ihren Brüsten den Körper hinunter.

Dann zog er die Klinge mit einem scharfen Schnitt einmal über ihren Hals, und Eva fiel in ein endloses schwarzes Loch …

10

Mit einem lauten Stöhnen schreckte Eva auf und stieß sich dabei fast den Kopf an der niedrigen Dachschräge.

Wo bin ich? Wieder in Berlin?

Tränen standen ihr in den Augen, sie war völlig verschwitzt. Nein, sie war in Sicherheit, in ihrem neuen Haus, bei Till. Neidisch sah sie zu ihrem schlafenden Mann und ließ sich seufzend wieder in ihr weiches Kissen fallen.

Hörte das denn nie auf?

Wenn sie die Augen schloss, sah sie noch immer den dunklen Park. Sie konnte die Bedrohung so intensiv spüren, als wenn sie immer noch dort wäre.

Sie starrte an die Decke und versuchte sich einzureden, dass sie hier nicht in Gefahr war. Das Erlebnis im Rudolph-Wilde-Park war Vergangenheit, sie durfte sich deshalb nicht verrückt machen.

Immer diese schreckliche Angst! Was wäre wohl mit ihr los, wenn der Kerl damals Erfolg gehabt hätte, wenn er sie wirklich vergewaltigt hätte? Noch immer konnte sie seine kalten Finger an ihrer Kehle spüren.

Was hatte bloß die kleine Inga in diesem Alptraum zu suchen? Und die aus dem Deich ragenden Hände, Arme und Beine? Sie stöhnte leise. Hatte sie nicht schon genug mit ihrem alten Alptraum zu kämpfen? Mussten jetzt noch andere Visionen hinzukommen?

Und was hatte es zu bedeuten, dass sie neulich wieder einen Mann gesehen hatte, der sie durch den Zaun beobachtete? Genau wie Stein damals in Berlin …

Sie seufzte. Sie war schon wieder in der Schleife der immer gleichen Gedanken und Ängste, die sie seit damals Nacht für Nacht aufschrecken ließen. Wie lange sollte das nur so weitergehen?

Sie wollte nicht mehr grübeln, sie wollte endlich schlafen. Endlich die drückende, dunkle Stimmung hinter sich lassen und dann an einem fröhlichen neuen Tag wieder aufwachen. Sie brauchte Ruhe. Schließlich musste sie jetzt wieder arbeiten und Verantwortung tragen. Sie hatte in letzter Zeit die verschiedensten Methoden entwickelt, um wieder zurück in den Schlaf zu finden. Mal hatte sie Schafe gezählt, mal versucht sich in ferne, selige Urlaubserinnerungen zu versenken, oder einfach nur den Kopf unter die Decke gesteckt, um sich wie in einer heimeligen Höhle zu fühlen. Doch nichts davon wollte jetzt funktionieren.

Schließlich entschloss sie sich, etwas warme Milch zu trinken. Das hatte bis jetzt fast immer geholfen, auch wenn es erst einmal ziemlich mühsam war, das warme Bett zu verlassen und in die Küche zu gehen.

Sie stemmte sich hoch und schlich hinunter ins Erdgeschoss. Seit der Sache im Park hatten sie sich angewöhnt, nachts immer ein paar Lampen brennen zu lassen, weil sie komplette Dunkelheit nicht mehr ertrug.

In der Küche schüttete sie etwas Milch in einen Topf und stellte ihn auf den Herd. Gedankenverloren wartete sie in ihrem Bademantel darauf, dass die Milch warm wurde. Sie gähnte müde und fragte sich, ob sie nicht vielleicht auch ohne die Milch wieder eingeschlafen wäre.

Auf einmal sah sie sich unsicher um. Etwas stimmte nicht. Im ersten Moment konnte sie nicht erkennen, was.

Gehört hatte sie nichts. Es war, als wenn eine leichte Erschütterung durch den Raum gegangen wäre. Der Wind? Nein, im Gegensatz zum Schlafzimmer unter dem Dach konnte man ihn hier in der Küche wegen der nagelneuen Fenster mit Dreifachverglasung nicht hören.

Träume ich etwa schon wieder?

Sie kniff sich in den Arm. Nein, sie war ohne Zweifel wach.

Ihr Atem wurde hektischer. Sie begann zu schwitzen und fühlte, wie ihr schwindelig wurde. Verwirrt fasste sie sich an den Kopf. Was war denn auf einmal nur los? Es fühlte sich an, als würde sich etwas Unbestimmtes mit ihr in der Küche befinden, als wenn irgendjemand oder irgendetwas sie *beobachtete*. Langsam, ganz langsam drehte sie sich zum Fenster.

Till saß sofort aufrecht im Bett, als er Evas Schrei hörte. Er brauchte einen kurzen Moment, um sich zu orientieren. Als er sah, dass Evas Seite leer war, verstand er. Schnell warf er die Decke zur Seite, war mit ein paar großen Schritten bei der engen Treppe und rannte hinunter ins Erdgeschoss.

»Eva?«, rief er. Hektisch schaute er sich in der Küche um. Keine Spur von ihr! Er sah, dass auf dem Herd ein kleiner Topf mit Milch kochte, und schaltete das Kochfeld aus. Wieder rief er ihren Namen – und hörte schließlich ein leises Rascheln.

Eva saß mit aufgerissenen Augen in der Ecke neben der Spülmaschine auf dem Boden, die Knie angezogen. Ihr Blick ging ins Leere, sie schien ihn gar nicht wahrzunehmen.

Erschrocken setzte er sich neben sie auf die Fliesen und legte seinen Arm um sie.

»Eva? Was ist passiert?«

Er musste sie sanft schütteln, damit sie ihn endlich bemerkte.

»Eva? Mein Gott! Was ist denn los?«

»Am Fenster ...«, flüsterte sie.

Till sah zu den Glastüren, die von der Küche direkt zur Terrasse gingen.

»Was soll da sein? Da ist nichts.«

Aber Eva schüttelte nur langsam den Kopf. Sie sah aus, als wäre sie gerade aus einem Alptraum erwacht.

Endlich glaubte er zu verstehen: »Sag bloß, du hast ihn wieder gesehen?«

Eva blickte ihn verständnislos an.

»Das kann nicht sein! Eva, hast du gehört? Das kann nicht sein! Er kann nicht hier sein. Niemals.«

Liebevoll streichelte er ihr über das Gesicht, küsste sie auf die Wange. Endlich hatte er das Gefühl, dass sie zu ihm zurückkehrte. Sie schüttelte benommen den Kopf und stand dann langsam auf. Till half ihr.

»Ich konnte nicht schlafen. Ich wollte mir eine Milch machen«, versuchte sie die einzelnen Teile ihrer Erinnerung richtig zusammenzusetzen.

»Sie ist fertig. Siehst du?« Till goss die Milch in ein Glas und reichte es ihr. Eva trank sie mit einem Schluck und atmete tief durch. Sie bemerkte, wie ängstlich er sie anblickte.

»Tut mir leid. Ich wollte dich nicht erschrecken.«

»Mit mir ist alles in Ordnung. Aber was ist mit dir? Was genau hast du gesehen?«

Wieder sah sie nachdenklich ins Leere.

»Ich glaube, es war nur ein Vogel ...«

»Ein Vogel? Vor dem Fenster? Ist er gegen die Scheibe geflogen? Hast du dich deshalb so erschrocken?«

Eva zögerte einen Moment, dann nickte sie vorsichtig.

Till seufzte erleichtert, froh, dass es eine so harmlose Erklärung gab. Dabei hatte er schon wieder mit dem Schlimmsten gerechnet. Liebevoll zog er ihren Bademantel zurecht. »Komm, Liebling, gehen wir zurück ins Bett.«

Dann führte er seine Frau langsam wieder nach oben ins Schlafzimmer.

Eva lag noch lange wach, trotz der warmen Milch und obwohl Till sich von hinten an sie gekuschelt hatte.

Sie hatte gesehen, dass er sich Sorgen machte. Aber das sollte er nicht. Schließlich war das letzte halbe Jahr auch für ihn nicht einfach gewesen. Trotzdem hatte er immer an ihrer Seite gestanden. Dafür war sie ihm ewig dankbar. Nun waren sie hier, in diesem Märchenhaus, und sie wollte, dass der Alptraum endlich aufhörte. Nicht nur für sie, auch für ihn.

Deshalb hatte sie ihn angelogen. Er sollte nicht schon wieder Angst um sie haben müssen.

Es reichte, dass sie Angst hatte.

Ja, sie hatte etwas am Fenster gesehen, und es war ganz bestimmt kein Vogel gewesen, sondern ein Gesicht, klar und deutlich. Wie von der anderen Seite eines Spiegels hatte es sie beobachtet, verwirrt, einsam, neugierig.

Das Gesicht einer Frau.

11

Durch die Gardine konnte er beobachten, wie Eva und ihr Mann in der Küche hin und her gingen und das Frühstück zubereiteten. Ihr Gesicht konnte er selbst durch das Objektiv seiner Kamera nicht erkennen, aber er sah, wie sie die Küche verließ und einen Moment später im Wohnzimmer auftauchte. Hier gab es keine Gardine, aber eine Jalousie, die so weit heruntergezogen war, dass nur ihre Beine zu erkennen waren. Ihre nackten Beine. Dann ging sie wieder zurück in die Küche.

Eva.

Nur ihre Beine, manchmal vielleicht ein Schatten durch die Gardine, das war alles, was er seit Ewigkeiten von ihr gesehen hatte. Trotzdem kam er immer wieder hierher und beobachtete das Haus. Zu wissen, dass sie dort, nur ein paar Meter entfernt von ihm, lebte, aß und schlief, beruhigte und erregte ihn zugleich. Irgendwann würde er sie alleine treffen, vor der Tür, auf dem Weg zum Einkaufen. Vielleicht würde sie dann sogar ihr kurzes Sommerkleid tragen, das sie anhatte, als er sie im Kindergarten besucht hatte. Dann würde er zu ihr gehen, sie zu einem Kaffee einladen. Er würde ihr alles erklären, sie würden sich aussprechen, sie würde lächeln und verstehen. Am Ende wäre alles wieder so wie in dieser einen, dieser wunderbaren Nacht in der Bar in Neukölln, als das Schicksal sie beide zusammengebracht und sie sich gegenseitig ihr Herz geöffnet hatten. Und wer weiß, vielleicht würde Eva ihn wieder nach Hause begleiten. Dort würde er das Licht mit dem Schalter dimmen, den er extra für diesen Anlass installiert hatte, sie zärtlich in den Arm nehmen, sie auf ihre vollen Lippen küssen und ihr dann das Kleid vom Körper streifen. Schließlich würden sie Sex haben. Im Bett, vielleicht auch gleich auf dem Sofa.

Wie immer, wenn er seine Gedanken in diese Richtung treiben ließ, hatte er eine Erektion. Aber was ihn besonders erregte, war, dass er ganz sicher war, dass irgendwann alles genau so passieren würde.

Denn er würde sie nie aufgeben, niemals. Eva gehörte zu ihm, und er gehörte zu Eva. Und kein noch so dämliches Gerichtsurteil, kein noch so aufdringlicher Kommissar konnte verhindern, dass sie beide wieder zusammenkommen würden.

Eva war gut für ihn, das spürte er. Sie konnte ihn retten. Vor ihm selbst. Und vor den dunklen Schatten, die manchmal nach ihm griffen.

Aber dafür musste er Eva erst einmal treffen.

Er hatte sie ewig nicht mehr gesehen, ja noch nicht einmal gesprochen. Selbst der süße Klang ihrer Stimme auf dem Anrufbeantworter war nicht mehr zu hören. Er wusste genau, wem er das zu verdanken hatte. Ihrem Mann. Der Kerl, der sie betrogen und belogen hatte. Der sie gegen ihn aufgehetzt hatte. Er war sicher, dass er auch für die neue Telefonnummer verantwortlich war. Nur wegen ihm konnte er Eva nicht mehr erreichen.

Er kniff die Augen zusammen. Hatte er richtig gesehen? Hatte das Schwein Eva gerade an den Hintern gefasst?

Er spürte, wie eine heiße Welle seinen Puls nach oben trieb.

Wie hatte Eva diesen aufgeblasenen Scheißkerl mit seinen affigen Locken nur heiraten können? Sie war viel zu gut für ihn! Die Vorstellung, dass er Eva jede Nacht küssen, anfassen und sogar ins Bett ziehen durfte, war nicht zu ertragen.

Durch das Fenster beobachtete er, wie die beiden sich an den Tisch setzten. Er konnte nur ihre Beine und den Bademantel sehen, aber der Winkel, wie sie sich jetzt nach vorne beugten, ließ darauf schließen, dass ihr Mann sie gerade über die Tischplatte hinweg küsste.

Evas Mann. Was hatte er am Ende gezischt, im Gericht, kurz nachdem der Richter sein Urteil gesprochen hatte?

»Du dummes Stück Scheiße, wenn du dich noch einmal in ihrer Nähe blicken lässt, bringe ich dich um.« Die Erinnerung an diesen Moment breitete sich wie ein böses Gift in seinem Kopf aus. Wieder zitterte er vor Wut.

Es war nicht die Drohung, die ihn am meisten aufregte. Auch nicht die Spucke, die ihm damals ins Gesicht gespritzt war. Was ihn am meisten ärgerte, war das »dumm«. *Dummes* Stück Scheiße. Für einen Moment war er kurz davor gewesen, dem Kerl direkt vor dem Gerichtssaal an die Gurgel zu gehen. Aber dann hatte er Evas erschrockenes Gesicht gesehen und sich im letzten Augenblick wieder beruhigt.

Er war *nicht* dumm, nein, ganz bestimmt nicht. Ja, er arbeitete in einem Baumarkt und nicht in einer Werbeagentur. Und er fuhr nur einen Golf und keinen schwarzen Porsche wie dieser Angeber. Aber er war nicht dumm, nein, das war er nicht.

Unterhalb der Jalousie war nun zu sehen, wie Evas Mann mit seinem großen Zeh an ihrem nacktem Bein hoch- und runterfuhr. Er lächelte bitter und stellte sich vor, wie er ihn abschneiden würde, den verdammten Zeh, am besten mit einer Heckenschere aus der Gartenabteilung. Und dann würde er sich mit der Schere langsam nach oben arbeiten. O ja, der Kerl würde bereuen, dass er ihm keinen Respekt erwiesen hatte.

Plötzlich wurde die Beifahrertür aufgerissen. Er zuckte erschrocken zusammen, als ein Mann sich, ohne zu fragen, neben ihn in den Sitz fallen ließ.

»Na, Stein, schon paar gute Schnappschüsse gemacht?«

Er sah den Kommissar völlig entgeistert an. »He, spinnen Sie? Was wollen Sie hier?«

»Nur ein bisschen plaudern«, sagte Krumme. Er lächelte.

»Los, raus hier. Sofort! Das ist mein Auto!« Er verzog das Gesicht, als ihm der Geruch von Krummes Altherren-Haarwasser die Nase verklebte.

»Oh, ich weiß sehr genau, dass das Ihr Auto ist.« Krumme sah ihm in die Augen. Jetzt lächelte er nicht mehr. »Und ich weiß auch, dass Sie immer wieder hierherkommen und das Haus beobachten.«

Er zeigte auf den Altbau vor ihnen. Im ersten Stock konnte man mittlerweile die Beine der beiden nicht mehr sehen. In der Küche tauchten sie auch nicht auf. Stein konnte sich schon vorstellen, wo sie jetzt gelandet waren.

»Ich bin heute zum ersten Mal hier«, sagte er.

»Sie lügen. Ich habe die Kollegen informiert und gebeten, ein Auge auf Sie zu haben. Sie stehen hier regelmäßig mit Ihrer Kamera.«

»Und wenn schon. Ich kann stehen, wo ich will. Solange ich auf Abstand bleibe und sie nicht … belästige«, fügte er spitz hinzu.

»Sie haben keine Ahnung, oder?«, fragte der Kommissar, der ihn genau beobachtete und dabei spöttisch lächelte.

Er sah ihn verdutzt an.

»Die Beckers wohnen gar nicht mehr hier.«

»Was? Aber natürlich …?« Er zeigte irritiert auf die beleuchteten Fenster im ersten Stock. Tatsächlich war in der Küche hinter der Gardine wieder Bewegung zu sehen.

Krumme schüttelte den Kopf. »Nein, das ist ein anderes Pärchen. Studenten, glaube ich. Die Beckers sind aus Berlin weggezogen.«

»Weggezogen?«, wiederholte er völlig überrascht. »Aber wohin denn?«

»Keine Ahnung.« Krumme lächelte zufrieden. Stein wusste, dass er ihn anlog.

»Aber wieso?« Seine Stimme zitterte.

»Vielleicht hat Frau Becker ja gesehen, dass Sie sich ständig hier rumtreiben.«

»Ganz bestimmt nicht.«

»Weil Sie sich hier immer im Dunkeln versteckt halten?« Stein sah aus dem Fenster.

»Ich kann sein, wo ich will. Ich bin ein freier Mann.«

»Und ich werde alles tun, damit sich das so bald wie möglich ändert.«

»He, was soll das? Fangen Sie jetzt wieder mit Ihrer Joggerin an? Ich habe nichts getan!«

»Sie haben die arme Frau in den Tod getrieben. Ich werde es beweisen.«

»Wie lange soll das jetzt noch so weitergehen?«

»Was?«

»Wollen Sie mir ewig hinterherlaufen?«

»Nur solange Sie eine Gefahr für andere Menschen sind.« Stein seufzte müde.

»Na schön, tun Sie, was Sie nicht lassen können. Aber jetzt raus aus meinem Auto, ich will nach Hause.«

»Gute Idee. Ich bleibe noch so lange hier, bis Sie weg sind.«

Damit stieg der Kommissar aus dem Wagen, beugte sich aber noch einmal zu ihm herunter. »Und wie gesagt: Sie brauchen nicht wiederkommen. Hier gibt's nichts mehr zu sehen.«

Damit ging er.

Stein atmete tief durch. Dieser Scheißkerl, dachte er. Wieder blickte er zu dem Haus.

Hatte Krumme die Wahrheit gesagt? Waren die beiden wirklich weggezogen?

Ja, es war die Wahrheit, auf einmal war er sicher. Es erklärte auch, warum er Eva so lange nicht mehr auf der Straße gesehen hatte. Nur als er behauptet hatte, er wüsste nicht, wohin die beiden gezogen waren, hatte der verfluchte Kommissar gelogen.

Eva war weg. Und er hatte nichts davon mitbekommen. Er kam sich so dämlich vor. Und dieses Gefühl mochte er überhaupt nicht.

Eva war nicht mehr da.

Ihn schwindelte. Er fühlte sich im Auge eines Sturms, der alles um ihn herum auseinanderriss. Angst erfasste ihn und nahm ihm fast den Atem. Verzweiflung. Wut und Hass. Genau die gleiche Wut, der gleiche Hass hatten ihn erfasst, als er feststellte, dass die dumme Kuh im Park doch nicht Eva gewesen war.

Er schrie. Schrie so laut, dass es die ganze Welt hören musste. Er schrie und schlug dabei auf das Lenkrad, immer und immer wieder.

Mit geschlossenen Augen versuchte er sich zu beruhigen. Dann atmete er tief durch, wischte sich die verschwitzten Haare aus der Stirn und startete den Motor.

Weg hier, weg, so schnell wie möglich.

Als er die Straße entlangfuhr, sah er kurz das bleiche Gesicht des Kommissars hinter dem Steuer eines parkenden Autos. Er war ganz alleine, und für einen kurzen Augenblick trafen sich ihre Blicke.

12

Till liebte seine neue Mannschaft. Die Jungs von Concordia Kleebüll wollten Spaß, nahmen Fußball aber doch so ernst, dass Spiel und Training eine richtige Herausforderung darstellten. Als dynamischer Mittelfeldspieler war er im Team sofort akzeptiert worden und hatte sogar beim ersten Spiel gegen den VFB Husum die beiden Siegestore geschossen. Der Rasen des Sportplatzes am Ortsausgang Richtung Bredstedt war ein saftig-grüner Traum. Till schwor sich, niemals wieder auf einem staubigen Ascheplatz wie bei seinem Berliner Verein zu spielen. Die anderen Spieler waren fast alle Jungs aus dem Dorf, nicht so hip wie seine Kumpels aus Berlin, aber auch mit ihnen konnte man viel Spaß beim Spielen, Trinken und besonders beim Fußballgucken haben – für Till der höchste Grad einer Männerfreundschaft. So gab es drei – überraschend nette – Werder-Fans, vor allem aber auch sechs sehr umtriebige HSV-Fans, mit denen er sofort einen Ausflug zum nächsten Heimspiel verabredete.

Auch mit dem Trainer kam er gut klar. Er war fast fünfzig und erinnerte mit seinem breiten Gesicht, seinem gewaltigen Bauch und dem schütteren blonden Haar an einen klein gewachsenen Wikinger-Häuptling. Ein Freund vieler Worte war er nicht – wie die meisten Nordfriesen. Und doch hatte er sich interessiert nach Tills Beruf und auch nach Eva und ihrer Berliner/Hamburger Herkunft erkundigt. Er selbst trat beim Training nur noch sehr selten gegen einen Ball, und angesichts seiner Leibesfülle konnte Till sich nur schwer vorstellen, dass er jemals in kurzen Hosen über den Platz gesprintet war. Trotzdem genoss er bei seiner Mannschaft allerhöchsten Respekt. Nur ein Wort oder eine Geste mit seinen fleischigen Armen, und schon spurten die Jungs. Das lag sicherlich auch an seinem Beruf: Tills Trainer war Kommissar bei der Polizei in Bredstedt und hieß Holger Mannsen.

An diesem Nachmittag nahm er seine Mannschaft wieder richtig hart ran und ließ die Männer im strömenden Regen so lange quer über den Platz hecheln, bis sie sich kaum noch auf den Beinen halten konnten. Trotzdem beschwerte sich keiner. Till sowieso nicht. Je härter, desto besser, fand er. Bei seiner Arbeit hockte er meistens nur vor dem Computer, da wollte er seinen Körper wenigstens beim Training an die Grenzen treiben. Nur wenn ihm danach vor lauter Muskelkater die Beine zitterten, war er wirklich zufrieden. Eva konnte übers Tills sportlichen Ehrgeiz nur den Kopf schütteln. »Irgendwann übertreibst du es noch und holst dir eine schlimme Verletzung. Dann kannst du gar keinen Sport mehr machen.«

Tatsächlich fühlte sich sein Rücken an wie ein morsches Stück Holz, als er nach dem Training mit seinen neuen Kumpels unter der Dusche stand.

»He, du Weichei, stell dich mal nicht so an. Oder hast du bei euch in Berlin nur mit Mädchen gespielt?«, feixte Torsten »Todde« Jansen, als er sah, wie sich Till mit verzerrter Miene die Hüfte hielt. Todde war auch bei der Polizei und spielte in der Abwehr. Beim Trainingsspiel hatte er Till rustikal von hinten umgemäht – und sich dafür nicht einmal entschuldigt.

Till sah zu Todde herunter und zwang sich zu einem Lächeln. Er hatte eigentlich mit keinem aus seiner neuen Mannschaft Probleme, aber der muskulöse, eher klein gewachsene Mann mit dem Frettchengesicht war ein Blödmann.

»He, Todde, jetzt gib mal nicht so an«, meldete sich Yannik Brork, der neben Till im Mittelfeld spielte, »du bist ja nur neidisch, weil *du* noch nie mit Mädchen gespielt hast!«

Lautes Lachen dröhnte durch die Dusche. Todde schaute Yannik mit einem finsteren Grinsen an. »Sehr witzig, Brork.«

»Huh, entschuldige«, gab sich Yannik betroffen. »Hätte ich dein kleines Geheimnis nicht verraten sollen?«

Todde schwieg beleidigt über den allgemeinen Spott, griff sich sein Handtuch und verschwand in der Umkleide. Yannik zwinkerte Till zu. Till lächelte. Yannik war ein Supertyp. Und ein Superfußballer. Und HSV-Fan. Sie waren jetzt schon beste Freunde.

Beim Umziehen plauderten sie über das nächste Heimspiel. Alle waren der Meinung, dass sie die Niebüller zweistellig vom Platz prügeln würden. Eine ziemlich gewagte Prognose: Beim letzten Spiel gegen den Erzrivalen hatten sie ein 0:3 eingefahren.

»Sag mal, Till«, wandte sich Geert, der Torwart, an ihn, »als ich neulich meine Lütte vom Kindergarten abgeholt habe, habe ich deine Frau gesehen. Die arbeitet jetzt dort, was?«

Er zog die Augenbrauen hoch, als Zeichen seiner Wertschätzung für Eva. Auf einmal verstummten alle, schauten sich mit einem vielsagenden Lächeln an und hörten sehr aufmerksam zu. Noch nie hatten sie über Eva gesprochen. Aber Till merkte, dass seine hübsche Frau offensichtlich ein Riesenthema in dem kleinen Dorf war.

»Ja, und?«, gab er sich betont unbedarft. Er war es schließlich gewohnt, dass Eva für Aufsehen sorgte. »Habt ihr ein bisschen geplaudert?«

Geert schüttelte den Kopf. »Nee. Aber ich gebe zu, das würde ich gerne mal.«

Grinsend blickte er in die Runde und erntete zweideutiges Lächeln.

»Ich kann euch ja mal vorstellen. Aber ich warne dich. Eva hat einen guten Geschmack. Die redet nur mit mir. Von Spacken wie euch will die nichts wissen.«

»Das käme auf einen Versuch an«, sagte Todde.

Yannik schlug ihm sein Handtuch über den Rücken. »So 'ne Superperle ist nichts für dich, Todde. Bleib du mal hübsch bei deinen Schafen.«

Wieder lachten alle. Todde sah Yannik mit einem verächtlichen Blick an und drehte sich mit trotziger Miene weg. Yannik knuffte ihn in die Seite, als Zeichen, dass er nur Spaß machte. Aber Todde sah nicht so aus, als ob er heute noch mit Yannik reden wollte.

»Wie gefällt es deiner Frau denn hier so bei uns im Norden?«, wollte Geert wissen.

»Gut, sehr gut.« Till stand vorm Spiegel und kämmte sich die Haare. Er hätte jetzt lieber das Thema gewechselt.

»Ich meine, die kommt aus Berlin. Das ist eine große Stadt. Und jetzt wohnt sie da draußen alleine in dem kleinen Haus am alten Deich.«

»Ich muss dich enttäuschen, Geert. Sie wohnt da nicht alleine, sondern mit mir.«

Allgemeines Schmunzeln, auch bei Geert. Trotzdem sah er Till weiter aufmerksam an und schien auf mehr Information zu warten.

Till seufzte. »Im Ernst, ihr gefällt es super hier. Ihre neue Arbeit, die Kinder, die Natur. Und unser schönes Haus natürlich. Wir sind total glücklich.«

Damit wandte er sich wieder seinem Spind zu, um anzuzeigen, dass das Thema für ihn erledigt war. Tatsächlich schienen sich Geert und die anderen damit abzufinden.

Till sah sein Gesicht im Spiegel und konnte sich selbst kaum in die Augen blicken. Du Lügner, dachte er, so glücklich ist sie gar nicht. Nicht dass sie sich beschwert hätte, und selbstverständlich war sie von der friesischen Marsch und dem Wattenmeer total begeistert. Aber er musste daran denken, wie sie verschreckt auf dem Küchenboden gesessen hatte. Ihm war nicht entgangen, wie oft sie immer noch mitten in der Nacht aufwachte. Ihre Alpträume schienen ihr bis nach Nordfriesland gefolgt zu sein.

Aber das alleine war es nicht.

Anders als früher sah Eva nicht einfach nur ängstlich und verzagt aus, so als wenn sie jeden Moment erwarten würde, dass Stein wieder um die Ecke kam. Nein, ihm kam es so vor, als wenn sie irgendetwas *im Haus* verstörte. Zwar hatte sie ihn ausgelacht, als er sie darauf angesprochen hatte, und ihn aufgefordert, sich nicht ständig so viel Sorgen zu machen, aber er war sicher, dass er sich nicht irrte. Und Till vertraute auf seine Instinkte.

Kurze Zeit später verließ er das Vereinshaus. Die anderen hatten ihn gefragt, ob er noch Lust auf ein Bier im Frosch hatte, der Vereins- und einzigen Kneipe in Kleebüll. Aber Till wollte lieber wieder zurück zu Eva.

Der Regen hatte aufgehört, und die Abendsonne leuchtete in so hellen Strahlen durch die Wolken, dass er sich die Hand über die Augen halten musste. Unglaublich, wie schnell sich hier oben das Wetter änderte.

Er ging zum Fahrradstand und stöhnte: Der Hinterreifen war platt! Er musste das Rad die drei Kilometer nach Hause schieben. Leise fluchend ging er in die noch vom Training schmerzenden Knie und schaute, ob er den Reifen vielleicht nur aufpumpen musste.

»Na, brauchst du Hilfe?«

Till drehte sich überrascht um. Vor ihm stand eine blonde junge Frau in engen Jeans und einer bunten Bluse. Ihre langen Haare hatte sie nach hinten gebunden, doch alle hatte sie nicht bändigen können, so dass sie im Wind wie ein goldener Kranz um ihr Gesicht herumwirbelten. Sie war eher eine Schönheit auf den zweiten Blick, aber ihr freundlich-freches Gesicht gefiel Till sofort.

»Ich habe einen Platten. Mir kann keiner helfen«, sagte er.

Die blonde Frau reichte ihm die Hand: »Ich bin Wibke.«

Er erwiderte ihren Gruß: »Till. Till Becker.«

»Ich weiß.«

Er sah sie überrascht an.

»Ich kenne jeden aus der Mannschaft. Nur dein Gesicht habe ich noch nie gesehen. Also musst du Till Becker sein, der Neue.« Sie grinste und strich sich einige übermütige Haare aus der Stirn. Dabei sah sie ihm mit ihren leuchtend blauen Augen genau ins Gesicht.

Er lächelte. Sie flirtet mit mir, dachte er. Und es gefiel ihm.

»Außerdem bin ich die Kollegin deiner Frau. Im Kindergarten.«

»Ach ja, natürlich, Wibke. Eva hat schon von dir erzählt.«

»Ach ja? Umgekehrt hat sie mir fast gar nichts von dir erzählt. Sehr schade. Bestimmt wollte sie nur nicht verraten, was für einen Schatz sie zu Hause hat.«

Sie legte den Kopf ein wenig schief und strahlte ihn wieder an. Wirklich süß, dachte Till, während Wibke in die Knie ging, um den Reifen zu begutachten. Till war sicher, dass sie ihm auf diese Weise nur einen Blick in ihr sehr tiefes Dekolleté schenken wollte.

»Der ist hin. Da kannst du so viel pumpen, wie du willst.«

Till nickte. »Ich brauche wohl einen neuen Schlauch.«

»Ich kann dir helfen, den hier zu flicken.« Wie sie es sagte, klang es wie die Aufforderung zum Beischlaf.

Ganz ruhig, Brauner. Sie ist süß, aber sie ist Evas Kollegin. Mach keinen Quatsch!

»Das kriege ich schon alleine hin, vielen Dank«, sagte er.

»Soll ich dich im Auto mitnehmen?«

Till sah sie unsicher an. Tatsächlich spürte er immer noch seinen Rücken und hatte eigentlich keine Lust auf einen längeren Fußmarsch. Aber alleine mit dieser Frau in einem Auto, das …

»Na, Wibke, hast du dich schon mit unserem neuen Mittelfeldstar angefreundet?«

Mannsen kam mit seiner Sporttasche unter dem Arm aus dem Vereinshaus. Till bemerkte, wie sein Trainer sofort die Situation erfasste und Wibke vorwurfsvoll anblickte.

»Ich habe ihm nur meine Hilfe angeboten, Papa. Sein Schlauch hat keine Luft mehr«, sagte Wibke und zwinkerte Till zu.

Till sah Mannsen überrascht an. »Papa?«

»Ja, die Deern ist meine Tochter. Hat sie dir das etwa nicht verraten?«

Wibke schob die Unterlippe nach vorne. »Wir haben uns doch gerade erst kennengelernt.«

Mannsen nickte nur und sah seine Tochter herausfordernd an. Till hatte den Eindruck, sein Trainer wusste sehr wohl, dass seine Tochter es faustdick hinter den Ohren hatte.

»Du hast einen Platten?«, wandte er sich an Till.

»Sieht so aus.«

»Ich habe ihn gefragt, ob wir ihn kurz nach Hause fahren sollen.«

Mannsen nickte wieder und blickte Till fragend an.

»Und? Sollen wir?«

Till sah Vater und Tochter an. Der Kommissar und seine Tochter. Sein Trainer und die Kollegin seiner Frau. Wibke stand etwas hinter ihrem Vater und hörte nicht auf, ihm zuzuzwinkern.

Till schüttelte den Kopf: »Nicht nötig. Ich schiebe. So weit ist es ja nicht.«

13

Eva spazierte über den Meeresgrund. Über ihr kreischten die Möwen, in den Prielen um sie herum gurgelte leise das abfließende Wasser, und zwischen ihren Zehen quietschte bei jedem Schritt brauner Schlamm hervor. Sie hatte ihre Turnschuhe ausgezogen und bummelte entspannt über das endlose Watt. Es hatte angefangen zu regnen, aber das störte sie kein bisschen. Im Gegenteil: Es war warm, und die Tropfen auf ihrer Haut, die frische, salzige Luft in ihrer Lunge und der weiche, überraschend warme Schlick unter ihren nackten Füßen gaben ihr das überwältigende Gefühl, nicht nur staunender Betrachter, sondern selbst Teil dieser Natur zu sein. Bisher hatte sie nur die Ostsee gekannt. Und das Mittelmeer. Und den Indischen Ozean von ihrem Urlaub auf den Malediven. Auch schön. Aber das Wattenmeer mit seiner endlosen Weite, die nur von den kleinen Halligen am Horizont unterbrochen wurde, war etwas völlig anderes, etwas ganz Besonderes. Kein Tag, an dem sie nicht zu einem Spaziergang hierherkam. Manchmal mit Till. Aber gerne auch ohne ihn. Für Eva war es jeden Tag eine Offenbarung, bei Flut auf dem Deich entlangzugehen und auf das Meer hinabzusehen oder bei Ebbe einmal quer durch die Bucht zu marschieren und wie ein kleines Kind durch den Schlick zu stapfen.

Am Anfang hatte sie noch an ihren Traum denken müssen, an die Gliedmaßen, die sich ihr aus dem Boden entgegengestreckt hatten, an dieses unheimliche Gefühl, dass die komplette Welt um sie herum in Bewegung und aus den Fugen geraten war. Doch dann waren die Bilder verblasst und von der wunderschönen Natur Nordfrieslands verdrängt worden.

Doch eines ließ ihr keine Ruhe.

Das Gesicht der Frau – sie hatte es inzwischen schon öfters gesehen. In der Scheibe, im Spiegel, einmal auch auf dem Schirm des ausgeschalteten Fernsehers. Dieser immer ernste, aber auch neugierige Blick.

Aber hatte sie das Gesicht wirklich *gesehen*? Eigentlich war es nicht mehr als eine Ahnung. Nur ein Blinzeln, und schon war es wieder verschwunden. Mittlerweile erwartete sie in bestimmten Momenten schon, die Frau wieder zu sehen. Und tatsächlich passierte es dann auch. Konnte es sein, dass sie sich das Gesicht nur einbildete, weil sie eben davon ausging, dass es immer wieder auftauchte wie eine Fata Morgana? Am letzten Abend hatte sie gerade zusammen mit Till den Tatort gesehen, als sie das Gefühl hatte, die Frau würde durch die Terrassentür hereinschauen. Sofort hatte sie zu Till geblickt. Doch obwohl auch er das Gesicht gesehen haben *musste*, hatte er keine Reaktion gezeigt, sondern weiter seine Chips gemuffelt.

Also alles nur Einbildung? Ergebnis ihrer überspannten Fantasie? Aber da war auch dieses Gefühl, dass sie beobachtet wurde, dass noch jemand, dass *sie*, *die Frau*, im Haus war. Eva hatte Till so diskret wie möglich darauf angesprochen, aber der hatte sich sofort besorgt erkundigt, ob sie sich immer noch von Stein bedroht fühlte.

Nicht nur besorgt. Er hatte auch müde geklungen, vielleicht sogar genervt. Als wenn er genug von ihren ständigen Psychosen hätte.

Eva seufzte und starrte gedankenverloren an den Horizont. Im Westen brach die graue Wolkendecke auf. Die Abendsonne strahlte durch die Lücken und ließ hinter dem leise fallenden Regen einen Bogen aus buntem Licht funkeln.

Sie schüttelte den Kopf. Sie hatte ja Verständnis für Till, der während des Prozesses trotz aller Zweifel immer hinter ihr gestanden hatte. Aber so sehr sie sich auch bemühte, sie konnte diesen Alptraum eben nicht so schnell vergessen. Vielleicht hätte sie sich in Berlin ja wirklich psychologische Hilfe holen sollen, wie Till es ihr geraten hatte. Aber mein Gott, dachte sie, sie war am Ende doch gar nicht vergewaltigt worden. Was sollten nur all die armen Frauen sagen, denen es wirklich passiert war?

Aber so sehr sie auch versucht hatte, sich der ganzen Sache mit ihrem Verstand zu nähern: Berlin, die Stadt, ihre Heimatstadt, ihr ganzer Alltag hatte sich verändert, war dunkler und freudlos geworden. Sie war immer ein Mensch gewesen, der mit einem offenen Lachen auf andere zugegangen war, eine Frau, die das Flirten und das Spielen liebte und auch vor einem frechen Spruch nicht zurückscheute. Doch dann war auf einmal alles anders gewesen. Auf einmal hatte sie Angst gehabt, auf andere zuzugehen, vermutete hinter jedem Lächeln, hinter jedem Augenkontakt dunkle Absichten. Und nachts konnte sie nicht schlafen, weil sie immer an Steins unheimliches, seltsam entrücktes Lächeln denken musste.

»Du gehörst mir.«

Das war das Letzte, was er ihr im Gericht gesagt hatte.

Nach allem, was zwischen ihnen passiert war, trotz der Anzeige und trotz des Verfahrens schien dieser Perverse immer noch daran zu glauben, dass sie in den Tiefen ihres Herzens – oder wo auch immer – Interesse an ihm hatte.

Und war sie nicht selbst schuld, dass alles so gekommen war?

Ihr Blick ging zum Horizont, zur fast unsichtbaren Linie zwischen Himmel und Watt, als sie sich an die verhängnisvollen Ereignisse in jener Nacht erinnerte. Till hatte vor ihren Augen mit Rafaela, seiner Chefin, geflirtet. »Ist doch gar nichts passiert!«, hatte er später behauptet und bei seinem Leben geschworen, dass er alleine nach Hause gefahren war. Aber als die beiden kurz nacheinander aus den Toiletten zurückkamen, war die Sache für Eva klar gewesen. Völlig aufgelöst hatte sie die Party verlassen und sich in der nächsten Bar einen Cocktail bestellt, einen Long Island Iced Tea, um alles zu vergessen.

In der Bar hatte *er* sie angesprochen, hatte sie gefragt, warum sie weinte, ihr ruhig zugehört und ihr sein Mitgefühl ausgesprochen. War es die laute Musik in der Bar gewesen, das schummrige Licht oder der viele Alkohol? Wieso hatte sie nicht gemerkt, dass er nicht ganz bei Trost war? Wieso war ihr sein seltsam verlorenes Lächeln nicht aufgefallen? Und wieso, zum Teufel, hatte sie diesem fremden Menschen ihr ganzes Leben erzählt? Wahrscheinlich hatte es ihr einfach gefallen, dass sie Till seinen Betrug mit einem attraktiven Mann – und Stein sah nicht schlecht aus – heimzahlen konnte.

Er hatte immer neue Cocktails bestellt, und aufgedreht, wie sie war, hatte sie mitgetrunken. Was dann passiert war, wusste sie nicht mehr. Der erste und einzige Blackout ihres Lebens. Am nächsten Morgen war sie neben ihm in seinem Bett aufgewacht, mit gewaltigen Kopfschmerzen, total verschwitzt und nackt. Hatte sie wirklich mit ihm geschlafen? Sie konnte sich nicht erinnern. Verzweifelt hatte sie ihm zu erklären versucht, dass das zwischen ihnen nur ein Unfall war, aber er hatte ihr nicht geglaubt.

»Das Schicksal hat uns zusammengeführt, damit ich dir helfen kann«, hatte er gesagt.

Und damit hatte der Alptraum angefangen.

Stein hatte ihr vor dem Kindergarten aufgelauert, sie im Stundenrhythmus auf ihrem Handy angerufen, war ihr bis vor ihre Haustür gefolgt und hatte dort nächtelang auf sie gewartet. Dabei hatte sie ihn sogar noch einmal in seiner Wohnung besucht, um ihm freundlich und ganz im Guten zu erklären, dass es keine Zukunft für sie beide gab, egal was in jener Nacht passiert war.

Aber irgendwie hatte er ihr überhaupt nicht zugehört.

»Du gehörst zu mir. Wir sind füreinander bestimmt!«, hatte er mit seiner seltsam weichen Stimme geflüstert, die ihr in dieser Bar in Neukölln noch ganz sexy erschienen war.

Er war ihr weiter nachgelaufen, Tag und Nacht. Am liebsten hätte sie das Haus nicht mehr verlassen. Tat sie es doch, war er sofort zur Stelle, setzte sich im Café zu ihr, als wenn sie ein altes Liebespaar wären, das aktuell nur ein kleines Problem mit der Kommunikation hatte.

»Eva, du kannst vor unserer Liebe nicht fliehen«, hatte er ihr gesagt.

Manchmal, wenn sie mit Freunden unterwegs war, hatte er auch nur schweigend im Hintergrund gesessen, sie aus der Ferne beobachtet – und Fotos von ihr gemacht. Sie bekam jetzt noch eine Gänsehaut, wenn sie sich vorstellte, was er damit wohl anstellte.

Am Ende hatte sie Till unter vielen Tränen alles gebeichtet. Nein, sie hatte an dem Abend nicht bei einer Freundin geschlafen, sondern bei einem fremden Mann, der ihr jetzt das Leben zur Hölle machte.

Natürlich war Till schwer getroffen gewesen. Aber statt

dass er mit ihr schimpfte, hatte sich sein ganzer Zorn auf Stein gerichtet. Er hatte ihn sogar in seiner Wohnung in Neukölln besucht und ihn wütend aufgefordert, sie endlich in Ruhe zu lassen.

Wahrscheinlich hatte Stein sie danach nur noch aus einiger Entfernung beobachtet. Sie hatte ihn eine Weile lang nicht mehr entdecken können und trotzig beschlossen, ihr altes Leben wiederaufzunehmen.

Bis zu dem Abend in dem Park in Schöneberg.

Es war während ihrer Joggingrunde vor dem Abendbrot, als Stein ihr auf einmal im Halbdunkel in den Weg trat. Sie hatte versucht davonzulaufen, aber er hatte sie brutal festgehalten, gewürgt und auf den Boden gepresst. Später hatte er behauptet, dass er nur mit ihr hatte reden wollen. Blödsinn! Eva musste immer noch zittern, wenn sie an den schlimmsten Moment ihres Lebens dachte, an Steins gierigen Blick und seinen nach Schweiß stinkenden Körper. Zum Glück hatte sie sich losreißen und fliehen können.

Noch am gleichen Abend waren sie und Till zur Polizei gefahren und hatten Stein angezeigt. Die versuchte Vergewaltigung ließ sich nicht beweisen, aber für das Stalking erhielt er eine Bewährungsstrafe mit der Auflage, sich von ihr fernzuhalten.

Doch auch danach hatte sie immer wieder das Gefühl gehabt, Stein zu sehen oder weiter von ihm beobachtet zu werden. Beweisen konnte sie nichts, aber ihr angeschlagenes Gemüt, ihre Launen und die lauernde Bedrohung durch Stein wurden zu einer Belastung für ihre Ehe. Till hatte ihre Version der Geschichte geglaubt, obwohl es ihn verletzt hatte, dass Stein vor Gericht behauptete, sie, Eva, habe ihn in der Bar in Neukölln als Lügner und Ehebrecher beschimpft.

Die Idee mit dem Umzug nach Kleebüll war schließlich von ihm gekommen. Zuerst war sie völlig überrascht gewesen. Berlin verlassen? Die Stadt, in der sie geboren war und ihr ganzes Leben verbracht hatte?

»Gerade deshalb«, hatte Till gesagt, »es wird allmählich Zeit für etwas Neues.« Also waren sie von Berlin hierher in dieses kleine Dorf gezogen, um die Phantome der Vergangenheit hinter sich zu lassen und einen Neuanfang zu wagen.

Sollte sie Till unnötig beunruhigen, indem sie ihm von der unheimlichen Frau erzählte?

Nein, er hatte genug für sie getan. Die ganze Zeit hatte er unter ihrer Angst vor Stein gelitten, da konnte sie nicht schon wieder kommen und sagen, dass sie sich jetzt auch hier in ihrem neuen Heim verfolgt und beobachtet fühlte.

Das Verrückte war: So unheimlich war das Gesicht gar nicht. Verwirrend ja, aber nicht unheimlich oder bedrohlich. Natürlich hatte sie sich beim ersten Mal erschrocken. Sie hatte keine Ahnung, was es zu bedeuten hatte, ob sie wirklich einen Geist sah oder sich die Frau nur einbildete, aber auf eine seltsame Weise spürte sie in diesen kurzen Momenten, in denen die Zeit gleichwohl stehen zu bleiben schien, so etwas wie Wärme und Zuneigung. *Freundschaft*.

Eva schüttelte sich, um die verwirrenden Gedanken aus ihrem Kopf zu vertreiben. Hier stand sie, mitten im Watt, und dachte wieder so dummes Zeug. Vor ein paar Wochen noch hatte sie in Berlin gelebt, im Stress der Großstadt, mit dem vielen Verkehr, den verstopften U-Bahnen und den langen Schlangen an den Supermarktkassen. Nicht immer schön, aber eine Realität, an der sie sich festhalten konnte. Wenn ihr damals jemand gesagt hätte, dass sie schon bald an Geister glauben würde, hätte sie ihn ausgelacht.

Eine kreischende Möwe holte sie aus ihren Gedanken. Sie

flog so dicht über sie hinweg, dass sie erschrocken den Kopf einzog. Sie schaute sich um und stellte erstaunt fest, dass sie auf einer Sandplatte so weit hinaus ins Watt gegangen war, dass der Deich und die Küste kaum mehr als ein grüner Streifen am Horizont waren. Noch dauerte es über eine Stunde, bis das Wasser mit der Flut wieder zurückkam, aber trotzdem war es an der Zeit, zurück zum Ufer zu gehen.

Sie kniff die Augen zusammen. Konnte es sein, dass auf dem Deich jemand stand und sie beobachtete? War Till schon vom Training zurück? Oder war da nur ein Spaziergänger, der den Ausblick auf das Wattenmeer genießen wollte?

Für einen kurzen Augenblick spürte sie eine unwohle Hitze, die sich in ihrem Bauch ausbreitete. Sie schüttelte den Kopf, nein, Schluss damit, keine Angst mehr. Sie durfte nicht mehr zulassen, dass dieses jämmerliche Gefühl Besitz von ihr nahm und wie ein Gift durch ihren Körper strömte.

Schon war die Gestalt auf dem Deich wieder verschwunden.

Eva beschloss, endlich nach Hause zu gehen. Zuerst folgte sie in einem weiten Bogen einer Sandbank, entschloss sich dann aber, den direkten Weg durch einen kleineren Priel zu nehmen, auch wenn sie dort bei jedem Schritt bis zu den Knöcheln im Schlick versank.

Sie dachte gerade daran, was sie heute Abend kochen wollte, einen Braten oder vielleicht den Lachs, den sie auf dem Markt in Niebüll gekauft hatte, als sie auf einmal etwas Kaltes spürte, das sich im Schlamm gegen ihren Fuß drückte.

Zuerst dachte sie, es würde sich um eine Muschel handeln oder um einen der Granitsteine, Überbleibsel der letzten Eiszeit, die man oft im Watt fand. Neugierig ging sie in die

Hocke und fuhr in dem glasklaren Wasser mit der Hand durch den feinen Sand. Zu ihrer großen Überraschung bekam sie auf einmal etwas Metallenes zu fassen, das im Schlamm vergraben lag. Vorsichtig zog sie daran. Eine gelbe Sandwolke löste sich vom Grund und verdeckte die Sicht. Dann sah sie, was sie hier draußen, mitten auf dem nackten Meeresgrund gefunden hatte.

Eine Uhr an einer Goldkette. Sie konnte es nicht fassen. Ein richtiger Schatz! Wie alt sie wohl war? Fünfzig Jahre? Hundert? Oder noch viel älter? Sie spülte den Schlamm ab und betrachtete das zerkratzte Metall, fuhr andächtig mit dem Daumen über den verrosteten Deckel. Vorsichtig schüttelte sie das kleine Gehäuse und versuchte es zu öffnen. Wie eine Auster verweigerte sich das verrostete kleine Ding. Endlich knackte es, und sie konnte den Deckel aufklappen.

Eva entfuhr ein kleiner Schrei. Es war doch keine Uhr. Sondern ein Medaillon mit dem graubraunen, etwas verblichenen, aber immer noch gut zu erkennenden Foto einer Frau, die, gekleidet in eine schwarze Tracht, ernst in die Kamera sah. Eva merkte, wie die Hand zitterte, in der sie das Medaillon hielt. Das konnte doch nicht sein …

Sie kannte diese Frau. Es war die gleiche Frau, die sie in ihrem Haus gesehen hatte. Die Frau, die sie durch die Scheibe und aus dem Spiegel heraus beobachtete.

14

»Guten Appetit.«

Krumme fuhr erschrocken herum und prustete dabei Teile seiner Salamistulle auf seinen Gast.

»'tschuldigung, ich habe dich gar nicht gehört.«

»Schon gut.« Der bullige Beamte wischte sich ein paar Brotkrümel von der Jacke. »Ich wollte dich nicht bei deinem Abendbrot stören.«

»Kein Problem. Hab nur gerade nachgedacht.«

»Ach ja?« Kriminalhauptkommissar Jahnke von der Sitte, einer der wenigen echten Freunde, die er hier im Neuköllner Polizeipräsidium hatte, grinste und legte ihm einen Umschlag auf den Tisch.

»Der Bericht aus der Pathologie.«

»Die Joggerin?« Krumme war auf einmal hellwach. Er warf die Stulle achtlos auf den Tisch und zog hastig ein paar Seiten aus dem Umschlag. Während er den kurzen Bericht aufmerksam las, schaute sich Jahnke ein wenig um. Krumme musste sich sein Büro mit drei anderen Kollegen teilen, die aber alle gerade unterwegs waren. Eine Trennwand sorgte dafür, dass er seine Ruhe hatte. Krummes Bereich war ein einziges Chaos aus aufgeschlagenen Aktenordnern, Fotos, Butterbrotpapier und dreckigen Kaffeetassen.

»Meine Güte, wie es bei dir aussieht ... Willst du nicht mal aufräumen?«

»Keine Zeit.«

»Hast du keine Angst, dass die Kollegen dich rausschmeißen?«

»Ach was. Die haben andere Probleme.«

»Du verbringst fast dein ganzes Leben hier in dieser Ecke. Wieso machst du es dir nicht ein bisschen hübsch?«

»Habe ich doch.« Ohne von den Unterlagen aufzuschauen, zeigte Krumme auf einen Blumenpott mit einem Kaktus. Aber selbst der hing wegen mangelnder Pflege schon vertrocknet auf den Tisch. Jahnke schüttelte den Kopf, wollte noch etwas sagen, entschied sich dann aber, lieber ebenfalls einen Blick auf den Bericht zu werfen.

»Und?«

»Nichts.« Krumme hatte zu Ende gelesen und schob die Seiten seufzend zur Seite. »Keine Spuren einer Vergewaltigung.«

»Sei froh, dass dem armen Mädchen wenigstens das erspart blieb.«

»Natürlich. Aber ich hatte gehofft, dass sie irgendwelche Spuren einer anderen Person finden. Aber … nichts.« Er steckte den Bericht zurück in den Umschlag.

Jahnke musterte ihn. »Du meinst eine Spur von Stein?«

Krumme stöhnte leise. »Ich *weiß*, dass dieser Scheißkerl in dem Park war!«

»Das weißt du eben nicht. Wir haben alles abgesucht. Es gibt keinen Beweis, dass der Tod des Mädchens kein Unfall war.«

»Wir haben einen Zeugen.«

»Einen Junkie, der glaubt, dass sie um Hilfe gerufen hat. Sich aber auch nicht ganz sicher ist. Aber selbst wenn er recht hat und sie wirklich verfolgt wurde, heißt das noch lange nicht, dass es Stein war. Berlin ist voller Verrückter, die sich nachts in Parks herumtreiben.«

Krumme nickte bedächtig und sah dabei hinaus auf den zähen Verkehr in der Sonnenallee.

»Willst du den Kerl nicht endlich in Ruhe lassen?«, fragte Jahnke.

»Er ist gefährlich.«

»Das glaubst du nur. Und wir haben da draußen genug echte Psychos, um die wir uns kümmern müssen.«

Krumme schwieg nachdenklich.

»Ich weiß nicht, was du willst! Der Fall ist doch längst erledigt. Ja, Stein ist ein Irrer. Aber außer dem Stalking hat er bis jetzt nichts angestellt.«

»Wer weiß, was passiert wäre, wenn Eva Becker ihm nicht entwischt wäre?«

»Wäre, hätte! Tatsache ist, dass nichts passiert ist! Und jetzt ist es sowieso egal. Stein ist verurteilt, und die Beckers sind weggezogen. Der Kerl wird sie nie wieder belästigen.«

»Trotzdem. Er ist eine Bombe, die jeden Moment hochgehen könnte.«

»Wenn du mich fragst, trifft das auf die Mehrheit aller Menschen in dieser Stadt zu. Man muss bei ihnen nur den entsprechenden Knopf finden und drücken.«

Krumme schwieg. Jahnke klopfte ihm auf die Schulter.

»Hör zu, du bist einer unserer besten Polizisten. Vergiss Stein. Und kümmer dich wieder um deine eigentliche Arbeit.«

»Jaja, keine Sorge, bin ja schon dabei.« Krumme klopfte auf einen Aktenstapel.

»Dann ist es ja gut«, sagte Jahnke freundlich und ging.

Krumme lehnte sich in seinem knirschenden Stuhl zurück und verschränkte die Arme hinter seinem Kopf. Für einen Moment lauschte er den Geräuschen der Großstadt, die durch die Fenster nur gedämpft zu hören waren.

Dann kramte er auf seinem Tisch herum, fand schließlich einen dünnen Ordner und schlug ihn auf.

Auf der ersten Seite war ein Foto von Stein. Er lächelte etwas steif, aber nicht unfreundlich in die Kamera. Krumme hatte es sich von der Mitarbeiterwand des Baumarktes organisiert. Sah so ein Verbrecher aus? Er war sich immer noch nicht sicher.

Stein war Urberliner, aufgewachsen in Reinickendorf. 35 Jahre. Vater Klempner, bei einem Autounfall vor zehn Jahren gestorben. Mutter litt unter schweren Depressionen, stürzte sich zwei Jahre nach dem Tod ihres Mannes vor die S-Bahn.

Keine Geschwister. Ein Einzelgänger, aber als zuverlässiger Kollege in seiner Firma geschätzt. Ledig. Über eine frühere feste Beziehung mit einer Russin, die mittlerweile wieder in ihre Heimat zurückgekehrt war, hatte Krumme so gut wie nichts in Erfahrung bringen können. »Die haben nur gezankt. Die große Liebe war das bestimmt nicht«, hatte ihm ein Nachbar hinter vorgehaltener Hand zugeraunt.

Auch bei seiner Arbeit besaß Stein einen ganz speziellen Ruf.

»Schon ein komischer Typ. Ganz nett, aber wenn man ihm nicht den entsprechenden Respekt entgegenbringt, kann er ziemlich aggressiv werden«, hatte ihm eine Kollegin verraten und ihm von einem heftigen Streit auf dem Betriebsfest erzählt. Dort hatte eine leicht beschwipste Frau einen Witz über den vermeintlichen Dauersingle gemacht, worauf Stein sie mit sich überschlagender Stimme wütend beschimpft hatte. Danach hatten sich die Kolleginnen im Baumarkt lieber von ihm ferngehalten.

Stein hatte definitiv nicht alle Tassen im Schrank, das war auch Krummes persönlicher Eindruck, nachdem er ihn mehrmals verhört hatte.

Trotzdem ... Jahnke hatte recht. Eigentlich war die Sache abgeschlossen. Er musste Stein aus seinem Kopf bekommen. Dass er sich trotz der Bewährungsstrafe weiter in Schöneberg vor der ehemaligen Wohnung der Beckers herumtrieb, zeigte zwar, dass er immer noch nicht »geheilt« war. Aber Eva Becker war jetzt unerreichbar für ihn. Irgendwann würde selbst dieser Irre begreifen, dass er sie vergessen musste.

Krumme öffnete eine Schublade und holte eine Postkarte heraus. Sie zeigte einen prachtvollen Sonnenaufgang über dem Wattenmeer mit Krabbenkuttern und kleinen Inseln am Horizont. Er drehte sie um und las: *Liebe Grüße aus dem Norden! Uns geht es wunderbar! Noch mal vielen Dank für Ihre Hilfe. Eva Becker*

Die beiden hatten genau das Richtige getan. Jetzt waren sie in Sicherheit.

Krumme drehte die Karte noch einmal um und sah sich das Bild genauer an. Die Nordsee. Ein bisschen kitschig, aber hübsch, sehr hübsch, dachte er. Für einen Moment ging sein Blick ins Leere. Er lächelte wehmütig. Neuanfang – eine gute Idee. Vielleicht sollte auch er die Gespenster der Vergangenheit endlich vertreiben.

Dann schüttelte er den Kopf. Zurück an die Arbeit!

Jahnke hatte recht, es gab viel zu tun. Er sollte sofort anfangen.

Aber vorher brauchte er erst mal einen neuen Kaffee. Er schnappte sich die drei schmutzigen Tassen, die auf seinem Schreibtisch herumstanden, stemmte sich ächzend aus seinem Stuhl und ging durch das leere, nur von einer kleinen Lampe beleuchtete Büro in die Küche.

15

Die Sonne stand hoch am Himmel, als Eva nach Hause in ihr neues Heim hinter dem Deich zurückkehrte. Sie hatte sich schon daran gewöhnt, dass sich die friesische Landschaft jeden Tag in einem neuen Licht präsentierte, in neuen, atemberaubenden Farben und Perspektiven. Aber an diesem Tag erschien es ihr, als wenn die ganze Welt leuchtete wie in einer Waschmittelwerbung. Die Blumen im Garten, die Rosen, die an der Fassade des Hauses rankten, der Rasen – alles strahlte in einem warmen Licht,

Die Luft duftete frisch nach Salz und Seegras. Aus der

Ferne vernahm sie leise das gleichmäßige Rauschen des Meeres und das Kreischen der Möwen, das ihr heute wie freundliches Lachen erschien.

Sonst herrschte Stille. Kein Mensch war zu hören oder zu sehen. Lächelnd schloss sie die Augen, um diesen perfekten Moment zu genießen.

Glücklich ging sie um ihr Haus herum, nach hinten zur Terrasse.

Die Terrassentür stand offen, war Till etwa schon zu Hause? Vorsichtig trat sie über die Schwelle und war sofort von der vertrauten Atmosphäre ihres Hauses gefangen. Licht fiel in warmen Strahlen durch die Fenster, und auf dem Tisch und auf der Anrichte standen Vasen mit frischen Blumen.

Aus der Küche hörte sie ein leises Scheppern. Jemand deckte den Tisch.

Für einen kurzen Moment spürte sie Nervosität. Doch dann verschwand ihre Angst wie Wasser, das in trockener Erde versickert. Sie musste sich keine Sorgen machen. Ihr Gast wollte ihr nichts Böses. War es überhaupt *ihr* Gast? Nein, sie wusste, dass es umgekehrt war: Sie war hier der Gast, jemand erwartete sie.

Zögerlich ging sie in die Küche. Sie war leer, kein Mensch zu sehen. Aber der Tisch war für zwei gedeckt. In der Mitte stand eine Kanne mit duftendem Tee und daneben eine kleine Schale mit Gebäck. Aber wo war ihr Gastgeber? Oder vielmehr: ihre Gastgeberin? Sie war sich sicher, genau zu wissen, *wer* hier auf sie wartete. Tatsächlich hörte sie auf einmal ein leises Rascheln hinter sich. Sie war nicht alleine. Langsam, sehr langsam drehte sie sich um. Endlich sah sie sie: Vor ihr stand eine blonde Frau, etwas kleiner als sie, in einem schwarzen Kleid. In ihrer Tracht wirkte sie wie ein lebendiges Gemälde. Sie musterte Eva mit einem neugierigen, verwirrten Blick. Dann lächelte sie freundlich und legte den Kopf schief.

Till schreckte aus seinem Bett hoch. Orientierungslos schaute er sich um. Es war mitten in der Nacht. Durch die angelehnten Fenster hörte er den leisen Regen und das Rauschen des Windes, der über den Deich zum Haus wehte.

Er hatte einen Schrei gehört. Oder nicht? Alarmiert sah er zu Evas Seite. Die Decke war zur Seite geschlagen, die Schlafzimmertür nur angelehnt.

Irgendwas war passiert, das spürte er.

»Eva?«, rief er und sprang aus dem Bett. Auf dem Flur rief er nochmals ihren Namen, bekam aber wieder keine Antwort. Er hielt die Luft an und lauschte angestrengt in die dunkle Stille. Vielleicht war es doch keine gute Idee gewesen, das Licht nachts wieder komplett auszuschalten.

War sie nur auf der Toilette? Vorsichtig drückte er die Tür auf – aber die kleine Kammer war leer. Auf das Fenster an der schrägen Decke prasselte der Regen. Till schaute nach oben. In einem kleinen Wolkenloch leuchtete der Halbmond.

Sie musste unten sein.

Langsam ging er die enge Wendeltreppe hinunter in das Erdgeschoss.

»Eva?«, rief er. Keine Reaktion. Kurz überlegte er, das Licht anzuschalten, ließ es dann aber bleiben. Unten angekommen, schaute er sich um. Keine Spur von seiner Frau, das Wohnzimmer war leer. Mit unwohlem Gefühl sah er zu der Terrassentür und erwartete fast, dass dort jeden Moment Steins Gesicht an der Scheibe auftauchte.

Plötzlich sah er aus den Augenwinkeln eine Bewegung. Eine langsame Bewegung in der dunklen Küche.

Zögernd tastete er sich durch das Wohnzimmer. Dann sah er sie. Mit dem Rücken zu ihm saß sie an dem Tisch, still, starr, wie eine Puppe.

»Was machst du denn hier, verdammt noch mal?«, flüsterte er und ging um sie herum, um ihr ins Gesicht zu sehen.

Der Anblick jagte ihm einen kalten Schauer über den Rücken.

Eva saß alleine am Tisch und blickte mit offenen Augen und entrücktem Gesicht auf die andere Tischseite. Sie nahm ihn überhaupt nicht wahr. Er konnte erkennen, wie sie langsam den Kopf bewegte, so als wenn sie jemandem zuhörte und zustimmend nickte. Vor ihr stand eine leere Teetasse. Ihr gegenüber stand noch ein Gedeck auf dem Tisch, dahinter ein leerer Stuhl.

Till starrte seine Frau fassungslos an. Was zum Teufel ging hier vor sich? War sie jetzt komplett übergeschnappt? Wem hörte sie da so aufmerksam zu?

Vorsichtig strich er ihr über den nackten Arm. »Eva, komm, lass uns wieder nach oben ins Bett gehen.«

Aber sie reagierte überhaupt nicht. Stattdessen wippte sie nur weiter mit dem Kopf und sah mit verklärtem Blick ins Nichts.

Endlich verstand er. Eva schlafwandelte. Das hatte sie noch nie getan. Aber nach den aufregenden letzten Monaten war es kein Wunder, dass ihr Verstand noch etwas neben der Spur lief. Irgendwo hatte er mal gelesen, dass man Schlafwandler auf keinen Fall wecken sollte, weil sie sich dann zu Tode erschrecken würden. Also, was tun? Er konnte doch nicht einfach wieder ins Bett gehen und sie hier alleine im Dunkeln sitzen lassen?

Er beschloss, sich in den alten Sessel zu setzen, der direkt neben der Küchentür stand, die in den Garten führte. Eigentlich hätte dieses Möbelstück ins Wohnzimmer gehört. Aber Till hatte ihn sich in die Küche stellen lassen. Er liebte es, dort mit einem Kaffee in der Hand die Morgenzeitung zu lesen.

Er setzte sich und versuchte keinen Lärm zu machen, obwohl der alte Sessel ziemlich knarrte, wenn jemand auf ihm Platz nahm. Dabei ließ er Eva nicht aus den Augen.

Wie schön sie war, selbst so, mit ihren schlafzerzausten Haaren und im Pyjama. Eigentlich war es ein Nightie aus dünner Seide, das er ihr letztes Weihnachten geschenkt hatte – und irgendwie auch sich.

Er bemerkte, wie sie versonnen ihre Tasse streichelte. Wer nur hatte die andere Tasse auf den Tisch gestellt? Er selbst hatte nach dem Abendbrot den Tisch abgedeckt und gewischt. Als sie nach oben ins Bett gegangen waren, war er völlig leer gewesen.

Was war nur mit ihr los? Das war doch nicht normal, dass sie hier mitten in der Nacht mit offenen Augen durch das Haus irrte und sich einen Tee machte! Hätte er in Berlin doch darauf bestehen sollen, dass sie zu einem Arzt ging?

Mit müden Augen betrachtete er seine Frau, die wie ein lebender Geist am Tisch saß, versunken in ihr stummes Gespräch mit ihrem unsichtbaren Gast.

Auf einmal überfiel ihn tiefe Resignation. Wie weit war es mit ihnen beiden nur gekommen? Früher waren sie gemeinsam lachend um die Häuser gezogen und hatten in dunklen Bars herumgeknutscht. Und sie hätten jetzt, mitten in der Nacht, Liebe gemacht. Doch Evas »Affäre« hatte ihrer Beziehung die Unschuld geraubt. Nun war alles anders. Eva war ein ganz anderer Mensch geworden, voller

Ängste und Neurosen. Und jetzt saßen sie hier im Dunkel, wie zwei Fremde.

Er seufzte niedergeschlagen. Mal schauen, was sie ihm morgen erzählen würde. Er lehnte sich in seinem weichen Sessel zurück, und während draußen der Regen auf den Steinweg vor der Küche platschte, überlegte er, ob er sich auch einen Tee machen sollte. Doch noch während er darüber nachdachte, war er schon eingeschlafen.

16

»He, du Schlafmütze! Wach auf!«

Till riss erschrocken die Augen auf. Wieder brauchte er einen Moment, um zu erkennen, wo er war: in seinem Sessel in der Küche. Aber jetzt war Tag, helllichter Tag, die Sonne blendete ihn. Und Eva stand vor ihm und sah lächelnd zu ihm herunter.

»Was treibst du denn hier unten?«

»Ich?«, stammelte er und bemerkte, dass sie schon komplett angezogen war. Sie trug Jeans und Bluse und sah im Gegensatz zu ihm ausgeschlafen und entspannt aus.

»Ja *du*, wer sonst? Ich habe mich schon gewundert, wo du bist. Dein Bett war leer. Ich dachte, du würdest arbeiten. Und jetzt finde ich dich hier am Schnarchen.«

Till sah sie völlig verständnislos an. Eva schüttelte den Kopf und machte sich an der Kaffeemaschine zu schaffen.

»Sag bloß, du schlafwandelst?«, erkundigte sie sich.

»Ich? Nein, aber ich dachte, du …« Vielleicht war es besser, erst einmal die ganze Situation zu begreifen, bevor er weiterredete. »Wo hast du denn geschlafen?«, erkundigte er sich.

Sie guckte ihn überrascht an. »Bist du noch nicht richtig wach?«

»Doch, schon …«, sagte er, war sich eigentlich aber nicht sicher. Er sah, dass auf dem Küchentisch nur eine Vase mit Tulpen stand und keine Tasse. Hatte er sich die ganze Sache mit Eva nur eingebildet? Nein, niemals, er war sich ganz sicher, dass sie letzte Nacht gemeinsam hier unten gesessen hatten.

»Du Armer, siehst ja ganz verstört aus.« Sie lachte. »Warte, ich mach dir einen Kaffee, und dann erzählst du mir, was du geträumt hast.«

Er nickte nur und sah nachdenklich zu, wie Eva das Besteck aus dem Küchenschrank herausholte. Dabei beugte sie sich nach vorne, und etwas fiel aus ihrem Ausschnitt.

»Neue Kette?«, fragte er.

Eva stopfte sie zurück unter ihre Bluse und schüttelte verlegen den Kopf.

»Zeig doch mal!« Er stand auf, ging zu ihr und zog die Kette wieder aus ihrem Ausschnitt heraus.

»Das ist ja ein Medaillon?«, sagte er überrascht.

Vorsichtig öffnete er es und sah das Foto. »Wer ist das denn?«

Sie zögerte. »Keine Ahnung.«

»Du trägst das Foto einer Frau um den Hals und weißt nicht, wer sie ist?«

»Ich finde, sie sieht irgendwie sympathisch aus.«

»Aber das Foto ist ja uralt. Die Frau trägt ja noch Tracht.«

»Na und?«

Sie klappte das Medaillon wieder zu, steckte es unter die Bluse und knöpfte sie bis oben zu. Till betrachtete sie nachdenklich.

»Wo hast du die Kette denn her?«

Eva schwieg und beschäftigte sich mit dem Frühstück.

»Eva, was ist los mit dir?«

Sie stöhnte. »Ich habe das Medaillon im Watt gefunden.«

Er sah sie überrascht an. »Im Watt?!«

»Es lag im Schlamm. Ich bin zufällig mit dem Fuß dagegengestoßen.«

»Hast du eine Ahnung, wem es gehört?«

Eva sah ihn nachdenklich an und schüttelte dann langsam den Kopf.

»Steht kein Name drauf?«

»Nein.«

»Sicher?« Till versuchte, nach der Kette zu greifen, aber Eva drehte sich entnervt weg.

»Jetzt lass mich. Denkst du, ich hätte nicht schon nachgesehen?«

Till sah sie kopfschüttelnd an und schenkte sich Kaffee ein.

»Was hältst du davon, wenn wir nachher mal nach Husum fahren und in einem Schmuckgeschäft fragen, wie viel sie wert ist?«

Eva sah ihn entsetzt an. »Spinnst du? Ich verkaufe die Kette doch nicht!«

»Dann bringen wir sie eben ins Museum. Du willst mir doch nicht erzählen, dass du das schwere Ding immer um den Hals tragen willst?«

Eva wandte sich von Till ab und blickte aus dem Fenster hinaus in die Marsch.

»Doch, das will ich«, sagte sie, ohne Till anzusehen.

Kein Geräusch außer dem leisen Blubbern im Eiertopf war zu hören. Till fasste Eva mit sanftem Druck an den Schultern.

»Verschweigst du mir was?«

Sie rührte sich nicht. Langsam wurde er ungeduldig.

»Eva, jetzt sag schon, was ist mit dieser Frau?«

Sie überlegte einen Moment, dann ließ sie sich leise seufzend auf einen Stuhl fallen.

»Aber nicht, dass du mich für völlig verrückt hältst …«

Er sah sie nur verständnislos an.

Eva seufzte. »Ich habe sie schon mal gesehen.«

»Wo?«

Wieder zögerte sie mit der Antwort. »Hier im Haus.«

»Hier? Das verstehe ich nicht!«

Eva verzog den Mund zu einem gequälten Lächeln. Dann erzählte sie ihm von dem Gesicht, das sie hinter der Scheibe gesehen hatte, von der Frau, die sie durch das Fenster und aus dem Spiegel heraus beobachtet hatte. Am Ende blickte Till sie völlig fassungslos an.

»Du hast hier im Haus einen Geist gesehen?«

Sie hob verlegen die Schultern und nickte.

»Und jetzt willst du mir erzählen, dass du mitten im Watt ein Medaillon gefunden hast, auf dem sich zufällig ein Bild von diesem Geist befindet?«

Eva sah ihn enttäuscht an. »Du hältst mich für übergeschnappt, wusste ich es doch.«

Till rang nach Worten. »Aber das ist … verrückt! Das musst du doch selbst zugeben«, stammelte er.

»Aber ich bin *nicht* verrückt«, erwiderte Eva trotzig.

Till musterte sie bekümmert. Dann seufzte er. »Du kannst dich nicht an letzte Nacht erinnern, oder?«

»Wieso? Was war denn?«

Er betrachtete sie über den Rand seiner Kaffeetasse, während er überlegte, ob er ihr die Wahrheit sagen sollte. Dann gab er sich einen Ruck und berichtete ihr von ihrer nächtlichen Teerunde.

Eva hörte ihm mit entsetzter Miene zu. »Aber das kann nicht sein. Das hast *du* dir jetzt alles eingebildet.«

»Niemals. Ich bin aufgewacht, runtergegangen und habe dich hier am Tisch gefunden, mit offenen Augen und einer Tasse Tee in der Hand.«

»Aber das wüsste ich doch!«

»Eben nicht. Du bist geschlafwandelt.«

Eva sah ihn völlig verwirrt an. »Nein, *du* bist geschlafwandelt. Du hast das Bett verlassen, bist dann die Treppe hinuntergegangen, hast dich da in den Sessel gesetzt und weitergeschlafen.«

Ihre Bestimmtheit verunsicherte ihn. Konnte es sein, dass sie recht hatte? Er überlegte – und schüttelte dann den Kopf. Nein, niemals, er fühlte sich völlig klar im Kopf. Was er letzte Nacht gesehen hatte, war wirklich passiert.

»Kannst du dich noch erinnern, wovon du letzte Nacht geträumt hast?«, fragte er sie.

»Nein, kann ich nicht. Und es ist auch ganz egal. Denn *ich* bin heute Morgen in meinem eigenen, warmen Bett aufgewacht. Im Gegensatz zu dir.«

Till ließ sich erschöpft in seinen Lieblingssessel fallen.

»Na schön, ist ja auch völlig egal, wer hier wann schlafwandelt. Aber Tatsache ist, dass du behauptest, einen Geist gesehen zu haben.«

Eva verzog keine Miene und setzte sich an den Tisch.

»Hast du die Frau auch neulich gesehen? Hast du deshalb hier unten auf dem Boden gesessen?«, fragte er und klang dabei weniger wie ein besorgter Ehemann, sondern wie ein Kommissar in einem Verhör.

Eva nickte. Für einen Moment schwiegen beide.

»Ich muss zugeben, ich bin ein bisschen ratlos«, sagte Till schließlich. »Ich verstehe ja, dass du in Berlin ständig von diesem Stein geträumt hast. Aber wenn du jetzt zusätzlich noch …«, er zögerte, »Visionen von irgendwelchen Frauen hast, dann sollten wir vielleicht doch zu einem Experten gehen.«

»Was für ein Experte?«

»Ich habe neulich schon mal geschaut. In Husum gibt es einen Psychologen, der …«

»Du willst mich zu einem Irrenarzt schicken?«, unterbrach ihn Eva aufgebracht.

»Eva, du brauchst Hilfe!«

»Wieso glaubst du mir nicht einfach, dass ich dieses Gesicht schon mal gesehen habe? Das wäre für den Anfang schon genug Hilfe!« Sie stand wütend auf und ging zum Fenster, um ihn nicht mehr anschauen zu müssen.

Er blickte entnervt hinterher. »Findest du nicht, dass ich dir in letzter Zeit schon genug geglaubt habe?«

»Was soll das jetzt wieder heißen?«

»Du weißt genau, was ich meine.«

»Nein, weiß ich nicht.«

»Verdammt, Eva, du kannst dich nicht beklagen. Ich bin die letzten Monate immer auf deiner Seite gewesen. Selbst als dieses Schwein vor Gericht von eurer …«, er stockte, »gemeinsamen Nacht erzählt hat, habe ich immer nur deine Version geglaubt.«

»Meine *Version*?«, sagte Eva bitter. »Das war die Wahrheit.«

Er presste die Lippen zusammen und schwieg.

»Till, wie oft soll ich das noch sagen? Keine Ahnung, wie ich bei dem Mistkerl in der Wohnung gelandet bin! Ich hatte einen totalen Blackout! Ich kann mich überhaupt nicht an diese Nacht erinnern.«

»Er leider schon. So wie es aussieht, wird er diese …«,

Till stockte und setzte eine spöttische Miene auf, »wunderbare Erfahrung mit dir sein ganzes Leben lang nicht vergessen.«

Eva stöhnte gequält auf. Till hob die Hand. »Schon gut. Wir müssen nicht noch mal über diese Geschichte reden.«

»Doch, das müssen wir. Und zwar so lange, bis du mir endlich glaubst.«

»Tue ich ja.«

»Tust du nicht.«

Er verdrehte die Augen und stand auf, um sich einen neuen Kaffee zu holen.

»Till«, sagte Eva, »du musst mir vertrauen. Ich glaube dir ja auch, dass mit Rafaela nichts war. Außer dem Knutschen auf dieser Party«, fügte sie leise hinzu.

Er stöhnte. »Ich dachte, wir sind hierhergezogen, um diesen ganzen Scheiß hinter uns zu lassen. Um neu anzufangen. Und nicht, um uns ständig weiter Vorwürfe zu machen!«

»Das will ich ja auch nicht.«

»Aber trotzdem hat sich zwischen uns fast nichts geändert.«

»Stimmt ja gar nicht.«

»Doch! Du kannst nicht schlafen und fühlst dich immer noch verfolgt! Jetzt sogar von irgendwelchen Geistern. Außerdem streiten wir wieder und reden immer noch über diese alte Geschichte.«

Er setzte sich erschöpft in seinen Sessel. Eva musterte ihren Mann einen langen Moment, dann zwang sie sich zu einem Lächeln und strich ihm liebevoll über den Arm.

»Du hast ja recht. Lass uns die alten Geschichten vergessen. Und ich nehme vielleicht doch endlich Schlaftabletten, damit ich nachts nicht mehr aufwache.«

Till brummte zustimmend. Die Eieruhr klingelte. Eva stellte den Herd aus und kümmerte sich wieder um den Frühstückstisch.

»Ich muss übrigens für ein paar Tage nach Berlin«, sagte er auf einmal und nippte dabei an seinem Kaffee.

Sie sah ihn entgeistert an: »Wann?«

»Ich wollte heute Mittag losfahren.«

»Heute schon? Warum hast du mir nicht früher was erzählt?«

»Ich habe es ja selbst erst gestern erfahren. Ich muss unbedingt bei dem Meeting mit diesem Parfümfritzen dabei sein. Geht eben doch nicht alles über Internet. Aber das wussten wir ja, als wir hierhergezogen sind.«

Eva nickte traurig und versuchte dabei seinem forschenden Blick auszuweichen.

»Sag bloß, du bist böse?«

Sie schüttelte den Kopf und nahm das Brot aus dem Toaster. »Ist Rafaela auch bei diesem Meeting dabei?«

»Na bestimmt, sie ist der Creative Director von diesem Projekt.«

»Ah«, machte Eva und biss in das knusprige Brot.

»He, ich lasse die Finger von ihr, versprochen.«

»Aber wird sie ihre Finger auch von *dir* lassen?« Eva wusste genau, wie offensiv Rafaela immer mit Till flirtete.

»Da haue ich drauf, wenn sie mir zu nahe kommen.« Till lachte.

Eva verzog den Mund. »Ich bin sicher, ihr werdet euren Spaß haben.«

Till stemmte sich stöhnend aus seinem Sessel hoch. »Ja, kann sein. Und wenn schon? So ist das nun mal in meinem Geschäft. Ein bisschen Spaß gehört dazu. Ich verkaufe nun mal keine Versicherungen.«

Er legte den Arm von hinten über Evas Schulter und drückte ihr einen Kuss in den Nacken.

»Aber du musst dir keine Sorgen machen«, flüsterte er ihr ins Ohr. »Von allen Frauen, die ich kenne, bist du mir immer noch die liebste.«

»Wie nett«, sagte Eva und verzog keine Miene.

»Ich versuche, übermorgen Abend wieder zurück zu sein. Mal schauen, wie ich durchkomme.«

»Du fährst mit dem Auto? Wieso nimmst du nicht den Zug?«

»Weil es mit dem Wagen nun mal mehr Spaß macht.«

Till hatte vor zwei Jahren sehr gut verdient und sich von seinem Honorar seinen Traumwagen gekauft: ein mattschwarz lackiertes Porsche-Cabrio.

Eva nickte nur.

»Kann ich dich so lange alleine lassen?« Er sah sie jetzt doch wieder ernst an.

Sie zuckte mit den Schultern. »Ich komme schon klar.«

»Wirklich? Ein Wort von dir, und ich bleibe.«

Eva lächelte müde. »Nein, fahr ruhig. Ich frage Wibke mal, ob wir was zusammen unternehmen wollen.«

»Gute Idee!« Er gab ihr noch einen gehauchten Kuss in den Nacken, der Eva erschaudern ließ. Till lächelte und zog vorsichtig an ihrer Kette. »Und wenn doch was sein sollte, hast du ja immer noch deine Freundin hier.«

Damit marschierte er nach oben. »Ich geh kurz duschen.«

Eva sah ihm verärgert hinterher, nicht nur wegen seines blöden Spruchs, sondern auch weil er sie mit dem Frühstück alleine ließ.

Sie dachte an das, was Till ihr erzählt hatte. War sie heute Nacht wirklich in der Küche gewesen? War sie eine Schlafwandlerin? Sie versuchte sich daran zu erinnern, was sie geträumt hatte. Manchmal wusste sie am Morgen noch jedes Detail. Dieses Mal leider nicht.

Hätte sie Till auch von ihrem unheimlichen Erlebnis im Kindergarten erzählen sollen? So wie er gerade reagiert hatte, war es wohl besser, dass sie es nicht getan hatte. Erst Stein, dann der Mann am Kindergarten und jetzt auch noch die Frau im schwarzen Kleid – langsam war sie selbst auch nicht mehr sicher, ob sie noch ganz bei Verstand war. Traurig zog sie die Kette wieder hervor, klappte das Medaillon auf und betrachtete das Bild der unbekannten Frau. Sie trug eine schwarze Tracht, wie eine Witwe, und lächelte dabei seltsam ernst in die Kamera. Aber wer wusste schon, ob die Tracht wirklich schwarz war? Zu der Zeit, als das Foto gemacht wurde, gab es ja noch keine Farbfilme.

Nachdenklich streichelte Eva mit dem Finger über das Bild. Dann sah sie mit versonnener Miene hinaus auf die Marsch, wo die Kanäle in der Morgensonne glitzerten und der Wind durch die Bäume fuhr – und atmete tief durch. Vielleicht hatte Till ja recht. Vielleicht sollte sie sich wirklich Hilfe suchen.

17

»Was meinst du, Mama, wird Schlappi immer ein Baby bleiben?«

»Nein, leider nicht.«

»Ich will aber, dass es immer ein Baby bleibt!«

»Ich weiß, mein Schatz. Aber schon bald wird Schlappi auch ein großes Schaf sein und vielleicht sogar selber Babys haben.«

Frieda seufzte, für sie schien das im Moment kein Trost

zu sein. Sie drückte zärtlich ihren Kopf an den flauschigen Körper des kleinen Schäfchens, das sie mit beiden Armen fest umschlungen hielt. Sandra, ihre Mutter, lächelte.

»Drück mal nicht so fest, sonst wird Schlappis Mama böse auf uns.«

Sandra sah zu dem leise blökenden Schaf, das zusammen mit dem Rest der Herde in unmittelbarer Nähe am saftig grünen Gras des Deiches knabberte.

»Kann ich Schlappi mit nach Hause nehmen?«

»Warum? Du kannst es doch immer hier besuchen?«

»Ich will aber auch zu Hause mit Schlappi kuscheln.«

»Sag bloß, du willst Schlappi mit ins Bett nehmen?«

Friedas Augen glänzten. »O ja«, hauchte sie.

»Du weißt genau, dass das nicht geht. Schlappi gehört hierher, zu seiner Familie auf den Deich.«

»Aber ich kann doch jeden Tag mit Schlappi herkommen. Dann können wir Schlappis Familie besuchen.«

»Nein, Liebes, das würde ihm bestimmt auch nicht gefallen. Stell dir vor, du müsstest woanders wohnen. Bei ganz fremden Leuten, nicht bei mir und Papa. Da wärst du doch auch traurig.«

Frieda betrachtete nachdenklich das Schäfchen in ihren Armen. Das kleine Tier mit den süßen Schlappohren strampelte mit den Beinchen und wollte offensichtlich lieber zu seinen Artgenossen zurückkehren, aber Frieda war noch nicht bereit, es ziehen zu lassen.

»Und ich wäre noch viel trauriger«, ergänzte Sandra. »Nur eine Nacht ohne meine kleine Prinzessin, und ich würde stundenlang nur weinen.«

Frieda nickte mit sehr ernster Miene. Dann betrachtete sie wieder versonnen den Kopf des Schäfchens.

»Schlappi ist das süßeste Schaf auf der ganzen Welt.«

»Das stimmt, und das glücklichste dazu. So eine tolle Freundin wie dich hat bestimmt kein Schäfchen.«

Frieda lächelte stolz und drückte ihren Kopf noch einmal gegen das Tier.

Sandra streichelte über den weichen Flaum des Schäfchens, der sich im leichten Nieselregen wie nasse Watte anfühlte. Schlappi hatte wirklich Glück gehabt. Normalerweise wäre es vor einem Monat wie viele der anderen Lämmer geschlachtet worden, um im Rahmen der jährlichen Nordfriesischen Lammtage in einer Fleischtheke oder auf einem Grill zu landen. Friedas Liebe hatte das kleine Lamm mit den niedlichen Schlappohren vor diesem Schicksal bewahrt. Sandra hatte versucht, ihrer fünfjährigen Tochter diese Zusammenhänge behutsam zu erklären. Als Kind einer Familie, die schon seit Generationen als Deichbauern in Kleebüll lebte, musste die Kleine schließlich lernen, dass Schafe in Friesland nicht nur zum Kuscheln da waren. Aber Frieda hatte kaum zugehört und sich nur um Schlappi gekümmert. Schließlich hatte Sandra ihre »Lehrstunde« aufgegeben. Frieda würde schon noch früh genug die harten Realitäten des Alltags erfahren. Also hatten sie Schlappi verschont. Immerhin hatte Frieda durch ihre Hingabe für ihr kleines Schaf gar nicht gemerkt, dass viele von Schlappis Altersgenossen von den Deich- und Marschwiesen verschwunden waren.

Plötzlich ruckte das Lamm heftig, strampelte gleichzeitig mit den Beinen und schaffte es so, sich von Frieda loszureißen. Leise meckernd sprang es davon.

»O nein, Schlappi, bleib hier!«, rief Frieda, rannte dem kleinen Schaf hinterher und war nicht mehr zu sehen.

Sandra sah ihr lächelnd hinterher. Sie wusste, dass sie sich um ihre Tochter keine Sorgen machen musste – trotz der vielen Wassergräben und Feuchtmoore in der Marsch. Frieda war hier aufgewachsen, sie war beim Herumspringen mindestens so geschickt wie ihr kleines Schäfchen.

Langsam wurde es Zeit, wieder nach Hause zu gehen. Nicht wegen des Nieselregens, der langsam immer stärker wurde. Das bisschen Regen bedeutete für Sandra nicht mehr als etwas aufkommende Feuchtigkeit. Solange einem ein Orkan die Wassertropfen nicht ins Gesicht nagelte, hatte sie damit überhaupt kein Problem, obwohl sie meistens nur eine kurze Strickjacke und keine Outdoor-Kleidung trug. Sie schaute auf die Uhr. Halb vier. Kaffeezeit. Yannik, ihr Mann, wartete bestimmt schon auf dem Hof auf sie. Ob er daran dachte, den Butterkuchen, der von gestern Nachmittag übrig geblieben war, noch einmal in den Ofen zu schieben?

Sie schaute sich um. Die Schafherde graste friedlich auf dem Rasen, aber von Frieda und Schlappi keine Spur. Zu hören war auch nichts. Nur der böige Wind und das gleichmäßige Rauschen des fernen Meeres. Es war gerade Ebbe, und das Wasser hatte sich fast bis zum Horizont zurückgezogen.

»Frieda! Komm! Wir müssen nach Hause. Papa wartet bestimmt schon.«

Keine Reaktion. Sandra lauschte einen Moment lang dem feinen Regen, der über die Deichkrone strich.

»Frieda!«, wiederholte sie jetzt schon ungeduldiger, bekam aber wieder keine Antwort.

Müde seufzend stapfte sie in ihren schweren Gummistiefeln den Deich hinauf. Jedes Mal das Gleiche mit Frieda: Wenn sie mit Schlappi zusammen war, vergaß sie alles um sich herum.

Oben auf dem Deich angekommen blickte sie hinunter

auf den Koog, der sich hinter einem kleinen asphaltierten Landwirtschaftsweg am Fuß des Deiches in einem überwältigenden Panorama vor ihr öffnete. Neben dem hohen Schilf der Feuchtmoore leuchteten das Grün der Marsch und das Blau einer weitläufigen Seelandschaft vor dem dunklen Grau der tief hängenden Regenwolken. Auf dem Wasser trieben gemächlich Hunderte Ringelgänse, und auf den Wiesen grasten auch hier überall Schafe.

Nur von Frieda und Schlappi war nichts zu sehen.

»Jetzt komm schon, Schlappi! Wir dürfen hier nicht sein!«

Aufgeregt stapfte Frieda mit ihren Blümchen-Gummistiefeln durch das hohe Schilf. Ihre Mutter würde bestimmt schimpfen. Aber was sollte sie denn machen? Schlappi war hier hineingelaufen, und ohne ihr kleines Schaf wollte sie auf keinen Fall zurück.

Wo steckte es jetzt nur? Zuerst hatte sie es noch genau gesehen. Doch jetzt war ihr Schäfchen in dem Schilf verschwunden.

Was, wenn es in der feuchten Erde stecken blieb? Auch Frieda fiel es schon schwer, die Füße aus dem knöcheltiefen Matsch herauszuziehen. Wenn sie es schaffte, gab es jedes Mal ein lautes Geräusch, das sich so ähnlich anhörte wie das Quaken eines dicken Frosches. Wie witzig, fand Frieda und musste trotz ihrer Sorge um Schlappi leise lachen.

»Schlappi! Wo steckst du?«, rief sie und lauschte dann angestrengt in die Stille.

Auch wenn sie ein wenig die Orientierung verloren hatte, wusste Frieda grundsätzlich doch genau, wo im großen Michael-Hansen-Koog sie gerade war. Ganz in der Nähe des Sommerdeichs, ungefähr an der Stelle, wo auf der anderen Seite ihre neue Kindergärtnerin wohnte.

Plötzlich hörte Frieda ein leises Blöken. Es klang ein bisschen ängstlich.

»Schlappi? Alles in Ordnung?«

Keine Antwort. Stattdessen hörte Frieda nur das Prasseln des Regens, der immer heftiger wurde. Sie konnte sehen, wie oben am Himmel dunkle, fast schwarze Wolken landeinwärts zogen.

Ein bisschen unheimlich war es hier schon. Ob sie wohl ihre Mutter zu Hilfe holen sollte? Aber Schlappi war doch ihr Schäfchen, sie war seine Mama, also musste sie es auch retten! Mit entschlossener Miene stapfte sie in die Richtung, aus der sie das Blöken gehört hatte, und rief immer wieder den Namen ihres Schäfchens.

Da war es ja! Total verängstigt stand es mitten im Wasser zwischen dem hohen Schilf und steckte im Schlamm fest.

»Schlappi!«, rief Frieda erleichtert und marschierte mit quietschenden Schritten zu ihrem kleinen Schatz. »Was machst du denn? Du darfst doch nicht einfach weglaufen!«

Behutsam hob sie das strampelnde Tier hoch, das nicht genau zu wissen schien, was ihm mehr Angst machte – der schlammige Boden oder das aufgeregte Mädchen. Aber darauf achtete Frieda nicht. Überglücklich drückte sie das Lamm an ihre Brust.

»Du musst keine Angst mehr haben. Ich passe auf dich auf!«

Plötzlich hörte sie ein lautes Knacken.

Auch wenn sie erst fünf Jahre alt war, wusste Frieda, dass kein Tier ein so lautes Geräusch machte. Eine Kuh vielleicht, aber die gab es in diesem Teil des Koogs nicht. Oder war ihre Mutter gekommen? Dann könnte sie ihr helfen, Schlappi aus dem Schilf hinauszutragen.

Wieder knackte es, jetzt ganz in ihrer Nähe.

Frieda drehte sich um, das Lamm noch immer im Arm.

Aber da war nicht ihre Mutter, sondern ein Mann. Ein großer Mann in einem langen, schwarzen, vor Nässe glänzenden Mantel und mit zotteligen Haaren, die unter seiner Regenmütze auf seine Schultern fielen.

Frieda wich erschrocken zurück. Auf einmal erfüllte ein Geruch nach altem Leder die Luft, den Frieda aus der Werkstatt ihres Großvaters kannte, der aus Schafs- und Rindsleder Handtaschen für Touristen herstellte.

Doch der Mann, der ihr jetzt wie ein schwarzer Riese im Schilf gegenüberstand, war nicht ihr Großvater, da war sie sicher. Und was war bloß mit seinem Gesicht? Er stand mit der Nachmittagssonne im Rücken vor Frieda, so dass sie es kaum erkennen konnte. Sie blinzelte ungläubig. Konnte es sein, dass der Mann überhaupt kein Gesicht hatte?

Ängstlich drückte sie das kleine Schaf an sich, das auf einmal überhaupt nicht mehr bockte, sondern ganz starr in ihren Armen lang, als wenn es die plötzliche Gefahr spürte.

Sie hörte Schritte in der Nähe, dieses Mal aus der anderen Richtung.

»Frieda, Schätzchen, bist du hier irgendwo?«

Ihre Mutter. Frieda seufzte erleichtert.

»Mama, ich bin hier!«, rief sie und versuchte die Füße aus dem Matsch herauszuziehen, um ihrer Mutter entgegenzulaufen. Erschrocken stellte sie fest, dass sie im tiefen Morast feststeckte.

»Mama, komm schnell! Hier ist jemand!«

»Was? Wo bist du denn?« Frieda konnte deutlich hören, wie ängstlich ihre Mutter auf einmal klang. Und das machte ihr nur noch mehr Angst.

Sie drehte sich wieder um – und zuckte erschrocken zusammen.

Der Mann war nicht mehr zu sehen. Die Stelle im wogenden Schilf war verlassen, als wenn dort niemals jemand gestanden hätte.

18

Das Haus war nicht viel mehr als eine Baracke. Wie fast alle Gebäude in Kleebüll war es aus rotem Backstein gebaut. Aber während die anderen Dörfler viel Wert auf einen gepflegten Garten legten, auf sauber geschnittenen Rasen und liebevoll angelegte Blumenbeete, schien das hier anders zu sein. Im Vorgarten stand das Gras kniehoch. Ein Großteil der Fläche war fast komplett mit Holzlatten, Zaunteilen und allerlei Metallschrott zugestellt. Und hinter der Baracke sah es nicht besser aus. Überall leere Bierkisten und verfaulte Kartons. In einer kleinen Holzlaube waren unter allerlei Gerümpel sogar die verrosteten Überreste eines alten Treckers zu erkennen.

Hatte Till nicht gesagt, dass Harke einen Hausgeist hatte? Und war es nicht die Aufgabe der Hausgeister, in ihrem Heim für Ordnung zu sorgen? Eva lächelte. Harkes kleiner Freund schien seine Arbeit nicht sehr gewissenhaft zu verrichten.

Für einen Moment überlegte sie, ob es eine gute Idee gewesen war herzukommen. Harke war laut Till ein totaler Spinner. Was, wenn er wirklich ein Problem mit Frauen hatte? Konnte er ihr gefährlich werden? Was Till wohl sagen würde, wenn er wüsste, wo sie sich herumtrieb?

Und was wollte sie diesen Harke eigentlich genau fragen? Sie hatte Till nicht angelogen, sie konnte sich nicht an ihren Ausflug in die Küche erinnern. Sie sollte Tee mit einem

Geist getrunken haben? Niemals! Sie hatte noch nicht einmal eine Ahnung, was sie geträumt hatte! Aber egal, was Till dachte, sie war überzeugt, dass die Frau aus dem Medaillon wirklich in ihrem Haus herumspukte. Zumindest war sie sicher, dass es da noch etwas in ihrem Haus gab, etwas seltsam Vertrautes, auf jeden Fall etwas *Weibliches*.

Eine Freundin.

Sie schüttelte den Kopf und stöhnte. Es war verwirrend. Vielleicht konnte ja der Mann, der in dieser Müllhalde lebte, etwas Licht in diese Angelegenheit bringen.

Noch war nichts von ihm zu sehen. Sie holte noch einmal tief Luft und drückte auf die Klingel.

Im selben Moment schien die Luft im Haus zu explodieren. Etwas sprang knurrend von innen gegen die Tür, so heftig, dass das Holz knirschte und zu zerbrechen drohte. Eva schreckte mit einem leisen Schrei zurück. Was war das? Ein Hund?

Dann eben nicht, dachte sie und wollte sich schon auf den Weg machen, als sie auf einmal ein Scheppern hörte und ein blonder Riese mit misstrauisch-abweisender Miene hinter dem Haus auftauchte. Völlig überrascht sah er zu ihr herüber. Sie versuchte, Harkes Gesicht zu deuten: War da Abneigung? Angst? Oder sogar Wiedererkennen? Aber woher sollte er sie kennen? Sie hatten sich noch nie getroffen.

»Guten Tag, Herr …« Eva stockte. Ihr fiel ein, dass sie Harkes Nachnamen gar nicht wusste. Oder war das sein Nachname? Sie schaute zur Klingel, aber da stand auch nichts. »Ich bin Ihre neue Nachbarin«, fuhr sie hastig fort, »Eva Becker, Sie haben neulich mit meinem Mann Till gesprochen …«

Ihre Stimme stockte, wie ein Motor, der im Leerlauf lief.

Harke schien ihr gar nicht zuzuhören. Stattdessen betrachtete er sie ungeniert, taxierte ihren Körper von oben bis unten. Zum Glück trug sie ein dickes Sweatshirt und eine lange Hose. Trotzdem begaffte er sie wie ein kleines Kind. So musste sich Jane gefühlt haben, als sie im Dschungel zum ersten Mal Tarzan gegenübergestanden hatte.

Ein Fehler, dachte sie, es war ein Riesenfehler herzukommen. Harke war verrückt. Bestimmt würde er gleich eine Axt herausholen und sie in Stücke hauen. Und vorher würde er ihr die Klamotten vom Leib reißen.

Doch stattdessen schob sich auf einmal ein Grinsen über sein breites Gesicht.

»Moin, Frau Nachbarin«, rief er und reichte ihr seine riesige Hand. Eva fühlte sich wie eine Barbiepuppe, die ihre Hand in die überdimensionale Pfote eines Teddybären legte.

»Morgen«, erwiderte sie unsicher.

»Was willst du denn hier?«

Sie stutzte, irritiert über das Du. Aber warum nicht, dachte sie, das könnte alles viel einfacher machen. Sie lächelte betont freundlich, als sie Harke antwortete: »Ich war gerade in der Nähe und dachte, ich schau mal vorbei.«

Der blonde Riese nickte zufrieden, kramte in seinen Taschen nach einem Schlüssel und machte sich dann daran, die Tür zu öffnen.

»Flens?«

Sie nickte vorsichtig. Eigentlich war es viel zu früh für Alkohol, aber sie wollte ihn jetzt lieber nicht vor den Kopf stoßen. Ängstlich sah sie an ihm vorbei zur Tür. Was für ein Höllentier würde ihr wohl gleich entgegenspringen? Das Knurren war trotz Harkes Gegenwart nicht freundlicher geworden.

Der Riese bemerkte ihren unsicheren Blick und lachte.

»He, keine Angst, Reiko tut keinem was«, sagte er und schob die Tür auf.

Sofort kam ein großer Dobermann herausgelaufen. Ausgerechnet, dachte Eva erschrocken. Sie hasste Dobermänner! Schon als Kind hatte sie Angst vor Dobermännern gehabt. Mit Grauen dachte sie an den tollwütigen Hund ihres früheren Hausmeisters in Steglitz. In ihrer Erinnerung hatte er nur Kinderfleisch statt Hundefutter gegessen.

Auch dieser Dobermann schien wenig Sympathie für sie zu empfinden. Er fletschte die Zähne, knurrte und wäre ihr vielleicht sofort an die Kehle gesprungen, wenn Harke ihn nicht am Halsband festgehalten hätte.

»He, Reiko, ganz ruhig, entspann dich, das ist eine gute Freundin, du musst dich nicht aufregen.« Harke wandte sich freundlich lächelnd Eva zu. »Wir haben nicht so oft Besuch. Bis auf mich und Nis kennt er kaum einen Menschen. Und Frauen schon gar nich'.«

»Wer ist denn Nis?«, sagte Eva, ohne Reikos gefletschte Zähne aus den Augen zu lassen.

Harke sah sie überrascht an. »Mein Hausgeist. Hat dir dein Mann nich' von ihm erzählt?«

»Ach ja, doch, natürlich«, erwiderte Eva und musste dem plötzlichen Impuls widerstehen, schnell davonzulaufen, weg von diesem Verrückten.

Während Reiko weiter an seinem Halsband zerrte und sie anknurrte, zog Harke ihn wie ein kleines Plüschtier in das Haus hinein und schob ihn schließlich in einen Nebenraum. Offensichtlich Harkes Schlafzimmer. Eva sah Berge ungewaschener Wäsche und speckiger Laken, bevor er die Tür wieder schloss. Sie atmete erleichtert durch.

»So, jetzt haben wir ein bisschen Ruhe«, erklärte Harke und strahlte sie an wie ein großes Kind. Von der anderen

Seite der Tür war immer noch Reikos wütendes Scharren und Knurren zu hören.

Eva schaute sich um. Drinnen sah es nicht viel besser aus als vor dem Haus. Im Flur stand ein Stück Butter auf dem Fensterbrett, überall versperrten Kisten mit Gerümpel den Weg, Kartons mit altem Geschirr, Schuhen, muffigen Kleidern und – was sie überraschte – Porzellanfiguren. Auf dem Küchentisch lag ein angeschnittenes, halb verfaultes Stück Brot, und in der Spüle stapelte sich das schmutzige Geschirr.

»Klein, aber mein«, verkündete Harke stolz und wies mit einladender Geste auf eine kleine Sitzecke, über der zwei Bilder mit Windjammer-Impressionen schief an der Wand hingen.

»Nett«, sagte Eva vorsichtig.

Harke bemerkte ihren forschenden Blick.

»Ich bin gerade am Aufräumen.«

»Ach ja?«

Harke nickte und sah auf einmal bedrückt aus. »Meine Tante in Bredstedt ist vor einem Jahr gestorben. Von ihr habe ich das ganze Zeug geerbt.« Er zeigte auf die Kartons mit den Schuhen. Erst jetzt erkannte Eva, dass es sich ausschließlich um ausgetretene Damenschuhe handelte.

»Vielleicht ist für dich ja was dabei. Kannst ja mal gucken.«

Eva sah zu den alten Latschen und zuckte verlegen mit den Schultern. »Vielen Dank, aber mit Schuhen bin ich eigentlich ganz gut versorgt.«

Harke schob die Unterlippe nach vorne. »Na, dann nich', muss mal sehen, wo ich die alle unterbringe.«

Er öffnete die Kühlschranktür und verzog enttäuscht das Gesicht.

»Gar kein Flens mehr da.«

»Kein Problem, ich muss nicht unbedingt was trinken.«

Harke holte grinsend eine große Flasche Korn heraus.

»Wie wär's mit einem Lütten?«

Eva zögerte, es war gerade mal drei. Aber sie wollte vertrauliche Informationen von Harke, da war ein bisschen Alkohol zum Zungelösen vielleicht nicht das Schlechteste. Sie nickte.

Wie sich herausstellte, trank Harke seine »Lütten« aus großen Wassergläsern. Eva wollte zuerst nur nippen, aber Harke stieß sie freundlich in die Seite und sagte: »Nich' lang schnacken, Kopp in den Nacken!« Dann nötigte er sie durch sein freundliches Kinderlächeln, das ganze Glas genau wie er in einem Zug herunterzustürzen. »Ahh«, seufzte Harke selig, während Eva sich schüttelte. Dann beugte er sich zu einem alten Kofferradio.

»Musik?«

Sie nickte nur benommen. Zu ihrer Überraschung erklangen auf einmal fröhliche dänische Volkslieder – während aus dem Nebenzimmer immer noch Reikos wütendes Gekläff zu hören war. Harke schien das Durcheinander nicht zu stören. Gutgelaunt schenkte er ihnen beiden noch einmal nach, bewegte dann zufrieden seinen Kopf im Takt der Musik hin und her und sah dabei versonnen durch das verschmierte Fenster hinaus in die Marsch.

Für einen langen Moment lauschten beide schweigend der Musik.

»Gemütlich bei dir«, sagte Eva.

Harke nickte freundlich. Wieder trank er sein Glas mit einem Schluck leer.

»Und ... wo ist jetzt Nis? Den würde ich gerne auch mal kennenlernen«, sagte sie, um das Gespräch in Gang zu bringen.

»Schläft.«

»Jetzt, mitten am Tag?«

»Klar. Hausgeister schlafen immer am Tag. Und nachts räumen sie dann auf.«

Eva sah sich ungläubig in Harkes Bude um. Eventuell war sie ja nur zur falschen Zeit gekommen – morgens würde hier vielleicht alles glänzen.

»Und wo ... schläft er, dein Nis?«

Harke sah sie völlig verständnislos an. »Weiß ich doch nich'!«

»Hm. Und wie sieht er aus?«, versuchte sie es noch einmal.

Harke stutzte, als wenn er noch nie darüber nachgedacht hätte. Dann hielt er seine Riesenpranke ungefähr einen Meter über den Boden.

»Ungefähr so groß. Blonde Haare. Und ein ganz freches Gesicht.«

»Wie ... süß.«

Harke nickte. »Ja, süß, das ist er wirklich. Und witzig. Was wir hier schon für Quatsch gemacht haben ...«

Eva musterte den blonden Riesen neben sich. Vielleicht brauchte es noch einige »Lütte« mehr, um sich vorstellen zu können, wie Harke zusammen mit seinem Hausgeist lachend durch das kleine Haus tollte.

Wieder schwiegen sie. Im Radio waren jetzt die dänischen Nachrichten zu hören. Sie verstand kein Wort.

»Und? Bei euch alles klar?«, fragte Harke.

»O ja, alles super.« Eva nickte mit Nachdruck. Jetzt, dachte sie und holte tief Luft.

»Sag mal, so einen Hausgeist, wie du hast, gibt es die auch woanders ...?«

»Aber natürlich. Hier oben bei uns gibt es fast auf jedem Hof einen.«

»Tatsächlich? Und bei uns? Gibt es da auch einen … Geist?«, fragte Eva vorsichtig.

Harke sah sie an. Und nickte: »Hat Inken sich nich' schon mal bei euch gemeldet?«, fragte er so beiläufig, als ob er sich nach einer Putzfrau erkundigen würde.

»Inken?« Eva sah Harke kopfschüttelnd und mit großen Augen an.

»Kommt noch«, sagte Harke und verschränkte die Arme gemütlich vor der Brust.

Sie räusperte sich. »Kannst du mir vielleicht ein bisschen mehr über … Inken erzählen?«

Harke sah sie überrascht mit seinen blauen Meerwasser-Augen an.

»Was denn?«

»Na ja … Hast du sie auch schon mal … kennengelernt?«

»Natürlich.«

»Ach ja, wie sieht sie denn aus?«

Harke lächelte. »Inken ist schon eine sehr hübsche Deern.« Zu Evas Verwirrung schnalzte er laut mit der Zunge.

»Aber sie muss doch schon sehr alt sein, oder?«

Wieder sah Harke sie nur verständnislos an. Reiko fing im Nebenzimmer an zu bellen.

»Jetzt ist aber mal gut!«, rief Harke tadelnd. Er blickte zu Eva und verdrehte seufzend die Augen, als wäre der Dobermann nur ein ungezogenes Kind. Eva nickte unsicher.

»Noch 'n Lütten?«, erkundigte sich Harke freundlich und kratzte sich dabei am Kopf.

»Nein, danke. Erzähl mir lieber was von Inken. Du hast gesagt, sie wohnt bei uns im Haus?«

Harke, der gerade dabei war, sich noch einen Korn einzugießen, hob tadelnd die Hand. »Nein, ihr wohnt *bei ihr* im Haus!«

»Ist sie denn auch ein Hausgeist?«

»Nein, natürlich nicht! Wie kommst du denn darauf? Inken doch nicht.« Harke sah sie entrüstet an, schüttelte wieder den Kopf und trank dann sein Glas erneut in einem Zug aus. Anschließend bewegte er seinen Kopf summend im Takt der dänischen Schlager, die jetzt wieder aus dem kleinen Kofferradio erklangen.

Eva stöhnte leise. Das war doch absurd! Sie verschwendete hier nur ihre Zeit. Langsam ging ihr Harkes exzentrisches Getue auf die Nerven.

»Harke, *wer* genau ist Inken?«

Harke sah verwirrt zu ihr. Er wollte gerade den Mund aufmachen, als ihn lautes Gepolter aus dem Nebenzimmer unterbrach. Dieses Mal wurde es selbst Harke zu viel.

»So, Freundchen, jetzt reicht's«, knurrte er und stand auf. Eva nickte erleichtert. Endlich zeigte der Bursche eine normale Reaktion. Trotzdem gefiel es ihr gar nicht, dass Harke die Schlafzimmertür hinter sich aufließ, als er mit Reiko schimpfte.

»Sag mal, was ist denn los mit dir? Was meckerst du denn hier die ganze Zeit? Sag bloß, du hast immer noch Hunger?«

Tatsächlich drängte sich der Dobermann an ihm vorbei und lief zu Eva.

Die rutschte nervös auf ihrem Stuhl rum.

»Na, alter Freund, alles klar?«, erkundigte sie sich mit belegter Stimme. Ja, dachte sie und drehte ihre Beine zwischen sich und den knurrenden Hund, Reiko hat Hunger. Auf Menschenfleisch.

»Deswegen war er so sauer.« Harke kam gutgelaunt zurück zum Tisch. »Er wollte einfach bei uns sein.«

Eva nickte nur. In dem Moment klingelte irgendwo ein

Telefon, aber weder sie noch Harke konnten auf den ersten Blick eins entdecken.

Endlich fand Harke den Apparat unter einem Berg alter Hosen. Es handelte sich um ein uraltes, schwarzes Gerät mit Wählscheibe und einem meterlangen Kabel.

Während Eva Auge in Auge mit dem jetzt leisen, aber weiterhin knurrenden Reiko am Tisch saß, unterhielt sich Harke mit seinem Anrufer. Offensichtlich ging es um einen Job. Ein Notfall. Soweit Eva verstehen konnte – Harke sprach auf einmal Plattdeutsch –, sollte er einem Bauern bei einer kaputten Melkmaschine helfen. Schließlich beendete Harke das Gespräch, legte auf, griff sich dann seine Jacke und ging ohne ein weiteres Wort an Eva oder Reiko einfach davon.

»He, Harke, wo willst du hin? Du wolltest mir doch was über Inken erzählen?«

Aber Harke war in Gedanken schon bei seinem nächsten Auftrag. Fassungslos hörte Eva, wie die Haustür hinter ihm ins Schloss fiel.

Harke war weg. Und sie alleine mit Reiko im Haus.

Zu ihrer Überraschung hörte der Hund auf zu knurren, drängte aber auf einmal schnüffelnd mit seiner feuchten Nase zwischen Evas zusammengeschobene Beine.

Was zum Teufel sollte das denn jetzt?, dachte sie und stand langsam auf.

Sie kam sich vor wie ein Vollidiot. Aber sie war ja auch selber schuld! Wieso war sie überhaupt hergekommen? Zu einem Verrückten, der an Geister und Kobolde glaubte und in einer Müllhalde lebte.

Vorsichtig, ganz vorsichtig schlängelte sie sich an den Kisten vorbei zum Ausgang. Reiko schien auf einmal überraschend zutraulich, aber auf eine Weise, die Eva ganz und gar nicht gefiel. Verschämt hielt sie sich die Hand zwischen die Beine, aber Reiko ließ nicht locker mit dem Geschnüffel.

Endlich war sie an der Tür. Erleichtert stellte sie fest, dass Harke nicht hinter sich abgeschlossen hatte. Wenigstens das. Ganz sacht schob sie die Tür ein Stück weit auf, um schnell hinauszuhuschen. Fast tat es ihr leid, den Dobermann alleine in dieser Trümmerbude zurückzulassen. So wie es aussah, war er ein Gefangener in Harkes seltsamer Welt. Ob der ihm wirklich immer ausreichend zu fressen gab?

Sie sah einen Berg leerer Hundefuttertüten im Flur liegen. Hungern musste Reiko also nicht, nur Frischfleisch bekam er wohl zu selten. Zeit für einen Abgang.

Einen Moment später war sie draußen im Garten und zog die Tür hinter sich zu. Eva atmete erleichtert durch und sog gierig die Seeluft ein. Sie hatte überlebt, Gott sei Dank! In Zukunft würde sie sich von dem irren Knecht fernhalten.

Sie wollte schon das Grundstück verlassen, als ihr einfiel, dass irgendwas nicht stimmte, dass ihr im Haus noch etwas aufgefallen war. Sie brauchte einen Moment, bis ihr klar wurde, was.

Eva drehte sich um, ging wieder zurück zu Harkes Baracke und schaute vorsichtig in das Flurfenster hinein, jede Sekunde damit rechnend, dass Reiko ihr entgegenspringen würde.

Aber der war jetzt ganz friedlich. Durch die geschlossene Scheibe sah sie, wie der Dobermann im Flur herumschnüffelte. Als er Eva bemerkte, hob er nur mäßig interessiert den Kopf.

Aber Eva ging es nicht um den Hund. Es war die Butter, die ihr vorhin schon beim Reinkommen aufgefallen war.

Der rechteckige Klotz lag ausgepackt auf dem Fensterbrett auf einem kleinen Silbertablett.

Eva war sicher, dass er vorhin noch unberührt gewesen war.

Jetzt war er es nicht mehr. Jemand hatte mit der Hand in die Butter hineingefasst. Sie dachte an Harkes Riesenpranken. Er konnte es ganz bestimmt nicht gewesen sein. Sie linste noch einmal durch das Flurfenster hinein und war sich ganz sicher: Das war der Abdruck einer Kinderhand.

19

»Ein unbekannter Mann? Was für ein unbekannter Mann?«, fragte Krumme alarmiert.

Auf der anderen Seite der Telefonleitung lehnte sich Mannsen seufzend in seinem dicken Lederstuhl zurück.

»Ach, ein paar Leute aus dem Dorf meinten, sie hätten da jemanden gesehen.«

»Gesehen? Wen? Gibt es eine genaue Beschreibung?«

Mannsen bemerkte den aufgeregten Ton in Krummes Stimme und schüttelte den Kopf. So aufregend war die Sache nun auch nicht.

»Nein, leider nicht«, sagte er in den Hörer und beobachtete gedankenverloren aus seinem Fenster heraus, wie mehrere Touristen ein wenig hilflos auf dem großen Bredstedter Marktplatz herumirrten.

»Aber … irgendwas müssen Sie doch haben? Wie sah er aus? Was hat er getragen?«

»Einen langen dunklen Mantel und eine Kapuze. Aber das ist bei dem Schietwetter, das wir hier oben oft haben, nichts Besonderes.«

Krumme machte sich sofort eine Notiz. Mannsen hörte das Kratzen seines Bleistiftes. So ein Streber, dachte er, sagte aber: »Jedenfalls dachte ich, ich erkundige mich mal, was Ihr spezieller Freund gerade treibt. Nicht, dass der auch zu uns ins schöne Friesland gezogen ist.«

»Nein, ist er nicht. Vor drei Tagen habe ich noch mit ihm gesprochen.«

»Na, dann kann er es nicht gewesen sein. Der erste Zeuge hat sich bei mir vor drei Wochen gemeldet«, sagte Mannsen und schüttete die Kaffeetasse in einen Blumentopf aus. Wieder hörte er, wie sich Krumme Notizen machte.

»Da war Stein ganz bestimmt hier in Berlin«, sagte die Stimme aus dem Hörer. »Außerdem hat er keine Ahnung, dass die Beckers inzwischen in Kleebüll wohnen.«

»Kann er es irgendwie rauskriegen?«

»Ich wüsste nicht, wie. Ich habe den Beckers damals geraten, keinem ihre Adresse zu geben.«

Mannsen sah, wie sich die Abendsonne durch die Wolken kämpfte und den Marktplatz in helles Licht hüllte. Die Touristen standen jetzt vor einem Verkaufswagen und kauften mehrere Fischbrötchen. Abendessenszeit, dachte er, und wie auf Befehl begann sein Magen, leise zu knurren.

»Meinen Sie denn, dass er immer noch an der Frau dran ist?«, fragte er seinen Kollegen aus Berlin, während er sich bekümmert über den Bauch strich.

Nachdenkliche Stille von der anderen Seite der Leitung. Krumme räusperte sich.

»Ich glaube schon, dass Eva Becker immer noch in seinem Kopf herumspukt. Aber irgendwann wird er akzeptieren müssen, dass sie außerhalb seiner Reichweite ist.«

»Und dann?«

Krumme seufzte. »Keine Ahnung. Vielleicht wird er sich

ein neues Zielobjekt suchen. Ganz bestimmt sogar, wie ich ihn einschätze.«

»Ist er denn wirklich so gefährlich?«

»Ich hätte mich nicht bei Ihnen gemeldet, wenn ich anderer Meinung wäre.«

Mannsen zog die Schubladen seines Schreibtisches nacheinander auf. Wo waren nur die Kekse, die seine Frau ihm neulich mitgegeben hatte? Endlich hatte er Glück und fand eine randvolle Tupperdose.

»Was halten denn Ihre Kollegen von der ganzen Sache?«, fragte er, während er den Deckel mit einem leisen Plopp abnahm.

Krumme zögerte mit der Antwort.

»Wir haben hier in Berlin viel zu tun. Wir haben einfach nicht die Mittel, um ...« Er stockte.

»Der Mann wird nicht beobachtet?«

»Nein.«

»Wird denn überhaupt noch gegen ihn ermittelt?«

»Auch nicht. Er hat wegen Stalking eine Bewährungsstrafe bekommen, und damit ist der Fall abgeschlossen.«

»Aber Sie haben gesagt, dass er extrem gefährlich ist.«

Wieder zögerte Krumme. Dann seufzte er. »Ja, das glaube ich. Aber es ist eher ein Gefühl. Beweisen kann ich das nicht«, ergänzte er.

Mannsen runzelte die Stirn. »Und Ihre Kollegen? Was sagen die?«

»Für die hat sich der Fall erledigt. Die wollen sich seinetwegen keine Gedanken mehr machen.«

»Kann es nicht auch sein, dass *Sie* sich zu viele Gedanken machen?«, erkundigte sich Mannsen und biss zufrieden in einen Schokoladenkeks. Auf der anderen Seite der Leitung herrschte für einen Moment Stille.

»Vielleicht«, sagte Krumme dann. »Vielleicht aber auch nicht. Ich habe schon viele Male mit dem Kerl gesprochen. Auf den ersten Blick wirkt er harmlos. Aber ... keine Ahnung, wie ich es beschreiben soll. Die Art, wie er guckt oder wie er manchmal die Beherrschung verliert ... Ich bin sicher, das ist ein zutiefst kranker Mensch.«

»Hmm«, machte Mannsen skeptisch.

Er dachte an den Berliner Kommissar, den er auf dem Seminar in Hamburg kennengelernt hatte und mit dem er in einer Pause an der Alster spazieren gegangen war. Die Konversation war recht zäh gewesen, die meiste Zeit hatten sie nur das bunte Treiben auf dem Wasser beobachtet. Er selbst war nicht unbedingt eine Plaudertasche, und auch Krumme schien keine Idee gehabt zu haben, worüber er mit seinem friesischen Kollegen hatte reden sollen. Eigentlich war er nur am Meckern gewesen, über das Wetter, das Essen, das Hotel. Ein typischer Berliner eben, fand Mannsen. Tatsächlich hatte das Leben es wohl nicht immer gut mit ihm gemeint. Das verrieten die dicken Ringe unter seinen Augen und die tiefen Sorgenfalten auf seiner Stirn.

»Ich dachte, Sie wären auch jemand, der auf sein Bauchgefühl hört?«, sagte Krumme jetzt.

Mannsen überlegte kurz. »Unbedingt. Sie haben ja recht. Lieber einmal zu viel Sorgen machen als einmal zu spät.«

»Dann hat dieser Unbekannte also nichts getan?«, fragte die Stimme aus dem Hörer.

»Nein. Außer dass er zuletzt ein kleines Mädchen erschreckt hat, war nichts.«

»Wie? Ein kleines Mädchen? Was hat er ...«

»Nichts, keine Sorge«, unterbrach Mannsen den Kollegen. Ob die in der Hauptstadt alle so nervös waren? »Es ist nichts passiert. Er ist nur wie ein Gespenst vor dem Mädchen aufgetaucht und hat ihm einen Riesenschrecken eingejagt. Mehr war da nicht. Trotzdem dachte ich, ich melde mich mal bei Ihnen.«

»War ja auch richtig.«

»Genau. Sicher ist sicher. Nicht, dass Sie sich später über Ihre lahmarschigen Kollegen aus der Provinz beschweren.«

»Mache ich bestimmt nicht«, sagte Krumme und tat Mannsen nicht den Gefallen, ihn auch noch für sein Mitdenken zu loben.

»Hat die Kleine sich an sein Gesicht erinnert?«, fragte er stattdessen.

»*Keiner* konnte sich an sein Gesicht erinnern.«

»Komisch.«

»Ja, aber das hat nichts zu bedeuten.«

»Ach nein?«

Mannsen lehnte sich wieder entspannt in seinem Lederstuhl zurück und gähnte. »Wissen Sie, in Kleebüll ist so wenig los, dass jeder Spaziergänger, der nicht unbedingt aus dem Ort stammt, sofort ein Verdächtiger ist. Anschließend wird dann aus jeder Mücke ein Elefant gemacht. Wahrscheinlich hat das kleine Mädchen einfach nur einen Schäfer aus dem nächsten Dorf gesehen.«

»Sie meinen, wir müssen uns keine Sorgen machen?«

»Nein. Trotzdem habe ich sicherheitshalber schon ein paar Nachfragen nach Husum und Niebüll geschickt. Ob bei ihnen irgendwas Besonderes war. Aber bis jetzt habe ich noch nichts gehört.«

»Sehr gut. Ich kann Bredstedt nur zu seinem guten Polizisten beglückwünschen.«

Endlich wurde er doch gelobt.

»Ich tue nur meine Arbeit«, erwiderte Mannsen bescheiden und nahm noch einen Keks.

Später stand er mit einer Tasse Kaffee aus der Thermoskanne und nachdenklicher Miene wieder am Fenster. Er sah hinaus zu den zahllosen riesigen Windrädern, die über den Dächern von Bredstedt in den Himmel ragten und an deren Anblick er sich nie gewöhnen würde. Natürlich waren die grauen Riesen gut für die Energiebilanz, aber Mannsen fand, dass sie wie die Maschinen außerirdischer Eindringlinge aussahen.

Die gewaltigen Rotoren drehten sich nur sehr langsam. Windig war es also nicht. Aber wenn er sich die dunklen Wolken anschaute, die sich wie eine Wand von Westen über die Marsch schoben, war ihm klar, dass sie heute Abend wieder im strömenden Regen trainieren würden.

Er dachte an sein Gespräch mit dem Berliner Kommissar. Und an den Mann, der Frieda Angst gemacht hatte.

Es sei nichts passiert, hatte er Krumme gesagt, und das stimmte auch. Noch war nichts passiert. Gar nichts. Der Unbekannte hatte geschwiegen und war dann wieder verschwunden. Ohne eine Spur. Wie ein Geist. Als wenn es ihn nie gegeben hätte.

Mannsen hatte mit Todde sofort das Schilf in der Nähe des Deichs abgesucht, aber sie hatten nichts gefunden, keinen Fußabdruck, noch nicht einmal ein umgeknicktes Schilfrohr. Stattdessen war Todde auf der hastigen Suche der Länge nach in den Schlamm gefallen. Mannsen lächelte grimmig, als er aus dem Fenster guckte. Dieser dämliche Hund, das geschah ihm recht. Er erinnerte sich daran, wie Todde anschließend die arme Frieda angefahren und behauptet hatte, sie hätte sich alles nur eingebildet. Darauf war ihre Mutter Sandra auf ihn losgegangen. Wie konnte Todde es nur wagen, ihre Tochter anzugreifen! Nur mit Mühe hatte Mannsen Handgreiflichkeiten zwischen den beiden verhindern können.

Der Kommissar sah zum Himmel hinauf. Im Abendrot konnte er bereits wie ein blasses Gesicht den Mond erkennen. Sein Magen knurrte schon wieder. Mannsen klopfte beruhigend auf die Rundung seines Bauchs. Wibke meinte, er würde sich wie eine reife Melone anhören, wenn man auf ihn klopfte. Er lächelte. Dieses freche Ding.

Dann seufzte er wieder.

Der schwarze Mann. So hatte Frieda den Unbekannten genannt. Auch das Ehepaar aus Dresden, das Gerdas Ferienwohnung gemietet hatte, hatte den Unbekannten, den es auf seinem Spaziergang gesehen hatte, so bezeichnet. Ein großer Mann in einem langen schwarzen Mantel. Dem Berliner Kollegen hatte er gesagt, dass der Mann vor drei Wochen das erste Mal aufgetaucht war.

Aber das stimmte nicht.

Den schwarzen Mann gab es in Kleebüll schon länger, viel länger. Er selbst hatte ihn noch nie gesehen, aber schon sein Großvater hatte ihn vor dem unbekannten Riesen gewarnt, der in der Dämmerung einsam über den Deich wanderte und in der Nacht in die dunklen Häuser starrte.

Ein Gespenst. Nur glaubte Mannsen nicht an Gespenster.

War es das Ausgeliefertsein an die Gewalten der Natur? Die Nähe zum völlig unberechenbaren Meer, das eben noch friedlich in der Sonne glitzern konnte, um nur eine Stunde später im heftigen Sturm an die Deiche zu schlagen. Jedenfalls gab es hier oben in Friesland unzählige Mythen und Märchen, die sich die Bewohner über Generationen hinter vorgehaltener Hand weitererzählten. Jeder glaubte, eine Geschichte oder eine Beobachtung beitragen zu können. Und dabei spielten immer irgendwelche Geister oder Kobolde eine Rolle. Schon in früheren Zeiten, wenn heftige Stürme und kalte Winter die Leute gezwungen hatten, zu Hause zu bleiben, war es Sitte gewesen, gemeinsam um den Kamin zu sitzen und sich Geschichten und Märchen zu erzählen. In einer abgelegenen Gegend wie hier, wo jeder Fremde etwas Besonderes und jede Neuigkeit eine Sensation war, fiel es manchmal schwer, zwischen Dichtung und Wahrheit zu unterscheiden. Daran hatte sich bis heute nicht viel geändert. Mannsen kannte seine Schäfchen und gab nichts auf den Tratsch der Dörfler.

Der schwarze Mann – fast wäre er erleichtert gewesen zu hören, dass es sich vielleicht doch um diesen Verrückten aus Berlin handelte. Dann wüsste er zumindest, dass er kein Phantom jagte.

Aber dieser Stalker schien ja eigentlich ganz harmlos zu sein. Und dieser Krumme aus Berlin eine ziemliche Bangbüx. Mannsen hatte nach dem Anruf jedenfalls nicht das Gefühl, dass er sich Sorgen machen musste

Er schaute auf die Uhr. Feierabend. Er schüttete den restlichen Kaffee aus der Thermoskanne in den Topf mit dem Gummibaum. Dann holte er seine Trainingstasche aus dem Schrank. Es wurde Zeit, zum Fußballplatz zu fahren.

20

Er legte den Kopf zur Seite und starrte mit regungsloser Miene auf seine blutende Hand. Die Knöchel waren aufgeschlagen, die Finger zerkratzt, und die Gelenke taten weh. Aber er wusste, dass er kein Recht hatte, sich zu beklagen. Die Schmerzen waren die gerechte Strafe für das, was er gerade getan hatte.

Erneut hatte er eine Grenze überschritten und sich schuldig gemacht.

Aber was spielte das jetzt noch für eine Rolle?

Stöhnend vergrub er seinen Kopf in den Händen. Dass er dabei sein Gesicht mit Blut beschmierte, mit seinem und dem eines anderen, war ihm egal.

Er schaffte es einfach nicht.

Wie in Trance war er durch die letzten Tage und Nächte gegangen. Sie hatten ihm das Herz herausgerissen. Die Hoffnung genommen. All die Wochen war er fest davon überzeugt gewesen, dass er Eva wiedersehen würde, ihr alles erklären und sie dann zu sich holen könnte. Doch nun war sie weg. Und er wusste nicht, wohin. Alles war vorbei.

Für das, was heute geschehen war, waren eigentlich nur sie verantwortlich.

Eva …

Mit geschlossenen Augen flüsterte er ihren Namen.

»Eva.«

»Eva!«, rief er jetzt. Aber er bekam keine Antwort.

Das war das Schlimmste. Eva sprach nicht mehr mit ihm. Früher hatte sie noch mit ihm geredet. Wie ein Echo hatte er ihre Stimme gehört und das, was sie an diesem Abend in Neukölln zu ihm gesagt hatte:

»Du kannst sehr gut zuhören.«

»Wie schön, dass wir uns hier getroffen haben.«

»Noch nie habe ich mich so verletzt gefühlt wie heute auf der Party.«

Und: »Ob Till mich überhaupt noch liebt?«

Er wusste die Antwort. Nein, ihr Mann liebte sie nicht, sonst hätte er sie niemals betrogen! Aber *er* liebte sie, er konnte sie retten, so wie sie ihn.

Müde rieb er sich mit der schmerzenden Hand über die Augen.

Im Baumarkt stand er nur noch wie eine leere Hülle hinter dem Tresen. Ein Roboter, der mechanisch seine Pflichten erfüllte, ein Körper ohne Seele. Er hatte mit den Kunden gesprochen, war in Gedanken aber immer nur bei Eva gewesen, hatte immer nur ihr Gesicht gesehen. Nach der Arbeit fuhr er ziellos mit der S-Bahn herum und schlich in der Nacht wie ein Gespenst durch die Straßen. Und wenn er dann endlich nach Hause kam, konnte er keinen Schlaf finden und wälzte sich bis in die Morgenstunden stöhnend in seinem Bett. Es war nicht nur die Sehnsucht nach Eva, die ihn umtrieb, es war auch der Hass auf die, die ihm das angetan hatten. Ihr Mann, der sie mit anderen Frauen betrog und Eva gegen ihn aufgehetzt hatte. Der dämliche Richter, der auf die Lügengeschichten hereingefallen war. Und natürlich dieser verdammte Kommissar, der nicht aufhörte, ihm nachzustellen. Er konnte sich noch genau an sein Grinsen erinnern, als er ihm verraten hatte, dass Eva nicht mehr in Berlin lebte.

Er stellte sich vor, wie er sich an ihnen rächen konnte. Wie er sich Bohrer, Beil, Säge und Hammer aus dem Baumarkt organisieren würde, um ihnen hier in seinem Keller ihre Böswilligkeit auszutreiben. Aber diese blutigen Gedankenspiele brachten ihm keine Erlösung, im Gegenteil, sie peitschten seine Wut und seinen Hass auf die drei und überhaupt auf alle, die ihn nicht verstehen wollten, immer weiter in die Höhe.

In solchen Momenten war es sehr gefährlich, ihn anzusprechen oder ihm irgendwie dumm zu kommen.

Der unverschämte Punker unter der Brücke hatte einfach Pech gehabt. Hätte er doch lieber einen anderen angebettelt. Und hätte er doch lieber seine Klappe gehalten.

»Verreck doch, du Arschloch!«, hatte der Junge ihm hinterhergerufen.

Darauf war er zurückgegangen. So plötzlich hatte er auf den Punker eingeschlagen, dass der gar nicht mehr schreien konnte. Immer und immer wieder hatte er auf ihn eingeprügelt. Bis seine Hand zu sehr schmerzte und der Kopf des Jungen nur noch eine blutige Masse war.

Keiner hatte sie gesehen, keiner hatte sie gehört.

Nun saß er hier in seinem Keller und starrte gegen die Wand.

Er hörte ein Rascheln, draußen aus dem Hinterhof. Er streckte sich, sah zu dem kleinen Kellerfenster hinaus, konnte aber nur eine Katze erkennen, die nach hinten in einen anderen Hinterhof verschwand.

Eine Katze. Natürlich. Menschen kamen hier so gut wie nie vorbei.

Er atmete durch und entspannte sich wieder.

Deshalb hatte er diese zwei Räume über einen Nachbarn angemietet. Er musste zwar kurz aus seiner Wohnung hinaus und dann nach hinten in den zweiten Hinterhof gehen. Aber dafür hatte er hier in seinem Keller seine absolute Ruhe. Die darüber liegende Schlosserei hatte vor zwei Jahren Pleite gemacht. Seitdem standen die Räume leer.

Sein geheimes Reich. Hier unten konnte er sich vor der Welt verstecken und sich mit seinem Hobby, der Fotografie, beschäftigen. In einem kleinen Nebenraum hatte er sich sogar eine Dunkelkammer eingerichtet. An einer Wäscheleine unter der niedrigen Decke hingen überall Fotos.

Es war immer dasselbe Motiv.

Eva.

Hunderte Fotos. Eva zwischen ihren Kindern im Kindergarten, beim Einkaufen, vor ihrer Wohnung, beim Schwatzen mit Nachbarn, beim Joggen. Eva in Jeans, in ihrem Sommerkleid, im Mantel, im Bikini in der Badeanstalt.

Alle heimlich aus der Ferne aufgenommen. Aber er hatte ein gutes Objektiv. Auf vielen Bildern war nur ihr hübsches Gesicht zu sehen. Manchmal sah es sogar so aus, als wenn sie ihn direkt anschauen und anlächeln würde.

Er strahlte verliebt. Wie immer beruhigte es ihn, wenn er an sie dachte und sich anschaute, wie wunderschön sie war. Eva. *Seine* Eva.

Aber es gab noch einen größeren Schatz. Er hatte für das Foto extra einen teuren Rahmen gekauft, es aber trotzdem in der Schublade einer alten Kommode versteckt.

Er öffnete sie und holte das Foto ganz vorsichtig heraus, voller Andacht wie eine Reliquie. Eva schlafend auf dem Bett. Seinem Bett. Eingehüllt nur in eine Decke. Für das Foto hatte er ihr ihre Sachen ausgezogen und die Decke so drapiert, dass sie fast völlig nackt auf dem weißen Laken lag.

Eva war in der Nacht so betrunken gewesen, dass sie nichts gemerkt hatte.

Wie verzaubert betrachtete er das Foto. Trotz der Umstände schien sie süße Träume gehabt zu haben, denn sie lächelte im Schlaf. Ob ihr verfluchter Mann sie jemals so schön gesehen hatte? Bestimmt nicht.

Er atmete tief durch und spürte, wie die bösen Schatten, der Jähzorn und die Wut verschwanden, sich verflüchtigten wie Nebel im Sonnenlicht.

Er wusste es doch. Eva war gut für ihn. Und er war sicher, dass auch sie mit ihm viel besser dran wäre.

Aber jetzt war sie weg. Und er hatte keine Ahnung, wo der Kerl sie hingebracht hatte.

Traurig ließ er seinen Blick über seine Galerie streifen. War es das also? Würde er sie also nie wieder sehen? Waren diese Bilder alles, was von ihr bleiben würde?

Plötzlich stutzte er.

Er stand auf und nahm ein Bild von der Leine, das ein bisschen in der Ecke gehangen hatte.

Nachdenklich betrachtete er es einen Moment. Dann schaute er hoch, und seine Miene hellte sich auf. Er lächelte.

Vielleicht gab es ja doch noch eine Möglichkeit herauszufinden, wo Eva jetzt wohnte.

21

»Noch einen Grappa, meine Süße?«

»Ich weiß nicht, ich bin schon ganz schön beschwipst«, sagte Eva und dachte an den Lütten, den sie heute Mittag bei Harke getrunken hatte.

»Also ja«, sagte Wibke grinsend und goss Evas Glas voll. Auch ihre Freundinnen Heidi, Anna und Birte hoben ihre Gläser und baten lachend um Nachschub.

Auf dem Esstisch in Wibkes Küche standen noch die Reste ihrer Kaffee-und-Kuchen-Runde. Die fünf Frauen hatten es sich schmecken lassen: Von der Kirsch-Sahnetorte war nur noch ein Stück übrig, und Annas Käsekuchen war komplett verschwunden. Nun hatten es sich die fünf auf Wibkes dickem Plüschsofa und ihrem Sessel, einem Erbstück ihres Großvaters, gemütlich gemacht. Während das Feuer im Kachelofen heimelig knackte, zogen draußen die Regenwolken über das Haus. Wibke stellte die Grappaflasche, schon die zweite an diesem Nachmittag, auf den Tisch und setzte sich selbst auf ein großes Sitzkissen, das sie in einem Lagerhaus für asiatische Möbel in Husum gekauft hatte.

Sie hob ihr Glas: »Auf Eva, meine liebste neue Kollegin!«

Eva lachte. »Aber wir haben doch schon zig Mal auf mich angestoßen. Wird euch das nicht langsam langweilig?«

»Hauptsache, wir haben einen Grund zum Saufen«, erklärte die kräftig gebaute Anna, die im Sessel thronte wie eine Wikinger-Königin. Alle stimmten ihr lautstark zu und stürzten den Schnaps in einem Schluck hinunter.

Leider wurde Eva von Birte dabei ertappt, wie sie nur an ihrem Glas nippte.

»He, hier wird nicht gekniffen. Los, hau weg das Zeug!«

Mit einem verlegenen Seufzer trank Eva den Rest. Sie blies die Backen auf und schüttelte sich.

»Trinkt ihr in Berlin immer nur Apfelsaft?«, erkundigte sich Birte.

»O nein, bei unseren Mädchenabenden lassen wir es auch immer richtig krachen.«

»Aber bestimmt nicht ganz so heftig wie bei uns hier im Norden, oder?«, fragte Wibke. Evas verlegenes Lächeln gab ihr recht.

»Na, immerhin, wenigstens in einer Sache sind wir Spitze«, stellte Heidi bitter fest. Wie viele in Friesland sprach sie das »sp« – genau wie das »st« – mit einem scharfen »s«. Sie stand sonst im Kleebüller Krämerladen hinter der Kasse. Till hatte Eva beauftragt, bei ihrem Frauenabend herauszufinden, ob Heidis hellblonde Haare gefärbt oder doch Natur waren.

»Wie wär's, wollen wir nicht mal alle zusammen nach Berlin fahren? Dann kann uns Eva die Stadt zeigen?«, fragte Anna.

»Oh, ja, Shoppen in Mitte«, seufzte Wibke.

»Und abends gehen wir auf die Piste. Dann zeigst du uns, wo es die besten Männer gibt!« Heidi gab Eva einen freundlichen Klaps aufs Knie. Alle jubelten.

Wibke musterte Eva mit einem forschenden Lächeln. »Na, dafür brauchst du ja nicht nach Berlin fahren. Du hast deinen Schatz ja hier.«

Eva nickte. »Aber nach Berlin können wir trotzdem. Ich zeige euch, wo es noch mehr von der Sorte gibt.«

»Ich dachte, Till kommt aus Hamburg?«, fragte Heidi.

Eva versuchte sich ihre Irritation nicht anmerken zu lassen. Sie hatte mit Wibkes Freundinnen noch nie über ihren Mann gesprochen. Offensichtlich war Till bei der Kleebüller Damenwelt ein großes Thema. Dabei waren Anna und Birte ebenfalls verheiratet. Anna mit einem reichen Bauern, der noch stämmiger war als sie, und Birte mit einem Steuerbeamten, der im Finanzamt in Husum arbeitete. Heidi hatte sich gerade von ihrem Freund getrennt und war genau wie Wibke Single.

»Stimmt, Till ist geborener St. Paulianer«, sagte Eva. »Aber er hat lange in Berlin gewohnt und gearbeitet.«

»Was genau macht dein Mann eigentlich?«, erkundigte sich Anna und hielt dabei Wibke ihr leeres Grappaglas unter die Nase.

»Er ist Texter. Vor allem für Werbung. Aber er schreibt auch PR-Texte.«

Eva sah in die Runde. An den freundlich verständnislosen Gesichtern der Mädchen sah sie, dass wohl keine sich wirklich vorstellen konnte, was genau das bedeutete.

»Er denkt sich die Sprüche auf den Plakaten aus. Und manchmal auch witzige Filme. Werbespots.«

»Ah, so richtig kreativ also?«, fragte Heidi sehr interessiert.

»Ja, das denke ich schon.«

»Und er ist immer zu Hause?«

»Das ist das Schöne an seinem Job. Das meiste kann er

per E-Mail oder Telefon machen. Nur manchmal muss er auch persönlich mit den Leuten sprechen. Jetzt ist er zum Beispiel gerade ein paar Tage in einer Agentur in Berlin.«

»Dann bist du ja ganz alleine in deinem schönen Haus?«

Eva zuckte mit den Schultern.

»Schon, aber Till bleibt ja nicht lange weg.«

Ihre neuen Freundinnen musterten sie schweigend. Eva seufzte und zwang sich zu einem tapferen Lächeln.

»He, kein Problem, ich bin ein großes Mädchen.«

»Ein großes Mädchen, das alleine in einem kleinen Haus ist, direkt neben dem Deich, am Ende von Kleebüll.«

»Und dabei liegt Kleebüll ja schon am Ende von allem«, sagte Heidi.

Wibke legte den Arm um Eva und sah ihre Freundinnen vorwurfsvoll an. »Jetzt hört schon auf. Ihr macht Eva Angst.«

»Ich habe keine Angst«, behauptete Eva tapfer.

»Blödsinn, natürlich hast du Angst. Wir alle haben Angst vor dem schwarzen Mann.« Birte griff nach einem Stück Schokolade aus dem Naschkorb, den Wibke extra für ihren Besuch auf den Tisch gestellt hatte.

Für einen Moment schwiegen alle bedeutungsvoll. Eva musste an die kleine Frieda denken, die ihr im Kindergarten von ihrem unheimlichen Erlebnis erzählt hatte. Wibke hatte versucht, Frieda zu überzeugen, dass sie sich den Mann nur eingebildet hatte. Eva hatte das kleine Mädchen dabei nur voller Mitgefühl angesehen. Sie wusste, dass die Kleine sich nichts eingebildet hatte. Vor allem wusste Eva nun, dass *sie selbst* sich den Mann auf der anderen Seite des Zauns nicht eingebildet hatte. Sie war nicht verrückt, auch wenn Till das manchmal glaubte. Es gab den Mann wirklich. Hier im Dorf. Und ausgerechnet jetzt war Till auf Geschäftsreise. Für einen kurzen Moment hatte sie überlegt, Till in Berlin anzurufen, es dann aber doch gelassen. So wie es im Moment aussah, waren ihre »Visionen« nur eine Belastung für ihre Ehe.

Ja, sie hatte Angst.

»Dann muss ich eben die Tür abschließen und die Fensterläden verriegeln«, sagte sie tapfer in die Runde. »Zumindest bis sie den Kerl schnappen.«

»Wer sagt, dass man den Kerl schnappen kann?«, sagte Anna und zog die Augenbrauen nach oben.

»Was soll das jetzt wieder heißen?«, fragte Eva. »Denkst du, der Kerl ist ein Gespenst?«

Anna lächelte vielsagend.

Wibke stöhnte auf. »Jetzt hör schon auf mit dem Getüddel. Es reicht mir, dass meine Kinder an den Quatsch glauben.«

»Das ist kein Quatsch.«

»Der schwarze Mann ist nur ein Märchen wie der böse Wolf. Eine Geschichte, die Bauern ihren Kindern erzählen, damit sie brav zu Hause bleiben.«

»Und wenn da doch was Wahres dran ist?«, fragte Anna. »Was ist, wenn der schwarze Mann ein Verfluchter ist, der einfach keine Ruhe findet?«

»Was für ein Verfluchter?«, fragte Eva nervös.

»Na ja, da gibt es viele Gerüchte«, sagte Heidi mit glänzenden Augen. »Ein Mörder, der aus seinem Grab zurückkommt. Ein Soldat, der seinen Anführer verraten hat. Ein Mann, der seine Familie bei einer Sturmflut verloren hat …«

»Und dann gibt es da noch die Geschichte vom alten Fedder«, raunte Anna.

»Du Unke, jetzt aber Schluss mit dem Spökerkram!«, schimpfte Wibke.

Anna beugte sich vor: »Hast du dich noch nicht gefragt, warum der Kerl sich immer im Koog herumtreibt?«

»Aber das ist doch Quatsch!«, unterbrach Wibke ihre Freundin.

»Lass sie doch mal ausreden!«, sagte Heidi.

»Ich habe heute mit Frau Schmidt über die Sache gesprochen, die findet auch, dass das kein Zufall sein kann.«

»Na, klar, die wieder. Was weiß die denn schon?«

»Mehr als du jedenfalls«, erwiderte Anna.

Eva hob die Hände. »Hallo, stopp, jetzt komme ich nicht mehr mit. Welcher Fedder? Und wer ist Frau Schmidt?«

Heidi, Birte, Anna und Wibke tauschten Blicke aus. Dann seufzte Wibke und forderte Anna mit leicht genervter Miene auf, Eva die gewünschte Erklärung zu geben.

»Also, vor vielen Jahren, irgendwann im 19. Jahrhundert, da war der Deich hinter eurem Haus die Grenze zum Meer. Das ganze Land davor, die Wiesen, das Schilf und alles, das gab es damals noch nicht. Der Fedder, das war zu der Zeit der Deichvogt. Als solcher war er dafür zuständig, dass der Deich nicht auseinanderfiel. Aber in dieser Zeit gab es viele Sturmfluten, und der Deich wollte einfach nicht halten. Ständig war Fedder mit seinen Leuten unterwegs, um irgendwelche Löcher zu flicken.«

»Aber einmal nicht, da war er bei einer fremden Frau«, raunte Heidi dazwischen. Anna sah sie verärgert an.

Heidi senkte den Kopf: »Schon gut, erzähl du weiter.« Anna nickte zufrieden und wandte sich wieder an Eva.

»Fedder hatte viel zu tun. Aber er war immer sehr zuverlässig. Er war ein guter Deichvogt.«

»Und ein Ehebrecher«, konnte Heidi sich wieder nicht zurückhalten.

»Ja, das stimmt.« Anna sah sie vorwurfsvoll an. »Er war

schon seit vielen Jahren verheiratet gewesen. Trotzdem hatte er sich in die schöne Frau eines Bauern aus Kleebüll verguckt. Und in einer Nacht, als seine Hilfe am Deich eigentlich dringend benötigt wurde, passierte die Katastrophe. Weil er ein Schäferstündchen mit der Bäuerin hatte, kam er zu spät, um mit seinen Leuten, unter ihnen auch der Mann der Bäuerin, den Deich zu flicken.«

»Der Deich brach?«, fragte Eva.

Anna nickte. »Das Dorf wurde fast komplett überflutet. In der Nacht starben über zehn Menschen. Darunter auch die Bäuerin, bei der Fedder gewesen war. Und ihre beiden Kinder.«

Im Wohnzimmer war es mucksmäuschenstill. Nur Birte war zu hören, wie sie ein neues Schokoladentäfelchen auspackte.

»Hat ihr Mann erfahren, was Fedder getan hatte?«, erkundigte sich Eva betroffen.

»Ja. Darauf ist er sofort zu Fedder gegangen und hat ihn mit einem Knüppel totgeschlagen.«

»Wie schrecklich.«

»O ja. Alle, die dabei waren, haben gesagt, Fedder hätte sich überhaupt nicht gewehrt.«

»Er wollte sterben«, raunte Heidi.

»Tatsächlich wollte er mit dieser Schuld wohl nicht mehr leben«, sagte Anna.

Wibke schüttelte den Kopf. »Was für eine Räuberpistole.«

Anna zuckte mit den Schultern, hielt ihr wieder ihr Glas hin und bekam noch einen Grappa, den sie wieder in einem Schluck austrank.

»Und das ist das Ende der Geschichte?«, fragte Eva. »Was wurde aus dem Bauern?«

»Die Dörfler haben ihn für seinen Mord nicht bestraft«, sagte Anna. »Aber sie hatten wohl auch ein schlechtes Gewissen. Denn bis auf diesen Fehler hatte Fedder das Dorf oft gerettet. Am Ende haben sie Fedders Bruder zum neuen Deichvogt ernannt. Er hatte viele Jahre neben ihm gearbeitet und hat dafür gesorgt, dass der neue Deich um den Kleebüller Koog gebaut wurde.«

»Aber seitdem wandelt der alte Fedder immer wieder nachts über den Deich«, flüsterte Heidi.

Eva sah sie überrascht an und merkte dann, dass alle voller Andacht schwiegen. Nur Wibke verdrehte die Augen.

»Was? Glaubt ihr im Ernst, dass der Deichvogt als Geist hier durch den Koog zieht?«

»Um zu überprüfen, ob sein Bruder den Deich gut gebaut hat.« Heidi nickte.

»Blödsinn«, muffelte Wibke. »Es gibt keine Geister.«

»Von wegen. Hast du gewusst, dass dieses Ehepaar aus Dresden, das seit zwei Wochen in der Ferienwohnung der alten Gerda wohnt, den Mann auch gesehen hat?«

»Ach ja?«

Anna nickte. »Gerda hat mir erzählt, er wäre ihnen in der Dämmerung auf einmal auf dem Deich entgegengekommen. Sie hätten ihn freundlich gegrüßt, aber er ist nur stumm an ihnen vorübergegangen.«

»War bestimmt nur irgendein anderer Tourist.«

»Haben sie sein Gesicht erkannt?«, fragte Eva. Sie erinnerte sich, was Frieda ihr erzählt hatte.

»Nee«, sagte Anna, »sie haben gesagt, er hätte seinen Mantel in dem schlechten Wetter so zugezogen, dass man nichts sehen konnte.«

Wibke schnaufte. »Natürlich, klar«, sagte sie spöttisch, »das war doch schon immer so hier in Kleebüll. Sobald irgendein Mann sich bei Regen einen Friesennerz überzieht und alleine auf dem Deich spazieren geht, wird er sofort für den schwarzen Mann gehalten. So ein Blödsinn.«

Anna sah Wibke vorwurfsvoll an. »Von wegen. Frag doch mal die Schmidt.«

»Zu der alten Schachtel gehe ich bestimmt nicht.«

»Sie sagt, schon als sie noch ein Kind war, ist der schwarze Mann manchmal einsam über die Deiche spaziert.«

»Kann mir endlich mal eine verraten, wer Frau Schmidt ist?«, fragte Eva.

Alle sahen überrascht zu ihr, als wenn das die selbstverständlichste Sache auf der Welt wäre. Wie konnte Eva nur die alte Schmidt nicht kennen?

»Die war früher unsere Lehrerin in der Grundschule«, sagte Birte.

»Wohnt hier am Ortsausgang Richtung Dagebüll, im letzten Haus vor dem Ortsschild«, sagte Heidi.

»Sie ist die Expertin für die Geschichte von Kleebüll«, sagte Anna. »Hat sogar ein Buch darüber geschrieben.«

»Wenn du irgendwas über deine neue Heimat wissen willst – die alte Hexe weiß alles.«

22

Als Eva später mit ihrem leise quietschenden Fahrrad nach Hause fuhr, war es schon stockdunkel. Der Regen hatte wieder aufgehört, die Luft war merklich abgekühlt. Eva fröstelte. Ihre Lampe hatte einen Wackelkontakt, und die wenigen Laternen auf der Kleebüller Dorfstraße reichten gerade aus, um ihr den groben Weg vorbei an den Pfützen auf dem brüchigen Asphalt zu zeigen. Immer noch leicht angeschlagen von den vielen Kurzen fuhr sie in leichten Schlangenlinien auf der Mitte der Straße. Kein Auto kam ihr entgegen, und in den Häusern rechts und links brannte nirgends ein Licht. Es war schon kurz vor Mitternacht, die Bewohner von Kleebüll mussten früh raus und lagen schon lange in ihren Betten.

Mit offenem Mund atmete Eva die frische Meeresluft ein. Sie hätte nicht so viel trinken dürfen. Auch wenn sie bei ihren neuen Freundinnen was anderes behauptet hatte: Eigentlich konnte sie kaum was vertragen. Wibke hatte das am Ende wohl gemerkt und ihr das Gästezimmer angeboten. Die Gute, dachte Eva lächelnd und freute sich, dass sie hier in Kleebüll schon eine so nette Freundin gefunden hatte. Aber ihr Bedarf an Geselligkeit war für heute gedeckt. Sie wollte einfach nur nach Hause und ins Bett, ihr eigenes Bett.

Sie sah nach oben zum Himmel. Durch die dunkelschwarze Wolkendecke hindurch war nicht ein Stern zu erkennen. Bis auf den böigen Wind war es absolut still. Nur ein paar einsame Schafe blökten über die Marsch, und ganz in der Ferne war wie immer das Rauschen der Nordsee zu hören.

Am Ortsausgang zuckte sie auf einmal zusammen, als sie neben sich einen großen Schatten sah, der sich vor den dunklen Wolken kaum abhob. Erst dann erkannte sie das gleichmäßige tiefe Brausen einiger großer Windräder, die wie schwarze Riesen auf dem Feld standen. Sie ärgerte sich über ihre Schreckhaftigkeit. Aber war das ein Wunder nach diesen ganzen Geschichten von untoten Deichgrafen und schwarzen Männern?

Mittlerweile hatte sie die Einfahrt zu einem Sandweg erreicht, eine Abkürzung, die von der Straße zu ihrem Häuschen führte. So schwarz, wie die Nacht war, konnte sie von ihrem neuen Zuhause nur die dunklen Umrisse vor dem Deich erkennen. In dem Moment fuhr Eva über eine Bodenwelle. Ihr Licht ging aus, und für einen Augenblick fuhr sie in kompletter Dunkelheit – und beinahe in einen Bewässerungsgraben! Nur mit Mühe konnte sie den Lenker herumreißen und kam an der Böschung zum Stehen.

So ging's nicht. Sie entschloss sich, das Fahrrad die letzten Meter bis nach Hause zu schieben. Sie stöhnte. Wenn Till zurück war, musste sie unbedingt mit ihm sprechen. Sie brauchten um ihr Haus dringend etwas mehr Beleuchtung – am besten mit Bewegungsmeldern, damit sie heil auf ihr Grundstück kamen.

Mit dem Vorderreifen drückte sie die Gartenpforte auf und schob ihr Fahrrad auf den Hof. War es auf der Dorfstraße schon ruhig gewesen, herrschte hier so eine Stille, dass sie sogar ihr eigenes Herzklopfen hörte.

Schon unheimlich. Die euphorisierende Wirkung des Alkohols war auf einmal komplett verflogen, und ihr wurde schmerzhaft bewusst, dass sie diese Nacht allein in dem kleinen Haus verbringen würde, dass im Bett keiner war, an den sie sich ankuscheln konnte. Seit Till weggefahren war, wusste sie, dass dieser traurige Moment kommen würde. Jetzt, wo es soweit war, war sie nicht nur traurig, sondern hatte Angst.

Sie atmete tief durch und schloss die Augen. Ganz ruhig, alles in Ordnung, dachte sie. Alles war wie sonst, nur dass eben das warme Licht des Tages fehlte. Kein Grund, sich aufzuregen. Sie erinnerte sich an eine Ostseereise, die ihre Eltern mit ihr gemacht hatten, als sie noch ein Kind gewesen war. In einem Naturpark auf dem Darß gab es einen Raum, in dem man nächtliche Geräusche in völliger

Dunkelheit auf sich wirken lassen konnte. Sehr gruselig, aber als am Ende das Licht anging, hatte sie über ihre Angst gelacht. Die Verursacher des unheimlichen Raschelns, Zirpens und Knurrens waren nur Enten, Möwen und kleine Frösche gewesen.

Doch jetzt ließ sie ein anderes Geräusch zusammenfahren. Laute Schritte. Auf der anderen Seite des Steinwalls war jemand. Eva spürte, wie ihre Atmung aussetzte, als sie sich langsam umdrehte.

Der schwarze Mann …?

Zuerst sah sie gar nichts. Dann ein Schatten. *Mehrere* Schatten. Endlich erkannte sie ihre nächtlichen Besucher und atmete erleichtert auf.

Es waren drei Schafe, die sich von ihrer weit weg auf dem Feld grasenden Herde getrennt hatten, um die Blumen am Wall zu probieren.

Eva lächelte. Es gab keinen Grund, Angst zu haben. Für einen Moment betrachtete sie die friedlichen Tiere, soweit sie sie in der Nacht erkennen konnte. Dann stellte sie ihr Rad unter das Terrassendach, schloss die Tür auf und ging ins Haus.

Sie brauchte einen Moment, bis sie im Dunkeln tastend den Lichtschalter fand. Seufzend blickte sie in ihre leere Wohnung. Endlich zu Hause. Aber so gemütlich es hier auch aussah, Tills Abwesenheit wurde ihr schmerzhaft bewusst, als sie bemerkte, wie aufgeräumt es ohne sein Dauerchaos war. Vielleicht hätte sie besser nicht alle seine Fußballmagazine in den Zeitungsständer gelegt und auch seine sonst überall herumliegenden Klamotten nicht in den Schrank gehängt.

Ihr zweiter Blick ging zum Anrufbeantworter. Kein rotes Blinken – keine Nachricht von ihm! Enttäuscht fragte sie sich, ob er nach ihrem kurzen Streit immer noch verstimmt war – oder ob er nur wieder mit seinen Kollegen in irgendeiner Berliner Bar an der Theke stand. Sie seufzte. Früher war es ein festes Ritual gewesen, sich noch einmal vor dem Schlafengehen anzurufen, wenn einer über Nacht unterwegs war, einfach nur um zu zeigen, dass man aneinander dachte. Aber dann war diese schlimme Geschichte passiert und hatte sie aus dem Himmel herunter auf die Erde geholt.

Sollte sie ihn anrufen? Eva sah auf die Uhr. Mitternacht, viel zu spät. Entweder war er wirklich noch in einer Kneipe, beschwipst und nicht in der Stimmung, mit ihr am Telefon zu kuscheln. Oder er lag schon im Bett. Sie überlegte. Ganz bestimmt schlief er schon, schließlich hatte er morgen einen wichtigen Termin.

Sie ertappte sich dabei, dass sie nicht überlegte, *ob* sie noch mal anrufen sollte, sondern warum sie *nicht* noch mal anrufen sollte. Diplomatie statt Liebe? Was war nur los mit ihr? Sie schüttelte den Kopf, so spät noch zu grübeln brachte nichts.

Aber sie war sicher, dass sie wieder grübeln würde. Über Till, über das, was in Berlin passiert war, über die unbekannte Frau, den schwarzen Mann, der in Kleebüll Kinder bedrohte. Vielleicht würde sie die ganze Nacht wach liegen, alleine in ihrem jetzt viel zu großen Ehebett oben unter dem Dach.

Aber nein, sie wollte diese Nacht so schnell wie möglich hinter sich bringen. Also entschied sie sich zum ersten Mal nach langer Zeit, ein paar Schlaftabletten zu nehmen. Nur zwei Stück, und bestimmt war es auch keine gute Idee, sie gerade jetzt zu schlucken, nachdem sie den ganzen Abend Grappa getrunken hatte. Doch die Vorstellung, die dunkle Nacht einfach zu überspringen und morgen früh entspannt und ausgeschlafen aufzuwachen, war zu verlockend. Also ging sie zum kleinen Medizinschränkchen, das sie im unteren Bad aufgehängt hatten, und spülte zwei Tabletten mit einem Glas Wasser runter.

Aber so schnell wirkten sie nicht.

Mit einem unwohlen Gefühl sah sie sich in der leeren und vollkommen stillen Wohnung um. Bevor sie zu Wibke gefahren war, hatte sie alle Fensterläden geschlossen. Kein Laut drang von draußen herein, kein Wind und kein Meeresrauschen. Es war still, viel zu still.

Und dann das Licht. Wenn Till da gewesen wäre, hätte die indirekte Beleuchtung hinter dem Sofa und in den Zimmerecken gemütlich ausgesehen. Aber jetzt, wo sie alleine war, machten ihr die vielen Schatten Angst. Was, wenn sie wieder diese Frau im Spiegel sah? Oder in den Fenstern?

Sicherheitshalber ging sie herum und kontrollierte hastig, ob Fenster und Türen fest verschlossen waren. Doch als sie die Terrassentür abgeschlossen hatte, legte sich plötzlich ein zentnerschweres Gewicht auf ihr Gemüt. Sie ächzte leise. Ihr Atem ging schneller. Lag es an der Verbindung von Grappa und Schlafmittel? Schwankend hielt sie sich am Regal fest und hätte dabei beinahe die Bücher heruntergerissen, die sie erst vor ein paar Tagen mit viel Mühe einsortiert hatte.

Nein, es waren nicht die Tabletten. Und es war auch nicht der Alkohol.

Die Erkenntnis traf sie wie ein Hieb. Auf einmal war sie sicher, ganz sicher, dass etwas passieren würde, gleich, jetzt, sofort. Etwas Unheimliches, Dramatisches.

Licht. Sie brauchte mehr Licht. Kurz entschlossen schaltete sie auch die Deckenbeleuchtung ein, dann das Licht in der Küche und schließlich auch noch im Flur. Dann nahm sie die Fernbedienung in die Hand und schaltete das Radio ein. Das Nachtprogramm von NDR2. Unter normalen Umständen hätte sie die sanfte Barmusik heimelig gefunden, aber jetzt verstärkte das Gesäusel noch dieses unwohle Gefühl von Einsamkeit und gleichzeitiger Bedrohung. Verzweifelt suchte sie einen anderen Sender, konnte auf die Schnelle nur einen mit dänischen Nachrichten finden.

Mit zitternder Hand schaltete sie auch noch den Fernseher an. Zuerst lief noch der Sportkanal, den Till ausgewählt hatte. Hektisch suchte sie so lange, bis sie auf einem anderen Kanal eine Sendung über ein blondes Modepüppchen entdeckte. Genau das Richtige. Sie legte sich auf das Sofa und zog sich eine Decke bis unters Kinn.

Unsicher schaute sie sich in ihrer hell erleuchteten Wohnung um. Aber noch war das lähmende Gefühl deutlich spürbar. Was war nur los? Träumte sie etwa schon? Sie zwickte sich in den Arm und stellte zu ihrer Enttäuschung fest, dass sie hellwach war.

Pass auf, Eva, pass auf!

Es war die warme, sanfte Stimme der unbekannten Frau. Eva stöhnte und zog sich die Decke über den Kopf – immer mit dem drückenden Gefühl, dass sie jeden Augenblick heruntergerissen werden könnte.

Aber nichts passierte. Keine Schritte, kein knarrendes Holz, nur das Geplapper der blonden Schnepfe im Fernsehen, das wegen der laut aufgedrehten Radiomusik kaum zu verstehen war. Eva grub ihr Gesicht in die Kissen. Vielleicht lag es an dem fehlenden Sauerstoff unter der Decke oder doch daran, dass ihre Tabletten auf einmal zu wirken begannen: Sie wurde immer schläfriger. Mit einem erleichterten Seufzer spürte sie, wie der Schlaf sie suchte und endlich fand.

23

Zuerst hörte sie das Wasser. Ein leises, beständiges Klopfen, als wenn es immer wieder gegen eine hohle Wand schlüge. Dazu ein nahes Gurgeln, friedlich, wie das Sprudeln eines Springbrunnens.

Sie spürte, wie ihr Körper sich bewegte. Wie von einer unbekannten Hand wurde sie hin und her getragen, sanft, ganz sanft. Sie fühlte sich wie ein ungeborenes Kind im Bauch seiner Mutter. Ein vollkommener Frieden durchströmte sie. Dann roch sie das Meer. Es roch nach Salz, nach Sonne und endlosen Horizonten, nach frischem Fisch und feuchtem Seetang, nach Heimat und Fernweh zugleich.

Der Schrei einer Möwe. Eher ein Ruf. Sie konnte spüren, wie der Vogel weit über ihr durch die Welt flog. Eine perfekte Welt, eine unschuldige Welt, das spürte sie, ohne zu verstehen, was es bedeutete. Wieder rief die Möwe nach ihr. Und endlich öffnete sie die Augen und sah hinauf in die Unendlichkeit des Himmels. Keine Wolke verdeckte das Blau, nur ein paar Vögel glitten über das Firmament, Möwen, Gänse.

Sie lag in einem kleinen Holzschiff, eingehüllt in eine warme Decke. Über ihr ragte der Mast in den Himmel, das graue Segel zusammengebunden zu einer kleinen Rolle am Baum, der im lauen Wind leise knirschend hin und her schwang.

Sie war nicht alleine. *Er* lag neben ihr. Sie drückte sich so dicht an seinen starken Körper, dass sie sein Herz schlagen hörte, gleichmäßig, ruhig. Dabei streichelte er ihr über die Wange, so zärtlich, als wenn nicht seine Hand, sondern eine warme Brise ihre Haut berühren würde.

Glück. Ihre ganze Welt war voller Glück. Sie leuchtete und strahlte mit einer alles erfüllenden Kraft, dass es ihr fast den Atem nahm. Langsam richtete sie sich auf, setzte sich auf die Decke und sah über die Reling hinaus in die blaue Welt. Sie trieben mitten auf dem Meer, alleine in der glitzernden Unendlichkeit. Sie konnte kein Ufer sehen, nur am Horizont schien es ihr, als wenn eine kleine Burg aus dem Wasser ragte. Sie sah ein paar Möwen, die sich nicht weit von ihrem Schiff von den trägen Wellen treiben ließen. Kein Laut war zu hören, nur das Gurgeln des Wassers unter dem Schiff und das leise Platschen, wenn die Wellen gegen das Boot schlugen. Es war, als wenn die Welt in einer perfekten Blase aus Harmonie und Ruhe verharrte.

Sie fühlte, wie seine Hand durch ihre Haare fuhr. Ein wohliger Schauer fuhr ihr über den nackten Rücken. Lächelnd reckte sie den Hals, um ihn anzusehen, konnte geblendet von der hellen Sonne sein Gesicht aber kaum erkennen. Sie schob sich dichter an ihn heran. Sie küssten sich, und für einen Moment konnte sie das Salz auf seinen Lippen schmecken, und Liebe, grenzenlose Liebe, ließ ihren Körper erzittern. Sie schloss die Augen. Dann sanken sie zusammen auf den Boden, und alles verschwamm in einer Woge des Glücks.

Doch so intensiv das Gefühl auch war – ihr war schmerzhaft bewusst, dass es nur eine Erinnerung war, längst verschwunden in der Zeit. Verzweifelt streckte sie die Hände in das dunkle Nichts aus, versuchte ihr Glück festzuhalten, *ihn* festzuhalten. Aber es gelang ihr nicht. Schon war da die Gewissheit, ihn verloren zu haben, *alles* verloren zu haben. Tränen füllten ihre Augen. Die Erkenntnis, dass sich alles geändert hatte. Wo eben noch Glück, Liebe und Sehnsucht waren, versank sie auf einmal in einem Strudel aus Angst und Verzweiflung. Plötzlich spürte sie einen harten Stoß gegen den Kopf und riss erschrocken die Augen auf.

Sie war nicht mehr auf dem Wasser. Das Meer war verschwunden. Der helle Tag war nicht mehr, stattdessen stand sie alleine in einem sturmumtosten Nirgendwo. Regen klatschte ihr brutal ins Gesicht.

Sie war nicht alleine.

Vor ihr stand ein riesenhafter Mann in einem bis zum Boden reichenden schwarzen Mantel. Seine langen, fettigen Haare wehten um seinen kantigen Schädel. Mit gierig glänzenden Augen starrte er sie an, öffnete grinsend sein schiefes Maul. Sie roch seinen stinkenden Atem, sah seine verfaulten Zähne. Immer näher kam er …

Lautes Klingeln weckte Eva. Stöhnend öffnete sie die Augen, immer noch gefangen in der panischen Atmosphäre ihres Traums. Benommen sah sie sich um. Sie brauchte einen Moment, um alle Teile zusammenzufügen: Sie hatte im hell erleuchteten Wohnzimmer auf dem Sofa geschlafen, es lief gerade Frühstücksfernsehen, und im Radio schnatterte ein dänischer Sprecher gutgelaunt mit einem Anrufer. Die Nacht war vorbei, es war Tag.

Das Klingeln. Es war das Telefon. Verzweifelt kramte Eva zwischen den Kissen herum. Endlich hatte sie den Hörer gefunden. Mit immer noch tauben Fingern nahm sie das Gespräch an.

»Guten Morgen, meine Süße! Sag bloß, du hast noch geschlafen?«

Sie seufzte vor Erleichterung.

»He, alles in Ordnung?«, fragte Till besorgt.

»Natürlich, ich freu mich nur, deine Stimme zu hören! Ich habe dich so vermisst!«

Sie blinzelte. Ein greller Sonnenstrahl blendete durch die Spalte eines Fensterladens. Sie lächelte.

»Ich habe dich auch vermisst«, sagte Till. »Tut mir leid, dass ich gestern nicht noch mal angerufen habe. Aber ich war noch mit Steff und Olaf unterwegs. Bei ihnen um die Ecke hat ein neuer Italiener aufgemacht.«

»Und, hattet ihr Spaß?«

»Was ist denn bei dir für ein Lärm? Feierst du gerade eine Party?«

»Nein, Quatsch, das ist nur das Radio.« Schnell schaltete sie Radio und Fernseher aus.

»Wie geht es unserem schönen Häuschen?«

»Alles gut. Aber ich kann es kaum erwarten, dass du zurückkommst.«

»Dauert ja nicht mehr lange. Heute das Meeting mit dem Kunden. Morgen das Treffen mit den Kollegen. Und am Abend komme ich schon zurück. Vorausgesetzt, Rafaela nagelt mich nicht an die Wand, weil dem Marketingleiter meine Texte nicht gefallen.«

Eva lächelte. Tills Geplapper vertrieb den Schatten des Traums, der sich in ihrem Kopf festgesetzt hatte. Während Till munter weiter von seinen Vorbereitungen für das Meeting erzählte, stand sie vom Sofa auf. Das Telefon zwischen Hals und Schulter geklemmt, öffnete sie die Fensterläden und zog die Terrassenrollläden hoch. Dann öffnete sie die Tür, ging auf nackten Sohlen hinaus und atmete tief durch.

Alles war gut. Till hatte angerufen. Endlich!

»Und heute Abend gehst du noch mal mit den Kollegen los?«, erkundigte sie sich.

»Nur wenn die Präsentation ein Erfolg wird. Aber große Lust habe ich nicht. Du kennst das ja, lauter Geschäftsleute und langweiliges Gelaber.«

In teuren Restaurants und exklusiven Bars, zusammen mit schönen Frauen, dachte Eva und verzog das Gesicht. Aber sie wollte sich nicht schon wieder Sorgen machen. So war das eben, wenn man einen Ehemann hatte, der in der Werbung arbeitete. Es war verrückt: Auch wenn ihr noch nicht klar war, was der Traum zu bedeuten hatte, er hatte ihre Liebe zu Till zum Leuchten gebracht. Jetzt war keine Zeit für Eifersucht. Rafaela war natürlich eine ständig lauernde Gefahr. Durch ihre Küsse war damals schließlich das ganze Elend mit Stein überhaupt in Gang gekommen. Aber Till hatte versprochen, dass sich das niemals wiederholen würde.

»Rufst du mich an und sagst mir, wie die Präsentation gelaufen ist?«, fragte Eva ihn.

»Aber natürlich. Ich weiß nur noch nicht, wann. Ich guck mal, wie es passt.«

Dann verabschiedeten sie sich liebevoll voneinander und beendeten das Gespräch.

Eva stand immer noch auf der Terrasse und schaute hinaus in die Marsch. In ein paar hundert Meter Entfernung konnte sie auf dem grünen Feld die kleine Schafherde sehen, die ihr in der Nacht so einen Schrecken eingejagt hatte. Munter hoppelten die Tiere über das Gras. Eva beobachtete, wie sich ein Lamm an seine Mutter kuschelte. Sie lächelte. Natürlich sah in der Nacht alles anders aus, aber dass sie wegen dieser harmlosen Schafe so viel Angst gehabt hatte, war wirklich peinlich.

Noch einmal dachte sie an den Traum und versuchte, sich in die wohlige Stimmung auf dem Boot zu versetzen, um die entsetzliche Erinnerung an den Mann mit den schwarzen Haaren zu vertreiben.

Sie schloss die Augen und war wieder mitten auf dem

Meer. Wie seltsam. Woher kam diese Erinnerung? Auch wenn sie langsam verblasste, war sie doch intensiv und real gewesen. Und dieser Mann war ganz bestimmt nicht Till gewesen. Sie spürte das kühle Medaillon auf ihrer Haut, zog die Kette heraus und betrachtete nachdenklich das Foto. Für einen kurzen Moment hatte sie das Gefühl, einer lebenden Frau in die Augen zu sehen.

Eva schüttelte den Kopf. Konnte es sein, dass die Schlaftabletten Nebenwirkungen hatten? Sie atmete tief aus, steckte die Kette wieder zurück und legte fröstelnd die Arme um sich. So schön es hier draußen war, wurde ihr doch langsam kalt, schließlich trug sie nur Slip und T-Shirt. Sie ging zurück ins Haus, um sich einen Kaffee zu machen. Sie bemerkte nicht, dass die Fensterläden schmutzig waren, obwohl sie sie erst vor zwei Tagen sorgfältig geputzt hatte. Doch jetzt waren dort zwei Flecken, ungefähr auf Kopfhöhe. Wenn sie genau hingesehen hätte, hätte sie entdeckt, dass es die Abdrücke von zwei schmutzigen Händen waren. Jemand musste letzte Nacht vor dem Fenster gestanden und sich mit beiden Händen an den Fensterläden abgestützt haben, um durch einen Spalt ins Wohnzimmer hineinzuschauen.

Aber Eva bekam nie die Gelegenheit, sich deswegen Gedanken zu machen. Auch wenn noch keine Wolke am Himmel zu sehen war, ging schon zwei Stunden später ein heftiger Schauer über Kleebüll nieder und spülte die Spuren ihres nächtlichen Besuchers fort.

24

Die Gärten in Kleebüll waren alle schön anzuschauen. Das ganze Jahr über blühten Blumen in sorgfältig gepflegten Beeten, und die Kieswege, die zu den Häusern führten, waren so sauber geharkt wie vor einem japanischen Kloster. Nur zwei Ausnahmen gab es von dieser allgemeinen Harmonie: den Garten von Harke – und den von Gerda Schmidt, der ehemaligen Dorflehrerin.

Zwischen Brennnesseln und mannshohen Disteln bahnte sich Eva den Weg zu einem fast völlig zugewachsenen Hexenhäuschen. Wie gut, dass sie trotz des freundlichen Wetters eine lange Hose angezogen hatte. An der schweren Holztür angekommen, holte sie tief Luft, zupfte ihre Jacke zurecht, ordnete ihre Frisur – schließlich ging sie zu einer Lehrerin – und drückte auf die Klingel.

Nichts.

Erst als sie noch einmal, jetzt mit mehr Kraft, den Finger auf den kleinen Messingknopf presste, erklang ein rostiges Schnarren – fast wie bei Harke. Sie fragte sich, ob die alte Dorflehrerin auch einen Hausgeist hatte. Und warum ihr bei ihrem Problem eigentlich nur die Dorffreaks weiterhelfen konnten.

Nach ein paar Augenblicken hörte sie ein leises, müdes Schlurfen. Eva hatte ihre Freundinnen gar nicht gefragt, wie alt Frau Schmidt war. Sie rechnete schon mit einer Greisin, als sie von einer lauten, derben Stimme aufgeschreckt wurde:

»Wer da?«, dröhnte es von der anderen Seite der Tür.

»Guten Tag, Frau Schmidt, mein Name ist Becker«, sagte Eva vorsichtig.

»Sprechen Sie lauter, ich kann Sie nicht verstehen!«

Hastig wiederholte Eva ihren Namen und erklärte, dass sie durch ehemalige Schülerinnen von ihr gehört und ein paar Fragen zur Geschichte von Kleebüll habe.

Endlich wurde die schwere Tür geöffnet. Vor Eva stand eine um einen Kopf kleinere, aber sehr rüstig wirkende Dame um die siebzig. Die dünnen grauen Haare standen ihr in einem wirren Kranz vom Kopf ab. Offensichtlich hatte sie auf dem Sofa gelegen und gelesen, das Buch hielt sie noch in der Hand. Ihre Haut war von der friesischen Sonne gebräunt, und hinter der kleinen Brille funkelten zwei hellwache braune Augen.

»Ich habe Sie schon mal gesehen«, sagte Frau Schmidt und musterte Eva mit offenem Argwohn.

»Kann schon sein, mein Mann und ich, wir sind vor ein paar Monaten hierhergezogen«, sagte Eva und versuchte dabei langsam und deutlich zu sprechen. Auf einmal fühlte sie sich wie ein kleines Mädchen am ersten Tag in ihrer neuen Klasse.

Frau Schmidt verzog keine Miene.

Eva räusperte sich. »Ich habe gestern Abend mit ein paar Freundinnen zusammengesessen, die früher bei Ihnen in der Klasse waren.«

»Welche Freundinnen?«

Eva sagte ihr die Namen von Wibke, Anna und den anderen Mädchen. Aber Frau Schmidt schien wenig beeindruckt und schwieg.

»Wir haben über den geheimnisvollen Deichgrafen gesprochen, der nachts immer noch hier rumspuken soll. Es heißt, Sie hätten ihn früher auch schon mal gesehen«, versuchte Eva, das Gespräch in die beabsichtigte Richtung zu lenken.

Frau Schmidt schüttelte den Kopf. »Alles Blödsinn. Ich

habe gar nichts gesehen. Sie sollten nicht auf das Geplapper dieser geschwätzigen Gänse hören.«

»Aber Anna meinte, Sie …«

Frau Schmidt unterbrach sie ungeduldig. »Mir egal, was Anna sagt. Die Legende vom toten Deichgrafen ist frei erfunden, wie die meisten Märchen, die hier auf den Dorffesten erzählt werden.«

»Aber in den letzten Wochen haben mehrere Leute …«, Eva zögerte, »… einen schwarzen Mann gesehen.«

»Meinen Sie die kleine Frieda?« Die alte Lehrerin lächelte spöttisch.

Frau Schmidt war überraschend gut informiert. »Nicht nur. Es soll auch noch andere … Zeugen geben«, stammelte Eva.

Mich zum Beispiel.

»Wen auch immer diese Leute gesehen haben, der alte Fedder war es bestimmt nicht. Der liegt schon lange friedlich unter der Erde.«

Etwas unglücklich über den Verlauf des Gesprächs sah Eva Frau Schmidt an. Sie standen immer noch in der Tür. Die pensionierte Lehrerin musterte sie mit stechendem Blick. Eva war sicher, dass sie in ihrer aktiven Zeit nie Probleme mit fehlendem Respekt gehabt hatte.

»Sie haben gesagt, Sie interessieren sich für die Geschichte von Kleebüll?«, sagte die alte Dame auf einmal.

»Wir haben das kleine weiße Haus am Sommerdeich gekauft. Deshalb bin ich eigentlich gekommen. Mich würde interessieren, ob Sie was über seine Vorbesitzer wissen. Wir haben leider keine Unterlagen mehr, die …«

»Ja, ja, schon gut«, unterbrach die alte Dame sie ungeduldig und trat ein wenig zur Seite. »Kommen Sie rein, ich habe gerade Kaffee aufgesetzt.«

Kurze Zeit später saß Eva in Frau Schmidts Wohnzimmer. Die Lehrerin bekam wohl nicht oft Besuch, dachte sie beim Anblick der unglaublichen Unordnung in dem kleinen Raum. Die Wände waren mit Regalen zugestellt, die sich unter Tausenden und Abertausenden von alten Büchern bogen. Aber auch überall auf dem Boden stapelten sich dicke Lederbände, Atlanten und Fotobücher, die mit unzähligen kleinen Merkzetteln versehen waren, Beweis dafür, dass Frau Schmidt auch wirklich alle gelesen hatte. Andere Bücher hatte sie dagegen zu hohen Säulen gestapelt, um darauf ihre Blumentöpfe abzustellen. Aber den Pflanzen ging es nicht besser als ihren Artgenossen im Garten: Die meisten hatten schon lange kein Wasser mehr bekommen und waren völlig vertrocknet.

Dazu lag ein schwerer Tabakgeruch im Zimmer. Eva konnte überall volle Aschenbecher sehen, und kaum dass Frau Schmidt mit einer vollen Kaffeekanne aus der Küche zurückgekehrt war, hatte sie sich auch schon eine Zigarette angezündet.

»Hätten Sie lieber einen Tee gehabt?«, fragte sie, ohne die Zigarette aus dem Mund zu nehmen, mit rauer Stimme und hustete leise.

»Nein, nein, schon in Ordnung«, sagte Eva und beobachtete, wie die Sonnenstrahlen sich durch den langsam aufsteigenden Tabaknebel tasteten.

»Sie müssen schon entschuldigen, wenn ich gewusst hätte, dass ich Besuch bekomme, hätte ich den ganzen Mist hier ein bisschen aufgeräumt«, sagte Frau Schmidt, aber Eva hatte nicht den Eindruck, dass ihr die Unordnung wirklich peinlich war.

»Nein, Quatsch, ich muss mich entschuldigen, dass ich Sie so überfalle.«

Die Lehrerin setzte sich auf ihr Sofa und kuschelte sich in eine Decke.

»Also bitte, dann erzählen Sie mal, was haben Sie früher gemacht, und wie kommen Sie jetzt ausgerechnet in unser kleines Dorf?«

Eva sah sie leicht verwirrt an, schließlich war sie doch diejenige, die Fragen zu stellen hatte. Aber dann fing sie doch an zu erzählen, von Berlin, von Till und von ihrem Umzug nach Kleebüll. Von den Gründen für ihren Ortswechsel verriet sie lieber nichts.

»Und jetzt arbeite ich hier als Erzieherin«, beendete sie ihren Bericht.

Frau Schmidt lachte heiser und zündete sich eine neue Zigarette an. »Als Kindergärtnerin, meinen Sie?«

Eva nickte nur.

»Erzieherin! Ich mag dieses neusoziologische Geschwätz nicht. Kindergarten ist ein schönes deutsches Wort, das sogar seinen Platz in der englischen Sprache gefunden hat. Also warum nicht Kindergärtnerin?«

Eva nickte nur verlegen und sah zu, wie sich Frau Schmidt einen neuen Kaffee eingoss.

»Also, mein Kind, Sie wollten was über die Geschichte von Kleebüll wissen?«

Eva seufzte. Endlich kamen sie zum Thema.

»Eigentlich würde mich vor allem interessieren, wie ich herausfinden kann, wer früher in unserem Haus am Sommerdeich gewohnt hat.«

»Wie? Früher?«

Sie zögerte. »Wem hat das Haus zuerst gehört? Als es gebaut wurde. Mitte des … 19. Jahrhunderts.«

»Vor 150 Jahren?« Frau Schmidt blies die Backen auf. »Verdammt noch mal, woher soll ich das wissen?«

»Meine Freundinnen meinten, Sie kennen sich aus mit ...«

»Ja, ich kenne mich aus mit der Geschichte von Kleebüll«, unterbrach Frau Schmidt sie schnaufend. »Aber eigentlich nur mit der Zeit des Dritten Reichs. Ich habe sogar ein Buch darüber geschrieben«, ergänzte sie stolz. Sie drückte die Zigarette in einem der vielen übervollen Aschenbecher aus, griff hinter sich, zog einen kleinen Band aus dem Regal und reichte ihn Eva.

»Eine hochinteressante Zeit. Haben Sie gewusst, dass die Nazis in Nordfriesland überdurchschnittlich vertreten waren? In manchen Kreisen bekamen die Faschisten fast 70 Prozent! Aber nicht in Kleebüll. Hier haben sie bei den Wahlen 1933 gerade mal 30 Prozent geholt, und die anderen Friesen haben mit dem Finger auf das Dorf gezeigt. Das rote Nest haben sie es genannt.«

Eva bemühte sich, interessiert zu gucken. Aber es war offensichtlich, dass sie nicht wegen dieser Informationen gekommen war, das merkte auch Frau Schmidt. Fast mitleidig sah sie Eva an.

»Wann ist Ihr Haus denn gebaut worden?«

»So um 1850, glaube ich.«

Die alte Lehrerin seufzte. »Mit der Zeit kenne ich mich fast gar nicht aus. Ich weiß nur, dass es damals mehrere schlimme Fluten gab, bei denen fast das ganze Dorf vernichtet wurde.«

Eva sah zu den vollgestopften Bücherwänden. »Gibt es denn nicht irgendwelche Archive? Mit den Namen der Einwohner und so?«

»Ja, schon. Aber leider nicht mehr für diese Zeit. 1880 hat ein Blitz in den Kirchturm eingeschlagen. Das ganze Kirchenschiff inklusive Archiv ist damals ausgebrannt.«

»O nein ...«

»Ja, sehr schade. Tut mir leid.«

Eva sah enttäuscht in ihre Kaffeetasse. Frau Schmidt musterte sie mit ernster Miene.

»Haben Sie sich auch früher schon für Geschichte interessiert?«

»Na ja, es geht. Aber jetzt wohnen wir in diesem alten Haus. Überall sieht man noch die Spuren von früher. Die alten Dielen. Die blauen Fliesen in der Küche. Im Wohnzimmer hängen sogar noch alte Harpunen an der Wand.«

Frau Schmidt nickte. »Ja, bis zu Anfang des 19. Jahrhunderts lebten hier in der Gegend sehr viele Menschen vom Walfang. Auch und vor allem auf den Inseln, Amrum und Föhr.«

»Manchmal ist es bei uns zu Hause, als wenn gar keine Zeit vergangen wäre. Die Atmosphäre von damals, die ist immer noch spürbar.«

Eva überlegte einen Moment. Dann zog sie die Kette aus der Tasche und gab sie der Lehrerin.

»Und dann habe ich noch das hier gefunden.«

Frau Schmidt rückte ihre Brille zurecht. Sie sah sich das alte Schmuckstück mit ernster Forschermiene an und klappte das Medaillon auf.

»Sehr interessant.«

»Nicht wahr? Ich wusste gar nicht, dass es damals schon Fotos gab.«

Frau Schmidt drehte das Medaillon um: »Hier steht der Name eines Fotostudios in Husum.« Wieder betrachtete sie das Bild.

»Das ist eine Föhrer Hochzeitstracht. Sehen Sie? Sie können es an dieser Haube erkennen.«

»Aus Föhr, ach ja?« Eva sah jetzt wieder sehr interessiert drein.

»Wo haben Sie die Kette denn gefunden?«

Eva zögerte.

»Na, im Haus«, sagte sie.

»Wo genau?«

Eva sah die Lehrerin überfordert an: »In ... im Garten. Unter einem Stein.«

»Ach? Und da hat die Kette so lange gelegen, und keiner hat sie bemerkt?«

Eva zuckte nur verlegen mit den Schultern. Sie nahm Frau Schmidt das Medaillon wieder ab und sah sich das Foto nachdenklich an.

»Ich weiß nicht, warum, aber ... irgendwie ist mir diese Frau sehr ... vertraut. Ich wüsste so gern mehr über sie. Wer war sie? Wie hat sie gelebt? Wie war ihr Name?«

Eva strich zärtlich mit dem Finger über das alte Foto – und merkte dann, dass die alte Lehrerin sie mit einem wohlwollenden Lächeln beobachtete. Verlegen senkte Eva den Blick.

»Tut mir leid. Ich höre mich wohl ein bisschen albern an.«

»Blödsinn«, erwiderte Frau Schmidt und musste husten. Trotzdem legte sie die Zigarette nicht weg, sondern sah Eva freundlich an. »Das ist lebendige Geschichte. Das geht mir genauso, wenn ich alte Fotos sehe. Warten Sie, vielleicht kann ich Ihnen wenigstens ein bisschen helfen.«

Sie ging zum Regal und zog nach kurzem Überlegen mehrere dicke Bücher heraus.

»Die können Sie mitnehmen. Da kriegen Sie mal einen kleinen Eindruck, wie das Alltagsleben in Friesland in der Mitte des 19. Jahrhunderts aussah.«

Eva sah überrascht auf die dicken Wälzer, die die kleine Frau ihr mit Schwung auf die ausgebreiteten Arme packte:

Bücher mit Zeichnungen von alten Friesen, Bildbände und sogar einige Fotos von alten Bauernhöfen, Trachten, Kutschen und Segelschiffen.

»Vielen Dank, das ist sehr nett von Ihnen.«

Frau Schmidt winkte gnädig ab.

»Kein Problem, mein Kind. Und was Ihre hübsche Freundin angeht, da schaue ich selbst noch mal nach. Vielleicht finde ich ja doch noch was über sie heraus.«

Eva nickte zufrieden. So wie es aussah, hatte sie schon wieder eine neue Freundin in Kleebüll gefunden.

25

»Alles in Butter. Stein hat ganz friedlich hinter seinem Tresen gestanden und gearbeitet.«

»Sehr gut.«

»So wie es aussah, hatte er sogar richtig gute Laune. Wir haben gesehen, wie er mit seinen Kollegen gelacht hat.«

»Das sind gute Nachrichten. Vielen Dank, dass ihr noch einmal nachgeschaut habt.«

»Kein Problem. Wenn du willst, warten wir vor dem Baumarkt, bis er Feierabend hat.«

»Nein, schon gut …«

Der Kollege ließ ihn nicht ausreden. »Wir könnten auch heute Nacht an ihm dranbleiben. Vielleicht haben wir Glück, und er geht ins Kino.«

»Sehr witzig. Hab schon kapiert. Ich lass euch ab jetzt in Ruhe. Versprochen.«

Krumme beendete das Gespräch. Sollten die Blödmänner doch denken, was sie wollten. Aber der Anruf seines friesischen Kollegen hatte ihm einfach keine Ruhe gelassen. Sicherheitshalber hatte er eine Streife losgeschickt, die überprüfen sollte, ob Stein wirklich noch in Berlin war.

Er tat nur seine Arbeit. Verbrecher verfolgen und Verbrechen verhindern, das war sein Job.

Aber langsam schienen die Kollegen von seinem Interesse an Stein die Schnauze voll zu haben. Tatsächlich musste er zugeben, dass er diesen Fall schon etwas persönlicher nahm.

Er blickte zu dem Foto, für das er trotz des Chaos auf seinem Schreibtisch immer einen Ehrenplatz hatte.

Zwei Frauen, die lächelnd mit nackten Füßen im Sand standen und dem Fotografen zuwinkten. Beide hatten lange schwarze Haare, zerzaust vom stürmischen Wind des Meeres, das hinter ihnen in großen Wellen an den Strand brandete. Beide hatten die gleichen hohen Wangenknochen und die gleichen wachen Augen.

Zwei fröhliche Frauen. Mutter und Tochter.

Krumme liebte dieses Foto. Es war sein größter Schatz. Es stand nicht nur hier in seinem Büro, sondern hing auch bei ihm zu Hause im Wohnzimmer und im Flur. Und in der Küche stand es in einem Glasrahmen auf dem Tisch, damit er es immer sehen konnte, wenn er morgens alleine frühstückte.

Er selbst hatte es aufgenommen. Während ihres Urlaubs auf Usedom vor sieben Jahren. Zwei Wochen hatte er dort mit seiner kleinen Familie in einem Haus mit Blick auf die Ostsee verbracht. Zwei glückliche Wochen. Rückblickend schienen es ihm die letzten glücklichen Wochen seines Lebens.

Maria, seine Frau, und Hannah, seine Tochter.

Mit der Hand berührte er sacht ihre Gesichter. Er vermisste sie. Er würde alles dafür geben, wenn er sie wiedersehen würde, und wenn auch nur für einen Tag.

Wahrscheinlich würden sie nur wieder stumm um den Tisch sitzen.

Früher war das ganz anders gewesen. Da hatten sie zusammen gelacht, endlos gequatscht und gestritten. Vor allem gestritten. Maria war zwar eine freundliche, kleine Frau, aber was zu meckern gab es immer. Große Klappe, großes Herz. Berliner Schnauze eben, genau wie er. Hannah, seine Tochter, war nicht so laut, aber mindestens genauso dynamisch wie ihre Mutter. Sie hatte immer genau gewusst, was sie wollte: eine Weltumseglung und danach Journalistin oder Schriftstellerin werden.

Maria und Hannah, seine Königin und seine kleine Prinzessin. Er war immer glücklich gewesen, wenn er einfach nur in ihrem Licht stehen konnte.

Und das wäre bestimmt noch heute so, wenn diese Sache in Pankow nicht gewesen wäre. Diese dunkle, dunkle Nacht, in der ein Unbekannter seiner Familie die Seele herausgerissen hatte.

Es war nach einer Gartenparty in einer Kleingartensiedlung passiert, zwei Wochen nachdem sie aus dem Urlaub zurückgekehrt waren. Hannah hatte zusammen mit ihren Freunden ausgelassen gefeiert und wohl auch etwas zu viel getrunken. Schließlich hatte sie sich in den frühen Morgenstunden auf den Weg nach Hause gemacht, alleine.

Krumme stöhnte, so sehr schmerzte ihn die Erinnerung an diese Nacht, die sein und das Leben seiner Familie so sehr verändert hatte.

Wieso hatte Hannah nicht auf ihre beste Freundin gewartet, die nur kurz darauf auch nach Hause wollte? Wieso hatte sie sich nicht ein Taxi gerufen? Er hätte es ihr doch bezahlt! Aber nein, Hannah wollte alleine zum Nachtbus gehen, um zurück nach Steglitz zu fahren.

Sie war nie am Bus angekommen.

Ein Nachtwächter, der mit dem Fahrrad unterwegs nach Hause war, hatte sie gefunden. Sie lag mit zerrissenen Kleidern unter einem Baum, nachdem ein unbekannter Mann sie wie ein Stück Vieh benutzt und dann weggeworfen hatte. Er hatte sie geschlagen und getreten und sie schließlich mit dem Kopf gegen einen schweren Findling gestoßen, auf dem der Name der Kleingartensiedlung eingraviert war: *Zur Sonnenblume*.

Hannah hatte schwer verletzt überlebt. Drei Tage hatte sie auf der Intensivstation in der Charité gelegen. Schließlich hatte sich ihr Körper langsam von den üblen Misshandlungen erholt. Irgendwann waren alle Spuren dieser schrecklichen Nacht verschwunden. Die Wunde am Kopf war komplett verheilt. Hannah hatte nicht die kleinste Narbe zurückbehalten und war wieder völlig gesund geworden.

Aber nur äußerlich. Diese Nacht hatte aus ihr einen anderen Menschen gemacht. Die fröhliche, ausgelassene, freundlich-unbekümmerte Hannah war in Pankow gestorben und nie wieder zurückgekehrt.

Er erinnerte sich gut an die traurigen Monate vor sieben Jahren. Es hatte Wochen gedauert, bis Hannah wieder normal gesprochen hatte. Außer ja und nein hatte sie lange kein Wort gesagt und nur mit leerem Blick aus dem Fenster gestarrt. Nicht, weil es neurologische Probleme gegeben hätte. Nein, es war, als wenn ihr dieser Mann in Pankow den Glauben an das Leben genommen hätte.

Maria hatte diese Tragödie mindestens so hart getroffen wie ihre Tochter. Sie hatte nie verwunden, dass ihrem Kind, ihrem Baby etwas so Schreckliches passiert war. Krumme konnte sich noch gut an die langen gemeinsamen Nächte an Hannahs Krankenbett erinnern. Maria hatte stumm auf ihrem Stuhl gesessen und auf ihre Tochter hinabgesehen. Keine Tränen, kein Schluchzen, aber jedes Licht war aus ihrem Blick und ihrem Wesen verschwunden. Dann hatte sie zu ihm aufgeschaut, ernst, fordernd, anklagend. »Finde dieses Schwein«, hatte sie ihm gesagt.

Und er hatte es versucht. Er war eigentlich in einer anderen Abteilung, »Organisierte Kriminalität«, hatte aber alles getan, um seine Kollegen, die den Fall bearbeiteten, zu unterstützen. Ständig hatte er bei ihnen im Büro gesessen, recherchiert, ermittelt und ungeduldig Ergebnisse gefordert. Die Beamten hatten viel Verständnis für seine Lage gehabt und wirklich alles getan, um den Fall, der die Tochter eines Freundes und Kollegen betraf, so schnell wie möglich zu lösen. Aber so sehr sie sich auch mühten, sie hatten keinen Erfolg gehabt.

»Aber wir bleiben dran«, hatten sie ihm versprochen. Doch er wusste, dass sie den Täter nicht finden würden. Schließlich ließ er sich sogar in die Abteilung »Sexual- und Gewaltverbrechen« versetzen, aber den Mann, der seine Tochter geschändet hatte, konnte er trotzdem nicht aufspüren.

Maria wollte das nicht glauben. Was war das für eine Polizei, die es nicht schaffte, den Kerl zu schnappen, der ihrem Kind so etwas Schlimmes angetan hatte? Oder nicht verhindern konnte, dass solche Schweine unterwegs waren?

Natürlich war das ungerecht, das wusste sie auch. Aber es war ein Zeichen, dass sich durch dieses Verbrechen auch zwischen ihnen beiden etwas verändert hatte. Die Tat in der Kleingartensiedlung hatte ihrem Kind, aber auch ihrer Ehe die Liebe geraubt. Andere Paare und Eltern schweißte ein solches Ereignis noch stärker zusammen. Doch in ihre Ehe hatte es einen Keil getrieben, und mit der Zeit wurde der Spalt immer größer. Hannah, Maria und er konnten nicht mehr zusammen lachen. Ihr Leben hatte jede Unbeschwertheit verloren. Krumme strich zärtlich über das Foto, die letzte Erinnerung an ihre glücklichen Zeiten.

Schließlich, zwei Jahre nach dem Zwischenfall in Pankow, war Hannah nach Australien gegangen, hatte dort zunächst nur gejobbt, dann aber einen jungen Mann kennengelernt, mit dem sie jetzt in der Nähe von Canberra zusammenlebte.

Ein neues, glückliches Leben. Er hatte sich unglaublich für sie gefreut. Aber dann stellte sich heraus, dass für ihn in diesem Leben kein Platz war. Kein böser Wille und keine Vorwürfe, aber er und Deutschland waren für Hannah schmerzhafte Vergangenheit, jetzt wollte sie in eine neue Zukunft schauen.

Auch mit der Mutter schlief der Kontakt langsam ein. Maria und er blieben zurück in Berlin und stellten nach langen stillen Monaten fest, dass sie sich ohne Hannah nichts mehr zu sagen hatten. Schließlich zog Maria aus. Seit zwei Jahren hatte sie einen kleinen Reisebuchladen in Freiburg.

Vor einem Jahr konnte der Mann, der ihre Familie zerstört hatte, durch einen Zufall ermittelt werden. Es war ein Maurer aus dem Wedding. Er starb bei einem Autounfall. Über seine DNA konnte die Polizei ihm Hannahs Vergewaltigung posthum beweisen. An der Leere in ihren Herzen änderte sich nichts. Auch Genugtuung mochte er nicht empfinden, hatte er selbst doch nichts zu dem Ermittlungserfolg beigetragen.

Dann hatte er den Fall von Eva Becker übernommen. Krumme hatte in seiner Karriere unzähligen gefährlichen Verbrechern gegenübergesessen. Nach einem Verhör, eigentlich schon nach einem Blick in seine Augen war ihm klar, dass auch Stein nicht »nur« ein Stalker war, sondern ein gefährlicher Psychopath, eine wandelnde Bombe, die jeden Moment explodieren konnte. Aber dieses Mal wollte er rechtzeitig da sein, um Schlimmeres zu verhindern. Wie es aussah, war wenigstens Eva Becker jetzt in Sicherheit. Und egal, was die Kollegen sagten: Er würde auch weiter ein Auge auf Stein haben. Aber er durfte sich auch nicht zu verrückt machen.

Am letzten Abend war er mit seinem guten Freund Jahnke in einer Kneipe am Hermannplatz gewesen. Endlich hatten sie mal wieder die Gelegenheit gehabt, nicht nur über die Arbeit, sondern auch über sich zu reden. Jahnke kannte Hannah und Maria, er hatte die ganze Tragödie miterlebt.

»Hör endlich auf, deinen Dämonen hinterherzujagen, und denk mal an dich«, hatte er ihm gesagt. »Findest du nicht, dass es langsam Zeit wird für einen Neuanfang?«

»Was für einen Neuanfang?«

»Ein bisschen Liebe. Etwas, mit dem du dein Herz wärmen kannst.«

Krumme hatte nur mit den Achseln gezuckt.

»Schon klar, du hängst immer noch an Maria. Aber wann hast du denn das letzte Mal von ihr gehört?«

»Sie hat mich zum Geburtstag angerufen.«

»Und der war vor einem halben Jahr. Komm schon, es muss doch noch andere Frauen in deinem Leben geben?«

»Ich komme auch alleine zurecht.«

»Heide hat da eine neue Kollegin im Büro. Katja heißt sie. Vor einem Jahr ist ihr Mann an einem Herzinfarkt gestorben.«

»Tut mir leid.«

»Mir auch. Denn Katja ist sehr nett und witzig. Und sehr hübsch.«

Krumme hatte nur geschwiegen.

»Heide möchte am Samstagabend kochen. Katja will auch kommen. Was ist mit dir?«

»Keine Zeit.«

»Blödsinn. Natürlich hast du Zeit. Sei kein Idiot. Du kennst Heides Sauerbraten. Und Katja ist wirklich nett. Wir plaudern einfach ein bisschen, trinken was und haben Spaß. Was ist schon dabei?«

Krumme hatte lange überlegt – und dann abgesagt.

Nun, nach einer weiteren einsamen Nacht und dem noch viel einsameren Frühstück, war er ins Grübeln gekommen.

Vielleicht sollte er doch noch einmal etwas Neues wagen. Schließlich hatte auch Maria ihm von einem neuen Mann in ihrem Leben erzählt.

Wieder schaute er auf das Foto seiner Familie, die jetzt nicht mehr seine Familie war. Maria und Hannah hatten beide einen Neuanfang gewagt. Genau wie die Beckers in Nordfriesland.

Jahnke hatte recht.

Vielleicht wurde es wirklich Zeit, mal wieder an sich zu denken.

Katja – das war eigentlich ein schöner Name, dachte er schließlich und griff nach dem Telefon, um seinen Kumpel anzurufen.

26

Nordfriesland

Er hatte es geschafft. Er wusste, wo Eva jetzt lebte. An der Nordsee. In einem kleinen Dorf.

Er konnte sein Glück immer noch nicht fassen. Sie hatten

ihm Eva weggenommen und ihn damit in ein tiefes Loch gestürzt. Aber er war zurückgekommen. Die dunklen Tage waren vorbei. Auf einmal schien die Zukunft, sein ganzes Leben voller Licht.

Eva.

Er würde sie wiedersehen. Schon ganz bald. Er starrte auf seine Hände. Sie zitterten, so aufgeregt, so aufgewühlt war er. Er ballte sie zu Fäusten, schloss die Augen und spürte, wie eine neue Kraft wie Strom durch seinen Körper fuhr.

Keiner konnte ihn aufhalten. Er würde Eva wiederfinden. Sie war sein Schicksal. Und er das ihre!

Wer hatte da gesagt, er wäre dumm? Nein, er war nicht dumm, ganz im Gegenteil.

Die Briefträgerin. Er hatte sie auf einem der Fotos gesehen. Im Vordergrund hatte Eva gestanden, im Hintergrund die Postbotin mit Evas Mann neben seinem schwarzen Porsche. Auf dem Bild war deutlich zu sehen, wie sie den Angeber angehimmelt hatte. Und das Schwein hatte zurückgelächelt, hinter dem Rücken seiner Frau, die nur ein paar Meter entfernt stand, mit den Einkaufstüten in der Hand.

Er war nach Schöneberg gefahren, um die Briefträgerin nach der neuen Adresse der Beckers zu fragen. Wenn jemand Bescheid wusste, dann sie. Zuerst hatte sie etwas abweisend reagiert, aber dann hatte er behauptet, ein guter Freund von Evas Mann zu sein. Er wolle ihm unbedingt ein paar Fußballkarten für das Spiel Hertha gegen HSV schicken. Er wusste, dass der Kerl HSV-Fan war – hinten auf seinem Porsche klebte eine kleine Raute.

Schließlich hatte die kleine Briefträgerin ihm verraten, was sie wusste.

»Ein Dorf nördlich von Husum mit -büll am Ende.«

»Mit *Büll*?«

»Tut mir leid, mehr weiß ich auch nicht.«

»Schon gut«, hatte er freundlich gesagt und einen Werbeprospekt aufgehoben, der ihr aus Versehen heruntergefallen war. »Sie haben mir wirklich sehr geholfen, vielen Dank.«

Dann hatte er ihr frech zugezwinkert. Sie hatte verlegen den Blick gesenkt, ihre Sachen zusammengerafft und war zum nächsten Hauseingang gezogen.

Natürlich hätte er gerne die genaue Adresse gewusst. Aber trotzdem war er sehr zufrieden über seinen Erfolg. Nordfriesland war nicht Berlin, so schwierig konnte es doch nicht sein, dieses kleine Dorf zu finden!

Zum wiederholten Mal holte er seinen Auto-Atlas heraus und betrachtete die entsprechende Seite, fuhr mit seiner Hand über das Papier, als hätte er eine kostbare Schatzkarte vor sich liegen.

Insgesamt erschien ihm der Küstenverlauf mit den vielen Inseln und Halligen recht unübersichtlich. Zum Glück konnte er bei seiner Suche auf dem Festland bleiben. Nördlich von Husum gab es mehrere kleine Orte mit -büll am Ende, wobei er Niebüll schon mal ausklammern konnte. Ein Dorf, hatte die Briefträgerin gesagt, und Niebüll sah eher wie eine kleine Stadt aus.

Er war noch nie an der Nordsee gewesen. Die Aussicht auf unbeständiges Wetter, Sturm und Regen, schreiende Kinder am Strand und Fischessen war wenig verlockend. Aber mit Urlaub würde sein Ausflug auch nichts zu tun haben. Ja, er würde nach Nordfriesland fahren. Er war sicher, das Schicksal, das Eva und ihn zusammengeführt hatte und das ihm jetzt ihren neuen Aufenthaltsort verraten hatte, würde ihn auch in Nordfriesland nicht im Stich lassen.

Er würde Eva finden.

Und dann?

Dann brauchte er Zeit, ein bisschen Zeit alleine mit Eva. Er erinnerte sich daran, wie abweisend sie im Gericht zu ihm gewesen war. Das hatte ihm sehr wehgetan. Aber er nahm es ihr nicht wirklich übel. Eva war eine wunderbare Frau. Aber sie war schwach. Sie brauchte jemanden, der ihr den richtigen Weg zeigte. Einen Mann, der sie an die Hand nahm und sie vor sich selbst und den Märchen ihres verlogenen Gatten beschützte.

Früher oder später würde Eva erkennen, dass er dieser Mann war.

Er wusste, was er zu tun hatte.

Auf einmal war alles ganz klar, der Weg, den er zu gehen hatte, lag wie ein weißes Band vor ihm. Ein gewagter Plan, aber konnte es einen größeren Preis geben als Eva?

Keiner würde ihn aufhalten können.

Stein stand zufrieden auf und stellte sich an das Fenster. Sehnsüchtig ging sein Blick gen Westen.

Wo bist du? Kannst du mich hören?

Wieder schloss er seine Augen, presste seine Lippen aufeinander und versuchte, sich auf Eva zu konzentrieren, mit aller Macht.

Eva, halt aus. Bald bin ich bei dir!

Mit einem leisen Seufzer löste er seine Anspannung und öffnete wieder die Augen. Sein Entschluss stand fest. Er würde an die Nordsee fahren. Aber vorher musste er noch ein paar Vorkehrungen treffen. Wenn Eva mit ihm zurück nach Berlin kam, sollte sie sich schließlich wohlfühlen. Er nickte entschlossen. Dann schlug er den Atlas zu, schnappte sich seinen Werkzeugkoffer und machte sich auf den Weg in seinen Keller.

Es gab noch viel zu tun.

27

Sie hielt einen Schatz in ihren Händen.

Die Bücher, die Frau Schmidt ihr gegeben hatte, waren wie ein Fenster in eine andere, längst vergangene Welt.

Auf dem Wohnzimmertisch lagen Bücher über alle Bereiche des nordfriesischen Alltags im 19. Jahrhundert: Zeichnungen der Trachten der verschiedenen friesischen Regionen und Inseln, Abbildungen von kleinen Häusern und großen Haubargen, die wie Schlösser auf ihren hohen Warften in den Himmel ragten. Innenansichten von Wohnstuben und Küchen, auf denen sie die blau-weißen Kacheln aus ihrer Küche wiedererkannte. Besonders angetan war sie von einem prächtigen Bildband mit Werken der größten friesischen Maler jener Zeit, Oluf Braren, Carl Ludwig Jessen, Hans Nicolai Sunde oder Otto H. Engel. Am besten gefiel ihr Hans Peter Feddersen, bei dessen Landschaftsbildern sie den Eindruck hatte, sie würden vor ihren Augen zu leben beginnen. Und natürlich hatte Frau Schmidt ihr auch ein Buch über Emil Nolde mit in die Tasche gesteckt, bei dessen Bildern der gewaltigen Wolkenberge über der Marsch Eva eine Gänsehaut bekam.

Besonders genau schaute sie bei den Gesichtern hin, die auf den Bildern, Zeichnungen und auch einigen Fotos zu sehen waren. Es waren stolze, ernste Mienen von Männern mit langen Mänteln und Fischermützen, Bauern bei der Arbeit auf endlos weiten Feldern, Frauen, die in halbdunklen Räumen an Spinnrädern saßen oder ihre seltsam ernst dreinblickenden Kinder versorgten. Alles Menschen, denen das harte Leben im täglichen Kampf mit der Natur deutlich anzusehen war.

Ein Blick in die Vergangenheit, die jetzt in ihrer Vorstellung lebendig wurde. Bisher hatte sie sich nie für Heimatkunde und Geschichte interessiert. Doch als sie nun auf ihrem Sofa saß und mit einer Teetasse in der Hand in den dicken Büchern blätterte, kam es ihr nicht vor, als wenn sie etwas Vergangenes, weit Entferntes betrachtete. Alles erschien ihr seltsam vertraut, als wenn sie einen Blick auf ihre eigene Vergangenheit werfen würde. Auf einmal spürte sie eine Wehmut und einen Schmerz, dass es ihr das Herz erdrückte. Überrascht merkte sie, dass ihr eine Träne über die Wange lief. Verlegen wischte sie sie mit dem Handrücken ab.

Ihr Handy klingelte. Sie fand es unter dem Bücherberg. Konnte es sein, dass Till sie noch einmal anrief?

Sie hörte einen heiseren Bass.

»Frau Becker, ich weiß, wem Ihr Haus gehört«, sagte Frau Schmidt etwas außer Atem. »Die meisten Dokumente sind ja leider verbrannt, aber ein paar Stammbücher und Grundbücher konnte der Pastor aus der brennenden Bibliothek retten.«

»Sagen Sie bloß, Sie haben noch was gefunden?«

»Ich war in Bredstedt, im Heimatmuseum. Im Keller hatten sie noch ein paar alte Abschriften aus der Zeit.«

»Mein Gott, Frau Schmidt, so viel Arbeit …«

»Papperlapapp«, unterbrach Frau Schmidt sie und hustete. »Das Recherchieren in alten Bibliotheken macht mir auch Spaß. Also, wo war ich …«

Eva hörte, wie die alte Dame sich eine Zigarette anzündete, bevor sie fortfuhr.

»Also, die ersten Besitzer des Hauses hießen Inken und Boye Hansen.«

Inken, dachte Eva und hob die Augenbrauen, das war der Name, den Harke ihr gesagt hatte.

»Boye war Seemann. Wo und wie lange, habe ich leider nicht herausgefunden, nur dass Inken Hansen eine Weile alleine in dem Haus gewohnt hat und dann verschwunden ist.«

»Verschwunden?«

»Das Haus gehörte auf einmal anderen. Was mit Inken passiert ist, weiß ich nicht.«

»Ein Verbrechen?«

»Ach was, mein Kind, das glaube ich nicht. Sie war eben keine so bedeutende Frau, dass damals irgendjemand aufgeschrieben hat, was aus ihr geworden ist.«

Eva nickte nur und bedankte sich noch einmal für die Mühe, die sich Frau Schmidt ihretwegen gemacht hatte. Und natürlich für die wunderbaren Bücher, die sie ihr ausgeliehen hatte. Frau Schmidt meinte, sie habe noch ein paar alte Schinken mit friesischen Sagen und Märchen gefunden, die Eva auch haben könne. Eva versprach, sie bei nächster Gelegenheit abzuholen, und beendete dann das Gespräch.

Nachdenklich betrachtete sie das Medaillon, das sie die ganze Zeit in der Hand gehalten hatte, und drückte das kühle Metall dann an ihre Stirn.

Woher hatte Harke den Namen gewusst? Was wusste er noch über die frühere Bewohnerin ihres Hauses?

Und was war damals mit ihr passiert?

Plötzlich spürte Eva ein leichtes Beben. Kein wirkliches Beben. Es war, als wenn sich ein Bild über ein anderes, fast identisches legte. Irgendetwas war auf einmal anders, aber sie konnte nicht sagen, was. Zu ihrer eigenen Überraschung verspürte sie kaum Angst, sondern nur eine Anspannung, als wenn gleich etwas Dramatisches passieren würde.

Sie sah sich um.

Alles sah ganz normal aus. Draußen war es noch hell,

aber die Sonne stand schon tief und warf lange Schatten. Im Radio spielte ihr dänischer Lieblingssender leise Jazzmusik.

Sie blickte zu den Fensterscheiben und dann mit einer unwohlen Ahnung zu dem großen Spiegel, der neben dem Hauseingang stand.

Nichts.

Sie beschloss, etwas zu trinken. Sie ging zum Kühlschrank und holte sich eine Flasche Mineralwasser heraus, goss sich ein Glas ein und trank es in einem Schluck leer.

Als sie sich umdrehte, sah sie sie.

Die Frau saß auf dem Sofa und blickte aus dem Fenster hinaus in die Marsch. Dann wandte sie sich zu Eva und sah sie an. Oder durch sie hindurch. Für einen Sekundenbruchteil meinte Eva ein kurzes Erkennen in ihrem ernsten Gesicht lesen zu können. Dann verblasste die Frau und war nicht mehr zu sehen.

Eva merkte, dass sie die Luft angehalten hatte, und atmete tief durch.

»Hallo, Inken«, sagte sie und lächelte.

28

Die Strecke zwischen Berlin und Hamburg schaffte er in seiner persönlichen Bestzeit: eine Stunde und 15 Minuten. Auch für die A23 zwischen der Hansestadt und Itzehoe brauchte er nur wenig mehr als eine halbe Stunde, doch dann stand er vor einer Baustelle bei Itzehoe in einem kilometerlangen Stau. Immerhin, so konnte er das Dach seines Cabrios öffnen. Till lehnte sich in seinen Sportsitz zurück, blickte nach oben in den bewölkten Himmel und ließ seine Gedanken treiben.

Dass er so schnell gefahren war, lag nur an seinem Porsche und nicht daran, dass er möglichst schnell aus Berlin weg und wieder nach Kleebüll wollte. Im Gegenteil, er hatte seinen Ausflug in die Hauptstadt sehr genossen. Endlich hatte er seine alten Kumpels aus der Agentur wiedergesehen. Auch der Abend bei Steff und Olaf, ihren ehemaligen Nachbarn, hatte Spaß gemacht. Sie waren in ein italienisches Restaurant gegangen, und bei einem erstaunlich guten Rotwein hatten die beiden ihn mit dem letzten Tratsch aus dem Kiez versorgt.

Und dann war da noch das Essen mit Rafaela gewesen.

Er lächelte still in sich hinein, während er die frische Abendluft einatmete und den linken Arm lässig über die Tür hängte. Ja, das war gestern sehr gut gelaufen. Er hatte die vier Manager aus Aschaffenburg mit seinem Charme und seinem Witz um den Finger gewickelt. Aber das war auch nicht besonders schwer gewesen. Die verklemmten Herren wollten sich vor den trendigen Werbern keine Blöße geben und hatten über jeden Mist gelacht. Was natürlich nichts daran änderte, dass seine Texte tatsächlich gut waren.

Auf der gegenüberliegenden Spur kam ihm ein Golf mit zwei jungen Mädchen entgegen. Die beiden hupten den feschen Porschefahrer frech an und warfen ihm Kusshändchen zu. Till lächelte versonnen. Er musste immer noch an Rafaela denken. Während die anderen Kollegen den Managern aus der nordbayerischen Provinz nach dem Meeting noch ein bisschen die Lichter der Großstadt gezeigt und am Ende wohl wie immer eine Freirunde in einem Edelpuff in Charlottenburg ausgegeben hatten, hatte Rafaela mit einem tiefen Blick in seine Augen darauf bestanden, dass er sich von ihr in diesen neuen Edeljapaner bei den Hackeschen Höfen einladen ließ.

Bei ihm hatten sofort alle Alarmlampen aufgeblinkt. Trotzdem war er mit ihr ins Restaurant gefahren, und tatsächlich hatte es nicht lange gedauert, bis Rafaela zur Sache gekommen war.

»Und? Wie geht es euch beiden so im schönen Friesland?«, hatte sie ihn zwischen Misosuppe und Ginseng-Tee gefragt.

»Gut. Sehr gut. Unser Haus ist klasse, die Leute nett, das Wetter intensiv. Nordsee eben.«

»Irgendwie kann ich mir gar nicht vorstellen, dass du da glücklich wirst. Wenn einer ein Stadtmensch ist, dann du!« Rafaela trank etwas von ihrem Tee, bevor sie ergänzte: »Und Eva ist ja sowieso Berlinerin.«

»Ach, weißt du, Eva und ich, wir sind jetzt in den Dreißigern. Zeit, es etwas ruhiger angehen zu lassen und sich irgendwo ein kuscheliges Zuhause zu suchen.«

»Sag bloß, du willst jetzt auch Kinder haben?«

»Warum nicht?«, antwortete Till und räusperte sich. Eigentlich wollte er mit Rafaela nicht ausgerechnet über dieses Thema reden. Heiraten und Kinder – das war das Letzte, was sie interessierte. Zumindest behauptete sie das immer.

»Dann habt ihr eure … kleinen Probleme geregelt bekommen?«

Till wich ihrem forschenden Blick aus. Er nickte. »Natürlich gibt es noch viel zu besprechen. Aber wir schauen nach vorne.«

Rafaela überlegte einen Moment lang. Dann griff sie plötzlich nach seiner Hand.

»Bei mir ist es genau umgekehrt. Ich schaue immer wieder zurück auf die Zeit, als du noch in der Agentur gearbeitet hast. Wir haben so viel Spaß gehabt. Ich finde es total schade, dass du nicht mehr hier bist.«

Achtung, Glatteis ...

Rafaela schmeichelte ihm, aber sie war immer noch seine wichtigste Auftraggeberin. Nie intim im Team. Auch wenn Eva etwas anderes dachte, hatte er sich bisher immer an diese Regel gehalten.

»Ja, ein bisschen schade ist es schon. Aber solange wir uns regelmäßig sehen, ist doch alles gut«, hatte er genuschelt und dabei an seinem Tee genippt.

Später, als er sie vor ihrer Stadtvilla in Dahlem abgesetzt hatte, war Rafaela dann aufs Ganze gegangen. Plötzlich hatte sie sich zu ihm rübergebeugt und ihm ihre Zunge in den Mund geschoben. Till war so überrascht gewesen, dass er unsicher auf ihre Zärtlichkeiten eingegangen war. Rafaela hatte zufrieden gelächelt, seine Hand genommen und auf ihre Brust gelegt.

»Till, wenn du willst, gehöre ich heute Nacht dir«, hatte sie ihm ins Ohr gehaucht. »Keine langes Gerede, keine Versprechungen, nur ein bisschen Spaß, und morgen kannst du wieder zu deiner Eva in dein kleines Dorf fahren.«

Einen Moment lang hatte er gezögert, schließlich war Rafaela eine verführerische Frau. Doch dann hatte er sich ihr vorsichtig entzogen, behauptet, er würde schon von Steff und Olaf erwartet – was auch stimmte, aber bei den beiden hätte er bestimmt ohne Probleme irgendeine Ausrede gefunden. Auch die Angst vor Problemen im Job war in diesem Moment nicht der Grund für sein Nein. Und wenn er ehrlich war, auch nicht seine Gefühle für Eva. Rafaela hatte ihn im Laufe des Abends durch ihre Blicke und kleinen Gesten so scharf gemacht, dass er an nichts anderes als an wilden Sex mit ihr denken konnte.

Die Zurückweisung hatte sie mit einem stummen Nicken hingenommen und war dann ohne ein weiteres Wort ausgestiegen. Als er sie heute noch mal angerufen hatte, war sie ganz freundlich zu ihm gewesen und hatte die Szene im Auto mit keinem Wort erwähnt. Also alles gut? Er war sicher, dass er den Preis für den Korb, den er ihr gegeben hatte, noch bezahlen musste. Rafaela hatte oft mit ihm geflirtet, manchmal auch ein bisschen mehr, wie zum Beispiel auf der Party damals vor hundert Jahren in Neukölln. Aber so sehr nach vorne wie dieses Mal hatte sie sich noch nie gewagt.

Und er hatte Nein gesagt. Aber Rafaela war nicht gewohnt, dass ein Mann sie abwies – weder bei der Arbeit noch in der Liebe.

War er ein Held, weil er ihr widerstanden hatte? Weil er seine Frau nicht betrügen wollte? Eine Zeitlang hatte er versucht, sich das einzureden. Aber in seinem Herzen wusste er, dass das nicht die Wahrheit war. Nein, in Wirklichkeit hatte er Rafaela einen Korb gegeben, weil er ein Feigling war. Er begehrte sie in diesem Augenblick so sehr, wie ein Mann eine Frau nur begehren konnte. Aber mit ihr in ihre Villa zu gehen hätte trotz ihrer Beteuerungen bedeutet, dass sich alles geändert hätte. In seinem Job und seinem Verhältnis zu Eva.

Er hatte alles verbockt. Sicherlich nahm Rafaela diese Zurückweisung sehr persönlich. Bei der ersten Gelegenheit würde sie sich einen neuen Texter suchen. Und Eva? In Gedanken hatte er sie schon betrogen. Er war schwach gewesen, und er wusste es. Er hatte das Gefühl, dass sein Leben auf einmal in Trümmern lag. Alles, was eben noch so einfach war, war auf einmal schwierig. Er war wütend, auf das Leben und auf sich selbst. Deshalb war er wie ein Verrückter über die Autobahn gejagt.

Endlich war der Stau zu Ende. Er fuhr vorbei an den Lichtern der Raffinerie Heide, überquerte die Eider bei

Tönning, nahm die Umgehungsstraße um Husum und erreichte schließlich das Herz von Nordfriesland. Nach noch nicht einmal zwanzig Minuten passierte er das Ortsschild von Kleebüll.

Es war schon später Abend. Die meisten Einwohner des kleinen Dorfes waren schlafen gegangen. Till konnte nur ein oder zwei helle Fenster sehen, und da auch sonst nur wenige Laternen die Dorfstraße beleuchteten, sah der Ort wie ausgestorben aus. Till seufzte wehmütig, was für ein Gegensatz zu Berlin, wo viele Leute um diese Zeit erst das Haus verließen, um essen oder ins Kino oder auf Partys zu gehen. Aber das war nun mal das neue Leben, das er sich ausgesucht hatte. Seine Vorfreude, Eva zu sehen, wurde immer größer. Er hatte sich vorgenommen, mit ihr genau das zu machen, was er sich letzte Nacht mit Rafaela nicht getraut hatte.

Endlich bog er in den kleinen Weg ein, der zu ihrem Häuschen führte. Er sah, dass auch bei ihnen alles dunkel war. Eva war schon zu Bett gegangen, natürlich. Enttäuscht überlegte er, ob er sie trotzdem noch wecken sollte. Hatte er sich nach der langen Fahrt und seiner heldenhaften Enthaltsamkeit nicht eine kleine Belohnung verdient?

Die nächste Enttäuschung: Eva hatte die Gartenpforte nicht offen gelassen. Er musste aus seinem Wagen aussteigen und sie selbst aufmachen. Doch als er an der Pforte stand, stellte er fest, dass er den Schlüssel nicht mitgenommen hatte. Fluchend ging er zum Porsche zurück und schaltete den Motor aus.

Er blickte hinauf in den bewölkten Himmel. Es herrschte absolute Stille, nur der Wind strich leise über die Marsch. Er zog seine Jacke an, es war doch frischer, als er gedacht hatte. Gerade wollte er wieder zum Haus gehen, als er bemerkte, dass im Küchenfenster eine kleine Kerze brannte.

Was sollte das denn? Wenn Eva irgendwo im Haus eine Lampe angelassen hätte, wäre das in Ordnung gewesen, aber eine Kerze? Sollte ihm das kleine Licht den Weg weisen?

Plötzlich hörte er ein Rascheln, leise Schritte, die schnell näher kamen. Dann plötzlich ein Schatten, der ihm stumm in die Seite sprang. Zu Tode erschrocken wich Till zurück.

»Reiko! Kommst du zurück, sofort!«, rief eine Stimme gedämpft aus der Nacht.

Schwer atmend erkannte Till, dass das Phantom nur Harkes Hund war. Er wollte mit Till spielen und sprang immer wieder an ihm hoch. Endlich trat sein riesenhaftes Herrchen aus der Dunkelheit.

»Kiek mal an, er mag dich«, sagte Harke und lächelte breit.

»Mann, Harke, nimm bloß deinen Köter an die Leine! Hier gibt es überall Schafe!«

»Na und? Denen tut Reiko nichts!«, sagte Harke leise. Offensichtlich wollte er die geheimnisvolle Ruhe der Nacht nicht stören. Er klopfte sich auf die Oberschenkel, und sofort ließ Reiko von Till ab, trabte zu seinem Herrchen und legte sich neben seine Gummistiefel auf den Boden.

»Alles klar bei dir?«, fragte Harke.

Till schaute Harke angesäuert an. Ihm fiel auf, dass Reikos schlammige Pfotenabdrücke auf seinem teuren Jackett deutlich zu sehen waren.

»Eine Kerze …«, flüsterte Harke auf einmal voller Andacht. »Sie hat eine Kerze ins Fenster gestellt.«

Till nickte nur und holte seine Tasche vom Beifahrersitz.

»Sie will ihm den Weg zeigen, damit er wieder zu ihr nach Hause zurückkehrt.«

Till sah den großen Mann verwirrt an. »Wie, *ihm*? Du meinst *mir*?«

»Nein, *ihm* natürlich«, raunte Harke ungeduldig und blickte wieder zum Haus.

Plötzlich begann Reiko, leise zu knurren. Till blickte zu ihm hinunter. Die spitzen Ohren des Dobermanns drehten sich suchend, der Blick ging am Haus vorbei Richtung Meer.

»Was zum Teufel …?«

»Psst.« Harke legte den Zeigefinger auf die Lippen. Till sah ihn verständnislos an – als Reiko auf einmal nach vorne sprang und Richtung Deich davonlief. Harke nickte Till nur seufzend zu, hob die Schultern und stampfte seinem Hund hinterher in die Dunkelheit.

Till stand wieder alleine vor dem Friesenwall. Was für ein Freak, dachte er. Dann öffnete er die Gartentür und trat auf das Grundstück.

Die Kerze leuchtete immer noch im Fenster. Sanft winkend bewegte sich die kleine Flamme hinter der Scheibe hin und her. Ansonsten war es im Haus völlig dunkel. Die Rollläden waren oben, Till konnte das Sofa und die Sessel erkennen. Von Eva keine Spur.

Nachdenklich ging er um das Haus herum. Der Kies knirschte leise unter seinen Sneakers, und aus der Ferne konnte er das sanfte Rauschen der Nordsee hören. Dann schloss er die Tür auf und betrat das dunkle Haus. Seine Hand ging zum Lichtschalter, doch im letzten Moment zog er sie zurück. Wieso das Licht anmachen? Er konnte genug sehen und wollte Eva lieber nicht wecken. Aber da war noch etwas anderes. Er wollte die verwunschene Atmosphäre des Hauses nicht zerstören. Eigentlich Blödsinn, dachte er, ließ das Licht aber trotzdem aus.

Ihn fröstelte. War es hier immer schon so kühl gewesen?

Behutsam stellte er seine Tasche ab, schlich die knarrende

Holztreppe nach oben und öffnete die Tür zum Schlafzimmer. Das Bett war etwas zerdrückt, ansonsten aber völlig unberührt. Eva war nirgends zu sehen. Überrascht machte er die Tür ganz auf und sah sich im Zimmer um.

»Eva?«, rief er leise, bekam aber keine Antwort.

Er merkte, wie sich ihm die Nackenhaare aufstellten. Was war hier los? Wo war seine Frau? Mit angehaltenem Atem sah er sich in den anderen Zimmern in der oberen Etage um, im Bad, in seinem Arbeitszimmer, nirgends war Eva zu finden. Langsam wurde er nervös. Er ging wieder hinunter ins Erdgeschoss und schaltete die Lampe auf der kleinen Anrichte im Flur an. Wieder rief er Evas Namen. Wieder keine Reaktion. Er sah, dass auf dem Tisch noch ihr Abendbrotteller stand, als wenn sie gerade noch hier gesessen hätte. Daneben lag ein Haufen Bücher, teilweise alte Schinken mit Ledereinbänden. Till warf einen flüchtigen Blick darauf und sah Ansichten von alten Landschaften und Bauernhöfen.

Wo war Eva? Sie hätte doch niemals eine Kerze angezündet und dann das Haus verlassen.

Dann hatte er eine Idee. Er ging wieder ins Wohnzimmer und sah zum Alkoven. Und tatsächlich, die Holztür war nur angelehnt. Er atmete tief durch und glaubte zu verstehen. Eva hatte sich entschlossen, für eine Nacht ein anderes Bett auszuprobieren.

Vorsichtig zog er die Holztür der alten Schlafkammer auf und schaute hinein.

»Eva …«, wollte er sagen, aber seine Stimme versagte.

Im Alkoven saß eine fremde Frau.

Sie trug eine schwarze Tracht mit einer altertümlichen Haube und über der Brust ein in der Dunkelheit glitzerndes Geschmeide.

Till hatte mittlerweile schon ganz weiche Knie. Endlich nahm er Anlauf und warf die Kugel mit aller Macht die Straße entlang. Ein guter Wurf, aber wieder Pech: Schon nach hundert Metern sprang sie gegen einen Stein und plumpste in den Graben.

Aus dem lauten Jubel wurde ein nicht ernst gemeintes Stöhnen. Till fluchte.

»Mann, jetzt sind die Ockholmer weg, die holen wir nie mehr ein!« Sauer stampfte Todde los, in der Hand den Boßelkraber, einen Besenstiel mit einem daran befestigten Ring, um die Kugel wieder aus dem Wasser zu fischen.

Till sah ihm hinterher und blickte kurz zu Eva, die zusammen mit Wibke am Wagen stand und ihm ein mitfühlendes Lächeln schenkte.

Yannik reichte ihm ein Kornglas.

»Lass den Kopf nicht hängen, Digger. Die Ockholmer sind auch nicht viel besser.«

Die beiden stießen an und tranken das kleine Glas mit einem Schluck leer. Till schüttelte sich. »Noch ein paar von den Dingern, und Todde kann mich mit diesem Besenstiel aus dem Graben fischen.«

Yannik grinste: »Bisschen Schnaps gehört dazu. Nüchtern boßeln kann jeder.«

Wibke spazierte mit dem Bollerwagen an der Hand an ihnen vorbei und zwinkerte ihnen frech zu: »Was 'n los? Müde?«

Yannik lachte: »Von wegen, jetzt geht es richtig los.«

Gutgelaunt hakte er sich bei ihr ein. Sie folgten der Gruppe, die schwatzend die Straße entlangmarschierte.

Till ging zu Eva und nahm ihre Hand.

»Na, mein Held«, sagte sie und gab ihm einen feierlichen Kuss auf die Wange.

»Von wegen, hast doch gehört, was Todde gesagt hat: Wegen mir werden wir noch verlieren.«

»Quatsch, Todde hat keine Ahnung. Es gibt kein Ballspiel, das du nicht perfekt beherrschst.«

Er lächelte und drückte sie.

»Wie geht's?«, fragte er.

»Gut. Macht total Spaß. Aber das nächste Mal will ich mitboßeln.« Sie zupfte an Tills hellblauem Hemd, auf dem *Kleebüller Boßelteam* stand. »Ich will auch so ein schickes Hemd haben.«

»Und sonst?«

»Mach dir keine Sorgen, mir geht es gut.«

»Heute noch keine Gespenster gesehen?«, versuchte er einen Witz zu machen, aber Eva sah nur verlegen auf den Boden und schüttelte den Kopf.

Till seufzte. »'tschuldigung, war ein blöder Spruch.«

Sie nickte.

Er nahm ihre Hand. Gemeinsam folgten sie den anderen. Vor einer halben Stunde hatte es ein wenig genieselt. Jetzt schob sich wieder die Sonne durch die Wolken. Dazu wehte ein angenehmer frischer Wind – genau richtig für einen längeren Spaziergang.

Er merkte, dass Eva in Gedanken weit weg war.

»Super, dass du mitgekommen bist.«

Sie blickte ihn überrascht an: »Na hör mal! Das sind doch auch meine Freunde! Oder denkst du, ich will nur zu Hause rumsitzen?«

Er schüttelte den Kopf.

Eva musterte ihn verstimmt, entschied sich aber, nichts weiter dazu zu sagen. Für einen Moment schwiegen sie beide.

»Alles meine Schuld«, hob er an.

Sie sah ihn verständnislos an.

»Ich hätte dich nicht so lange alleine lassen dürfen.«

»Aber du warst doch nur ein paar Tage weg. Außerdem musstest du nach Berlin, das ist dein Job.«

»Ja, vielleicht. Trotzdem hätte ich sehen müssen, dass es dir noch nicht so gut geht.«

Sie stöhnte. »Wie oft soll ich es dir noch sagen? Ich bin okay. Ich bin nicht verrückt!«

»Das habe ich ja auch nicht gesagt. Aber offensichtlich belastet dich diese Sache von damals immer noch.«

»Was letzte Woche passiert ist, hat nichts damit zu tun.«

»Eva, du hast Gespenster gesehen!«

Sie stöhnte. »Ich hätte dir nie davon erzählen sollen.«

Die anderen waren an der nächsten Abwurfstelle angelangt. Till blieb mit Eva stehen, um noch einen Augenblick in Ruhe sprechen zu können.

»Ich will aber, dass du mir alles erzählst, egal, was. Ich bin dein Mann, und wir werden das gemeinsam durchstehen, egal, wie lange das dauert.«

Eva sah ihm tief in die Augen. »Till, die Person, die ich in unserem Haus gesehen habe, war nicht dieser Mistkerl, sondern …« Sie zögerte. »Eine Frau.«

Er winkte ab. »Ja, das hast du gesagt.«

»Sie saß in unserem Wohnzimmer! Das habe ich mir nicht eingebildet, ganz bestimmt nicht!«

»Eva, jetzt entspann dich mal.« Er versuchte, so ruhig wie möglich zu bleiben. »Es gibt keine Gespenster.«

Eva wandte sich ab. Er hielt sie am Arm fest.

»He, ich will dir nur helfen. Aber du musst dir auch helfen lassen. Doch wenn du dir stattdessen nur diese komischen Bücher anschaust und dir im Kostümladen sogar entsprechende Klamotten kaufst …«

»Das war kein Kostümladen!«

»Dann eben irgendeine Boutique. Aber du musst aufhören, dich so in diese Sache reinzusteigern.«

»Welche Sache meinst du jetzt?«, fragte sie mit grimmiger Miene.

»Du hast schlimme Monate hinter dir. Wenn du jetzt auch noch anfängst, wie eine Besessene in der Vergangenheit herumzuforschen, ist es doch normal, dass du durchdrehst.«

»Till! Wo bleibst du? Du bist dran!« Unentschlossen sah Till zu den anderen hinüber.

Eva gab ihm einen sanften Schubs. »Los, geh schon. Sonst lässt dich Todde das nächste Mal nicht mehr mitmachen.«

Till nickte und ging zur Gruppe. Als er sich noch einmal umdrehte, sah er, dass Eva wieder nachdenklich in den Koog hinausschaute.

30

Am Ende verlor Kleebüll klar gegen Ockholm – zum ersten Mal seit fünf Jahren. Für Tills Mannschaft überhaupt kein Problem. Im Gegenteil, die Stimmung war prächtig und der Bollerwagen mit den Getränken fast leer. Nur Todde war sauer. Für ihn war eindeutig Till schuld an der Niederlage, dabei war er selbst derjenige gewesen, der den letzten Wurf in der Böschung versenkt hatte.

»Das war Pech! Aber was Till sich geleistet hat, war eine Frechheit!«, meckerte er. Erst als Heidi ihn in den Arm nahm und ihm noch einen Lütten gab, beruhigte er sich wieder ein bisschen.

Nun saßen alle zusammen mit den Ockholmern hinter der Dorfschule bei einem großen Grillfest zusammen, zu dem auch die anderen Dorfbewohner mit ihren Kindern eingeladen waren. Die freiwillige Feuerwehr hatte zur Feier des Tages ein großes Feuer angezündet und passte auf, dass es keinen zu heftigen Funkenflug gab, der die Reetdächer der Kleebüller Häuser gefährden konnte.

Während Till mit seinen Fußballkumpels und den Boßelgegnern aus Ockholm noch einmal die längsten Würfe des Wettkampftags besprach, saß Eva mit Birte und Wibke auf Strohballen vor dem Lagerfeuer.

»Na, wie gefällt dir unser nordfriesisches Brauchtum?«, fragte Wibke.

»Klasse«, sagte Eva. »Aber warum dürfen Mädels eigentlich nicht mitmachen? Dann hätte Kleebüll bestimmt nicht verloren.«

»Woanders geht das auch«, sagte Birte. »Da spielen Frauen in der gleichen Mannschaft.«

»Und warum nicht hier?«

»Oh, das ist mein Vater«, stöhnte Wibke. »Für den ist das ein richtiger Sport. Er sagt, wir Weiber können gerne eine Hobbymannschaft aufmachen. Aber wenn es gegen die anderen Dörfer geht, dürfen nur die Profis ran.«

Eva zog nur die Augenbrauen hoch.

Wibke grinste. »Genau das denke ich auch.« Sie hielt ihr die Kornflasche hin, um ihr Glas wieder aufzufüllen.

Eva hob die Hand. »Für mich nicht. Ich bin schon so beduselt, ich glaub, ich muss auf allen vieren nach Hause.«

»Immerhin, solange du noch gehen kannst, geht noch was.«

Eva gab seufzend nach und ließ sich noch einmal nachschenken. Gemeinsam hoben sie die Gläser. »Hau weg!«, sagte Wibke. »Auf die zukünftige Damenboßel-Mannschaft von Kleebüll.«

Die drei stürzten den Korn runter. Eva schüttelte sich. Aber auch Birte schien langsam genug zu haben.

»Ich muss unbedingt was essen. Sonst falle ich um.«

»Bratwurst?«, fragte Wibke.

Birte nickte, und die beiden standen auf.

»Was ist mit dir?«, fragte Birte Eva. »Kommst du mit? Oder sollen wir dir was holen?«

»Vielleicht ein bisschen Weißbrot?«

Wibke sah sie freundlich-vorwurfsvoll an: »Wie soll denn aus dir eine richtige Friesin werden, wenn du nichts trinkst oder isst?«

Eva lächelte: »Ich hatte schon zwei Bratwürste. Das reicht mir, danke.«

Die beiden Frauen nickten und gingen zum Grill, an dem sich eine lange Schlange gebildet hatte.

Eva blieb alleine auf dem Strohballen zurück und beobachtete, wie die Glut vor dem leuchtend roten Sonnenuntergang knackend und zischend immer weiter zusammensackte.

Sie musste immer noch an das Gespräch mit Till denken. Er hatte ja recht, es klang schon ziemlich verrückt, was sie ihm über den Geist im Wohnzimmer erzählt hatte. Und auch die Sache mit dem Kleid und dass sie sich damit in den Alkoven gesetzt hatte, musste etwas seltsam ausgesehen haben.

Aber hatte sie wirklich einen Dachschaden? Eigentlich fühlte sie sich ganz gesund. Ab und zu waren da noch diese Alpträume. Aber die waren viel seltener geworden. Stattdessen hatte sie in letzter Zeit immer öfter von der Marsch und dem Dorf geträumt. Verrückt, früher hatte sie sich nach dem Aufwachen fast nie an ihre Träume erinnern können. Doch seit sie hier in Kleebüll wohnten, gingen ihr die Bilder manchmal den ganzen Tag durch den Kopf.

Verwirrende Bilder waren das, und doch machten ihr diese Träume keine Angst. Im Gegenteil: Sie kamen ihr seltsam vertraut vor, als wenn alles, was sie darin sah, ein fester Teil ihres Lebens wäre.

Auch die Frau in ihrem Wohnzimmer hatte ihr nicht wirklich Angst eingejagt. Stattdessen hatte sie den Eindruck gehabt, eine alte Bekannte zu sehen.

Eine Freundin ...

Was sie allerdings sehr verwirrte, war die Sache mit dem Kleid.

Ja, sie hatte die Tracht in einem heruntergekommenen Secondhand-Laden in Bredstedt gesehen und gekauft. Frau Schmidt hatte ihr die Adresse gegeben, weil es dort auch alten Schmuck, Porzellan und die gleichen Fliesen wie in ihrer Küche gab. Eva hatte die Tracht im Regal gesehen und sich sofort an eine Illustration aus einem von Frau Schmidts Büchern erinnert. Nur die Haube sah ganz anders aus. Und auf der Brust lag auch kein Schmuck, sondern lediglich eine weiße Stickerei. Aber sonst glich die Tracht haargenau der aus dem Buch.

Und dem Medaillon.

Ja, sie hatte das Kleid gekauft und zu Hause aus Spaß angezogen. Sie hatte sich darin vor den großen Spiegel im Flur gestellt und sich lächelnd von oben bis unten betrachtet. Das Nächste, was sie wusste, war, dass Till sie im Alkoven gefunden hatte. Das war schon sehr verrückt.

Sie sah in die Glut und dachte an die Nacht, als Till nach Hause gekommen war.

Anders als in anderen Nächten konnte sie sich an nichts erinnern, an keinen Traum, an kein noch so verschwommenes Bild. Nur an das Gefühl, mit dem sie aufgewacht war. Zuneigung, Wärme, Liebe. Ja, als sie die Augen geöffnet hatte und Till in die Arme gefallen war, war sie glücklich gewesen. Und gleichzeitig erschrocken, denn die Gefühle, die durch ihren Körper geströmt waren, waren nicht ihre gewesen. Trotzdem waren sie *in* ihr. Till hatte sie davon nichts gesagt. Wie hätte sie ihm das auch erklären sollen? Sie verstand es ja selber nicht.

Sie blickte zum Würstchenstand und sah, dass Wibke und Birte mit Till und Yannik ins Plaudern gekommen waren. Offensichtlich war die Stimmung gut, die vier lachten ausgelassen. Eva lächelte, als sie sah, wie glücklich Till wirkte. Dieses Dorf mit seinen Bewohnern tat ihm gut. So wie es auch ihr guttun würde, wenn sie erst einmal ihre Gefühle sortiert hatte.

Sie blickte wieder ins Feuer. Ihr Gesicht war durch die Hitze ganz warm, während es ihr am Rücken durch die aufsteigende Abendkühle frisch wurde. Aber das störte sie nicht. Der Schnaps begann zu wirken. Das letzte Glas war definitiv zu viel gewesen. Aber egal, sie fühlte sich gut. Sie spürte einen angenehmen Schwindel, während sie zusah, wie das Holz im Inneren des Feuers Flammen fing, zu glühen begann und dann leise krachend und zischend in sich zusammenfiel.

Sie musste an die Bücher denken, die sie von Frau Schmidt bekommen und die Till jetzt in den Schrank gelegt hatte. Sie dachte an die Gesichter der Menschen, die sie darin gesehen hatte, und fragte sich, ob es vor hundertfünfzig Jahren auf diesem Platz auch schon solche Feiern gegeben hatte, ob die Einwohner des Dorfes sich schon damals hier getroffen und gemeinsam um ein Lagerfeuer gesessen hatten.

Sie kniff die Augen zusammen, die Hitze auf ihrer Haut wurde immer stärker. Eigentlich sollte sie etwas abrücken oder vielleicht besser zu den anderen gehen. Aber sie blieb auf dem Strohballen sitzen und blickte weiter in die Glut. Aus den Augenwinkeln sah sie die Schatten der anderen Gäste, die um das Feuer herumstanden und sich entspannt unterhielten, der Kinder, die Fangen spielten oder Stöcke in das Feuer warfen. Auf einmal verschwammen sie, und für einen Moment erblickte Eva die Gesichter aus ihren Büchern. Die Alte, die am Spinnrad saß. Die Magd, die mit einem Baby vor dem Hof gesessen hatte, sie stand jetzt mit einem Knecht zusammen. Der Bauer mit dem langen weißen Bart saß auf einem Strohballen und rauchte nachdenklich seine Pfeife. Der Pastor unterhielt sich mit einem dicken Mann im Anzug. Und auf der anderen Seite des Feuers saß eine junge Frau in Föhrer Hochzeitstracht und blickte zu ihr herüber.

Benommen schüttelte Eva den Kopf. Sofort war sie wieder im Hier und Jetzt. Sie stöhnte. Sie hätte nicht so viel trinken sollen. Auch wenn sie bei ihren Freundinnen das Gegenteil behauptete, sie konnte eigentlich kaum Alkohol vertragen.

Alles war wieder wie vorher. Till stand immer noch bei Wibke und Birte. Für einen kurzen Augenblick trafen sich ihre Blicke. Seine Augen schienen zu fragen, ob bei ihr alles in Ordnung war. Eva nickte ihm freundlich zu und blickte dann wieder in die Glut. Natürlich war auch die Frau auf der anderen Seite verschwunden. Aber stattdessen stand dort jetzt ein Mann und unterhielt sich mit einem jungen Mädchen.

Eva stutzte. Sie wusste noch nicht, warum, aber dieser Mann gehörte nicht hierher. Er kam nicht aus Kleebüll, und sie war sicher, dass er auch nicht aus Ockholm kam. Seine Gesichtszüge, sie waren anders, älter, verbrauchter. Irgendwo hatte sie ihn schon mal gesehen, aber so sehr sie sich auch bemühte, sie konnte sich nicht erinnern, wo.

Plötzlich blickte er zu ihr – und lächelte. Kein freundliches Lächeln, sondern böse und triumphierend. Erschrocken zuckte Eva zusammen. Jetzt wusste sie, wo sie sein Gesicht schon mal gesehen hatte: in ihrem Traum, in der Nacht, als Till in Berlin gewesen war.

Inzwischen hatte der Mann sich wieder dem Mädchen zugewandt. Eva konnte nicht genau erkennen, wie alt sie war, bestimmt nicht älter als fünfzehn. Er dagegen war mindestens doppelt so alt – und fast zwei Köpfe größer. Seine langen schwarzen Haare hingen ihm in dicken Strähnen über die Stirn. Er flüsterte dem Mädchen etwas ins Ohr, sie nickte und ließ sich dann von ihm wegführen. Doch sein letzter Blick galt noch einmal Eva. Grinsend nickte er ihr zu und verschwand dann mit dem Mädchen in Richtung des Schuppens, in dem der Hausmeister der Schule seine Gartengeräte aufbewahrte.

Eva fasste sich an den Kopf. Etwas Schlimmes, etwas sehr Böses geschah, hier, jetzt, in diesem Moment. Hilfesuchend blickte sie zu Till. Doch der war am Bratwurststand nicht mehr zu sehen. Sie sah zum Bierstand, aber auch dort war er nicht. Verzweifelt versuchte sie ihn in der fröhlichen Menschenmenge zu erkennen. Sie sah Heidi und Mannsen, Anna und ein paar von Tills Fußballfreunden, aber von Till keine Spur.

Was wollte der Kerl mit dem Mädchen? Unentschlossen stolperte sie zwischen den Menschen herum. Viele nickten ihr freundlich zu, ein paar Bekannte, Eltern ihrer Kinder aus dem Kindergarten und Nachbarn aus Kleebüll. Aber wo, verdammt noch mal, war Till?

Sie konnte ihn einfach nicht finden. Schließlich ging sie zu Mannsen, der mit einer Bratwurst in der einen und einem Bier in der anderen Hand bei Heidi stand.

»Herr Mannsen …?«

Der dicke Kommissar sah sie mit vollen Backen an.

»Könnten Sie kurz mitkommen?«

»Warum? Was ist denn los?«, fragte er mit vollem Mund.

»Ich glaube …« Was sollte sie ihm nur sagen? »Ich glaube …« Wieder stockte sie.

»Ich glaube, da ist ein Mann, so ein riesiger Kerl mit langen schwarzen Haaren. Er versucht ein Mädchen zu vergewaltigen«, stieß sie schließlich hervor.

Mannsen fiel fast das Würstchen aus der Hand. Auch Heidi sah sie erschrocken an.

Eva zeigte zu dem Schuppen. »Da hinten, ich habe gesehen, wie die beiden da rein sind!«

Mannsen überlegte einen hektischen Moment, was er mit seinem Bier und seinem Würstchen machen sollte, und entschloss sich, beides einfach in das Feuer zu werfen. Dann fasste er Eva entschlossen am Arm.

»Los, kommen Sie!«

Gemeinsam marschierten sie an den anderen Gästen vorbei Richtung Schuppen. Viele erkannten am Gesicht und am entschlossenen Schritt des Kommissars, dass etwas nicht stimmte, verstummten und sahen den beiden hinterher.

Schließlich rammte der Kommissar die Tür des Geräteschuppens auf und stürmte hinein. Es war stockdunkel. Genau wie Mannsen konnte auch Eva nichts erkennen. Aber in einer Ecke hörten sie ein leises Rascheln.

»Hallo?«, rief der Kommissar mit strenger Stimme in das Dunkel, während er nach dem Lichtschalter tastete. Eva bemerkte, dass ihnen viele Leute gefolgt waren und jetzt am Eingang standen, um zu sehen, was passiert war.

»Hallo?«, rief Mannsen noch einmal. »Wer auch immer hier drinnen ist, sofort raus!«

Endlich hatte er den Lichtschalter gefunden. Es surrte kurz, dann leuchteten die Neonröhren unter der Decke auf.

»Eva? Was ist denn los?« Jetzt war auch Till an der Tür und legte besorgt den Arm um sie.

»Da, das ist er …«, sagte Eva atemlos und zeigte auf das Paar, das in der Ecke, immer noch im Schatten eines großen Regals, stand. Das junge Mädchen und der schwarzhaarige Riese.

Mannsen war mit einem Sprung bei den beiden und riss den Mann von dem Mädchen weg.

»Du mieses Schwein, Finger weg von dem Mädchen!«

»Aber ich habe doch gar nichts getan …«, hörten alle ein überraschend hohes Wimmern.

Zu Tode erschrocken kam jetzt auch das Mädchen hinter dem Regal hervor. Im hellen Licht sah sie sogar noch jünger aus. Eva schätzte sie auf höchstens vierzehn. Ein Kind.

»Aber wir haben doch nur ein bisschen geknutscht«, sagte sie und sah völlig verstört zu den vielen Leuten, die durch die offene Tür hereingafften.

»Nur ein Kuss. Ich schwöre, mehr habe ich nicht gemacht!«, sagte jetzt auch der Mann.

Er war zwar einen Kopf größer als Mannsen – aber genau wie das Mädchen höchstens fünfzehn Jahre alt. Ein großer Junge mit Pickeln auf der Stirn und am Kinn. Außer der Größe und der Haarfarbe hatte er nichts mit dem unheimlichen Riesen gemein, den Eva vor wenigen Augenblicken auf der anderen Seite des Feuers gesehen hatte. Mit großen, ängstlichen Augen sah er durch die dicken Gläser seiner Brille.

Alle schauten auf einmal gespannt zu Eva. Erschrocken blickte sie in die Runde und dann hilfesuchend zu Till, der sie immer noch im Arm hielt, sie jetzt aber ebenfalls mit einem nachdenklichen Blick musterte.

31

Ein 14-jähriges Mädchen, das von seinem Vater jahrelang vergewaltigt worden war und sich verzweifelt von einer Brücke in den Tod stürzte. Eine tote Frau, die sie nackt neben den Gleisen der S-Bahn am Westkreuz gefunden hatten. Ihr Gesicht so zerschlagen, dass es noch nicht gelungen war, ihre Identität zu ermitteln. Ein 17-jähriges Mädchen, das nach dem Besuch einer Diskothek gleich von mehreren Männern vergewaltigt wurde und aus Scham und Angst nicht zur Polizei gehen wollte. Es war ihre Schwester, die Anzeige erstattet hatte. Für diesen »Verrat« war sie jetzt von Unbekannten erschossen worden – während das Vergewaltigungsopfer behauptete, gar nicht vergewaltigt worden zu sein. Eine Prostituierte aus der Ukraine, gerade 16 Jahre alt, die bei einer von ihrem Zuhälter angeordneten »Sonderbehandlung« durch einen Freier in einem Hinterhof jämmerlich verblutet war. Eine 23 Jahre alte Frau, die von mehreren betrunkenen Männern durch die S-Bahn-Station Lichtenberg gejagt und schließlich halb nackt vor eine einfahrende Bahn gestoßen worden war. Eine tote Frau, von der keiner wusste, wer sie war, weggeworfen wie ein Stück Müll auf der Deponie. Eine Mutter, die bei dem Versuch, ihre Tochter vor den Nachstellungen ihres Stiefvaters zu schützen, aus dem Fenster des zehnten Stocks eines Mietshauses im Wedding gestoßen worden war.

Krumme blätterte im Halbdunkel seines Büros in den aktuellen Fällen, die er und seine Kollegen zu bearbeiten hatten. Ein Blick auf die dunkle Seite der Stadt, in die Abgründe der menschlichen Seele. Selbst wenn die Täter gefunden wurden – was viel zu selten geschah –, blieben die

Opfer für ihr ganzes Leben versehrt und gedemütigt. Und mit ihnen die Angehörigen.

Woher kam das Böse, das mit solcher Macht plötzlich auftauchte und eine so furchtbare Spur hinter sich zurückließ? Wie kam es, dass Männer – viel seltener Frauen – die Kontrolle über sich verloren und zu brutalen Tieren wurden, die ihren niedersten, viehischen Instinkten folgten? Und überhaupt: Gab es noch Hoffnung für eine Welt, in der solche Verbrechen möglich waren?

Heute war eigentlich ein erfolgreicher Tag gewesen. Seine Kollegen und er hatten in einer dramatischen Aktion einen gefährlichen Triebtäter geschnappt, der in Schwerin aus dem Gefängnis entkommen war und sich mit einer Geisel nach Polen absetzen wollte. Nun saß er wieder hinter Gittern. Allerdings hatten sie nicht verhindern können, dass der Kerl auf seiner Flucht eine andere junge Frau vergewaltigt und schwer verletzt hatte.

Krumme strich mit der Hand über seine müden Augen. Er ging zum Fenster und starrte hinaus auf die Sonnenallee. Im strömenden Regen kämpften sich die Autos durch den Feierabendverkehr. Passanten, mit und ohne Regenschirm, hasteten durch das Gedränge auf dem Bürgersteig, vorbei an Baustellen, in denen Bauarbeiter mit schweren Maschinen den Asphalt aufbrachen. Krumme hörte von allem nichts. Der Lärm der Straße wurde von den dicken Scheiben seines Büros komplett geschluckt.

Jahnke hatte ihn ermahnt, sich nicht zu sehr in die dunkle Welt der Sexualverbrechen zu versenken. »Das ist wie ein Sumpf, der dir die Luft nimmt und dich in den Abgrund zieht!«, hatte er gesagt und ihn ermuntert, auch das Schöne im Leben zu sehen. Hoffnung zu haben, dass das Gute siegen würde. Krumme war sicher, dass das nie passieren würde. Aber es war seine Aufgabe, seine Bestimmung, so viel wie möglich von dem Elend da draußen zu vernichten und einzudämmen, damit unschuldige Frauen und Kinder keine – oder weniger – Angst haben mussten.

Doch reichte es wirklich aus, immer nur den Dreck aufzusammeln? Was wäre gewesen, wenn die niederen Triebe des Maurers aus dem Wedding damals früher erkannt worden wären? Seine Tochter wäre immer noch der fröhliche Schmetterling, der sie früher mal gewesen war. Seine Familie wäre immer noch seine Familie. Und seine Frau immer noch seine Frau.

Das mit Katja war ein Flop gewesen. Jahnke hatte recht, sie war hübsch, und sie war witzig. Bei dem gemeinsamen Essen bei den Jahnkes hatten sie sich nett unterhalten und sich am Ende tatsächlich für einen weiteren Abend verabredet, nur sie beide, in einem Restaurant in Kreuzberg, einem Mexikaner in der Bergmannstraße, in den er früher auch mit Maria gegangen war.

Keine gute Wahl. Während Katja freundlich plappernd von ihrer Arbeit bei einer Versicherung erzählte, war er in Gedanken immer weiter in die Vergangenheit entglitten und hatte sich daran erinnert, wie er früher mit Maria und Hannah hier seinen Geburtstag gefeiert hatte. Schließlich hatte Katja gemerkt, dass er nicht ganz bei ihr war, und sich erkundigt, ob alles in Ordnung wäre, weil er so traurig dreinschaute. Natürlich hatte er ihr nicht seine wahren Gefühle verraten. Stattdessen hatte er abgelenkt und mit dem Kellner einen völlig unnützen Streit darüber angefangen, ob seine Tortilla verbrannt war oder nicht. Da war es mit der netten Stimmung natürlich vorbei gewesen.

Schließlich hatte er Katja nach Hause gebracht. »Ich rufe dich an«, hatte er ihr gesagt. Aber ihm war klar, dass sie hoffte, dass er das nicht machen würde. Und er nahm es ihr nicht mal übel. Solange er seinen Schmerz und auch sein Selbstmitleid nicht in den Griff bekam, konnte man keinem Menschen zumuten, in seiner Nähe zu sein.

Krumme packte seine Sachen zusammen. Feierabend. Er schnappte sich seinen alten Mantel, verabschiedete sich von seinen Kollegen und verließ das Präsidium. Als er auf die Straße trat, hatte der Regen gerade aufgehört. Krumme atmete die frische, angenehm feuchte Luft tief ein und fragte sich, ob er wirklich schon direkt nach Hause fahren sollte. Er entschied sich, einen kleinen Umweg zu machen – schließlich wartete ja keiner auf ihn.

Eine Viertelstunde später stand er mit seinem Wagen in der dunklen, wenig befahrenen Nebenstraße vor Steins Wohnung. Durch die geschlossenen Gardinen war Licht zu sehen, und der Golf stand auch vor der Tür. Der Kerl war also zu Hause und nicht unterwegs, um Frauen zu belästigen oder ihnen in einsamen Parks aufzulauern. Sehr gut.

Die Gardine bewegte sich. Konnte es sein, dass Stein ihn bemerkt hatte? Krumme wurde bewusst, dass er gerade etwas irre wirken musste. Was Stein anging, war er ebenfalls zu einer Art Stalker geworden. Er fragte sich, ob er sich durch seine Besessenheit von Stein strafbar machte. Alles für einen guten Zweck, rief eine leise Stimme in seinem Kopf. Doch zumindest machte er sich langsam lächerlich. Krumme startete den Motor.

Als der Wagen davonfuhr, bewegten sich die Gardinen in der Wohnung erneut. Aber es war nur der Wind, denn die Fenster waren gekippt, um frische Luft hereinzulassen. Stein hasste nichts so sehr, wie in eine muffige, ungelüftete

Wohnung zurückzukommen. Doch bis zu seiner Rückkehr würde es noch eine Weile dauern.

Bis auf den Werkzeugkoffer, der auf dem Wohnzimmertisch stand, war alles aufgeräumt und sehr sauber. Als sich die Zeitschaltuhr ausschaltete, lag die Wohnung wieder in völliger Dunkelheit.

32

»Du hältst mich für völlig übergeschnappt, oder?«

»Quatsch.«

»Alle denken das. Du auch. Und ihr habt ja recht. Vielleicht habe ich ja wirklich nicht mehr alle Tassen im Schrank.«

Till drehte sich zu Eva, die neben ihm im Bett lag und mit offenen Augen an die Decke blickte.

»Das war so peinlich, wie mich alle angestarrt haben.«

»Du hast ja nur helfen wollen.« Er lächelte. »Wer weiß, vielleicht hast du die Unschuld dieses kleinen Mädchens gerettet.«

Eva wollte darüber nicht lachen.

»Alle denken jetzt, ich hätte einen Schaden.«

»Du hattest nur zu viel getrunken. Wir haben heute *alle* zu viel getrunken.«

»Schon, aber ich habe diesen Kerl mit den langen Haaren wirklich gesehen.«

»Der Junge hatte ja auch lange Haare.«

Sie stöhnte. »Aber ich habe es dir doch gesagt, der Mann, den ich gesehen habe, war nicht der Junge.«

Till sah seine Frau müde an. Nicht nur, weil es weit nach Mitternacht war. Er hatte einfach keine Lust mehr auf diese Gespräche.

»Eva, es war dunkel, und du hast zu nah am Lagerfeuer gesessen. Außerdem hattest du mindestens zehn Schnäpse intus …«

»Hatte ich nicht!«, unterbrach sie ihn trotzig.

»Komm schon, wenn du nur halb so besoffen warst wie ich, würde mich nicht wundern, wenn du den Schimmelreiter persönlich gesehen hättest.«

Eva schwieg. Till fand, dass sie sehr unglücklich aussah. Aber auch er war nach dem langen Tag völlig erschöpft. Und er hatte definitiv zu viel getrunken. Alles drehte sich. Er wollte einfach nur die Augen zumachen und schlafen. Mit einem Seufzer drückte er sein Gesicht in sein Kissen.

»Das Verrückte ist, dass ich den Mann kenne«, sagte Eva.

Er stöhnte. »Bitte, jetzt fang nicht wieder mit diesem elenden Stein an.«

»Mit dem hat das nichts zu tun. Das hat überhaupt nichts mit Berlin zu tun. Ich bin ganz sicher, dass ich ihn schon mal gesehen habe.«

»Den Jungen?«

»Den Mann!«

»Wo?«

Eva kratzte sich an der Stirn. »Im Traum.«

Till stöhnte. »Nicht schon wieder!«

Prompt drehte Eva ihm den Rücken zu.

»Weißt du, warum du so einen Blödsinn träumst? Wegen deiner bescheuerten Bücher.«

Sie überlegte einen Moment und schwieg. Als sie von dem Mann geträumt hatte, hatte sie die Bücher noch gar nicht gehabt. Aber sie hatte keine Lust, jetzt mit Till darüber zu diskutieren.

»Erinnere mich morgen daran, dass ich das verdammte Zeug verbrenne!«, sagte er.

»Spinnst du?«

»Nein, aber du, wenn du dir diesen Mist den ganzen Tag ansiehst! Wieso guckst du dir nicht irgendeine Soap im Fernsehen an wie andere Frauen auch?«

»Du bist ein Arsch, weißt du das?«

»Der Trödel ist nicht gut für dich! Du hast doch zugegeben, dass du schon Gespenster siehst.«

»Die habe ich auch vorher gesehen.«

Till seufzte. »Ich habe dir ja gesagt, du sollst zu einem Arzt gehen.«

Er richtete sich auf. Durch die ruckartige Bewegung schien sein alkoholgetränktes Hirn zu explodieren.

»Eva, im Grunde ist das doch ganz normal. Du hast schwere Zeiten durchgemacht. Du hast dich mit einem Psychopathen eingelassen ...«

»Habe ich nicht!«, unterbrach sie ihn empört.

»Jaja, schon gut ...«

»Warum sagst du dann so was?«

Er rieb sich entnervt die Schläfe. »Ich meine doch nur, dass du offensichtlich immer noch ein bisschen angespannt bist wegen diesem Kerl.«

»Damit hat das gar nichts zu tun.«

»Sicher?«

Er merkte an ihrem Zögern, dass sie es nicht war.

»Es ist irgendwas mit diesem Haus, Till. Irgendwas stimmt hier nicht. Irgendwas ist ... hier passiert.«

Er betrachtete sie nachdenklich. Sie sah wirklich unglücklich aus. Er überlegte, wie sie das Gespräch mit Anstand beenden konnten.

»Mit dem Haus ist alles in Ordnung. Aber wenn es dich beruhigt, in Zukunft lasse ich dich auch nicht mehr alleine. Ab jetzt machen wir alles zusammen.«

»Wie? Zusammen?«

»Wenn ich wegmuss, zu einer Agentur oder so, dann bleibst du nicht alleine hier, sondern kommst mit.«

»Aber das ist doch Quatsch. Da störe ich doch nur.«

»Tust du nicht.«

»Und wenn ich arbeiten muss? Im Kindergarten?«

»Sehen wir dann.«

Sie sah ihn gerührt an und schob mit der Hand seine verschwitzten Locken aus der Stirn.

»Du bist lieb. Du hast eine so hysterische Zicke wie mich gar nicht verdient.«

Er schenkte ihr ein zärtliches Lächeln. »Blödsinn.« Dann gab er ihr einen Kuss auf die Wange. »So, und jetzt wird geschlafen. Und dieses Mal bleibst du schön im Bett. Keine Teerunden um Mitternacht, abgemacht?«

Eva nickte verlegen.

»Nacht.« Mit einem Seufzer ließ Till sich in sein Kissen fallen und war einen Moment später eingeschlafen.

Die Sterne. Über ihm öffnete sich der gewaltigste Sternenhimmel, den er jemals gesehen hatte. Unzählige kleine Punkte funkelten über ihm, um ihn herum. Eine schimmernde Unendlichkeit.

Er fror. Seine Kleidung triefte vor Nässe und hing schwer an seinem Körper. Unsicher schaute er sich um. Er stand auf dem Deich. Nebel lag über der Marsch und über dem ruhigen Meer. Als er vorsichtig einen Fuß vor den anderen setzte, hatte er das Gefühl, über Wolken zu gehen. Zu schweben. Er sah Birken, die ihre Äste über den Nebel nach oben in die Nacht streckten. Er schmeckte das Salz in der Luft. Hörte eine einsame Möwe, die irgendwo im Dunkel über ihm ihre Kreise zog und dabei als kleiner Schatten die Sterne verdeckte.

Ein Gefühl füllte seinen Körper und seine Seele, breitete sich aus und wurde immer spürbarer. Einsamkeit. Schmerzende Einsamkeit. Er war alleine, ohne sie.

Aber er wollte zu ihr. Wollte sie wieder in die Arme schließen.

Auf einmal brannte er vor Liebe. Alles war Liebe. Sie nahm ihm die Luft und gab ihm gleichzeitig die Kraft zu leben. Schwankend begann er zu gehen, dann immer schneller. Er glitt auf der Spitze des Deiches über die Wolken, spürte den nassen Boden unter den schweren Stiefeln.

Er musste zu ihr. Jetzt. Aber wo war sie?

Endlich sah er das Haus. Plötzlich war es aus dem Nebel aufgetaucht. Wie ein weißer Schatz lag es vor ihm. Alle Fenster waren dunkel, trotzdem wusste er, dass sie da war. Sie wartete auf ihn, da war er ganz sicher. Ihm war, als könnte er ihren Herzschlag spüren.

Er verließ die Deichkrone, stieg vorsichtig eine rutschige Treppe hinunter zum Haus.

Und wieder spürte er ein neues Gefühl. Ein seltsamer Druck legte sich auf seinen Körper. Sorge? Angst? Oder Hass? Er wusste es nicht, aber er wusste, dass er weitermusste, ins Haus, schnell, bevor es zu spät war, er hatte keine Zeit mehr, überhaupt keine Zeit mehr.

Er ging zur Haustür, stemmte das knirschende, schwere Holz leise auf und trat in die Dunkelheit, die ihn umhüllte wie ein finsterer Sumpf.

War er zu spät? Nein, aber er musste sich beeilen. Er hatte einen Auftrag, und jetzt war der Moment gekommen, in dem er seine Bestimmung erfüllen musste.

Das Wohnzimmer. Es war sein Wohnzimmer, aber das Bild verschwamm. Plötzlich sah alles anders aus. Der Druck, der auf ihm lastete, presste ihn auf einmal auf den Boden.

Er war nicht alleine.

Sie war da, irgendwo im Haus. Sie erwartete ihn.

Aber da war noch jemand.

Hinter ihm.

Er wollte sich umdrehen. Aber es ging nicht. Schmerzhaft wurde ihm bewusst, dass er sich nicht bewegen konnte.

Aber er musste ihr doch helfen!

Verzweifelt versuchte er, seine Muskeln anzuspannen, sich irgendwie zu rühren.

Und tatsächlich, langsam, ganz langsam konnte er sich umdrehen.

Hin zu dem Grauen, das ihm mit großen leeren Augen ins Gesicht sah und den Atem nahm …

Mit einem Stöhnen wachte Till auf und versuchte, sich zu orientieren.

Was für ein bescheuerter Traum! Das kam nur von diesem verfluchten Korn, den Todde ihm immer wieder eingegossen hatte. Dieser Scheißkerl hatte ihn vergiftet.

Alles drehte sich. Er sah auf den Wecker und stellte fest, dass er nur eine halbe Stunde geschlafen hatte.

Er war immer noch betrunken, natürlich. Er schluckte mühsam und fasste sich benommen an die Kehle. Er machte immer wieder den gleichen Fehler. Wenn man so viel Schnaps und Bier durcheinandertrank, dann musste man zwischendurch Wasser trinken! Das wusste er, aber er hielt sich nie daran. Morgen würde er einen gewaltigen Kater haben. Am besten, er ging runter, trank etwas und nahm eine Aspirin, damit es morgen früh nicht ganz so schlimm wurde. Er schaute hinüber zu Eva, die sich im Schlaf zu ihm gedreht hatte. Mit ihren schwarzen Haaren, die wie ein Kranz um ihr Gesicht lagen, sah sie aus wie eine Madonna.

Hoffentlich hatte wenigstens sie dieses Mal keine Alpträume.

Er schüttelte benommen den Kopf, immer noch gefangen in der Stimmung seines Traums. Trotz der düsteren Bilder war das einzige Gefühl, das ihm im Bewusstsein geblieben war, Liebe. Seine Liebe zu Eva, so intensiv, wie er sie lange nicht mehr gespürt hatte. Am liebsten wollte er sich gleich wieder neben sie legen und sich an sie schmiegen.

Aber erst etwas trinken.

So leise, wie er konnte, schwang er sich aus dem Bett und schlich sich barfuß aus dem Schlafzimmer, den kleinen Flur entlang und dann die knirschende Treppe hinunter in den Wohnbereich.

In der Küche öffnete er den Kühlschrank. Mit der Hand schirmte er seine Augen vor dem grellen Licht ab. Schnell zog er eine Mineralwasserflasche heraus und schloss den Kühlschrank wieder. Hektisch wie ein Verdurstender in der Wüste schraubte er die Flasche auf und trank gierig mehrere Züge.

Wie gut das tat! Er sah aus dem Küchenfenster in die Nacht. Vollmond, deutlich war die kreisrunde Scheibe durch die Wolken zu erkennen. Er trank noch ein paar große Schlucke. Bestimmt musste er davon später pinkeln, aber das war ihm gerade egal.

Was war das für ein Geruch? Es stank nach abgestandenem Wasser. Waren die Toiletten kaputt? Nein, es roch anders, nach Salz, nach Meer und fernen Ländern.

In diesem Moment schob sich der Vollmond komplett hinter den Wolken hervor, helles Licht flutete das Wohnzimmer. Die Wasserflasche in der Hand, ließ er den Blick durch den Raum schweifen – und erstarrte.

Das konnte nicht sein.

Er kratzte sich am Arm, um sich zu vergewissern, dass er nicht mehr träumte.

Auf dem Dielenboden war die nasse, schlammige Fußspur eines unbekannten Besuchers zu erkennen.

33

»Du bist schuld, dass wir zu spät kommen!«

»Jetzt stell dich nicht so an!«

»Wir schreiben heute in der ersten Stunde Mathe. Wenn ich die verhaue, dann bleibe ich sitzen.«

»Dann sei doch froh: Wenn du die Arbeit verpasst, kannst du sie auch nicht versauen.«

»Ich hab das ganze Wochenende dafür gelernt. Alles umsonst. Nur weil du unbedingt noch deinen Lippenstift suchen musstest«, schimpfte die Schwarzhaarige mit dem Glitzershirt.

Die Blonde sah sie mit einem spöttischen Lächeln an, verkniff sich aber eine Antwort und tauschte nur einen verächtlichen Blick mit ihrer anderen Freundin, die auf den ersten Blick auch blond war, ihre Haare im Gegensatz zu ihr aber nur gefärbt hatte.

Die drei Mädchen saßen am verträumten Ortsausgang von Marsbüll an der Bushaltestelle, die nicht viel mehr als eine Bank unter einem mit Moos bewachsenen Holzdach war. Keine von ihnen war älter als dreizehn. Und trotz der frischen Herbsttemperaturen trugen sie Röcke, die ihnen gerade so über den Hintern reichten. Dazu hatten die Schwarzhaarige und die echte Blonde ihre T-Shirts so verknotet, dass ihre nackten Bäuche zu sehen waren.

Die Schwarzhaarige stand auf und sah auf den vergilbten

Busfahrplan, obwohl sie die Abfahrtzeiten natürlich längst auswendig wusste.

»Der nächste Bus kommt erst um viertel vor neun«, stellte sie niedergeschlagen fest.

Sie setzte sich wieder und vergrub ihr Gesicht in gespielter Verzweiflung in den Händen.

»So eine Scheiße! Mein Vater bringt mich um!«

Die echte Blonde verdrehte genervt die Augen und stand mit einem Stöhnen auf. Auch sie war noch ein Kind, hatte im Gegensatz zu den anderen beiden aber schon erste weibliche Rundungen.

»Na schön, damit du aufhörst zu heulen.«

»Was hast du vor?«

Die Blonde richtete ihr T-Shirt und legte ihre langen Haare kokett über die Schulter. Dann zeigte sie zu dem VW-Transporter mit Berliner Kennzeichen, der in einigem Abstand am Ortseingang stand.

»Ich besorge uns eine Mitfahrgelegenheit.«

Vor den Augen ihrer überraschten Freundinnen tippelte sie in ihren schwarzen Ballerinas zu dem Lieferwagen. Sie hatte gesehen, dass der Fahrer im Wagen saß und über einer aufgefalteten Karte brütete. Das Mädchen holte tief Luft und klopfte gegen die Scheibe. Der Mann hatte sie bis jetzt noch nicht bemerkt, nun sah er überrascht hoch. Das Mädchen winkte ihm frech zu und lächelte. Trotzdem dauerte es einen Moment, bis sich der Fahrer entschied, die Scheibe runterzukurbeln. Er hatte kurze schwarze, etwas zerzauste Haare und geheimnisvoll schimmernde dunkle Augen. Das Mädchen fand, dass er recht attraktiv aussah.

»Ja?«, fragte er mit verständnisloser Miene.

»Moin«, sagte das Mädchen und räusperte sich doch verlegen. »Sie fahren nicht zufällig nach Niebüll, oder?«

»Wieso?« Er sah sie ohne jede Sympathie an.

»Es ist so, meine Freundinnen und ich«, sie zeigte zu den beiden, die ihr Gespräch aus einiger Entfernung genau beobachteten, »wir haben leider den Bus verpasst. Aber wir müssen unbedingt zur …«, sie zögerte kurz, »zur Schule.«

»Ja und? Was habe ich damit zu tun?« Der Mann im Wagen musterte sie abschätzig.

Das Mädchen fand jetzt, dass er doch nicht so süß aussah. Trotzdem versuchte sie es noch einmal mit allem, was sie hatte, und nestelte an ihrem T-Shirt.

»Können Sie uns nicht vielleicht mitnehmen? Der nächste Bus kommt leider erst in einer halben Stunde.«

Er sah sie ernst an und blickte dann über ihre Schulter zu ihren Freundinnen, die in einiger Entfernung sehr gespannt warteten.

»Ich habe aber nur Platz für zwei.«

Sie lächelte. »Wir rücken zusammen, kein Problem.«

»Zu eng.«

»Und wenn sich eine in den Laderaum setzt?« Sie zeigte zu ihren Freundinnen. »Ist ja nicht so weit.«

Er musterte sie schweigend, betrachtete ungeniert ihren Ausschnitt und ihre Haare, die ihr immer noch vorne über die Schulter hingen. Dem Mädchen lief es kalt über den Rücken. Langsam hatte sie doch ein bisschen Angst vor dem Kerl. Aber wenn sie sich vor ihren Freundinnen nicht blamieren wollte, durfte sie jetzt keine Schwäche zeigen.

»Du willst in meinen Laderaum?« Er grinste spöttisch.

»Nur bis nach Niebüll. Bitte, das wäre total süß von Ihnen«, sagte sie mit allem Schmelz, den sie zur Verfügung hatte.

»Hör zu, Kleine, du kannst froh sein, dass ich heute andere Sorgen habe.«

Sie sah ihn nur völlig verständnislos an.

»Los, schieb deinen kleinen Hintern rüber zu den anderen Flittchen. Ich bin nicht euer Kindergärtner!«

»Entschuldigung, ich habe nur höflich gefragt, ob …«

»Hau ab!«, unterbrach sie der Mann barsch und machte eine wegwerfende Handbewegung. Dann ließ er die Scheibe wieder nach oben fahren.

Das Mädchen starrte ihn fassungslos an. Aber der Mann im Wagen konzentrierte sich schon wieder auf seine Karte und schien sie gar nicht mehr wahrzunehmen. Enttäuscht drehte sie sich um und ging zurück zu der Bushaltestelle.

Er sah wieder auf die Karte von Nordfriesland, die er sich an einer Tankstelle gekauft hatte. Sie hatte einen wesentlich größeren Maßstab als sein alter Autoatlas. Alle Orte mit -büll am Ende hatte er mit einem roten Kreis gekennzeichnet. Bei genauerem Hinsehen schien es Hunderte Orte mit entsprechenden Namen zu geben: Schobüll, Niebüll, Seebüll, Klanzbüll, Sönnebüll, Wobbenbüll, Kleebüll, Sprakebüll und noch viele mehr. Die Karte war fast komplett rot vor lauter Kreisen. Stein hatte schon eine ganze Reihe abgeklappert, aber noch mindestens die Hälfte vor sich. Mit einem wütenden Grunzen markierte er nun auch den Kreis von Marsbüll mit einem Kreuz, so heftig, dass die Karte an der Stelle aufriss. Dann warf er die Karte achtlos auf den Beifahrersitz.

Er betrachtete sich im Spiegel.

Er sah grauenvoll aus. Unrasiert, die Haare ungewaschen, dazu hatte er tiefdunkle Schatten unter den Augen, Spuren der langen Nächte, die er hinten im Lieferwagen auf der Matratze verbracht hatte.

Er stöhnte und versuchte, sich mit beiden Händen die

Müdigkeit aus den Augen zu wischen. Dann starrte er mit leerem Blick auf die schmale Straße, die sich schnurgerade von dem kleinen Dorf hinaus in die Marsch zog.

Das hatte er sich alles einfacher vorgestellt.

Seufzend öffnete er das Fenster ein Stück, um frische Luft hereinzulassen. Dabei ging sein Blick zu den drei Mädchen, die immer noch an der Bushaltestelle herumlungerten.

Er legte den Kopf zur Seite und beobachtete, wie die drei ihre Lippenstifte aus ihren Taschen kramten und miteinander verglichen.

Abschätzig verzog er das Gesicht.

Als die drei bemerkten, dass er sie beobachtete, drehten sie ihm kichernd den Rücken zu. Trotz des offenen Fensters konnte er nicht hören, was sie tuschelten. Aber er sah, wie die kleine Blonde sich mit dem Finger an die Stirn tippte, worauf ihre Freundinnen breit grinsten und wieder kichernd zu ihm herüberblickten.

Diese kleinen Schlampen! Was bildeten die sich ein?

Wütend stellte er sich vor, wie er sich die drei vorknöpfen würde. In Gedanken sprang er aus seinem Wagen. Mit ein paar Schritten war er bei den Mädchen. Bevor sie reagieren konnten, schlug er sie nieder, alle drei, mit harten Schlägen in ihre geschminkten Gesichter. Sie schrien, wehrten sich wie kleine Katzen, kratzten, aber das störte ihn nicht, ganz im Gegenteil. Er riss ihnen ihre lächerlichen T-Shirts vom Körper. Berauscht von ihren verzweifelten Schreien zerrte er sie an ihren Haaren auf den Boden, schlug sie auf ihre nackten Schenkel, ihre kleinen Brüste, trat sie, immer heftiger …

Nein! Nein! Schluss!

Mit aufgerissenen Augen krallte Stein sich am Lenker fest. Er schnappte nach Luft. Benommen drückte er die

Innenflächen seiner Hände an die Stirn und verzerrte den Mund zu einem stummen Schrei.

Sein Puls hämmerte wie nach einem Marathonlauf. Zitternd tastete er nach der Wasserflasche, die unten im Fußraum des Beifahrersitzes lag, und nahm einen tiefen Schluck. Er schüttelte den Kopf, versuchte, so die blutigen Bilder seines kurzen Gewaltausbruchs abzuschütteln. Aber sie wollten einfach nicht verschwinden, die Schreie der Mädchen gellten unerbittlich weiter in seinen Ohren.

Bloß nicht zu den Mädchen schauen!

Immer noch schwer atmend klappte er die Sonnenblende nach unten. Mit einem Gummiband befestigt steckte dort ein Bild von Eva.

Das Bild der nackten Eva, der im Schlaf lächelnden Eva.

Er betrachtete das Foto mit gequälter, erschöpfter Miene.

Eva.

Er spürte, wie sein Kreislauf sich langsam wieder beruhigte. Die Bilder verblassten, die Schreie verstummten.

Eva. Wo bist du?

Er holte tief Luft und betrachtete seine ausgestreckte Hand. Sie zitterte nicht mehr. Wehmütig lächelnd klappte er Evas Foto wieder nach oben. Dann schnappte er sich die Landkarte. Mit seinem Finger strich er suchend über die grünen Umrisse Nordfrieslands.

Schließlich verharrte er bei einem weiteren kleinen Dorf. Kleebüll.

Mit einem entschlossenen Seufzer startete er den Motor des Transporters und fuhr los. Als er an den drei Mädchen vorbeikam, würdigte er sie keines Blickes.

34

Es gab vieles in Hamburg, was Eva mochte: die glitzernde Außenalster mit ihrem großbürgerlichen Panorama, den weißen Stadtvillen in Harvestehude und Winterhude. Das Schanzenviertel, das sie an Kreuzberg und Schöneberg erinnerte. Die vielen Parks, die prächtigen Villen an der Elbchaussee, das endlose Wasserlabyrinth der Alsterkanäle, auf denen sie mit Till schon viele Kanutouren gemacht hatte. St. Pauli und die Reeperbahn, wo sie mit Till und seinen Freunden schon zahllose Abende und Nächte verbracht hatte. Aber die Stelle, die Eva am meisten ans Herz gewachsen war, war der Elbstrand in Övelgönne, einem alten Fischerdörfchen, das sich mitten in der Stadt unterhalb der edlen Elbchaussee befand. Stunden-, ja tagelang konnte sie hier vor der Promenade mit den kleinen ehemaligen Fischerhäuschen im weißen Sand sitzen und mit einem Milchkaffee in der Hand den Ausblick auf die Elbe genießen, auf den Hafen mit den riesigen Schiffen, die wie stumme Giganten zwischen den Barkassen und Schleppern durch das grünbraune Wasser glitten. Oder sie schaute einfach dem geschäftigen Treiben auf dem gewaltigen Container-Terminal in Waltershof auf der anderen Seite des Flusses zu.

Hamburg war für Eva vor allem dieser eine Ort. Das wusste Till, deshalb war er mit ihr hierhergefahren. Er hatte sein Versprechen gehalten und sie gefragt, ob sie ihn in die Hansestadt begleiten wollte. Natürlich wollte sie. So schön es in Kleebüll auch war, seit ihrem Umzug war sie nicht mehr aus Nordfriesland rausgekommen. Und da der Kindergarten gerade für einen Tag wegen Malerarbeiten geschlossen war, musste sie auch nicht arbeiten.

Till schon. Er hatte einen Termin in einer Agentur, die ihre schicken Büros in den alten Speicherhäusern am Fischmarkt hatte.

»Meinst du, ich kann dich hier so lange am Strand lassen?«, fragte er sie.

Eva lag entspannt auf einer großen Decke und sah ihn durch die Sonnenbrille an. »Aber natürlich. Ich bin doch schon groß.« Sie grinste.

»Kann aber ein bisschen dauern.«

»Kein Problem.« Sie zeigte auf das überwältigende Panorama vor sich und auf die Illustrierte in ihrer Hand. »Ich kann mir die Zeit schon vertreiben.«

Sie nahm ihre Brille ab und gab ihm einen zärtlichen Kuss.

»Geh schon. Wenn du mir versprichst, dass wir heute Abend noch bei unserem Lieblingsportugiesen an den Landungsbrücken essen gehen, kannst du so lange wegbleiben, wie du willst.«

»Abgemacht. Und du bleibst schön hier und lässt dich nicht von fremden Männern mitsnaken.«

»Aye, aye, Kapitän!«

Der Termin in der Werbeagentur war keine große Sache. Anders als bei Rafaelas Agentur in Berlin ging es hier nur ums Geschäft. Ein neuer Kontakter wollte ihn einfach mal kurz bei einem Kaffee kennenlernen. Nach einer Stunde war das erledigt. Nachdenklich ging Till im Parkhaus zu seinem Wagen. Er hatte noch einen anderen Termin, von dem Eva nichts wissen sollte.

Es war wegen der Fußspuren.

Während er die Elbchaussee entlangfuhr, dachte er noch einmal an den Traum, den er in der gleichen Nacht gehabt hatte. Klar, er war in der Nacht total betrunken gewesen. Und auch er hatte sich diese bescheuerten Nordfrieslandbücher mit den zahllosen Deichbildern angeschaut und anschließend mit Eva darüber geredet. Konnte es sein, dass er deshalb so einen düsteren Quatsch geträumt hatte?

Groß Flottbek war ein sehr gutbürgerlicher Stadtteil. Er selbst war in Farmsen groß geworden, in einer Reihenhaussiedlung. Auch die Körners wohnten in einer Art Reihenhaus, das allerdings doppelt so groß war wie sein Elternhaus auf der anderen Seite der Stadt.

Er musste ein bisschen warten, bis die Tür geöffnet wurde. Vor ihm stand ein großer Mann um die fünfzig. Till hatte sich Herrn Körner irgendwie anders vorgestellt, versponnener, vergeistigter, wie einen Professor eben. Aber Herr Körner sah sehr kräftig und sportlich aus. Wie ein Kumpel, mit dem man zum Fußballspielen in den Park geht. Aber darauf schien Herr Körner im Moment keine Lust zu haben. Misstrauisch sah er Till an und warf einen argwöhnischen Blick auf den schwarzen Porsche, der deutlich sichtbar hinten an der Straße stand.

Till hatte sich entschieden, sich lieber nicht anzumelden.

»Guten Tag, Herr Körner, mein Name ist Till Becker, wir kennen uns nicht persönlich, aber ich könnte mir vorstellen, Sie haben meinen Namen über den Makler schon einmal gehört.«

Der Professor kniff die Augen zusammen. »Sie haben unser Haus gekauft.«

»Das Haus in Kleebüll, genau. Ich war gerade in der Nähe und dachte, ich schau mal vorbei. Schließlich wohnen wir doch jetzt in *Ihrem* Haus.«

»Ist irgendwas kaputt?«

Till hob die Hände. »Nein, nein, keine Sorge, ich will es

nicht zurückgeben. Nur ein bisschen plaudern. Haben Sie vielleicht einen Moment Zeit? Dauert wirklich nicht lange.«

Im Hintergrund tauchte Frau Körner auf. Sie war wesentlich jünger als ihr Mann, höchstens vierzig. Eine attraktive, elegante Frau. Ihr Mann zeigte auf Till.

»Das ist Herr Becker. Er hat unser Haus in Kleebüll gekauft und will ein bisschen plaudern.«

Till nickte Frau Körner so freundlich wie möglich zu. »Tut mir leid, dass ich Sie so überfalle. Aber ich war gerade geschäftlich in der Stadt.«

Die Körners tauschten einen langen Blick, den Till nicht ganz einordnen konnte. Es war offensichtlich, dass sie nur sehr ungern Überraschungsbesuch bekamen. Endlich nickte Frau Körner ihrem Mann zu und zog dann die Tür weiter auf.

»Bitte, Herr Becker, kommen Sie doch herein«, sagte sie mit müder Stimme und presste die Lippen zu einem angestrengten Lächeln zusammen.

Im Haus erkannte Till das gleiche Stilgefühl wie in Kleebüll, Küche, Boden und Fenster waren von denselben Herstellern. Nur die Möbel waren ganz anders, etwas konventioneller, fand Till. Vielleicht lag es daran, dass die Körners zwei Kinder hatten. Auf einer Kommode konnte Till ein Foto der beiden Jungen sehen, die nicht älter als zwölf Jahre waren.

Frau Körner sah Tills forschenden Blick. »Torben und Söhnke. Sind gerade beim Fußball«, sagte sie.

»Süß.«

»Haben Sie auch Kinder?«

»Nein, noch nicht. Aber wir arbeiten dran.« Er grinste. Die Körners nickten stumm. Till sah sich im Wohnzimmer um.

»Gemütlich haben Sie es hier«, sagte er.

»Wollen Sie was trinken? Einen Saft? Oder Kaffee?«, fragte Herr Körner.

»Ein Glas Wasser vielleicht.«

Frau Körner kümmerte sich darum, während ihr Mann ihn zum Sitzen auf dem breiten Ledersofa einlud.

»Und? Wie gefällt es Ihnen denn so in unserem kleinen Schlösschen?«, erkundigte sich Herr Körner, der jetzt schon viel freundlicher dreinschaute.

»Toll. Meine Frau und ich, wir sind begeistert. Sie haben das Haus wirklich wunderbar renoviert.«

»Ja, wir haben viel Arbeit in den Umbau gesteckt«, sagte Frau Körner, während sie das Wasser auf den Tisch stellte. »Sie hätten mal sehen sollen, wie die Küche vorher aussah. Der alte Ofen war noch aus der Zeit vor dem Weltkrieg.«

»Dem *Ersten* Weltkrieg«, ergänzte ihr Mann.

»Die Stromleitungen und die Kanalisation waren genauso alt.«

»Wir mussten alles komplett neu machen. Genau wie den Dachstuhl. War alles total morsch.«

»Das meiste hat Ludwig selbst gemacht«, sagte Frau Körner und schenkte ihrem Mann ein stolzes Lächeln.

»Mein Gott, was für ein Stress!«, sagte Till mit ehrlicher Bewunderung. Er selbst tat sich schon schwer, wenn er einen Nagel in die Wand schlagen musste.

»Ja, viel Arbeit, das war es wirklich.« Herr Körner nickte.

»Und trotzdem wollten Sie nicht in dem Haus wohnen bleiben?«, fragte Till und sah die beiden aufmerksam an.

Die Körners wechselten einen kurzen Blick.

»Nein, irgendwie hat es am Ende … doch nicht gepasst«, sagte Herr Körner.

»Die Kinder. Sie haben sich dort oben nie so richtig wohl gefühlt.«

»Ach nein? Ich dachte, die Landschaft ist ein Paradies für Jungs? Das Meer, die Strände, die Wiesen.«

»Schon, aber Torben und Söhnke haben dort nie wirklich Anschluss gefunden. Sie haben vom ersten Tag an ihre Freunde in Hamburg vermisst.«

»Wie schade.«

»Das war es, ja.« Herr Körner nippte an seinem Wasser.

»Und wie ist es mit Ihnen?« Till wandte sich an die Frau. »Vermissen Sie Kleebüll denn nicht?«

»Ein bisschen schon. Ist wirklich ein hübsches Dorf.«

»Und das Haus. Ich meine, hier haben Sie es auch sehr schön. Aber da hatten Sie ein eigenes Haus direkt am Deich, weit weg von allen lauten Nachbarn.«

Frau Körner atmete tief durch. »Ja, das war ein Traum.« Sie nickte und blickte dann stumm in ihr Wasserglas. Till fand, dass sie unglücklich aussah.

»Aber so ist das eben im Leben«, unterbrach ihr Mann die Stille. »Manchmal kommt es doch anders, als man denkt. Und dann muss man eine Entscheidung fällen.«

»Außerdem war Kleebüll doch ein bisschen zu weit weg, wenn man regelmäßig nach Hamburg zur Arbeit fahren muss. Ludwig war ständig auf der Autobahn.«

Herr Körner nickte zustimmend.

»Sind Sie trotzdem nicht auf den Gedanken gekommen, das Haus zu behalten?«, fragte Till. »Als Ferienhaus? Oder für die Wochenenden? Ist doch praktisch um die Ecke.«

»Sie reden, als wenn Sie uns das Haus doch wieder zurückverkaufen wollen«, sagte Herr Körner misstrauisch.

»Nein, nein, meine Frau und ich, wir sind sehr glücklich dort.«

»Ihre Frau auch?«, fragte Frau Körner.

»Ja, klar, wieso denn nicht?« Till sah sie überrascht an.

Aber Frau Körner nippte nur an ihrem Wasser. »Nun, unser Makler meinte, Sie würden beide aus Berlin kommen. Das ist doch schon eine ganz andere Welt als das kleine Nordfriesland.«

»Eben deshalb ja. Eva liebt das Land, das Dorf und die Nordsee. Manchmal hat sie das Gefühl, sie hätte schon immer dort gelebt.«

»Wie nett.« Frau Körner sah Till mit großen Augen an.

»Nachts ist es dort natürlich schon ein bisschen einsam«, fuhr Till fort. »Aber daran muss man sich eben gewöhnen.«

Die Körners nickten. Till bemerkte, dass Frau Körner wieder für einen Moment seltsam entrückt aus dem Fenster blickte.

»Oder hatten Sie damit ein Problem?«, fragte Till. »Schließlich kommen Sie doch auch aus der Großstadt?«

Das Ehepaar tauschte einen kurzen überraschten Blick.

»Was für ein Problem meinen Sie?«

Till entschied sich, ein bisschen direkter zu werden: »Na ja, ein einsames Haus am Deich, die weiten Felder, die Nordsee ganz in der Nähe – hatten Sie nicht mal Angst, dass der Schimmelreiter an Ihre Tür klopft?«

Die Körners sahen ihn verständnislos an.

»Nein, mit den Nächten hatten wir kein Problem, überhaupt nicht«, antwortete Herr Körner mit Nachdruck. »Im Gegenteil, mit einem guten Buch in der Hand kann es nachts eigentlich nicht ruhig genug sein.«

Till nickte, und für einen Moment schwiegen alle. Till musterte die beiden und fragte sich, ob sie ihm etwas verschwiegen, fand aber, dass die beiden ganz entspannt und vernünftig aussahen.

Schließlich lächelte Herr Körner.

»Was haben Sie denn von Nordfriesland bisher schon gesehen?«, fragte er Till.

»Oh, ich kenne die Gegend ganz gut, ich bin früher oft mit meinen Eltern da oben gewesen.«

»Und Ihre Frau?«

»Für die ist natürlich noch alles neu.«

»Auf welchen Inseln waren Sie denn schon mit ihr?«

»Bis jetzt noch auf keiner«, gab Till zu.

»Was? Noch nicht mal auf den Halligen? Auf Amrum? Auf Föhr? In Wyk gibt es einen sehr guten Buchladen. Direkt an der Promenade. Haben Sie noch nie von Bubu gehört? So heißt der Besitzer. Eine Legende an der ganzen Küste«, sagte Herr Körner.

Till schüttelte den Kopf. »Nein, wir haben das Festland noch nicht verlassen. Wir hatten immer viel zu tun.«

Frau Körner sah ihn vorwurfsvoll an. »Aber das geht doch nicht. Sie müssen Ihrer Frau doch was zeigen. Nicht dass sie noch Heimweh kriegt.«

Herr Körner lächelte. »Ich gebe Ihnen mal unser Inselpaket, Prospekte, Fahrpläne der Fähren, da können Sie sich was Schönes aussuchen. Haben Sie Interesse?«

Till lächelte und nickte.

Herr Körner stand auf und holte aus dem Schrank eine Kiste mit der Aufschrift »Ausflüge«. Den Rest von Tills Besuch verbrachten die Körners damit, ihm alles genau zu zeigen und zu erklären. Die Stimmung war jetzt wesentlich freundlicher und entspannter als am Anfang. Schließlich kochte Frau Körner doch noch einen Kaffee und holte sogar ein paar Kekse aus dem Schrank.

Als Till sich nach einer Stunde verabschiedete, war er bestens über die nordfriesischen Inseln informiert.

»Vielen Dank, ich habe mich sehr gefreut, Sie kennenzulernen«, sagte er, als sie sich an der Tür noch einmal die Hand reichten.

»Bestellen Sie Ihrer Frau herzliche Grüße!«

»Mache ich. Und wenn Sie mal Lust auf einen Besuch in Nordfriesland haben – Sie sind jederzeit herzlich eingeladen.«

»Das ist sehr nett«, sagte Herr Körner.

Frau Körner wirkte gerührt. »Grüßen Sie Kleebüll von uns.«

Schließlich fuhr Till mit seinem Porsche winkend davon. Seine Zweifel, ob die Körners vielleicht auch seltsame Erfahrungen im Haus gemacht hatten, waren zerstreut. Nach der netten Plauderei schämte er sich fast, dass er so albern gewesen war und für einen Moment wirklich an etwas Spukerei in Kleebüll gedacht hatte. Jetzt, mit den ganzen Prospekten neben sich auf dem Beifahrersitz, konnte er es kaum abwarten, mit Eva zurück in ihr kleines Haus am Deich zu fahren.

Die Körners schauten ihrem unangemeldeten Besucher vom Hauseingang aus noch lange hinterher.

»Was war das denn jetzt?«, fragte Herr Körner.

Seine Frau zuckte mit den Schultern.

»Meinst du, er wollte uns wirklich nur mal kennenlernen?«

»Nein. Er wollte mehr von uns wissen. Über das Haus. Und Kleebüll.« Sie seufzte. »Über die Frau. Den Mann. Über die Alpträume.«

Ihr Mann schwieg und blickte betroffen zu ihr.

»Hätten wir ihm etwas sagen sollen?«, fragte sie.

Er schüttelte den Kopf. »Warum? Damit er sich Sorgen macht? Ich fand, er wirkte ganz entspannt.«

»Was ist mit seiner Frau?«

»Du hast doch gehört, was er gesagt hat: Sie hat sich total in das Haus und die Landschaft verliebt.«

»Er hat gelogen. Ich bin ganz sicher, dass sie Angst hat. Jede Nacht. Und manchmal auch am Tag.«

Herr Körner sah zu seiner Frau. Sie zitterte.

»He ...«, sagte er zärtlich und legte ihr den Arm um die Schultern. »Aber du musst keine Angst mehr haben.«

»Meinst du?«

Er nickte und drückte sie. »Es ist vorbei. Hier kann dir nichts passieren.«

Frau Körner sah ihren Mann dankbar für sein Mitgefühl an. Dann gingen die beiden langsam ins Haus zurück.

35

Mit einem leisen Schrei schreckte er hoch. Wie in den Nächten zuvor brauchte er einen Moment, um zu verstehen, wo er gerade war: im Laderaum des geliehenen VW-Transporters. Benommen fasste er sich an den Kopf. Was für ein Alptraum! Lag es an der Luft? An diesem verdammten Salz, das er überall riechen und auf der Zunge schmecken konnte? Schon in den anderen Nächten hatte er kaum ein Auge zugekriegt, aber so schlimm wie in dieser Nacht war es noch nie gewesen.

In seinem Kopf wirbelten immer noch die Bilder der stürmischen Nordsee. Nackte Frauenkörper und immer wieder *ihr* Körper und *ihr* lächelndes Gesicht. Er hatte schwarze Wolken gesehen, die in aberwitzigem Tempo über den Himmel gerast waren. Schilf, das sich im Sturm nach unten bog, Möwen, die zerschmettert auf dem Boden lagen. Häuser, die vor seinen Augen wie Kaugummi zusammensackten und in der Erde verschwanden. Und dann das Wasser. Dieses schmutzige Wasser! Er hatte gespürt, wie es in seine Lunge geflossen war und ihm den Atem nahm.

Er stieß gegen die Schiebetür, stürzte hinaus und schnappte nach Luft. Nur ein Traum, sagte er sich, das war nur ein Traum. Es war schon heller Morgen, die Sonne versteckte sich noch hinter dem Morgendunst, aber es würde ein schöner Tag werden. Darauf bedacht, so unsichtbar wie möglich zu bleiben, hatte er den Transporter auf dem verlassenen Parkplatz einer Vogelschutzstation abgestellt, die sich hinter dem Deich direkt neben dem großen See befand. Ein kleiner betonierter Weg führte am Deich entlang, aber man musste sich schon sehr strecken, um den hinter einem Baum und einem Gebüsch stehenden Wagen zu entdecken.

Stundenlang war er gestern im Nieselregen durch dieses elende Flachland gefahren. Mittlerweile musste er übel aufstoßen, wenn er nur einen Ortsnamen mit -büll am Ende las. All diese kleinen Käffer, die alle gleich aussahen. Die gleichen verklinkerten Häuser, die gleichen leeren Straßen, die gleichen langweiligen Leute. Überall die verdammten Schafe und die Windräder, die sich mit einer monotonen Gleichmäßigkeit bewegten, dass ihm nur vom Hingucken schlecht wurde.

Und nirgends eine Spur von ihr.

Am Ende seiner vergeblichen Suche hatte er sich diesen einsamen Parkplatz gesucht und ein bisschen Brot mit Käse runtergeschlungen, das er sich in einem Supermarkt gekauft hatte. Er hatte sich gefragt, ob er zurückfahren sollte.

Aber jetzt war sie ihm wieder im Traum erschienen. Ein Zeichen, und er glaubte an Zeichen. Das Schicksal wollte ihn prüfen, ob er stark genug war, weiter nach ihr zu suchen. Und ja, er war stark genug. Er würde nicht aufgeben, niemals.

Wie um seinen Entschluss zu bestätigen, brach die Sonne durch den Morgendunst und blendete ihn so, dass er die Augen zukneifen musste. Er blickte lächelnd zum Himmel. Tatsächlich hatte er schon alle Orte mit -büll am Ende abgeklappert. Also alles noch mal von vorne? Noch mal die Runde? Ja, wenn es nicht anders ging, würde er bis zum Jüngsten Gericht in Nordfriesland herumfahren.

Wieder fasste er sich an die Schläfen. Diese dröhnenden Kopfschmerzen, woher kamen sie nur? Er hatte sich ein paar Aspirin organisiert, aber auch die konnten ihm nicht helfen. Stattdessen spürte er wieder diese Energie, dunkle Energie, die sich in ihm aufstaute und um Erlösung bettelte. Nur der Gedanke an Eva konnte Licht in diese Schwärze bringen.

Auf einmal war da ein Geräusch, ein leises Tippeln, noch weit entfernt, aber klar und deutlich zu hören. Vorsichtig riskierte er einen Blick durch die Büsche. Eine Joggerin. Sie war noch gut ein paar Hundert Meter entfernt und kam langsam näher. Ihr schwarzer Zopf wippte hinter ihrem Kopf, und ihr kräftiger, aber nicht zu durchtrainierter Körper bewegte sich im Rhythmus ihrer Schritte.

Er schluckte. Schon einmal hatte er sich getäuscht. Aber auch wenn er ihr Gesicht nicht richtig erkennen konnte, dieses Mal war er sich ganz sicher – das war Eva!

Träumte er etwa immer noch? Das konnte doch nicht wahr sein! Eva! So lange hatte er sie gesucht, und jetzt kam sie direkt in seine Arme gelaufen! Sie hörte Musik vom iPod, den sie sich an den Arm geschnallt hatte, und ahnte nicht, dass sie durch die dichte Hecke der Vogelstation beobachtet wurde.

Benommen hielt er sich am Transporter fest. Alles verschwamm vor seinen Augen. Bilder aus seinem Traum kehrten zurück. Fast hatte er das Gefühl, die Besinnung zu verlieren.

Was für ein Zufall!

Nein, kein Zufall! Er hatte sein Glück erzwungen, war extra den langen Weg aus Berlin hierhergekommen. All seine Mühen wurden jetzt belohnt. Er sah, wie sie sich entfernte. Der schmale Betonweg führte kilometerlang am Deich entlang. Sie würde noch ewig zu sehen sein.

Sein Atem ging schwerer in Erwartung dessen, was gleich passieren würde.

Er musste es tun. Jetzt.

Er drehte sich um, stieg in den Transporter. Seine Hand zitterte vor Erregung, als er den Schlüssel umdrehte und den Motor startete.

36

Endlich war sie an dem Ort angekommen, den sie vom Festland aus für eine in der Sonne leuchtende Fata Morgana gehalten hatte. Für Märchenschlösser am Horizont. Oder für Schiffe, die draußen auf dem glitzernden Meer vor Anker lagen. Nun wusste sie, dass die Märchenschlösser oder Schiffe in Wirklichkeit Häuser, Höfe und kleine Dörfer waren, die sich auf künstlich angelegten Warften eng aneinanderschmiegten und selbst bei heftigen Sturmfluten noch aus dem Wasser ragten.

Till hatte es nach ihrer Rückkehr aus Hamburg kaum abwarten können und auf der Stelle die »Große Inselrundfahrt« machen wollen – Langeness, Amrum und Föhr, alles an einem Tag. Und so waren sie früh am Morgen mit dem Bus von Kleebüll nach Schlüttsiel gefahren, ein kleiner, verträumter Hafen, der etwas verloren vor dem Sieltor des gewaltigen Abschlussdeiches lag, der den Hauke-Haien-Koog vor dem offenen Meer beschützte. Um zehn hatten sie die Fähre nach Langeness genommen. Die Fahrt auf dem kleinen Schiff über die ruhige See, vorbei an der Hallig Ohland, mit einem Zwischenstopp auf der Hallig Hooge und dann nach Langeness, hatte fast zwei Stunden gedauert. Eva hätte nichts dagegen gehabt, schon auf Hooge auszusteigen und sich die kleine Hallig anzuschauen. Aber Till hatte einen genauen Plan für den Tag ausgearbeitet. »Keine Zeit«, hatte er gesagt, und tatsächlich hatten sie ein strammes Programm, wenn sie die Runde über die drei Inseln inklusive der Fährfahrten an einem Tag bewältigen wollten. Sie hatte sich entschieden, Till das Kommando zu überlassen, und fand es rührend, wie er sich auf diese Tour freute und auf die Gelegenheit, ihr »sein« Nordfriesland zu zeigen.

Nun waren sie also auf Langeness, der größten der zehn Halligen. Trotzdem wohnten auf den achtzehn Warften insgesamt nur rund hundert Menschen. Wer hier Party und turbulentes Strandleben suchte, lag falsch. Auch schroffe Felsen oder schöne Wälder waren auf Langeness nicht zu finden. Die Hallig war ein Stück ungeschütztes flaches Land in der Unendlichkeit der See. Ein grüner Farbklecks weit weg von der Zivilisation, vergessen von der Zeit.

Und genau das gefiel Eva. Hand in Hand spazierten sie über die einsamen Wege durch die saftig-grüne Marsch. Es gab keine Deiche, die den Blick zum Meer versperrten, die hohen Warften waren für die Bewohner der einzige Schutz vor der Flut. Da keine Zeit war, die ganze Insel kennenzulernen, wollten sie einfach nur ein bisschen Hallig-Atmosphäre schnuppern und spazierten an der westlichen Seite entlang Richtung Nordmarsch. Links von ihnen war das graue Watt, rechts das von Prielen und kleinen Tümpeln durchzogene Grün.

»Hör mal«, flüsterte Till auf einmal.

Eva sah ihn zuerst verständnislos an. Dann hörte sie es auch. Ein leises Ploppen. Ein Knistern, als wenn Luftpolsterfolie zerdrückt würde.

Es kam vom Watt.

Till zog seine Sneakers aus und sprang hinunter in den Schlick. Eva folgte ihm. Sie entdeckten, dass das Geräusch aus den kleinen Löchern im Watt kam, in denen sich Wasserbläschen sammelten und schließlich in der Sonne zerplatzten. Überall auf dem schlammigen Grund knirschte und knackte es. Das Watt war ein einziger lebender Organismus.

Und es gab noch viel mehr zu entdecken. Krebse, Muscheln in allen Formen, Wattwürmer, Quallen, kleine Fische, die die Zeit bis zur nächsten Flut in flachen Pfützen überlebten. Ausgelassen liefen Till und Eva über das Watt, bespritzten sich mit Wasser und bewarfen sich mit dem weichen, warmen Schlamm.

Erschöpft legte sich Eva schließlich auf das grüne Halliggras und atmete die frische, nach Salz, Gras und Schafen riechende Luft. Inmitten dieser wunderbaren Natur fühlte sie sich nicht wie eine Berlinerin auf Nordseeurlaub, nicht wie eine Touristin, sondern wie eine Frau, die endlich wieder nach Hause zurückgekehrt war. Es war ein gutes, aber auch verwirrendes Gefühl.

Sie schloss die Augen. Lauschte dem Plätschern der Wellen und spürte, wie der Wind sanft über sie hinweg und über das Land strich. Und noch etwas spürte sie.

Liebe.

Sie spürte, wie ihr Herz, ihre Seele, ihr ganzes Sein von Liebe emporgehoben wurden. Liebe zu Till? Auch. Aber es war allgemeiner, universeller. Eine vollkommene Liebe, ein vollkommenes Glück, wie sie es bisher nur einmal empfunden hatte, im Traum, als sie mit einem unbekannten Mann im Boot auf der stillen See getrieben war.

Die Intensität dieses Gefühls machte ihr Angst, aber sie wollte sich nicht länger dagegen wehren und die Bilder, die ihr nun durch den Kopf schossen, zulassen. Es waren Bilder aus den Büchern, die Frau Schmidt ihr ausgeliehen hatte. Die wunderbaren Gemälde und Zeichnungen der alten Meister, die Ansichten der Marschbauern, der Deichgrafen, der Näherinnen und Fischer, sie wurden in ihrem Kopf lebendig. Die Schönheit dieser Empfindung war so real, so unmittelbar, dass sie ihr den Atem nahm und sie sich fühlte, als würde sie in einen Zeitstrudel zurück in die Vergangenheit gerissen.

Vorsichtig öffnete sie die Augen und sah wieder in das makellose Blau des Himmels. Sie richtete sich auf und sah sich um. War sie wirklich in der Zeit gereist?

Fast enttäuscht sah sie eine weiße Fähre, die sich weit entfernt lautlos über das Meer schob. Und dann Till, der im Watt herumstapfte und nach Muscheln suchte.

Auf einmal hörte sie hinter sich ein leises Rascheln, ein Kratzen. In der Erwartung, ein Schaf zu sehen, drehte sie sich um.

Aber da war kein Schaf.

Fassungslos kniff sie die Augen zusammen. Sie konnte nicht glauben, was sie da sah.

Vor ihr, nur ein paar Meter entfernt, saß ein Adler auf den halb verfaulten Überresten eines alten Zauns. Sie war keine Vogelexpertin, aber sie sah den scharfen, nach unten gebogenen gelben Schnabel, die gelben Krallen und die mächtigen Schwingen. Ein Seeadler. Im Berliner Zoo hatte sie schon mal einen Adler gesehen. Aber der hatte zerzaust in der Ecke seines Käfigs gehockt. Der hier war viel größer, viel lebendiger, ein König in seiner Welt.

Der riesige Vogel saß einfach da, und sie sah, wie der Wind ganz sanft durch seine Federn strich. Er beobachtete sie, legte den Kopf schief und musterte sie mit seinen großen Augen.

Sie wagte nicht, sich zu rühren, aus Angst, diesen magischen Moment zu zerstören. Wo war nur Till? Ob er den Vogel vom Watt aus auch sah?

Langsam, ohne den Blick von dem Adler abzuwenden, drehte sie den Oberkörper Richtung Meer. Da war Till, immer noch weit draußen, aber auf dem Rückweg. Gerade hatte er etwas Interessantes entdeckt und ging vor einem kleinen Priel in die Hocke.

Wieso schaut er nicht einmal hier herüber, nur einmal?

Sie hörte wieder ein Rascheln. Erschrocken blickte sie zu dem Adler, befürchtete schon, er würde davonfliegen, aber der majestätische Vogel säuberte nur gemächlich sein Gefieder.

Wieder sah sie zu Till. Jetzt war er aufgestanden, und wenn sie es richtig erkannte, blickte er in ihre Richtung. Sie hob die Hand, um ihn auf sich aufmerksam zu machen. Doch in dem Moment hörte sie wieder ein Rascheln, spürte einen kräftigen Luftzug. Sie sah wieder zu dem Holzpfahl.

Er war verlassen. Entsetzt sah sie sich um, schaute hinauf in den Himmel. Nichts. Keine Spur von einem Vogel. Der Adler war verschwunden.

»Hast du ein Glück«, sagte Till schwer beeindruckt, als sie später auf der kaum gefüllten Fähre Richtung Amrum tuckerten. »Ein Seeadler! Die hat man in Friesland lange Zeit für ausgestorben gehalten, aber jetzt scheinen sich hier wieder einige Paare angesiedelt zu haben.«

»Till, du musst ihn doch auch gesehen haben!«

»Leider nicht. Dabei habe ich immer wieder zu dir geschaut, um sicher zu sein, dass alles in Ordnung ist.«

»Aber er saß genau neben mir. Er war riesengroß!«

»Das glaube ich gerne. Aber ich habe wirklich nichts gesehen. Schade, dass du kein Foto gemacht hast.«

Eva nippte enttäuscht an ihrer Limonade. Wie gerne hätte sie diese Erinnerung mit Till geteilt. Aber na schön, vielleicht beim nächsten Mal. Der Besuch auf Langeness war jedenfalls viel zu kurz gewesen.

Till hatte die Landkarte, die er von den Körners bekommen hatte, vor sich auf dem Tisch ausgebreitet. Eva sah lächelnd zu der kleinen Plastiktüte mit den Muscheln, die er im Watt eingesammelt hatte.

»Daraus bastel ich zu Hause was Schönes, das wird dir gefallen«, hatte er gesagt.

Sie war sicher, dass auch diese Tüte auf dem Dachboden landen würde. Dort stand schon eine ganze Kiste voll mit »interessanten« Steinen und »unglaublichen« Blättern, die Till sorgfältig in dicken Büchern gepresst und anschließend nie wieder beachtet hatte.

Egal, dachte sie. Er war ein großes Kind, und dafür liebte sie ihn.

»So, jetzt kommt Amrum«, verkündete er. »Da gibt's Dünen, genau wie auf Sylt.«

Sie sah auf ihre Uhr.

»Wollen wir nicht lieber gleich weiter nach Föhr?«

»Aber wieso? Amrum ist wunderschön!«

»Das war Langeness auch. Und trotzdem sind wir weitergefahren.«

Till sah sie gekränkt an. »Gefällt dir mein Reiseplan nicht?«

Sie griff nach seiner Hand. »Doch, natürlich. Aber wir haben nicht so viel Zeit. Nicht für zwei Inseln. Und wenn ich mich entscheiden müsste, dann würde ich Föhr nehmen. Bitte«, sagte sie und machte einen Schmollmund.

Hatte sie Till erzählt, dass Föhr Inkens Heimat war? Sie sollte ihm vielleicht besser nicht verraten, woher ihr besonderes Interesse für diese Insel kam.

Till überlegte einen Moment, dann gab er nach.

37

Er war noch immer ganz benommen.

Er hatte die Kontrolle verloren. Ihr Gesicht, immer wieder hatte er ihr Gesicht gesehen. Doch schon wieder hatte er sich geirrt, zum zweiten Mal.

Doch dieses Mal war es anders gewesen als damals in Berlin. Damals hatte er die Joggerin nicht richtig erkannt und sie im dunklen Park für Eva gehalten. Aber heute, hinter dem Deich, da war er sicher gewesen, hundertprozentig sicher gewesen, dass es Eva war. Er hatte sie auf der Straße entlanglaufen sehen, hatte ihre Haare, ihre Augen, ihr Lächeln eindeutig erkannt. Dann hatte er sie in seinen Wagen gezogen. Und plötzlich einer völlig fremden Frau ins Gesicht geblickt.

»Wo ist Eva?«, hatte er sie fassungslos gefragt und ihre Arme mit beiden Händen festgehalten. Aber sie hatte nur geschrien, gebissen und getreten. Da war ihm klar geworden, dass er schon wieder getäuscht worden war – und eine Welle aus Wut und Verachtung hatte ihn erfasst und in einen dunklen Strudel gezogen.

Er starrte hinaus auf das Meer, das lächerlich friedlich in der Sonne glänzte und fast komplett ruhig vor ihm lag. Er schloss die Augen und versuchte seine Gedanken zu ordnen.

Was passierte hier mit ihm?

Er stöhnte auf und hielt sich mit beiden Händen den Kopf.

»Alles in Ordnung mit Ihnen?«, erkundigte sich eine Stimme neben ihm.

Er schreckte auf und blickte in die Augen eines besorgten Vaters, der mit seinen beiden kleinen Jungs neben ihm am Strand Fußball spielte.

»Haben Sie Schmerzen?«

»Nein, alles in Ordnung«, stammelte er.

»Zu viel Sonne vielleicht? Sie haben mit sich selbst gesprochen.«

Er schreckte auf. »Was? Was habe ich gesagt?«

Der Mann wich zurück: »Keine … Ahnung. Ich habe nichts verstanden. Aber es hat sich nicht … glücklich angehört.«

Er atmete wieder aus. »Vielen Dank für Ihr Mitgefühl«, sagte er und versuchte zu lächeln. »Aber mir geht es gut, machen Sie sich keine Sorgen.« Er zwinkerte den verschreckten Jungs kurz zu. Doch die starrten ihn mit großen Augen nur ungläubig an.

»Na schön«, sagte der Vater und wirkte dabei nicht sehr überzeugt. »Entschuldigen Sie die Störung. Ich wünsche Ihnen noch einen schönen Tag.«

Er nickte der kleinen Familie betont freundlich zu und beobachtete, wie die drei ihr Fußballspiel wieder aufnahmen. Dann stand er ächzend auf, winkte noch einmal und stapfte durch den tiefen Sand zurück zur Promenade.

Niemand konnte sehen, wie sich seine Miene schlagartig wieder verfinsterte.

Verdammt noch mal, er musste vorsichtig sein, sich zusammennehmen.

Er hatte die Stufen erreicht. Schlecht gelaunt schüttelte er seine Schuhe aus. Was für ein Tag! Eigentlich war er nur auf diese Drecksinsel gekommen, um endlich wieder einen klaren Kopf zu kriegen. Als er sich und den Transporter heute Morgen von dem Blut gereinigt und seine Spur verwischt hatte, schien es ihm keine gute Idee, sofort wieder durch Nordfriesland zu fahren. Dann hatte er das Schild nach Dagebüll gesehen (auch so ein verdammtes Büll-Dorf!) und sich entschieden, einen kleinen Ausflug zu machen, um ein bisschen Abstand zu bekommen. Also hatte er die erste Fähre nach Föhr genommen, hatte sich zwischen lärmenden Familien und heimkehrenden Insulanern ins Schiffsrestaurant gehockt und auf seinen Kaffee gestarrt. Die Schönheit des draußen vorbeiziehenden Wattenmeeres hatte ihn nicht interessiert.

Nachdem die Fähre in Wyk angelegt hatte, war er durch den Hafen geirrt, hatte sich ohne Interesse einen kleinen Trödelmarkt angesehen und war schließlich ein paarmal ziellos in der kleinen Innenstadt auf und ab gegangen. Genervt von der ausgelassenen Ferienstimmung der Urlauber hatte er sich am Ende alleine an den Strand gesetzt, der sich direkt im Stadtkern neben der Uferpromenade befand.

Was sollte er jetzt tun? Auf jeden Fall die nächste Fähre zurück zum Festland nehmen, so viel stand fest. Dieser Inseltrip war eine ganz dumme Idee gewesen. Wie vieles, was er in den letzten Tagen getan hatte.

Zurück nach Dagebüll also – und dann? Zurück nach Berlin?

Wenn rauskam, was heute Morgen passiert war, würde es bestimmt einige Aufregung geben. Sein Plan war gewesen, während seines Aufenthaltes so unsichtbar und unauffällig wie möglich zu bleiben. Das konnte jetzt eventuell schwierig werden.

Verdammt, alles war auf einmal schwierig! Und daran war nur dieses beschissene Nordfriesland schuld! Wieder stöhnte er so laut, dass sich zwei Seniorinnen nach ihm umdrehten. Er erwiderte ihren Blick so verächtlich, dass sie erschrocken zurückwichen und hastig weitergingen.

Es war verwirrend: Die ganze lange Schifffahrt über hatte sie sich auf Föhr gefreut. Endlich würde sie sehen, wo Inken aufgewachsen war. Als sie an der Südseite der Insel vorbeigefahren waren, hatte sie in sich hineingehorcht. Würde sie sich wieder »erinnern«, würden wieder Bilder auftauchen, die vielleicht sogar andere, frühere Visionen erklären würden? Sie konnte es kaum abwarten.

Als die nach der versunkenen Stadt Rungholt benannte Fähre dann die Südostspitze der Insel passierte und sich parallel zur Uferpromenade dem Hafen der Inselhauptstadt Wyk näherte, wurde ihr langsam mulmig. Sie sah die Leute, die fröhlich ihren Urlaub auf der grünen Insel verlebten, beobachtete vom Schiff aus das Treiben auf dem Marktplatz und in den kleinen Straßen und fragte sich, was für eine Grenzerfahrung jetzt wieder auf sie warten würde.

»Schau mal, die friesische Karibik«, sagte Till und grinste. Sie hatte ihm nichts von ihren Befürchtungen verraten, sondern – in seinen Arm gekuschelt – schweigend die Anfahrt auf die Insel betrachtet. Jetzt sah sie ihn verständnislos an.

Till zeigte zum Strand und hielt dabei einen kleinen Prospekt hoch, den er aus Hamburg mitgebracht hatte: »Die friesische Karibik, so nennt man das hier!«

Als sie später durch den Ort gingen, verstand Eva, was damit gemeint war. Während es auf dem friesischen Festland recht beschaulich zuging, war Wyk eine lebendige kleine Stadt, ein Badeort, wie man ihn sich auch an der wärmeren Ostsee vorstellen konnte, mit Kurpromenade, Kurhaus und zahllosen Strandkörben.

Sie hatte auf der Fahrt in einem der Prospekte geblättert. Föhr lebte vom Tourismus. Aber in früheren Jahrhunderten war die Insel bekannt gewesen für die Tüchtigkeit ihrer Seeleute, und entsprechend viele Kapitäne kamen aus Wyk und den kleineren Orten im Inselinnern. Die meisten hatten auf Walfängern gearbeitet, die über das Nordmeer nach Grönland gesegelt waren. Sie musste an die Harpune denken, die zu Hause in ihrem Wohnzimmer an der Wand hing.

Eva hatte keine Ahnung, wo Inken damals gelebt hatte. Vielleicht in einem der zauberhaften Häuschen, die sich nur einige Meter hinter der belebten Uferpromenade in den kleinen, verwinkelten Gassen versteckten. Falls sie irgendein Zeichen des Wiedererkennens erwartete, wurde Eva enttäuscht. Nach dem verträumten Langeness und der ruhigen Überfahrt war sie von den vielfältigen Eindrücken in Wyk überfordert. Überall gab es Cafés, Restaurants, Fischbuden, Souvenirläden mit dem üblichen Tand, in den Seitenstraßen aber auch mit hübschem Kunsthandwerk. Und direkt an der Promenade fand Till auch den Buchladen, von dem die Körners geschwärmt hatten, und plauderte angeregt mit dem erstaunlich gut informierten Besitzer über die neuesten Krimiveröffentlichungen. Aber am meisten freute er sich darüber, dass direkt am Eingang zur Promenade eine riesige HSV-Fahne im Wind flatterte, die zu einem entsprechenden Fanartikelladen gehörte.

»Ist doch toll hier, oder?«, jubelte er, als sie anschließend in einem übervollen Café an der Promenade Kuchen aßen und dazu einen Pharisäer tranken, eine friesische Kaffeespezialität mit Rum und viel Schlagsahne.

Sie nickte und kämpfte weiter mit einem riesigen Stück Sahnetorte.

Till sah auf einen Flyer, den er in einer Seitenstraße mitgenommen hatte. »Was hältst du davon, wenn wir uns gleich zwei Räder leihen und ein bisschen auf der Insel herumfahren?«

Eva schwieg und zuckte nur mit den Schultern.

»Alles in Ordnung?«

»Mir geht's nicht so gut.«

»Ich habe dich ja gewarnt, du sollst die Bratwurst auf dem Schiff nicht nehmen.«

»Damit hat das nichts zu tun. Irgendwie ist mir ... schwindelig, seit wir hier auf der Insel sind.«

»Schwindelig?«

Eva nickte nur. Sie strich sich mit der Hand über die Stirn – und zuckte erschrocken zusammen.

Ein Bild. Nur ganz kurz, aber mit solcher Wucht, dass es ihr den Kopf zu sprengen drohte. Ein Mann, der Mann, den sie schon am Lagerfeuer gesehen hatte. Dunkle, böse Augen, die sie starr ansahen ...

Dann war es schon wieder vorbei. Sie stöhnte.

»He, was ist denn?« Till griff nach ihrer Hand.

»Nichts ...«

Wieder zuckte sie zusammen. Eine neue Vision. Blut, ein zerschlagener Schädel, eine Frau …

»Mein Gott, was ist denn mit dir?« Till strich ihr besorgt über die Wange.

Schon war das Bild wieder verschwunden. Sie atmete erleichtert durch und griff nach dem Wasser, das sie sich zum Kaffee bestellt hatte.

»Eva, Liebes, sprich mit mir!«

Sie sah ihren erschrockenen Mann an. Sollte sie Till wirklich erzählen, was sie gerade gesehen hatte? Nach allem, was passiert war, musste er sie dann endgültig für verrückt halten.

»Alles wieder gut«, sagte sie und versuchte zu lächeln.

»Erzähl mir nichts, du bist total verschwitzt.«

Sie schwieg.

»Hast du wieder irgendein Gespenst gesehen?«

Nicht irgendein Gespenst, den schwarzen Mann, dachte sie, sagte aber: »Es sind nur Kopfschmerzen. Ganz plötzlich. Aber jetzt ist es wieder vorbei.«

Er wirkte nicht überzeugt.

»Vielleicht der Rum?«, sagte sie verlegen und zeigte auf ihren Kaffee. Er musterte sie weiter skeptisch. Sie hatte gerade mal einen Schluck getrunken.

Für einen langen Moment schwiegen sie. Eva sah aus dem Fenster hinaus auf die Promenade, um Tills forschenden Blicken auszuweichen.

Plötzlich sah sie ihn. Den Mann mit dem langen Mantel. Er blickte kurz in das Café, ihre Blicke trafen sich, er grinste und zeigte dabei seine verfaulten Zähne. Erschrocken fuhr sie aus dem Plüschsessel hoch.

»O Gott, nein!«, rief sie.

Doch der Mann war schon wieder weg, verschwunden.

Die Passanten vor der Tür gingen weiter, als wenn nichts passiert wäre.

Sie merkte, dass um sie herum auf einmal absolute Stille herrschte. Ältere Damen, die vor riesigen Kuchenstücken saßen, Urlauber mit ihren Kindern, ein paar einsame Senioren, die überraschten Kellner – alle blickten sie mit großen Augen an.

Till seufzte und warf den Flyer achtlos weg: »Na schön, dann also keine Radtour.«

Und auch sonst nichts.

Als sie hinaus auf die Promenade gingen, hatte Eva sofort das Gefühl, beobachtet zu werden. Till bemerkte, dass sie sich nervös umdrehte.

Er seufzte: »Eva, geht das jetzt schon wieder los?«

»Ich habe doch gesagt, alles gut!«

»Du guckst schon wieder genau wie in Berlin. Sag bloß, du hast ihn hier gesehen?«

»Nein, habe ich nicht«, sagte sie, und es war sogar die Wahrheit.

»Warum bist du dann sonst wie eine Verrückte aufgesprungen?«

»Ich bin nicht verrückt!«, sagte sie mit bebender Stimme. »Ich dachte nur, ich hätte jemanden ... wiedererkannt. Aus dem Dorf«, fügte sie hinzu, und selbst das war eigentlich nicht gelogen.

Aber Tills Miene verriet, dass er ihr nicht glaubte. Er seufzte und steckte die Prospekte in seine Tasche. Dann sah er nachdenklich hinaus auf das Meer, wo zwei kleine Segelschiffe vor der nächsten Fähre kreuzten, die sich langsam dem Hafen näherte.

Sie hakte sich bei ihm ein. »Wo wollen wir denn jetzt

hin?«, fragte sie ihn betont unternehmungslustig, konnte aber nicht verbergen, dass sie dabei die Menschenmenge auf der Promenade nervös taxierte.

»So macht es doch keinen Spaß, Eva«, antwortete Till müde. »Vielleicht ist es besser, wir nehmen die nächste Fähre und fahren nach Hause. Wir können irgendwann ja noch mal wiederkommen.«

Eva sah ihn überrascht an. Till erwiderte ihren Blick und verzog dabei keine Miene. Sie seufzte. Ihr war noch immer schwindlig, und wenn sie ehrlich war, rechnete sie jeden Moment mit einer neuen Vision. Sie nickte.

»Na, schön, vielleicht hast du recht.«

Nach der kleinen Stärkung ging es ihm wieder besser.

Er war der einzige Gast in der kleinen Fischbude. Während er zwei fettige Lachsbrötchen hinuntergeschlungen hatte, hatte er eine Entscheidung gefällt.

Es hatte keinen Sinn mehr. Er würde Eva nie finden.

Er zog ihr Foto aus seiner Jackentasche und betrachtete es nachdenklich.

Eva.

Er seufzte und blickte gedankenverloren hinaus auf die Straße, wo gerade ein junges Paar gutgelaunt Richtung Strand schlenderte.

»Ist das Ihre Freundin?«

Stein drehte sich erschrocken um. Neben ihm stand die Bedienung, ein junges Mädchen mit schiefen Zähnen, das nicht viel älter als sechzehn war. Sie grinste frech und zeigte auf das Foto.

»Sehr sexy.«

»He, hau ab! Das geht dich gar nichts an!«, fauchte er wütend und steckte das Foto hastig wieder weg.

»Ist ja gut, beruhigen Sie sich.« Sie räumte seinen Teller weg. »Ich wollte ja nur fragen, ob Sie noch ein Bier wollen.«

Er musterte sie völlig verständnislos. Für einen kurzen Moment stellte er sich vor, wie er der Kleinen so heftig ins Gesicht schlug, dass sie blutend in die Ecke flog. Verwirrt schüttelte er den Kopf, um dieses Bild schnell aus seinem Kopf zu vertreiben.

Was verdammt noch mal war los mit ihm?

Sein Blick fiel auf die Uhr, die hinter dem Tresen hing.

Nur noch eine Viertelstunde bis zur Abfahrt der Fähre!

Hastig kramte er nach seiner Brieftasche, bezahlte seine Rechnung und rannte ohne ein weiteres Wort hinaus.

Das Mädchen sah ihm kopfschüttelnd hinterher und räumte dann die Bierflasche ab.

Auch Till und Eva waren auf dem Weg zur Fähre, die dieses Mal wenig originell »Nordfriesland« hieß.

»Komm, wir müssen uns beeilen«, sagte Till und zerrte an Evas Arm, damit sie schneller an den Händlern vorbeikamen, die immer noch ihre Buden am Hafen aufgebaut hatten.

»Bist du jetzt eingeschnappt?«, erkundigte sich Eva ein bisschen außer Atem.

»Wieso?«, erwiderte er trotzig.

»Ich fand den Tag wunderschön, wirklich. Vor allem Langeness. Da müssen wir unbedingt wieder hin. Aber dann für ein bisschen länger.«

»Tut mir leid, dass dir mein Plan nicht zugesagt hat.«

»Du bist doch eingeschnappt!«

Till schwieg und drängelte sich mit Eva an der Hand an den letzten Autos vorbei, die ebenfalls noch auf das Schiff wollten.

»Es tut mir ja auch leid, dass ich vorhin so durchgedreht bin. Aber jetzt geht es mir wieder besser. Wir können bleiben, wenn du willst. Heute Abend fährt noch eine Fähre.«

»Nein, wir nehmen diese. Jetzt beeil dich, sonst fährt sie ohne uns ab.«

Eva erkannte, dass Till vorläufig keine Lust zum Plaudern hatte. Aber egal, sie war froh, dass sie die Insel verließen. Das Bild der zerschlagenen Frau wollte ihr einfach nicht aus dem Kopf. Außerdem ertappte sie sich dabei, dass sie bei jedem Rempler der Leute, die sich wie sie auf die Fähre drängten, erschrocken zusammenzuckte und panisch in die überraschten Gesichter starrte.

Endlich waren sie auf dem Schiff. Da das Restaurant bis auf den letzten Platz gefüllt war, mussten sie auf das Sonnendeck ausweichen. Sie freute sich über den frischen Wind und hoffte, dass er ihre trüben Gedanken vertreiben würde. Derweil blickte Till mit starrer Miene zum Horizont, wo sich die Warften der Hallig Langeness wie Perlen auf einer Kette aneinanderreihten.

Natürlich war er eingeschnappt. Und es tat ihr ja auch leid. Da hatte er alles so schön und voller Begeisterung organisiert, genau die Fahrtzeiten der Fähren durchkalkuliert und die Aufenthalte auf den Inseln geplant, und nun fing sie schon wieder mit ihrer Verfolgungsangst an.

Zärtlich griff sie nach seiner Hand.

»He, nicht böse sein. Das alles hier ist unser neues Zuhause. Wir können jeden Tag wiederkommen, unser ganzes Leben lang …«

»Na, schau mal an, das ist ja eine Überraschung!«, wurde Eva plötzlich von einer Stimme hinter ihnen unterbrochen.

Verwirrt drehten sie und Till sich um – und sahen Wibke, die sie mit ihren großen, blauen Augen anstrahlte.

»Ich will gar nicht stören! Wenn ihr lieber knutschen wollt, sagt Bescheid. Ich kann mich auch reinsetzen!«

Jubelnd fiel Eva ihr in die Arme. Wie sich herausstellte, war Wibke bei einem Onkel in Dunsum gewesen, einem kleinen Dorf auf der Westseite von Föhr. Nun setzte sie sich zu ihnen, und erleichtert merkte Eva, dass sich auch Tills Laune sofort besserte. Ein Glück, sie hätte es nicht ertragen, die ganze Rückfahrt stumm neben ihrem eingeschnappten Mann sitzen zu müssen.

Wibke hatte den Tag gerettet. Gutgelaunt griff sie jetzt in ihren Beutel, zauberte eine Flasche Weißwein hervor und grinste: »Was meint ihr, reicht das bis Dagebüll?«

Er schaute nicht auf seine zitternden Hände, und er schaute nicht zu den anderen Leuten im Wyker Hafen. Er hatte nur Augen für sie.

Sie stand an der Reling, zusammen mit ihrem Mann und einer blonden Freundin, und war schöner als jemals zuvor.

Er hatte sie gefunden.

Und gleich wieder verloren.

Wenn er die verdammte Fischbude nur eine Minute früher verlassen hätte, hätte er die Fähre noch erreicht. So hob sich das schwere Tor praktisch vor seiner Nase laut knirschend nach oben, während er noch auf der Rampe stand.

Er war zu spät. Es war zum Verrücktwerden. Nur vom wirbelnden Wasser getrennt, war er zwanzig, fünfzig Meter von ihr entfernt. Wenn sie sich umdrehen würde, musste sie ihn sehen, wie er alleine auf dem jetzt leeren Parkplatz stand!

Aber sie drehte sich nicht mehr um. Stattdessen stampfte die Fähre langsam davon, schob sich in einem leichten Bogen aus dem Hafenbecken heraus und folgte dann dem tiefen Wasser parallel zum Strand, bis sie endlich den großen Priel erreichte, durch den sie bis nach Dagebüll fahren konnte.

Er folgte dem Schiff, solange er konnte, durch den Hafen und dann den Strand entlang. Er behielt sie im Auge, bis sie nur noch ein schwarzer Punkt auf dem Oberdeck war. Unterwegs nach Dagebüll. Und wohin dann?

Er würde es herausfinden.

38

Gegen Abend hatte sich der Himmel zugezogen. Aus dem Nichts waren Wolken aufgetaucht, hatten sich wie ein grauer Schimmer über die Sonne gelegt und wurden nun vom immer stärkeren Westwind über die Marsch geschoben. Vor einer halben Stunde hatte es dann angefangen zu regnen.

Aber Mannsen hatte gerade ganz andere Probleme, als sich über das sprunghafte friesische Wetter aufzuregen. Er stand – mit hochgekrempelter Hose – im knietiefen Wasser des Speicherbeckens des Michael-Hansen-Koogs, mitten im Schilf. Während ihm der Regen das Gesicht hinunterlief, sah Mannsen hinab auf die halbnackte tote Frau, die direkt unter der Wasseroberfläche auf dem Grund trieb, und schnappte nach Luft.

Noch nie hatte er so etwas Schreckliches gesehen.

»Was ist hier nur passiert?«, flüsterte er, während er auf die Tote hinunterblickte.

»Harke hat sie gefunden«, verriet Todde, der mit käseweißem Gesicht neben ihm stand. »War mit seinem Hund unterwegs. Hat dann ein Auto angehalten und den Leuten gesagt, sie sollen die Polizei anrufen.«

Mannsen nickte. Er nahm einen Stock und tippte vorsichtig gegen den toten Körper, der von mehreren Steinen auf dem Grund des flachen Wassers gehalten wurde, und schob das wie Seegras um den Kopf treibende, lange schwarze Haar zur Seite. Das Gesicht war nicht zu erkennen. Weil da nichts mehr zu erkennen war. Das blutige Sport-T-Shirt war zerrissen, und ab der Hüfte abwärts war die Frau völlig nackt. Nur an einem Fuß trug sie noch eine Socke.

Mannsen war kein Pathologe. Er nahm an, dass irgendein Besessener der armen Frau zuerst das Gesicht zerschlagen und ihr dann den Hals durchgeschnitten hatte. Soweit er erkennen konnte, hatte das Monster ihr außerdem noch mehrmals in den Brustkorb gestochen.

»Vorsicht, Chef, passen Sie auf die Spuren auf!«, sagte Todde.

Mannsen, der in die Hocke gegangen war, schaute mit glasigem Blick zu seinem jungen Kollegen hoch. Dann stand er ächzend auf und zeigte Todde mit einem kurzen Kopfnicken an, dass sie zurückgehen sollten.

Mit quietschenden Schritten stapften die beiden durch das Schilf zur Straße, wo neben ihrem Streifenwagen Harke mit gefalteten Händen auf einer halb verrotteten Holzbank hockte und auf den Boden starrte. Mannsen setzte sich neben ihn. Für einen langen Moment schwiegen beide.

»Du hast sie gefunden?«

Harke schüttelte den Kopf und zeigte auf seinen Hund. »Reiko.«

Wieder sagten beide eine Weile nichts.

»Weißt du, wer sie ist?«

Harke sah ihn verständnislos an. »Nee. Keine Ahnung.«

»Hätt' ja sein können.«

»Man kann ihr Gesicht ja gar nich' erkennen. Vielleicht

kommt sie ja sogar aus dem Dorf.« Harke schüttelte aufgewühlt den Kopf und starrte wieder auf den Rasen zwischen seinen Füßen. Die beiden sprachen Plattdeutsch, wie viele ältere Kleebüller, wenn sie unter sich waren. Mannsen betrachtete den Riesen, der neben ihm auf der Bank saß. Jeder im Ort kannte den verrückten Knecht, und alle wussten, dass er völlig harmlos war. Mannsen war sicher, dass er nichts mit dem Tod des Mädchens zu tun hatte. Aber die Kollegen von der Kripo würden das vielleicht nicht unbedingt so sehen.

»Der schwarze Mann ist wieder da«, sagte Harke auf einmal mit heiserer Stimme. »Nis hat es mir gesagt, und er hat recht.«

Mannsen blickte Harke überrascht an. Aus den Augenwinkeln sah er, wie Todde sich mit dem Zeigefinger an die Stirn tippte, um seinem Chef zu zeigen, was er von Harkes Kommentar hielt. Mannsen schüttelte verärgert den Kopf.

»Soll das heißen, Nis kennt den Mörder?« Wie alle im Dorf wusste auch er von Harkes Hausgeist. Und wie alle hatte Mannsen ihn natürlich auch noch nie gesehen.

Harke sah ihn mit großen Augen an. »Nee, natürlich nich'! Wieso?«

»Na, weil ...« Mannsen stockte und blickte in Harkes breites Gesicht. Er hatte vergessen, dass ein Gespräch mit Harke immer ein Glücksspiel war. Es war fast unmöglich, seinen Gedankensprüngen zu folgen. Todde räusperte sich mit einem spöttischen Grinsen.

Mannsen seufzte. »Was hat Nis dir denn noch ... gesagt?«

»Dass was Schlimmes passiert ist. Und dass ich hier zum Deich gehen soll.«

»Was? Er hat dich hierhergeschickt? Woher wusste er denn davon?«

Harke kratzte sich am Kopf. »Nis weiß vieles. Viel mehr

als wir alle.« Dann starrte er wieder auf seine gigantischen Gummistiefel.

»Dann soll er uns helfen! Harke, du hast das arme Mädchen gesehen! Wir müssen unbedingt ihren Mörder finden!«

Harke nickte mit abwesender Miene. »Der schwarze Mann ist wieder da«, wiederholte er leise.

Mannsen betrachtete den niedergeschlagenen Knecht noch eine Weile. Dann stemmte er seinen dicken Bauch mit einem leisen Ächzen nach oben und zog seinen Untergebenen ein wenig zur Seite.

»Was für ein Dumbass!«, zischte der junge Wachtmeister leise.

Mannsen winkte ab. »Halt die Klappe und ruf die Kripo in Husum an. Erzähl ihnen alles. Die sollen das hier übernehmen.«

Todde sah ihn verständnislos an. »Aber das ist doch unser Fall?«

»Blödsinn. Mit Mord haben wir nichts zu tun. Das macht die Kripo. Sag ihnen, dass wir hier eine Tote im Schilf haben.«

»Und was ist mit ihm?« Todde zeigte auf Harke.

Mannsen hob die Schultern. »Keine Ahnung. Die Kripofritzen werden ihn bestimmt in die Mangel nehmen. Vielleicht haben die ja mehr Glück als ich.«

Todde nickte zerstreut und stemmte die Hände in die Seite, während er zum Schilf sah. Mannsen stieß ihn in die Seite.

»Pass auf, wo du hintrittst!«

Todde sah überrascht auf den Boden, und tatsächlich waren neben dem Betonweg an einer Stelle frische Radspuren zu erkennen. Schnell sprang er zur Seite.

»'tschuldigung.«

»Sag denen, sie sollen sofort die Spurensicherung schicken.«

»Die Spurensicherung. Jawohl, Chef.«

Mannsen musterte Todde einen Moment und schüttelte dann den Kopf. Er beschloss, noch mal mit Toddes Vater zu sprechen. Auch wenn er sich als Polizeirat in Kiel nur den Hintern platt saß, musste er doch erkennen, dass Polizist nicht der richtige Job für seinen torfnasigen Sohnemann war.

Während Todde sich umständlich am Funkgerät zu schaffen machte, sah Mannsen in den grauen Himmel. Dann holte er tief Luft, kramte sein Handy aus der Jackentasche und wählte eine Nummer. Während es piepte, sah er noch einmal betroffen zum Schilf. Das arme Mädchen, dachte er. Aber dann hatte er auch Mitleid mit sich selbst. Ein normaler Feierabend war heute bestimmt nicht drin.

»Ja?«, meldete sich eine leise Stimme.

»Moin, hier ist schon wieder Hauptkommissar Mannsen aus Kleebüll. Haben Sie einen Moment Zeit?«

39

Jenny hatte schlechte Laune.

Eine Fünf in Mathe. Der alte Krüger hatte sie vor der gesamten Klasse zur Schnecke gemacht. Und dann hatte ihr auch noch Marc, dieser süße Typ aus der Oberstufe, sehr deutlich gemacht, dass er sich kein Stück für sie interessierte. Dabei hatte er ihr auf dem Schulhof zuerst noch frech zugezwinkert. Darauf hatte sie noch ein bisschen Rouge aufgelegt und war zu ihm und seinen Freunden in die Raucherecke hinter dem Container gegangen.

»Was willst du denn hier, Kleine?«, hatte er sie vor seinen grinsenden Freunden gefragt.

»'ne Zigarette.«

»Hat deine Mama dir nicht gesagt, dass Rauchen ungesund ist?«

Darauf hatte sie ihn nur böse angestarrt und nichts gesagt.

»Wie alt bist du eigentlich?«

»Fünfzehn«, hatte sie gelogen.

»Bullshit! Du bist nie im Leben älter als dreizehn«, hatte Marc gesagt und damit genau richtig gelegen, obwohl sie nächste Woche Geburtstag hatte und vierzehn wurde. Aber das behielt sie lieber für sich.

Marc hatte zu ihren Freundinnen gezeigt, die von der anderen Seite des Schulhofs alles beobachtet hatten. »Los, geh zurück zu deinem Mäuschenclub und komm in fünf Jahren noch mal wieder.«

Alle hatten gebrüllt vor Lachen. Zutiefst getroffen war sie zu ihren Freundinnen geschlichen. Um ihren Kummer zu betäuben, war sie nach der Schule ein bisschen in Niebülls kleinem Einkaufszentrum herumgeirrt, hatte aber nichts gefunden, was ihr gefallen hätte. Natürlich nicht. Es wurde Zeit, dass sie mal wieder zum Shoppen nach Hamburg fuhr, in die richtig guten Geschäfte im Schanzenviertel. Aber daran war im Moment nicht zu denken. Wenn ihr Vater von der Fünf erfuhr, war erst einmal wochenlanges Strafpauken angesagt. Mindestens. Vielleicht bekam sie auch eine gescheuert, weil sie entgegen ihrer Behauptung kein Stück für die Klausur gelernt hatte.

Was für ein beschissener Tag!

Ihre beiden Freundinnen Agnetha und Marie waren schon mit dem Bus nach Hause gefahren.

Den Kopf voll trüber Gedanken, ging sie die Rathausstraße entlang bis zum Bahnhof und beobachtete, wie die Autos zur Zugverladestation nach Sylt fuhren. Traurig sah sie zu, wie vor allem Hamburger sich gutgelaunt mit ihren teuren Autos auf die letzte Etappe in ihrem Urlaub machten.

Sie kam sich so jämmerlich vor. Wohnte hier im Nirgendwo in der äußersten Ecke Deutschlands und musste zusehen, wie andere Leute dahin fuhren, wo es wirklich interessant war, nach Sylt oder eben nach Hamburg. Am liebsten wäre sie jetzt auch in den Zug gestiegen und einfach abgehauen.

Wie sie so alleine am Zaun stand und zu den Zügen schaute, fiel ihr der weiße VW-Transporter auf, der auf dem halbleeren Parkplatz stand. Tatsächlich saß der Schwarzhaarige von neulich daneben auf einer Bank, rauchte eine Zigarette und sah mit mürrischer Miene auf eine auseinandergefaltete Karte.

Sie erinnerte sich noch, wie unfreundlich er gewesen war. Trotzdem ging sie zu ihm. Im Moment war er das einzige bekannte Gesicht in ganz Niebüll.

»Hallo, haben Sie eine Zigarette für mich?«

Der Mann schreckte hoch und sah sie verwirrt an. Dann erkannte er sie wieder, und ein kaltes Lächeln umspielte seine Lippen. Sie fand, dass er müde und abgespannt aussah. Aber seine dunklen Augen funkelten, und sein T-Shirt spannte sich über dem muskulösen Oberkörper. So kräftig würde Marc nie aussehen.

»Was hast du gesagt?«

Sie setzte sich neben ihn auf die Bank.

»Ich habe gefragt, ob Sie eine Zigarette haben.«

Er überlegte kurz. Dann zog er eine zerknitterte Packung aus der Hosentasche und gab ihr eine. Anschließend sah er wieder auf die Karte, als wenn Jenny nur Luft für ihn wäre.

»Wie sieht's mit Feuer aus?«

Er stöhnte genervt, kramte auch ein verkratztes Zippo heraus und gab ihr Feuer. Dann widmete er sich wieder seiner Karte. Sie sah, dass er überall Kreise und Haken eingezeichnet hatte.

»Suchen Sie was Bestimmtes?«

Er sah sie nur stumm an.

»Ich mein' ja nur. Neulich haben Sie auch die ganze Zeit nur auf den Plan gestarrt.«

»Das geht dich gar nichts an.«

»Vielleicht kann ich Ihnen ja helfen.«

Er überlegte, dann zeigte er ihr ein abgegriffenes Foto einer Frau mit langen schwarzen Haaren.

»Hast du die schon mal gesehen?«

Sie schüttelte den Kopf.

»Die ist hübsch.«

Er schwieg und sah mit starrem Blick ins Leere.

»Ihre Freundin?«

Er schaute sie mit seinen dunklen Augen stumm an. Jenny spürte, wie ihr ein Schauer über den Rücken lief.

»Hast du in letzter Zeit mal einen schwarzen Porsche gesehen?«

Sie zeigte zu der Schlange der Wagen, die zu dem Autozug nach Sylt wollten.

»Sie müssen da suchen. Da ist eigentlich immer einer dabei.«

»Ich suche einen mit einer matten Lackierung. Ein Cabrio. Sieht aus, als wenn er nie gewaschen worden wäre.«

Sie überlegte. Dann lächelte sie.

»Ja, so einen habe ich schon mal gesehen. Neulich gerade. Sieht echt cool aus.«

»Wo?«, stieß er so aufgeregt hervor, dass er sie dabei ein bisschen anspuckte.

»Ich weiß nicht genau …«

»Versuch dich zu erinnern, verdammt noch mal!«

Langsam wurde ihr der Typ unheimlich. Sie überlegte.

»Ich glaube, es war hier in Bredstedt.« Sie zeigte auf die Karte.

Mit aufgerissenen Augen starrte er auf den Plan. Sie bemerkte, wie sich sein Brustkorb vor Aufregung hob und senkte.

»Was ist denn mit dem Wagen?«

»Das geht dich nichts an«, fuhr er ihr böse über den Mund.

»He, wie wäre es mal mit einem Dankeschön?«

»Hau ab! Los!«, zischte er und faltete seine Karte zusammen.

Langsam reichte es ihr. Warum waren heute alle so gemein zu ihr?

»Was soll das denn? Ich habe Ihnen doch nichts getan!«

»Du Flittchen! Hast du nicht gehört? Du sollst mich in Ruhe lassen!« Damit stand er auf und ging zu seinem Wagen.

Gekränkt stand sie auf.

»Fick dich, du Arsch! Du kannst mich mal!«

Damit marschierte sie wütend davon. Als sie sich die Tränen aus den Augen wischte, verschmierte sie sich die Schminke, die sie immer noch auf den Lidern trug.

Als sie sich noch einmal umdrehte, sah sie, wie ihr der Mann hinterherstarrte.

Leise fluchend wendete sie sich ab und ging die Hauptstraße weiter Richtung Bushaltestelle. Für heute hatte sie sich genug beleidigen lassen.

Als sie die Haltestelle an der Deezbüller Straße erreichte, musste sie feststellen, dass sie den Bus schon wieder verpasst hatte. Zu allem Unglück fing es auch noch an zu regnen. Frierend knöpfte sie sich ihre viel zu knappe Jeansjacke zu und sah die einsame Straße hinauf. Kein Mensch war unterwegs bei dem Wetter, kein Auto zu sehen. Die einzigen Lebewesen auf der Welt waren außer ihr nur ein Haufen Schafe, die neben ihr auf einer grünen Wiese in den frühen Abend hineindämmerten.

Auf einmal sah Jenny den VW-Transporter auf der Straße heranfahren. Nervös rutschte sie auf ihrer Bank herum. Schon wieder dieser Kerl. Hoffentlich fuhr er einfach weiter und machte keinen Ärger.

Tatsächlich sah es so aus, als ob er sie in Ruhe lassen würde.

Doch plötzlich bremste der Wagen genau neben ihr ab. Blitzartig sprang der Mann heraus und packte Jenny am Arm.

»He, lass mich los!«, rief sie voller Panik und versuchte sich aus dem festen Griff zu befreien. Zu Tode erschrocken sah sie seine dunklen Augen, die jetzt nicht mehr funkelten, sondern so komplett schwarz waren, dass jedes Licht in ihnen verschwand.

Das Letzte, was sie spürte, war ein Faustschlag, ein harter Schmerz. Als die Schiebetür des Transporters zur Seite geschoben und sie hineingestoßen wurde, war Jenny schon nicht mehr bei Bewusstsein.

40

Till war verzweifelt. Und wie immer, wenn er verzweifelt war, war er auch ein bisschen wütend. Nämlich auf die Umstände, die zugelassen hatten, dass er verzweifelt war.

Ihm fiel einfach nichts ein. Das konnte natürlich auch an dem freudlosen Auftrag liegen. Eine PR-Broschüre für einen unterfränkischen Zeitungsverlag. Das Problem: Er war noch nie in Unterfranken gewesen. Und eine Zeitung des Verlages hatte er auch nie gelesen. Erschwerend kam hinzu, dass es bereits Abend war und im Fernsehen Champions League lief. Den Ton hatte er zwar ausgemacht, dafür hörte er aber nebenbei das neue Album von Coldplay, das er sich gerade heruntergeladen hatte, ein Einkauf, den er schon beim ersten Hören bereute und der seine Laune noch weiter trübte.

Was ihn aber noch mehr ablenkte, war der kleine Streit, den er gerade mit Eva gehabt hatte. Es war um die Bücher gegangen, die sie von dieser irren Lehrerin bekommen hatte und die sie einfach nicht zurückgeben wollte. »Hör auf, ständig darin herumzublättern«, hatte er ihr gesagt, »das bringt dich nur auf dumme Gedanken.« Aber Eva hatte sein Gemecker gar nicht beachtet, sondern einfach weitergelesen.

Till war immer noch enttäuscht darüber, wie ihre kleine Inselrundfahrt geendet hatte. Obwohl: Die Fahrt mit Wibke auf der Fähre war sehr lustig gewesen. Sie hatten auf dem Deck in der Sonne gesessen, Wein getrunken und die ganze Zeit gelacht. Mit Wibke gab es eben immer was zu lachen. Und ihre kleinen, koketten Blicke waren ihm sehr wohl aufgefallen – im Gegensatz zu Eva, die auch auf der Rückfahrt nach Dagebüll in Gedanken oft woanders gewesen war.

Und nicht nur da. Till strich stöhnend den stümperhaften Entwurf einer Headline durch, blickte zum Fernseher und dachte wieder an Eva. Wie lange sollte das noch so weitergehen? Ständig dieses Gefühl, dass sie gar nicht bei ihm war! Nun waren sie so weit weggezogen, und trotzdem lag immer noch dieser Schatten auf ihr.

Hatte er nicht schon genug Verständnis für ihre Launen haben müssen? Langsam nervte ihn ihre ständige Verfolgungsangst. Selbst in Wyk, diesem kleinen, beschaulichen Touri-Ort, hatte sie sich ständig umgeschaut, als wenn der Teufel persönlich sie verfolgte. Wann hörte das nur endlich auf?

Und wenn ihre Angst berechtigt ist?

Er dachte an die Wasserflecken in der Küche. An Harkes Gerede. An Evas nächtliche Teerunde. An ihren seltsamen Auftritt in der altfriesischen Tracht.

Bin ich ungerecht? Sollte ich mehr auf sie eingehen?

Nein, langsam wurde es Zeit, dass Eva ernsthaft versuchte, wieder zur Vernunft zu kommen. Diese ganzen Vorfälle – für ihn waren sie der Beweis, dass Eva sich viel zu sehr von ihren Ängsten beherrschen ließ. Er wollte ihr ja helfen. Aber langsam wurde es Zeit, dass sie sich auch selber helfen wollte. Überhaupt: Dieses Grüblerische an ihr war ein richtiger Stimmungskiller – sie hatten schon lange nicht mehr miteinander geschlafen, manchmal fragte er sich, ob sie ihn überhaupt noch sexy fand.

Er hörte, wie sie oben unter der Dusche stand. Für einen kurzen Moment überlegte er, ob er sich schnell ausziehen und mit zu ihr unter die Brause steigen sollte. Früher hatte er das oft gemacht …

Doch in dem Augenblick hörte er, wie Eva die Dusche ausstellte und sich wieder anzog. Zu spät.

Er seufzte leise. Im stummen Fernseher sah er, dass Bayern München ein Tor geschossen hatte. Kein Grund zu großer Freude. Bayern-Siege in der Champions League interessierten ihn nicht, schon gar nicht, wenn der HSV nur in den Tiefen der Bundesliga herumkrebste. Er atmete tief durch und versuchte sich wieder auf seine Arbeit zu konzentrieren.

»Till?«, hörte er Evas leise Stimme und sah, wie sie, nur in ein Handtuch gehüllt, die nassen schwarzen Haare über die linke Schulter nach vorne gelegt, die Treppe herunterkam.

Er lächelte. Ging heute vielleicht doch noch was? Dann sah er ihr verschrecktes Gesicht.

»Da draußen ist jemand«, flüsterte sie.

»Quatsch«, antwortete er in normaler Lautstärke und sah sie leicht entnervt an.

Geht das schon wieder los?

»Nein, wirklich. Ich habe seinen Schatten gesehen, als ich das Fenster im Bad aufgeklappt habe.«

»Aber draußen ist es schon dunkel. Wie willst du da was erkennen?«

»Till, ich bin nicht verrückt!«, erwiderte Eva. »Da draußen schleicht wirklich jemand ums Haus.«

Till seufzte. Die Rollläden waren im Wohnzimmer schon heruntergelassen. Doch durch ein noch nicht verschlossenes Fenster konnte er draußen den Vollmond erkennen, der sein bleiches Licht über die flache Marsch warf. Aber weit und breit keine Menschenseele.

Er erhob sich aus seinem Bürostuhl. »Bleib mal hier«, sagte er mit gedämpfter Stimme und ging die Treppe hinauf in den ersten Stock.

Eva hatte die Tür zum Badezimmer aufgelassen, das Licht aber ausgeschaltet. Vorsichtig tastete er sich über den noch nassen Boden zum Fenster, das Eva zum Lüften gekippt hatte. Er stellte sich neben den Vorhang und versuchte, einen Blick hinauszuwerfen. Für einen Moment hielt er die Luft an und lauschte in die Stille. Nur das nahe Meer und einige Gänse waren zu hören. Er konnte Birken und ein paar Sträucher sehen, sonst nichts.

Er verließ das Badezimmer und schlich sich wieder nach unten. Eva saß auf der Sofalehne und sah ihn mit großen Augen an. Aber Till schüttelte nur den Kopf und ging weiter in das dunkle Gästezimmer im Erdgeschoss, um auch einen Blick auf die andere, dem Deich zugewandte Seite des Hauses zu werfen. Doch er hatte die hohe Fußleiste vergessen, die das Zimmer vom Flur trennte. Mit einem leisen Knacken stieß er sich den großen Zeh und ging vor Schmerzen stöhnend in die Knie.

»Till? Alles in Ordnung?«

Er fluchte leise, antwortete aber nicht. Seine Laune war endgültig im Keller. Mit verzerrter Miene hielt er sich den Fuß. Das kam davon, wenn man auf Räuberjagd durch das eigene Haus schlich! Er saß hinter dem Bett auf dem Boden und tastete nach seinem Zeh, um zu sehen, ob er gebrochen war. Durch das Fenster war wie eine schwarze Wand der Deich zu sehen und darüber die letzten Reste der Abenddämmerung.

Da war keiner. Natürlich nicht.

Er wollte sich gerade aufraffen und wieder aufstehen, als er von draußen ein Geräusch hörte. Eigentlich nur erahnte. Ein leises Rascheln.

Dann sah er, wie sich vor dem Fenster ein schwarzer Schatten vorbeischob. Ein Mann in einem langen schwarzen Mantel, er ging nach hinten in den Garten! Till blieb für einen Moment das Herz stehen. Natürlich konnte er im Dunkeln kein Gesicht erkennen. Aber da draußen war tatsächlich jemand! Auf ihrem Grundstück schlich ein fremder Mann herum!

Vorsichtig stand er auf und tastete sich zurück ins Wohnzimmer, wo Eva nach seinem schmerzhaften Stöhnen nur noch ängstlicher auf ihn wartete.

Er hob beide Hände, um ihr zu zeigen, dass sie leise sein sollte. Dann zog er vor Evas entsetzten Augen ein großes Fleischermesser aus dem Küchenblock.

»Till, was …?«

Er legte den Finger auf die Lippen. Dann schlich er sich, so leise er konnte, aus der Haustür hinaus in den Garten. Er tastete sich um das Haus herum. An der letzten Ecke angekommen, drehte er den Kopf langsam, ganz langsam herum – und tatsächlich: Dort stand der unbekannte Mann und blickte durch einen Spalt zwischen den Rollläden ins Wohnzimmer.

Tills Herz raste. Wer war dieser Kerl? Und was sollte er nun tun? Er war noch nie auf einen anderen losgegangen, aber dieser Perverse hatte es auf seine Frau abgesehen! Nervös starrte Till auf das große Messer in seiner zitternden Hand.

Dann rannte er los.

Der Unbekannte drehte sich ruckartig um. Erst jetzt sah Till, dass er seine rechte Hand hinter dem Gürtel in die Hose gesteckt hatte und dadurch in seinem Reaktionsvermögen äußerst eingeschränkt war. Er wollte mit dem Messer zustechen, zögerte aber. Da drehte der andere sich zur Seite und schlug ihm mit der freien Hand das Messer herunter, verletzte sich dabei aber am Arm. Brüllend warf Till sich auf den Mann, der vor Schmerzen aufstöhnte. Gemeinsam fielen sie zu Boden.

»Loslassen!«, schrie der Unbekannte. In diesem Moment öffnete Eva die Rollläden und tauchte die Szene in helles Licht. Till reagierte schneller und saß jetzt auf dem Mann, seine Finger suchten hektisch nach dem am Boden liegenden Messer, aber so sehr er sich auch mühte, er bekam es einfach nicht zu fassen.

Im selben Moment sah er, wer vor ihm auf dem Boden lag:

»Todde …?«, stammelte er.

Der junge Wachtmeister blickte ihn mit einer Mischung aus Wut und Verzweiflung an.

»Lass mich los, du Arsch!«

Darauf schlug Till zum ersten Mal in seinem Leben einem anderen Mann mit der Faust ins Gesicht.

41

»Wie bitte?« Till konnte es nicht fassen. »Dann sagt dieser Vollidiot die Wahrheit?«

Er saß bei Mannsen im Büro. Der schwergewichtige Kommissar rieb seine Hände aneinander und wirkte sehr unglücklich.

»Jetzt entspann dich mal, Junge. Ich kann dir alles erklären.«

»Ach wirklich?« Till sah Mannsen abschätzig an. »Todde hat sich in den letzten Wochen ständig heimlich vor unserem Haus herumgetrieben! Und gestern habe ich ihn dabei erwischt, wie er sich vor Eva einen runtergeholt hat!«

Mannsen seufzte.

»Schlimm, ich weiß. Natürlich wird er dafür bestraft werden.«

»Die Ratte sagt, *Sie* haben ihm den Auftrag gegeben, Eva nicht aus den Augen zu lassen.«

»Aber ich habe ihm bestimmt nie gesagt, dass er deiner Frau beim Duschen zusehen soll.«

»Was genau sollte er dann?« Till schob wütend den Kaffee zur Seite, den Mannsen vor ihm auf den Tisch gestellt hatte.

»Er sollte nur ein bisschen auf euch aufpassen.«

»Aber wieso, verdammt noch mal?«

»Weil ich ihn darum gebeten habe«, sagte auf einmal eine Stimme.

Till drehte sich überrascht um. Ein anderer Mann stand in der Tür zu Mannsens Büro. Er sah etwas zerzaust und sehr müde aus. Offensichtlich hatte auch er in der letzten Nacht nicht viel geschlafen. Unter seinen Augen erkannte Till dunkle Schatten. Sein Gesicht war voller tiefer Falten, offensichtlich das Ergebnis eines sorgenreichen Lebens.

»Sie müssen den Kollegen nicht weiter bedrängen. Wenn jemand schuld daran ist, dass Ihre Frau belästigt wurde, dann wohl ich.«

Mannsen atmete erleichtert aus. Endlich wurde ihm dieses unangenehme Gespräch abgenommen. Krumme kam auf Till zu und reichte ihm die Hand.

»Guten Morgen, Herr Becker.«

Till musterte ihn mit zusammengekniffenen Augen.

»Sie sind der Kommissar, der gegen Stein ermittelt hat.«

Krumme nickte. »Leider nicht mit dem gewünschten Erfolg.«

»Sie haben zugelassen, dass der Dreckskerl nur eine Bewährungsstrafe bekommen hat.«

Der Berliner Kommissar nahm einen tiefen Schluck aus seiner Kaffeetasse und sah hinaus auf den Marktplatz.

»Was halten Sie davon, wenn wir einen kleinen Spaziergang machen? Ich brauche unbedingt was zu essen.«

Krumme ging mit Till über den weitläufigen Marktplatz von Bredstedt. Außer ihnen war kaum jemand unterwegs. Es war ein kalter Tag, und wer konnte, blieb zu Hause im Warmen.

Krumme dagegen genoss die frische Luft und die Gelegenheit, sich ein bisschen die Beine zu vertreten. Die lange Fahrt mit dem Auto hatte ihm gar nicht gutgetan. Vor zwei Jahren war er an der Bandscheibe operiert worden. Die Rückenschmerzen waren dadurch nur noch schlimmer geworden. Am besten halfen lange Spaziergänge. Er beschloss, sich hier später mal ein bisschen umzusehen. Aber zuerst wollte er ein Brötchen. Till sah mit starrer Miene zu, wie sich der Kommissar ein Matjes-Brötchen in einem Fischladen kaufte und hungrig hineinbiss.

»Mmh, lecker, ich sterbe vor Hunger. Hab kaum was gegessen, seit ich in Berlin losgefahren bin.«

Doch Krummes Probleme schienen Till gerade nicht zu interessieren.

»Sie haben Mannsen angerufen und gesagt, er soll auf uns aufpassen?«

Krumme nickte.

»Warum?«

»Das sollten Sie doch eigentlich wissen. Weil Mario Stein immer noch frei herumläuft.«

»Aber deshalb sind wir doch hierhergezogen. Damit er uns nicht mehr finden kann und wir endlich unsere Ruhe haben.«

»Das war ja auch eine gute Idee. Aber …« Krumme zögerte.

»Aber was?«

Er kratzte sich am Kopf. »Ich dachte eigentlich, er wäre immer noch in Berlin. Nach dem Anruf von Kommissar

Mannsen bin ich gestern Abend noch einmal bei ihm zu Hause vorbeigefahren. Aber da war er nicht. Sein Chef aus dem Baumarkt sagt, er wäre im Urlaub.«

»Wo?«

»Irgendwo in Frankreich. Camping. Eine genaue Adresse wusste er auch nicht.«

Till sah den Kommissar verständnislos an. »Ja und? Dann ist doch alles gut? Frankreich ist weit weg.«

Krumme strich sich müde mit der Hand über das Gesicht. »Wenn er wirklich da ist, ja.«

»Was soll diese Unkerei? Denken Sie, er hat seinen Chef angelogen und treibt sich stattdessen hier herum?«

Krumme zuckte mit den Schultern und nickte dann vorsichtig.

»Haben Sie versucht Stein anzurufen?«

Krumme nickte. »Sein Handy ist ausgeschaltet.«

»Aber wie soll er unsere Adresse herausgefunden haben? Im Telefonbuch stehen wir nicht, und in Berlin weiß auch keiner, wo wir abgeblieben sind.«

Krumme nickte wieder und blickte mit gequälter Miene nach oben in die trüben Wolken. Verrückt, dachte er, in Berlin hing der Himmel immer starr über der Stadt. Aber hier war alles in Bewegung, das Meer, die Bäume und auch die Wolken. Er stellte sich vor, wie es wäre, den ganzen Tag nur auf einer Terrasse zu sitzen und der Natur um sich herum zuzuschauen.

»Haben Sie gehört, was ich gesagt habe?«, drängte Till ungeduldig. »Woher sollte dieser Hurensohn wissen, wo wir wohnen?«

»Ich habe keine Ahnung. Aber was, wenn er es herausbekommen hat?«

Till starrte den Kommissar entsetzt an.

»Haben Sie von dem Mord gehört? Die Joggerin, die am Deich umgebracht wurde?«, fragte Krumme.

»Ja, das kam im Radio.«

Krumme schwieg vielsagend.

»Sie glauben, das war Stein?«

»Vielleicht täusche ich mich. Ich *hoffe*, dass ich mich täusche. Aber was, wenn das kein Zufall ist, dass Stein nicht mehr in Neukölln ist und dass dann dieser Mord hier ganz in der Nähe Ihres neuen Zuhauses passiert?«

»Sie glauben, der Mann ist wirklich ein Mörder?« Till wirkte geschockt.

»Natürlich ist es nur so ein Gefühl, Beweise habe ich nicht«, gab Krumme verlegen zu.

»Ein *Gefühl*?« Till sah ihn ungläubig an.

Langsam ging Krumme Tills Ungläubigkeit auf die Nerven. »Herr Becker, ich habe Stein öfters getroffen. Ich habe ihm in die Augen geschaut. Und ich glaube nicht, dass er Ihre Frau schon aufgegeben hat.«

»Wissen Ihre Kollegen, dass Sie nach Friesland gefahren sind?«

»Schon …«

»Und was haben die gesagt? Glauben die ebenfalls, dass Stein hier ist?«

»Die kennen ihn nicht so gut wie ich …«

»Ja oder nein?«, unterbrach Till ihn ungeduldig.

Krumme verdrehte verärgert die Augen. »Wie reden Sie eigentlich mit mir? Ich dachte, Sie könnten meine Besorgnis nachvollziehen. Schließlich geht es um Ihre Frau.«

»Ganz genau, es geht um meine Frau. Und um unsere Ehe. Ist ja nett, dass Sie sich solche Sorgen machen, aber haben Sie eine Ahnung, wie es sich für meine Frau, für *uns* anfühlt, ständig beobachtet zu werden?«

Da Krumme nichts sagte, sprach Till weiter: »Erst hatten wir ständig diesen Stein im Nacken. Und jetzt hatte meine Frau schon wieder einen Stalker vor dem Haus. Dank Ihnen.«

»Das kann man doch überhaupt nicht vergleichen!«

»Wir wollen endlich ganz normal leben!«, schimpfte Till weiter. »Haben Sie eine Ahnung, wie schlimm das für meine Frau ist? Langsam habe ich Angst, dass sie komplett durchdreht.«

»Weder ich noch der Kollege Mannsen haben gewollt, dass dieser junge Mann Ihrer Frau nachstellt.«

»Aber genau das ist passiert.«

»Das eine hat mit dem anderen gar nichts zu tun. Mir ging es nur um Ihre Sicherheit.«

»War die denn gefährdet?«

Der Kommissar zögerte. »Ich weiß es nicht. Was ist mit diesem Mord am Deich?«

»Was hat die Kripo denn bis jetzt rausgefunden? Sehen die irgendeine Verbindung?«

»Die Ermittlungen laufen noch«, sagte Krumme vorsichtig.

»Kommen Sie, die Sache ist doch ganz einfach. Entweder Stein ist uns immer noch auf den Fersen. Dann müssen Sie und Ihre Kollegen ihn verhaften. Oder er ist es nicht, dann sollten Sie uns einfach in Ruhe lassen.«

»Aber was, wenn ich recht habe? Was, wenn er doch hier irgendwo ist? Was, wenn er es immer noch auf Ihre Frau abgesehen hat?«

»Wenn, wenn, wenn! Wenn Sie wirklich was Konkretes haben, ein Foto, einen Zeugen, der ihn gesehen hat, dann sagen Sie Bescheid und machen Ihren Job und schnappen diesen Scheißkerl. Aber solange Sie keinen wirklichen Hinweis haben, pfeifen Sie gefälligst Ihre notgeilen Wachhunde zurück! Eva und ich, wir wollen unser ganz normales Leben wiederhaben. Ich habe keine Lust, ständig Angst vor einem Phantom zu haben.«

»Schon klar, aber …«

Aber Till war noch nicht fertig: »Und lassen Sie bloß meine Frau mit Ihren Vermutungen in Ruhe! Es ist alles schon schlimm genug. Endlich wissen wir, wer ihr in den letzten Wochen aufgelauert hat. Wenn Sie Ihr jetzt mit Ihren *Gefühlen* kommen und behaupten, damit wäre es nicht zu Ende, wird sie nie mehr in Ruhe schlafen können!«

Damit ließ Till Krumme einfach mitten auf dem einsamen Marktplatz stehen und stapfte davon.

42

»Was bildet sich der Kerl ein? Ich fahre doch nicht ans Ende der Welt, um mich so beschimpfen zu lassen!« Immer noch aufgewühlt ging Krumme in Mannsens Büro auf und ab, während sein Kollege auf seinem Bürostuhl herumwippte.

»Der Junge ist eben immer noch aufgedreht wegen gestern«, sagte Mannsen.

»Na und? Dafür kann ich doch nichts!«

»Ich schon«, schnaufte Mannsen. »Ich hätte sehen müssen, was Todde für ein Idiot ist!«

»Ist er früher schon mal aufgefallen?«

»Ständig. Alle im Dorf wussten, dass er ein Tütkopp ist. Aber dass er obendrein ein Ferkel ist …« Mannsen schüttelte immer noch fassungslos den Kopf.

»Haben Sie überprüft, ob er ein Alibi für den Mord an dieser Joggerin hat?«

»So ein Idiot ist er nun auch wieder nicht.«

»Mannsen, Sie müssen unbedingt …«

Mannsen fiel ihm verärgert ins Wort. »Ich weiß schon, was ich zu tun habe und was nicht. Wir sind hier vielleicht nicht in Berlin. Aber ich mache meinen Job auch schon seit über dreißig Jahren.«

Krumme sah, dass seinem Kollegen der Schweiß auf der Stirn stand. Nicht zum ersten Mal, dem Geruch in seinem Büro nach zu urteilen. Er war froh, wenn er hier wieder rauskam.

»Entschuldigung, ich wollte Ihnen keine Vorschriften machen.«

Mannsen nickte gnädig und goss sich einen neuen Kaffee ein.

»Schon gut. Und wegen Todde machen Sie sich mal keine Gedanken. Der Junge hat das perfekte Alibi: Er war zur Tatzeit hier auf der Wache.«

Krumme nickte. Er hatte den jungen Wachtmeister kurz kennengelernt. Wie ein Mörder sah er tatsächlich nicht aus.

»Hat sich die Kripo gemeldet?«

Mannsen nickte. Krumme beobachtete, wie sein schwergewichtiger Kollege insgesamt vier Löffel Zucker in seinen Kaffee kippte. Und der Mann war Trainer einer Fußballmannschaft?

»Die haben einen Schuh der Joggerin in Husum am Hafen gefunden.«

Krumme sah Mannsen verwirrt an.

Der nippte an seiner Tasse, bevor er weitersprach. »Die Kollegen denken, der Täter hat ihn weggeworfen, als er zurück auf die Eiderstedter Halbinsel gefahren ist.«

»Die glauben immer noch, dass der Mörder aus Büsum kommt?«

»Was ist? Seien Sie doch froh, dass Ihr Verdacht sich nicht bestätigt hat.«

»Da bin ich nicht so sicher. Ich werde nachher mal zum Präsidium in Husum fahren. Vielleicht kann ich die überzeugen, dass sie eventuell den Falschen suchen.«

»Die freuen sich bestimmt über jede Hilfe, vor allem, wenn sie aus der Hauptstadt kommt.« Mannsen sah Krumme spöttisch an. »Zumal die im Moment vor lauter Arbeit gar nicht wissen, wo sie anfangen sollen.«

»Wieso? Ist noch was passiert?«

Mannsen seufzte dramatisch. »Gestern Mittag ist ein 13-jähriges Mädchen nach der Schule nicht nach Hause gekommen. Oben in Niebüll.«

Krumme horchte auf: »Gibt es schon irgendeine Spur?«

»Nein. Im Moment ist noch nicht mal klar, ob wirklich was passiert ist oder ob die Kleine sich nur wegen ein paar Schulproblemen eine Auszeit genommen hat. Scheint ein ziemliches Früchtchen zu sein.«

Krumme sah seinen Kollegen mit starrem Blick an und überlegte. Mannsen erriet, was er dachte.

»Jetzt behaupten Sie bloß nicht, Ihr Freund aus Berlin wäre auch dafür verantwortlich!«

Krumme schwieg einen langen Moment, bevor er sich wieder zu Mannsen umdrehte. »Was ist mit den Wagenspuren? Bei der Sache am Deich?«

»Werden noch überprüft. Dauert eben alles seine Zeit.«

Krumme nickte. Mannsen musterte ihn kritisch.

»Sie sind ja richtig besessen von der Idee, dass dieser Stein der Täter ist.«

»Ihnen kam die ganze Sache doch auch komisch vor. Oder wieso haben Sie mich in Berlin angerufen?«

»Komisch war bei der Leiche im Schilf bestimmt nichts«,

brummte Mannsen. »Ich muss zugeben, dass Sie mich mit Ihrer Unruhe ein bisschen angesteckt haben. Aber Sie hätten wirklich nicht gleich nach Friesland kommen müssen.«

Krumme sah seinen norddeutschen Kollegen ernst an.

»Was, wenn ich doch recht habe?«, fragte er. »Wäre es da nicht besser, ein Verbrechen zu verhindern, bevor es passiert?«

»Schon«, erwiderte Mannsen und hielt Krumme eine Schale mit Keksen hin. Krumme lehnte ab, aber Mannsen griff selbst beherzt zu. »Aber dafür braucht es nun mal konkretere Hinweise und nicht nur ein paar böse Blicke eines Verdächtigen.«

Krumme sah seinen friesischen Kollegen an und beobachtete, wie er sich zwei Kekse auf einmal in den Mund stopfte.

»Vielleicht sollte ich trotzdem mal zu Frau Becker gehen und sie wenigstens warnen.«

»Halten Sie das wirklich für eine gute Idee?«

Krumme zuckte mit den Schultern. Mannsen schüttelte den Kopf.

»Till Becker mag sich ja ein bisschen im Ton vergriffen haben, aber ich kann gut verstehen, wenn er etwas dünnhäutig ist. Habe ich Ihnen schon von der Sache bei dem Lagerfeuer erzählt?«

Krumme schüttelte den Kopf, und Mannsen berichtete ihm von dem Zwischenfall nach dem Boßelwettbewerb, als Eva die Polizei auf ein harmloses Teenager-Pärchen gehetzt hatte.

»Die Leute haben sie alle angeguckt, als wenn sie völlig durchgeknallt wäre. Und vielleicht hatten sie sogar recht. Wenn Sie Frau Becker jetzt auch noch mit Ihrem Verdacht kommen, dann rennt die Arme vor Angst schreiend durch das Dorf.«

»Aber irgendwas muss ich doch unternehmen!?«

»Müssen Sie nicht. Sie können nicht ganz alleine gegen das Böse auf der Welt kämpfen. Selbst hier bei uns in der Provinz gibt es genug Experten, die sich um den Fall kümmern.« Mannsen zeigte lächelnd auch auf sich und seinen dicken Bauch. »Vertrauen Sie uns. Wir kriegen das schon hin.« Jovial legte er Krumme die dicke Hand auf die Schulter. »Fahren Sie ruhig zurück nach Berlin, Herr Kollege. Wir übernehmen.«

43

Schwarze Wolkenberge drängten vom Meer kommend in das Land. Noch brach die Sonne durch einzelne Lücken und leuchtete in breiten Strahlen über die Felder der Marsch. Doch die Wolken zogen sich immer mehr zusammen. Es war noch Nachmittag, aber es sah aus, als wenn die Nacht unmittelbar bevorstünde. Ein Sturm kam auf.

Er spürte, wie das Brausen um ihn herum immer intensiver wurde. Die Birken und die Büsche, hinter denen er Deckung gesucht hatte, bogen sich im Wind, und das Rauschen des nahen Meeres hörte sich an, als würde hinter dem Deich ein Raubtier Luft für den entscheidenden Angriff holen.

Eine Entscheidung stand bevor. Er war am Ende seiner Suche angelangt, das wusste er.

Der Hinweis auf Bredstedt hatte den Suchbereich entscheidend eingegrenzt, auch wenn er in Sönnebüll und Addebüll noch nicht fündig geworden war. Mittlerweile vermied er es, mit dem Transporter durch die kleinen Orte zu fahren und nach einem Porsche im Vorgarten zu suchen. Zu gefährlich. Lieber hatte er den Wagen in einiger Entfernung hinter einer hohen Hecke abgestellt und war den Rest des Weges gegangen. Vielleicht bildete er es sich nur ein, aber er hatte den Eindruck, dass heute mehr Polizeiwagen unterwegs waren als sonst.

Er konnte sich denken, warum.

Es wurde Zeit, dass er diese seltsame Gegend verließ und endlich wieder nach Hause fuhr. Seine Angst, durch irgendeinen dummen Zufall aufzufliegen, wurde immer größer. Und es ging ihm nicht gut. Die Landschaft setzte ihm zu. Am Tag war da ständig dieser Druck in seinem Kopf, und in der Nacht hatte er seltsame Träume. Wenn er denn überhaupt schlief. Zwar hatte er im Laderaum dicke Matratzen liegen, aber nach dem, was hinten geschehen war, konnte er dort keine Ruhe mehr finden. Letzte Nacht hatte er sich quer auf die Vordersitze gelegt.

Irgendetwas passierte hier mit ihm, etwas, das er nicht kontrollieren konnte.

Wie mit diesem Mädchen.

Die kleine Schlampe hat es nicht anders gewollt. Sie hatte keinen Respekt, und dafür hat sie bezahlt.

Er schüttelte den Kopf, um die Erinnerungen zu vertreiben.

Sie war ein halbes Kind gewesen.

Und trotzdem schon eine Hure! Sie hat nur bekommen, was sie verdient hat.

Er stöhnte und streckte seine Hand aus. Sie zitterte, er konnte sie kaum ruhig halten. Er ballte sie zur Faust und steckte sie in die Hosentasche.

Ein erster Regentropfen verirrte sich auf seine Stirn. Ein zweiter folgte, dann ein dritter, es begann zu regnen.

Er genoss das kühle Wasser auf seiner Haut und den frischen Wind in seinen Haaren. Er schloss die Augen, und für einen Moment hatte er das Gefühl, alles deutlicher zu fühlen und besser zu verstehen.

Eva.

Immer wieder hatte er ihr Bild vor Augen. Anders als die düsteren, blutgetränkten Erinnerungen der letzten Tage war es hell, voller Licht. Sie bei sich zu haben würde gut für ihn sein. Sie konnte ihm helfen, wieder die Kontrolle über sich zu bekommen.

Er hörte, wie Bewegung in das Haus auf der anderen Straßenseite kam. Er öffnete die Augen und sah Eltern auf dem Fahrrad vorfahren, um ihre Kinder abzuholen. Immer mehr Kinder kamen aus dem Haus und sprangen ihren Eltern jubelnd in die Arme. Einige wurden in die Kindersitze der Fahrräder gehoben, andere stiegen schon auf ihre eigenen kleinen, mit langen Fahnen ausgestatteten Räder.

Eine Erzieherin kam aus dem Gebäude heraus, um sich von ihren Kleinen zu verabschieden. Mit vor der Brust verschränkten Armen stand sie vor der Tür und schenkte den Kindern ein letztes freundliches, aber auch erschöpftes Lächeln.

Er kannte die Frau. Er hatte sie schon mal gesehen – auf der Fähre, die ihm auf Föhr direkt vor der Nase davongefahren war. Sie war eine Freundin von Eva. Wenn sie ebenfalls eine Erzieherin war, war anzunehmen, dass auch Eva noch im Gebäude war.

»Bist du der schwarze Mann?«

Ein kleines Mädchen, das auf dem Fahrrad nach Hause fuhr, stand plötzlich neben ihm an der Hecke. Sprachlos blickte er in ihre klaren blauen Augen.

»Was hast du gesagt?«, stammelte er mit heiserer Stimme,

die ersten Worte, die er an diesem Tag zu einem anderen Menschen sagte.

»Bist du der schwarze Mann?«, wiederholte das kleine Mädchen. In ihrem unschuldigen Gesicht konnte er nicht das kleinste Anzeichen von Angst sehen. Wie gelähmt starrte er auf die Kleine hinab und bekam kein Wort heraus.

»Inga! Was machst du da?« Die Mutter stand auf der anderen Straßenseite und musterte ihn mit feindseligem Blick. »Los, hör auf, mit dem Mann zu reden. Wir müssen nach Hause.«

Das Mädchen nickte, sah ihn noch einmal mit ernster Miene an und fuhr dann auf seinem kleinen rosa Rad bedrohlich schwankend zur Mutter.

»Schnell, Inga, wir müssen uns beeilen, gleich fängt es richtig an zu schütten«, sagte sie zu ihrer Tochter und ließ ihn dabei nicht aus den Augen. Er nickte ihr betont freundlich zu, aber sie verzog keine Miene. Er konnte sich gut vorstellen, was sie von dem einsamen Mann in der Nähe des Kindergartens hielt. Bestimmt würde sie zu Hause ihren Mann alarmieren. Vielleicht aber auch gleich die Polizei.

Jetzt war genau das passiert, was er immer vermeiden wollte. Er war aufgefallen.

In dem Moment trat eine weitere Erzieherin aus dem Kindergarten. Sie hielt einen kleinen Jungen im Arm, der sich mit seligem Lächeln an sie schmiegte.

Eva. Endlich.

Das Dröhnen in seinem Kopf war nicht mehr zum Aushalten. Aber jetzt sträubte er sich nicht mehr dagegen. Es fühlte sich an wie ein Motor, wie ein Turbo, der neue Kraftreserven mobilisierte. Und das war gut. Er musste jetzt schnell handeln. Fieberhaft überlegte er, wie er an sie herankommen, sie von ihrer Kollegin trennen konnte.

Ein Auto fuhr vor. Ein Porsche mit mattschwarzer Lackierung. Ihr Mann. Mit versteinerter Miene sah er, wie Till ausstieg und die beiden Frauen begrüßte. Darauf ging Eva noch mal in den Kindergarten und holte ihre Jacke. Stein konnte nicht verstehen, was sie sagten, aber er beobachtete, wie Evas Mann sehr vertraut mit der Freundin plauderte, lachte, dann zu den dunklen Wolken und schließlich zu seinem Wagen zeigte. Darauf holte auch sie ihre Sachen.

Mittlerweile waren alle Kinder auf dem Weg nach Hause. Eva schloss den Kindergarten ab und stieg dann zusammen mit ihrem Mann und ihrer Freundin in den Porsche.

Er fluchte leise. Dann rannte er zu seinem Wagen. Das war seine Chance.

44

»Ich fand Todde immer schon ein bisschen strange, aber dass er so was macht, das ist wirklich widerlich. Aber eigentlich ist das ja keine Überraschung, so wie der die Frauen auf den Partys immer angestarrt hat.« Sie imitierte Toddes Miene. Till grinste, und selbst Eva musste lächeln.

»Hat er dir auch aufgelauert?«, fragte Till und goss Wibke etwas Tee nach.

»Ja, kaum zu glauben, was?« Sie lachte und schenkte ihm einen koketten Augenaufschlag. »Ich dachte eigentlich auch, er steht nur auf Schwarzhaarige.«

»Na schön, dann hat er also Geschmack. Aber ein Arsch ist er trotzdem!«

Wibke nickte und blickte ihm über den Rand ihrer Teetasse tief in die Augen. Sie flirtet mit mir, dachte Till und lächelte.

Nach dem kleinen Abenteuer der letzten Nacht und dem unerfreulichen Gespräch mit dem Kommissar aus Berlin ging es ihm jetzt etwas besser. Seit zwei Stunden saß er jetzt schon mit Eva und Wibke in ihrem kleinen Haus am Deich zusammen. Draußen hatte es heftig zu regnen begonnen, und der Sturm zerrte mit aller Macht an dem Reetdach, aber im Haus war es warm und gemütlich. Till hatte den Kamin angezündet, und sie hockten zusammen auf dem weichen Teppich um den Couchtisch und tranken Tee mit Rum.

Er hatte kurz überlegt, Eva von Kommissar Krummes Verdacht zu erzählen. Es tat ihm ein bisschen leid, dass er so ruppig zu dem Mann gewesen war, schließlich machte der sich nur Sorgen um sie und war dafür sogar durch halb Deutschland gefahren. Trotzdem fand er es besser, ihr erst mal nichts zu sagen. Sie schien immer noch recht angeschlagen wegen letzter Nacht und sagte fast gar nichts. Zum Glück plauderte Wibke umso mehr.

»Du musst ja mächtig stolz auf deinen Helden sein«, sagte sie mit einem neckischen Seitenblick zu Till.

»O ja, das bin ich. Aber ich will ihn nie wieder mit einem so großen Messer in der Hand sehen!«, sagte Eva. Sie sah müde aus.

»Versprochen«, sagte Till und griff zärtlich nach ihrer Hand.

»Schade, also erst mal kein Grillen bei euch. Dabei habt ihr doch so eine schöne Terrasse«, witzelte Wibke, und alle mussten grinsen.

»Aber dafür mache ich uns noch einen Tee.« Till wollte aufstehen, aber Eva hielt ihn mit sanftem Druck fest.

»Lass nur, ich mach schon«, sagte sie, stand auf und ging zur Küche.

Sofort rutschte Wibke etwas näher und erkundigte sich mit Blick auf Tills unordentlichen Schreibtisch nach seiner Arbeit. Er erzählte ihr von seinen Schwierigkeiten mit der Unterfranken-Kampagne und war angenehm überrascht, wie interessant Wibke alles fand. Vielleicht war das nur Show, aber es schmeichelte ihm trotzdem.

»Ich wünschte, ich wäre so kreativ«, seufzte Wibke. »Dann müsste ich nicht mehr im Kindergarten arbeiten.«

»Also, ich finde eure Arbeit mit den Kindern sehr kreativ. Ich könnte das nie.«

Wibke nickte nur bedächtig. Aus den Augenwinkeln sah er, dass Eva am Küchentresen stand und mit ernster Miene aus dem Fenster schaute, obwohl das Teewasser schon längst kochte.

»Einen Augenblick«, sagte er zu Wibke und ging zu Eva.

»He, was ist denn los?«, erkundigte er sich mit gedämpfter Stimme, während er das heiße Wasser ausstellte. »Du bist so still.«

»Alles in Ordnung.«

»Machst du dir noch Gedanken wegen der Sache mit Todde?«

Eva sah ihn an, als wenn diese Frage für sie völlig überraschend käme. Dann schüttelte sie den Kopf. »Nein, ich bin nur ein bisschen … müde.«

»Fühlst du dich immer noch verfolgt?«

Wieder blickte sie ihn ernst und irgendwie abwesend an. Er fragte sich, woher er diesen Blick kannte. Dann fiel es ihm ein. An dem Abend, als er sie in dem Trachtenkleid erwischt hatte, hatte sie genauso durch ihn durchgesehen. Endlich schüttelte sie den Kopf. Besorgt streichelte er ihr über die Wange.

»Eva, irgendwas ist doch?«

»Nein, nein, ich bin wirklich nur müde. Vielleicht sollte ich mich ein bisschen hinlegen.«

Till nickte. Sie sah tatsächlich schlecht aus. Abgespannt und grau im Gesicht. Ihm war bisher gar nicht aufgefallen, dass sie schon kleine, aber deutliche Falten in den Augenwinkeln hatte.

»Ich geh dann mal lieber«, meldete sich Wibke, die auf einmal hinter ihnen stand.

»Bei dem Wetter? Wieso willst du nicht hierbleiben?«, fragte Eva.

»Vielen Dank, aber ich muss unbedingt nach Hause. Meinen Computer reparieren. Der spinnt gerade total. Ich kann überhaupt nicht mehr drucken.«

»Du kannst auf dem Sofa schlafen. Das macht Till auch fast jede zweite Nacht, wenn er vor dem Fernseher einschlummert.«

Wibke schüttelte den Kopf und lächelte. »Nee, lass mal. Ich wache lieber in meinem eigenen Bett auf.«

»Dann fährst du sie schnell nach Hause, ja?«, wandte sich Eva an Till.

Er zögerte. »Kann ich dich denn so lange alleine lassen?«

»Natürlich, ich mache die Tür hinter dir zu und gehe gleich ins Bett.«

Till blickte zu Wibke, die lächelnd auf seine Entscheidung wartete.

»Na schön, dann zieh deinen Mantel an«, sagte er und spürte, wie ihm ein angenehmer Schauer über den Rücken lief.

45

»So, jetzt müsste er wieder laufen, ich habe alle Einstellungen überprüft. Und einen neuen Treiber habe ich dir auch runtergeladen.«

Als er Wibke vor ihrem Haus absetzen wollte, hatte sie ihn überredet, kurz einen Blick auf ihren Drucker zu werfen. »Dauert bestimmt nicht lange«, hatte sie gesagt. Und tatsächlich, nach ein paar Klicks sprang der Apparat an und schob leise brummend eine Seite heraus.

Wibke nahm das Blatt in Empfang und betrachtete es.

»Mein Held.«

»Ach was, war doch halb so wild.«

»Wenn du wüsstest, wie viele Stunden ich vor der blöden Kiste gesessen habe!«

»Na, na!« Er klopfte sanft auf den Drucker. »So eine Maschine hat auch eine Seele. Du musst nett zu ihr sein, dann funktioniert sie auch.«

»Aber nur, wenn man so sanfte Hände hat wie du.«

Spätestens an dieser Stelle war klar, dass sie ihn nicht wegen des Druckers eingeladen hatte. Selbst ein vollkommener Idiot hätte das Ding nach ein paar Minuten wieder zum Laufen gebracht.

Aber dumm war Wibke ganz bestimmt nicht.

»Im Ernst«, sagte sie, »ich kenne hier im Dorf keinen, der sich mit Technik so gut auskennt wie du.«

»Ich bin sicher, ein Ruf von dir, und alle Kleebüller Männer stehen vor deiner Tür Schlange.«

»Nur zeigen die letzten Ereignisse, dass man sich seine Freunde lieber sehr genau aussuchen sollte«, sagte Wibke auf einmal sehr ernst.

Till nickte betroffen.

»Die arme Eva«, seufzte Wibke.

»Zum Glück ist ja nichts passiert«, brummte Till und starrte aus dem Fenster hinaus in die stürmische Nacht. Für einen Moment schwiegen beide.

»Musst du gleich wieder zurück?«, unterbrach Wibke die Stille. »Oder kann ich mich für deine Hilfe noch bedanken?«

»Bedanken? Wie denn?«

»Ich könnte uns einen Happen zu essen machen.«

Till erwiderte ihren Blick. Warum nicht? Sie hatten den ganzen Abend nur Tee getrunken. Wenn er ehrlich war, hatte er ziemlichen Kohldampf.

Er bemerkte, wie Wibke scheinbar beiläufig die Arme vor der Brust verschränkte, um ihren sowieso schon hübschen Busen noch besser zur Geltung zu bringen.

»Also, was ist?«, drängte Wibke sanft. »Wenn du willst, kannst du ja zu Hause anrufen und fragen, ob du noch bleiben darfst.«

»Nicht nötig. Eva wollte sich doch sowieso gleich hinlegen.«

Wibkes Augen glänzten. »Dann schau ich mal, was ich noch in der Küche habe.«

46

Eva war noch nicht zu Bett gegangen.

Sie war auch nicht müde, wie sie Till gegenüber behauptet hatte. Wenn sie eines im Moment nicht wollte, dann war es, sich alleine hinzulegen, die Augen zuzumachen und auf die Alpträume zu warten.

Den ganzen Tag über hatte sie sich unwohl gefühlt. Hatte es mit dem Sturm zu tun? Schon am Nachmittag, als sie im Kindergarten durchs Fenster gesehen hatte, wie der Westwind die schwarzen Wolken vom Meer weg über die Marsch schob, hatte sie eine Beklemmung gespürt, die Gewissheit, dass etwas Schlimmes passieren würde.

Dass sie beobachtet wurde.

Es war verrückt. In der letzten Nacht, als Till Todde vor dem Fenster erwischt hatte, hatte sie diese Angst, dieses beklemmende Gefühl noch nicht gehabt. Sie hatte sich erschrocken, ja. Und als Till mit dem Messer hinaus in die Dunkelheit geschlichen war, hatte sie Angst um ihn gehabt. Aber der Druck, der sich jetzt auf ihre Seele legte, war viel schlimmer, tiefer, durchdringender.

Sie stöhnte verzweifelt. Wieso hörten diese Ängste nicht endlich auf, jetzt, wo der Unbekannte Toddes Gesicht bekommen hatte und keine Gefahr mehr für sie darstellte? Sie war doch in Sicherheit, und trotzdem fühlte sie diese Angst! Sie schämte sich dafür, vor allem vor Till. Er hatte ihr lange nicht geglaubt. Doch als es darauf ankam, war er da gewesen und hatte sein Leben für sie riskiert.

Sie wollte nicht schon wieder alles verderben. Deshalb hatte sie Till nichts von ihrer Angst erzählt. Deshalb hatte sie so getan, als ob alles in Ordnung wäre.

Sie dachte an Todde.

Was war nur mit ihr, dass ihr ständig alle Verrückten nachrannten? Musste sie sich im Haus einsperren, damit sie endlich Ruhe hatte? Nur noch in schäbigen Klamotten herumlaufen, um nicht aufzufallen? Nicht zum ersten Mal empfand sie ihr Aussehen als Fluch. Überall wurde sie begafft, es gab kaum einen Mann, der sich in ihrer Gegenwart normal benahm und nicht versuchte, sie mit irgendwelchen bescheuerten Sprüchen zu beeindrucken. Und die meisten Frauen musterten sie neidisch und lästerten hinter ihrem Rücken. Dabei war sie doch ein ganz normales, sogar eher schüchternes Mädchen. Wie alle anderen wollte sie nur ein bisschen Glück, eine nette Familie, ein schönes Zuhause und gute Freunde. Und all das dachte sie in Kleebüll gefunden zu haben.

Doch jetzt ging es schon wieder los.

Immerhin war der Kerl überführt. Todde würde seine Strafe kriegen.

Eigentlich sollte sie erleichtert sein, dass sich die ganze Sache als harmlos herausgestellt hatte. Till hatte recht. Sie musste aufhören, ständig in sich hineinzuhorchen und nach irgendwelchen Gespenstern zu forschen. Sie hatten es so schön hier in Kleebüll. Die Landschaft, das Meer, die freundlichen Menschen, ihre vielen neuen Freundinnen. Und Till war sowieso glücklich mit seiner Fußballmannschaft. Und sie war glücklich mit Till.

Er war so ganz anders als sie, so spontan, chaotisch und fröhlich. Die perfekte Ergänzung zu ihrer Verträumtheit, die manchmal auch in Melancholie umschlagen konnte. Sie beide waren wie zwei Puzzlesteine, die trotz ihrer unterschiedlichen Umrisse perfekt zusammenpassten. Bei allen Schwierigkeiten, die sie in der letzten Zeit hatten: Till war die Liebe ihres Lebens. Und sie war sicher, dass er umgekehrt genauso empfand. Es wurde Zeit, dass sie sich dessen wieder bewusst wurden und entsprechend lebten.

Sie blickte aus dem Fenster und sah durch die Regenschlieren, die am Glas hinunterliefen, wie sich die Bäume vor dem Haus im Sturm bogen. Wie gut, dass sie es hier im Haus so warm und gemütlich hatte.

Wieder spürte sie die plötzliche Angst, die sie wie eine

dunkle Welle umschloss. Sie schüttelte energisch den Kopf. Schluss damit, ab jetzt würde sie dagegen ankämpfen. Sie ließ nicht zu, dass diese wirre Schwermut ihr Leben zerstörte. Sie nahm wieder ihre Illustrierte in die Hand und versuchte sich mit aller Macht auf einen Artikel über eine Diät zu konzentrieren. Schlank in 14 Tagen.

Allerdings hatte sie noch nie Probleme mit Übergewicht gehabt.

47

Wibke hatte ein richtiges kleines Abendessen gezaubert. Es gab Bruschetta, und als Nachtisch hatte sie noch Tiramisù im Kühlschrank stehen. Dazu gab es Flens. Das perfekte Menü, fand Till.

Ihm war klar, dass er mit dem Feuer spielte. Eva hatte ihn ohne den geringsten Argwohn mit Wibke ziehen lassen. Als er sie von draußen noch freundlich durch das Fenster hatte winken sehen, hatte er ernsthaft überlegt, wieder zurück zu ihr ins Haus zu gehen. Dann war er doch gefahren und hatte sich von Wibke überreden lassen, mit reinzukommen. Nun saßen sie wie ein Liebespaar gemeinsam am Tisch. Sogar eine Kerze brannte.

Till lächelte, aber er fühlte sich wie ein Schwerverbrecher. Der Reiz, etwas Verbotenes zu tun, gemeinsam mit Wibke etwas *sehr* Verbotenes zu tun – schließlich war sie Evas beste Freundin –, war beunruhigend, aber auch sehr aufregend.

Wibke war eine tolle Frau. Ganz anders als Eva, viel derber und lauter. Mit Wibke konnte er lachen und fühlte sich gleichzeitig unglaublich attraktiv. Sie wollte alles über seine Arbeit wissen, über seine Texte, seine tollen Kollegen und seinen Alltag in den Werbeagenturen. Alles fand sie interessant, auch die Geschichten von den wilden Partys, bei denen Eva immer vorwurfsvoll den Kopf schüttelte.

Und Wibke war immer für eine Überraschung gut.

»Wie? Du hasst deinen Job?«, erkundigte er sich fassungslos, nachdem sie ihm gebeichtet hatte, dass sie alles lieber machen würde, als morgens in den Kindergarten zu fahren.

»Was heißt hassen? Aber ich könnte mir schon was Besseres vorstellen, als den ganzen Tag bekloppten Bälgern hinterherzuhecheln.«

»Aber Eva sagt, die Kleinen lieben dich!«

Wibke zuckte mit den Schultern. »Egal, was ich von einer Arbeit halte, wenn ich was mache, versuche ich eben, es richtig zu machen.«

»Magst du denn keine Kinder?«

Zum ersten Mal an diesem Abend sah Wibke ihn nicht freundlich an. Offensichtlich fühlte sie sich wie auf einer Anklagebank – und das mochte sie überhaupt nicht.

»Natürlich mag ich Kinder«, sagte sie gedehnt.

»Aber?«

»Nichts aber. Sind eben echt anstrengend. Immer dieser Lärm. Manche wollen es einfach nicht kapieren und kloppen sich ständig. Und einigen müssen wir sogar noch mehrmals am Tag die Windeln wechseln.«

Till schwieg und dachte daran, wie Eva immer von ihrer Arbeit schwärmte.

»Bist du jetzt enttäuscht von mir?«, erkundigte sich Wibke und machte einen Schmollmund.

»Nein, Quatsch …«

»Wie ist es denn mit dir?«

»Mit mir?«

»Na ja, du und Eva, wieso habt ihr denn noch kein Baby?«

»Hat eben noch nicht geklappt.«

Wibke nickte nur und sah nachdenklich hinaus in die pechschwarze Nacht. Da ihre Fenster nicht gut isoliert waren, war der Sturm hier viel deutlicher zu hören. Während sie geplaudert und gelacht hatten, hatte Till ihn fast vergessen. Doch jetzt kam es ihm vor, als ob die Wut der Natur sich nur gegen ihn richtete. Gegen ihn, den fast untreuen Ehemann.

Er sah Wibkes ernstes Gesicht. Die schöne Stimmung war erst mal hin.

»Welchen Job würdest du denn lieber haben?«, versuchte er das Thema zu wechseln.

Wibke überlegte einen Moment. »Vielleicht auch was mit Medien. So wie du.«

»Du willst in der Werbung arbeiten?«

»Oder beim Fernsehen.« Sie zuckte mit den Schultern. Dann grinste sie: »Als Moderatorin zum Beispiel. Wenn ich was kann, dann quatschen.«

»Das glaube ich gerne.«

»Möchtest du noch ein bisschen Tiramisù?«, erkundigte sie sich.

Till streckte sich. »Nein danke, ich bin total satt.«

»Einen Grappa?«

»Na gut.«

Sie fing an, die Teller zusammenzustellen. Till wollte ihr helfen, aber sie drückte ihn sanft wieder zurück auf seinen Stuhl.

»Ich mach das schon«, sagte sie, beugte sich zu dem Besteck über den Tisch und gab ihm dabei lächelnd die Gelegenheit, ihren Ausschnitt zu bestaunen.

Till setzte sich wieder und sah ihr hinterher, als sie mit dem Geschirr in die Küche ging.

Während er dem leisen Scheppern in der Küche lauschte, griff er gewohnheitsmäßig nach seinem iPhone. Eine SMS von Eva.

Wo bleibst du? Ich vermisse dich.

Dahinter hatte sie ein kleines Herzchen gesetzt.

Seufzend stand Till auf und ging mit dem Telefon zum Fenster. Er hatte Eva längst im Bett vermutet.

Nachdenklich blickte er hinaus in die Nacht. Durch den heftigen Regen konnte er in der Ferne das rote Blinken der Windräder sehen. Wenn er es nicht besser gewusst hätte, hätte er denken können, eine Ufo-Armada würde sich dem Dorf nähern.

Er atmete tief durch.

Du solltest jetzt wirklich gehen.

Da spürte er auf einmal, wie sich eine warme Hand auf seine Schulter legte.

»Warum so nachdenklich?«, hörte er ein leises Schnurren.

Er drehte sich um. Wibke stand direkt vor ihm, die beiden Schnapsgläser in einer Hand. Sie sah ihn mit einem wissenden Lächeln an.

»Dein Grappa«, sagte sie und reichte ihm sein Glas.

Till nickte unsicher und trank es in einem Schluck leer. Er musste sich schütteln, so stark war der Schnaps, den sie ausgesucht hatte.

Wibke beobachtete ihn mit interessiertem Blick und räumte die Gläser zur Seite.

»Was jetzt?«, fragte sie.

Er roch ihr Parfüm. Kokosmilch und Orange.

»Wenn du meine Hilfe nicht mehr brauchst, sollte ich wohl gehen«, sagte er mit trockenem Hals.

Wibke griff nach seiner Hand und legte sie sich auf die Brust. Er seufzte und schloss die Augen.

»Nein, Till, geh nicht«, sagte sie und flüsterte: »Ich habe noch eine Nachspeise für dich.«

48

Der Sturm war so heftig, dass er ihn fast vom Deich herunterwehte. Oder vielleicht wollte er ihn auch emporheben, hinauf in den schwarzen Himmel, hinein in das Nichts der Wolken, die wie in einem irren Wahn über ihn hinwegrasten. Der Orkan zerrte an seinem Mantel, an seinen Haaren, seinem ganzen Körper und brüllte dabei so laut, dass er sich die Ohren zuhalten musste. Er mochte sich gar nicht vorstellen, was für ein Inferno ihn erwarten würde, wenn er den Sommerdeich entlang bis zum Meer gehen würde.

Aber er wollte nicht zum Meer.

Sein Ziel war das kleine reetgedeckte Haus, das sich vor ihm auf der dem Sturm abgewandten Seite an den Deich schmiegte. Er sah hinunter und konnte durch die Spalten zwischen den Rollläden Licht erkennen. Sie war noch wach.

Ihren Mann hatte er vor einer Weile mit dem Porsche davonfahren sehen. Er war ihm auf der Straße entgegengekommen und hatte den in einen dunklen Mantel gehüllten Spaziergänger nicht erkannt.

Nun war Eva alleine in ihrem kleinen Haus, alleine und völlig wehrlos.

Er atmete schwer, es wurde immer anstrengender, sich der Gewalt des Orkans entgegenzustemmen und nicht hinzufallen.

Er hatte nach langem Überlegen entschieden, dass er sie

warnen musste. Auch wenn sie dann noch mehr Angst haben würde. Er dachte an die Geschichte mit dem Lagerfeuer. Aber lieber einmal zu viel Angst haben, als dass sie anschließend genauso tot war wie diese junge Frau, die sie im Schilf gefunden hatten. Und der Himmel wusste, was mit diesem vermissten Mädchen geschehen war, von dem Mannsen gesprochen hatte. War es wirklich nur Zufall, dass diese Dinge gerade jetzt passierten? Vielleicht steigerte er sich tatsächlich zu sehr in seinen Verdacht gegen Stein hinein. Doch sicher war sicher. Er musste mit ihr reden. Er hatte ihr Leben jetzt schon so lange begleitet, er wollte nicht, dass ihr etwas zustieß, nur weil er im letzten Augenblick gekniffen hatte. Aber musste er unbedingt in dieser dunklen Nacht an ihre Haustür klopfen? Während über ihrem Dach dieser Sturm tobte? Sie würde sich zu Tode erschrecken. Er beschloss, am nächsten Morgen wiederzukommen. Er wollte nur noch warten, bis ihr Mann zurück war, zur Sicherheit. Wo blieb er nur so lange?

Krumme schaute sich um, ließ seinen Blick über den weiten Koog schweifen und sah zu dem Leuchtturm, der völlig unbeeindruckt dem Sturm trotzte.

Plötzlich stutzte er.

Da unten neben dem Deich, nicht weit von dem Haus entfernt, fast verdeckt von einem Busch, lag etwas am Boden. Oder hockte es da?

Er wischte sich das Wasser aus den Augen, um besser sehen zu können. Ja, richtig. Dort unten kniete ein Mann, in einen langen Regenmantel gehüllt, genau wie er. Die Kapuze hatte er über den Kopf gezogen.

Krumme spürte, wie sein Puls anstieg. Vorsichtig kletterte er den rutschigen Abhang des Deichs hinunter und ging von hinten auf den Mann zu.

»Hallo, Sie da!«, rief er, aber der Mann konnte ihn nicht hören. Kein Wunder, bei dem tosenden Lärm um ihn herum. Er konnte ja kaum sein eigenes Wort verstehen.

Was tat der Kerl dort nur, auf den Knien wie ein Priester vor dem Altar, den Blick auf Evas Haus gerichtet? Krumme tastete nach seiner Pistole und zog sie aus dem Halfter.

»Hallo, können Sie mich verstehen?«, rief er, jetzt direkt hinter dem Mann stehend. Keine Reaktion.

Vorsichtig, mit der Waffe im Anschlag, ging er um den Mann herum – und zuckte zurück.

Es war Stein.

Aber er bemerkte Krumme gar nicht. Den Blick starr auf das Haus gerichtet, nahm er nichts um sich herum wahr. Die Haare klebten ihm trotz Kapuze nass am Kopf. Er sah schrecklich aus, tiefe, müde Schatten unter den Augen, er war bleich wie eine Leiche und schien sich seit Tagen nicht rasiert zu haben. Krumme sah, wie der Regen über sein Gesicht lief und an seinem bärtigen Kinn heruntertropfte.

»Stein, können Sie mich verstehen?«, brüllte er noch einmal gegen den Sturm an. Keine Reaktion. Nein, er täuschte sich nicht. Das Wasser auf Steins Wangen kam nicht nur vom Regen, der Mann *weinte*! Krumme hatte den Eindruck, als wenn er einen Kampf führte, eine getriebene Seele im Kampf mit sich selbst.

»Stein!« Er gab ihm einen Schubs gegen die Schulter. Und tatsächlich: Stein erwachte aus seiner Starre. Langsam drehte er den Kopf zu dem Kommissar und sah dann an ihm vorbei. Oder durch ihn hindurch.

Wieder tippte er ihn an und ging dabei neben ihm in die Hocke. »Stein, was ist denn los mit Ihnen, verdammt noch mal?«

Endlich richteten sich die schwarzen Augen auf ihn, weiteten sich, sahen ihn angsterfüllt an. Dann erkannte er den Kommissar. Seine Miene verfinsterte sich. Plötzlich riss er ein Messer hoch, das er unsichtbar die ganze Zeit unter seinem Mantel verborgen gehalten hatte, und stieß zu.

Die Attacke kam so plötzlich, dass Krumme nur mit grenzenlosem Erstaunen dabei zusehen konnte, wie Stein ihm das Messer bis zum Schaft in den Bauch drückte. Er taumelte, stöhnte, als der Schmerz plötzlich wie eine Flamme durch seinen Körper brannte.

»Was …?«, stammelte er, aber mehr kam nicht über seine Lippen. Mit einem letzten, dumpfen Ächzen ließ er die Pistole fallen und sackte nach vorne auf den Boden.

Das Letzte, was er sah, waren Steins Augen. Nicht mehr der starre, entrückte Blick. Jetzt war das Böse in ihnen erwacht.

Dann wurde alles schwarz.

49

Es war, als wenn ihr für einen Moment der Boden unter den Füßen weggezogen würde und sie in einen endlosen Abgrund stürzte.

Dabei lag sie immer noch auf dem Sofa, mit der Illustrierten in der Hand, den Kopf auf einem weichen Kissen. Draußen donnerte der Sturm um das Haus. Aber während sie sich unter ihrer leichten Decke eben noch sicher und geborgen gefühlt hatte, war auf einmal alles anders.

Ein schwarzes Tuch hatte sich über sie gelegt und nahm ihr die Luft. Die Bedrohung, das spürte sie jetzt, war da, in ihrer unmittelbaren Nähe.

Nicht schon wieder, dachte sie.

Nervös blickte sie zum Fenster, darauf gefasst, Inkens Gesicht zu sehen.

Aber da war nichts. Nur ihr eigenes, verängstigtes Spiegelbild.

Sie atmete tief durch. Hatte sie wirklich überall die Fensterläden geschlossen und bei der Terrasse die Rollläden heruntergelassen? Überrascht bemerkte sie, dass sie mit der Hand das Medaillon umschlossen hielt, das sie noch immer um den Hals trug. Sie spürte das angenehm kühle Metall.

Nervös blickte sie zu ihrem Handy. Keine Antwort von Till. Sollte sie ihn anrufen? Ihm sagen, dass er endlich nach Hause kommen sollte? Oder war ihm etwas passiert? Hatte er einen Unfall gehabt? Vielleicht kam daher dieses schreckliche Gefühl, vielleicht hatte sie den ganzen Tag gespürt, dass ihm etwas zustoßen konnte – und jetzt war es geschehen!

Wieder hörte sie von draußen das brutale Dröhnen des Sturms. Als wenn ein Raubtier um das Haus schliche.

Was war denn nur los mit ihr? Sie spürte eine Angst, so intensiv, dass sich ihr der Magen umdrehte. Eigentlich hatte sie doch überhaupt kein Problem mit Stürmen! Im Gegenteil, sie liebte das intensive Wetter an der Nordsee, und in den letzten Wochen hatte sie das Gefühl gehabt, als wenn sie schon immer hierhergehörte.

Das Türklingeln ließ sie zusammenfahren.

Till, dachte sie. Endlich war er zurück, jetzt war alles gut.

Das war ihr erster Gedanke. Aber dann fiel ihr ein, dass er einen Schlüssel hatte.

Wer stand dann vor der Tür? Mitten in der Nacht?

Mit pochendem Herzen schaute sie durch das Guckloch, konnte auf der anderen Seite aber nur einen Schatten erkennen.

»Hallo? Wer ist da?«, rief sie zögerlich.

»Mach auf, Eva, ich bin's.«

Im Sturmgetöse konnte sie die Stimme kaum verstehen, aber jetzt war sie sicher, dass es Till war.

Sie öffnete die Tür.

Sofort wurde sie von einer heftigen Böe erfasst, die sie zurück ins Haus drückte. Es dauerte den Bruchteil einer Sekunde, bis sie erkannte, dass sie sich geirrt hatte. Vor der Tür stand ein Mann, unrasiert, Haare und Kleidung klitschnass, das Gesicht glänzte im Regen. Es war nicht Till.

»Eva, endlich, ich dachte schon, ich sehe dich nie wieder!«, sagte der späte Besucher und blickte sie mit seinen schwarzen Augen lächelnd an.

Mit einem Ausdruck grenzenlosen Entsetzens starrte sie ihn wie eine Erscheinung aus den Abgründen der Hölle an.

Schnell, die Haustür!

Doch der Wind drückte von der anderen Seite dagegen.

»Eva, du musst doch keine Angst vor mir haben.«

»Lass mich in Ruhe! Hau ab!«, schrie sie und drückte weiter.

»Aber was ist das denn für eine Begrüßung?«, sagte er mit sanftem Vorwurf in der Stimme und drängte sich in das Haus. Im Halbdunkel des Flurs kam er langsam auf sie zu. Sie konnte sein Gesicht kaum erkennen, aber sie sah seine unheimlichen Augen.

Sie zitterte am ganzen Körper, Tränen liefen ihr über das Gesicht, während sie immer weiter zurückwich.

»Bitte«, flehte sie, »bitte, Mario, lass mich in Ruhe und geh.«

Er schüttelte bedächtig den Kopf und schob sich jetzt in das Licht, das dunkle Schatten auf sein glänzendes bleiches Gesicht warf.

»Gehen? Nachdem ich dich so lange gesucht habe? Niemals.«

Ohne die Augen von ihm zu lassen, wich Eva zurück, stolperte dabei fast über den Läufer, der auf den blanken Fliesen lag, und stieß mit dem Rücken gegen die Wand.

»Lass mich endlich in Ruhe, bitte!«, rief sie mit gebrochener Stimme.

Wieder schüttelte er den Kopf.

»Eva, verstehst du denn nicht? Ich werde dich retten. Du kommst mit mir. Wir werden zusammensein, für immer.« Er lächelte entrückt.

Ihr wurde schwindelig. Was redete er da für einen Blödsinn? Sie hatte sich schon oft gefragt, wie weit sein Wahnsinn ging. Nun sah sie, dass er für diese Welt verloren war. Entsetzt schüttelte sie den Kopf, versuchte, noch weiter vor ihm zurückzuweichen. Aber es gab keinen Ausweg mehr.

Was tat er da mit dem rechten Arm? Zuerst dachte sie, er würde sich den Oberschenkel halten. Doch im Licht eines Blitzes, der den Himmel in dieser Sekunde mit grellem Licht füllte, sah sie, dass er etwas vor ihr versteckte – ein Messer!

Sie schrie. Stein sah sie nur verwirrt an, offensichtlich war er so auf Eva fixiert gewesen, dass er selbst das Messer vergessen hatte. Jetzt erinnerte er sich.

Er zog es hinter dem Bein hervor und zeigte damit auf sie.

»Ganz ruhig. Dann wird dir auch nichts passieren …«

Sie wartete nicht, bis er zu Ende gesprochen hatte. Mit einem verzweifelten Aufschrei versuchte sie, sich an ihm vorbei Richtung Tür zu drängeln. Aber er versperrte ihr lachend den Weg.

»Du musst nicht davonlaufen! Ich tue dir doch nichts.«

In heller Panik blickte sich Eva um. Dann rammte sie Stein, so hart sie konnte, in die Seite und rannte, während er sich noch krümmte, die Treppe hinauf. Doch wo sollte sie hin? Nur die Schlafzimmertür war abzuschließen, bestand aber zur Hälfte aus Glas. Eva entschied sich für das Bad, auch wenn sie den Schlüssel irgendwo verlegt hatten. Dort gab es eine Nische, in der ihre Handtücher lagen. Nur wenn die Tür geschlossen war, war die Nische zu sehen, bei offener Tür war sie komplett verborgen.

Unten hatte sich Stein aufgerafft.

»Okay! Du willst es auf die harte Tour? Das kannst du haben!«, rief er wütend.

Irrte sie sich? Klang seine Stimme jetzt anders? Tiefer? Härter?

Eva hielt hinter der Tür die Luft an. Draußen donnerte das Gewitter, und trotzdem hatte sie Angst, dass ihr lautes Herzklopfen sie verraten könnte. Sie hörte, wie Stein die enge Holztreppe heraufstapfte.

»Was soll die Scheiße? Wo willst du hin? Du kannst mir nicht davonlaufen, du Miststück!«

Sie hörte, *spürte* an dem leisen Zittern des Bodens, dass er oben angekommen war. Sie versuchte so steif und bewegungslos wie eine Puppe zu stehen.

Erst jetzt merkte sie, dass sie sich bei ihrer Attacke auf Stein an der Hand verletzt hatte. Blut tropfte auf den weißen Badvorleger. Es klang für sie lauter als der Regen, der ohne Unterbrechung auf das Reetdach prasselte.

Tatsächlich betrat Stein jetzt das Bad.

»Eva?«, fragte er, jetzt wieder mit der sanften Schlangenstimme. Aus ihrem Versteck hinter der Tür sah sie ihn nicht selbst, nur die funkelnde Klinge, die er vor sich hielt, bereit, sofort zuzustoßen. Er schaute sich um, bemerkte aber nicht, dass hinter der angelehnten Tür noch ein Hohlraum war. Dann zog er sich aus dem Bad zurück. Sein Blick war offensichtlich auf die geschlossene Schlafzimmertür gefallen. Sie hörte, wie er sie knirschend öffnete.

»Bist du hier, Eva? Sag bloß, du willst mich im Bett überraschen?«

Seine Schritte knarrten auf den Holzdielen im Schlafzimmer. Eva holte tief Luft. Dann sprang sie aus ihrer Nische hervor, war mit einer Bewegung im Flur und flog wie der Wind die enge Treppe hinunter ins Erdgeschoss.

Doch sie hatte sich verschätzt. Stein befand sich nicht im Schlafzimmer, sondern immer noch im Flur. Wütend drehte er sich um und stach zu, verpasste sie aber um Haaresbreite. Fluchend folgte er ihr die Treppe hinunter.

Zur Tür, ich muss aus dem Haus, sofort! Sonst bin ich tot!

Sie lief durch den Flur, glitt in der Wasserpfütze aus, die Stein beim Reinkommen auf den Steinfliesen hinterlassen hatte.

»Du hast keine Chance!«, schrie Stein triumphierend, und tatsächlich war er nur einen Meter hinter ihr. Mit einem erneuten Aufschrei stieß Eva ihm die kleine Kommode vor die Füße. Nur ein kleiner Vorsprung. Aber wohin jetzt? Zur Haustür konnte sie nicht.

Die Terrassentür! Sie rannte durch das Wohnzimmer und riss sie auf. Die Rollläden! Sie waren heruntergelassen, wie konnte sie das nur vergessen? Hastig zog sie an dem Gummi, versuchte die schweren Holzlamellen hochzustemmen, während ihr das Blut den Arm herunterlief.

Aber sie war zu langsam.

Auf einmal war er hinter ihr und schleuderte sie von der Tür weg. Sie schrie auf, versuchte ihm das Gesicht zu zerkratzen, aber er schlug sie mit der flachen Hand brutal nieder. Stöhnend stürzte sie nach hinten auf das Sofa. Mit letzter Kraft stemmte sie ihren Körper hoch, doch Stein versetzte ihr einen zweiten heftigen Schlag. Sie fiel, stieß heftig mit dem Kopf an die Kante des schweren Eichentisches, an dem sie vor wenigen Stunden noch mit Till und Wibke zusammengesessen hatte. Mit einem stummen Seufzer sackte sie zusammen, rutschte zurück aufs Sofa und rührte sich nicht mehr.

50

Mit leerer Miene starrte er auf Eva hinab, die bewusstlos vor ihm auf dem Sofa lag, Arme und Beine von sich gestreckt. Sein Brustkorb hob und senkte sich. Er schnaufte, seine Stirn glänzte vor Schweiß.

Wie schön sie war.

Selbst mit ihren wild zerzausten Haaren und der blutig aufgeschlagenen Lippe sah sie immer noch so viel schöner aus als alle Frauen, die er kannte.

Er ging in die Knie und versuchte das Blut aus ihrem aufgeschlagenen Gesicht zu wischen, verschmierte es mit seinen nassen Händen aber nur noch mehr.

Diese kleine Schlampe ist selber schuld! Wieso musste sie auch weglaufen?

Benommen hielt er inne und fasste sich an den Kopf. Ihm ging es gar nicht gut. Das Letzte, an das er sich klar erinnern konnte, war, dass er Eva vor ihrem Kindergarten gesehen hatte. Dann war er zurück zum Transporter gelaufen, hatte versucht, den Porsche nicht zu verlieren, und dann …

Er wusste es nicht mehr.

Der Sturm. Die schwarzen Wolken am Himmel. Die blutigen Gesichter der beiden Mädchen, die er in den letzten Tagen umgebracht hatte. Der Kommissar aus Berlin. Die plötzliche Wutattacke, das Messer tief im Bauch des Mannes.

Die Bilder, die seinen angespannten Geist überfluteten, verwirrten und erschreckten ihn. Etwas war in ihm, etwas, das nicht er selbst war. Er hatte versucht, es zu bekämpfen, indem er nur an Eva gedacht hatte. Doch wenn er wütend war oder verzweifelt oder verloren, dann schien es, als wenn er eine Tür öffnete, die Tür auf die andere Seite.

Er schüttelte den Kopf, um seine Gefühle und seine Gedanken zu sortieren. Er hatte die Kontrolle über sein Tun verloren, und nichts hasste er mehr. Dabei war er endlich an sein Ziel gelangt.

Er hatte Eva gefunden.

Natürlich hatte sie sich erst einmal gesträubt. Aber wenn er später alleine mit ihr war, dann würde sie verstehen. Ihn verstehen.

Mit dem Zeigefinger fuhr er vorsichtig über ihr Sweatshirt, schob es hoch und umfasste dann ihre kleinen, aber perfekten Brüste mit seiner großen, blutverschmierten Hand. Er atmete tief durch, schnaufte, jetzt aber nicht mehr aus Erschöpfung.

Wieder tauchten die Bilder der toten Mädchen in seinem Kopf auf. Sein auf einmal starrer Blick ging zu dem immer noch blutigen Messer, das er in der linken Hand trug. Das Dröhnen in seinem Kopf wurde lauter, verdrängte alles andere.

Nein! Nein! Nicht sie! Eva soll mitkommen, mit zu mir, Teil meines Lebens werden!

Das wird niemals passieren!, sagte eine Stimme in ihm.

Sie wird dich nie begehren, wie du sie begehrst. Aber jetzt hast du die Chance, dir alles von ihr zu holen, was du dir je erträumt hast.

Er schluckte und merkte, dass sein Hals völlig trocken war. Vorsichtig schob er seine Hand unter ihre Jogginghose, massierte ihren weichen Hintern und bemerkte überrascht, dass sie keine Unterwäsche anhatte.

Diese kleine Hure ...

Schwitzend und mit einer wachsenden Erektion betrachtete er ihre perfekten Schenkel, die weiche Haut und das zarte Schwarz ihrer Scham zwischen den Beinen.

Hierfür würde er bezahlen, das war ihm klar. Und für all das, was in den letzten Tagen passiert war. Aber sie war es wert, dachte er und schluckte, sie war verdammt noch mal jeden Preis wert.

Er warf das Messer achtlos zur Seite. Ohne den Blick von ihr zu lassen und ohne auf den Sturm zu achten, der immer noch um das kleine Haus tobte, öffnete er den Gürtel seiner Hose und zog sie dann langsam herunter.

In dem Augenblick hörte er ein leises Rascheln, dann ein Knirschen, als ob Eisen über Eisen gezogen würde. Ein Schatten legte sich über ihn und die bewusstlose Eva. Von einem Augenblick zum anderen fühlte er sich in eine dicke Watte gedrückt, die seine ganze Wahrnehmung dämpfte wie in einem Traum.

Wie in Zeitlupe drehte er sich um, die Augen halb geschlossen.

Was war hier los? Wer störte ihn ausgerechnet jetzt?

Er spürte keine Angst, keine Furcht, nur Verwirrung.

Warum roch es auf einmal so intensiv nach Meerwasser?

Irritiert riss er die Augen auf, als er sah, wer hinter ihm stand.

51

Ein lautes Klopfen aus der Dunkelheit, dröhnend, schmerzhaft. Dazu ein Brüllen wie von einem wilden Tier. Sie riss die Augen auf und erkannte, wo sie war. Im Wohnzimmer in dem kleinen Haus am Deich.

Doch alles war verändert.

Die einfachen Möbel aus Holz, das grobe Tongeschirr auf dem Tisch, die schlichte Bank, die wenigen Bilder an den grob verputzten Wänden, all das war ihr fremd – und doch hatte sie es schon gesehen. Sie kam sich vor wie in einem Traum, in dem sich alte und neue Erinnerungen zu einem neuen Bild zusammenfügten.

Was war passiert? Was war mit ihr geschehen?

Benommen schüttelte sie den Kopf, versuchte, den Traum zu verscheuchen. Ohne Erfolg. Sie spürte die feuchte Luft, konnte das nahe Meer riechen, das Salz schmecken.

Das Medaillon. Ich muss das Medaillon holen.

Wie ein stiller Ruf hallte ihr der Gedanke durch den Kopf. Aber war das wirklich *ihr* Gedanke? Auf verwirrende Weise hatte sie das Gefühl, als wenn sie Gast in ihrem eigenen Körper wäre, fremdbestimmt in ihrem Handeln. Sie dachte an Till, spürte das Verlangen, ihn in die Arme zu schließen. Aber dann erkannte sie, dass ihr Verlangen einem anderen galt, einem Fremden, der ihr auf verwirrende Weise sehr nah war, einem Mann, den sie liebte und den sie auf sehr schmerzhafte Weise vermisste.

Das Medaillon!

Wieder hallte die Stimme in ihrem Kopf. Sie eilte durch die Wohnung, wollte zu dem Versteck, in dem sie ihren größten Schatz aufbewahrte.

Ein plötzliches lautes Hämmern ließ sie innehalten. Draußen tobte ein wütender Sturm über der Marsch und ließ die Läden gegen die Fenster schlagen, das ganze Haus bebte und schwankte.

Schnell verschloss sie die wild um sich schlagenden Holzläden. Mit aller Macht musste sie sich gegen den Sturm stemmen. Der eisige Regen klatschte ihr ins Gesicht, dann endlich schaffte sie es, die Riegel zu schließen.

Ich muss mich beeilen. Die Flut wird sie alle töten.

Von draußen hörte sie einen lauten Knall. Aber während sie sich noch fragte, ob es ein Schuss gewesen war, wusste ihr anderes Ich sofort, was passiert war.

Der Schuppen! Sie musste die Tür zum Schuppen schließen! Sie beobachtete sich dabei, wie sie sich einen wollenen Umhang überwarf und durch die Haustür hinaus in den Sturm lief. Kaum vor der Tür, wurde sie vom Wind erfasst und wie eine Puppe gegen die Hauswand geworfen. Sie stöhnte, schüttelte sich benommen. Tränen liefen ihr über die Wangen. Die Schmerzen, die Einsamkeit, die Verzweiflung darüber, alleine gelassen zu sein.

Schon nach wenigen Sekunden im strömenden Regen war ihr Umhang klitschnass. Trotzdem zog sie ihn über den Kopf. Dann lief sie um das Haus nach hinten zum Schuppen. Wo waren ihre Gartenmöbel? Wo war die Schaukel? Für einen Augenblick sah sie das Gerüst tatsächlich wie ein Gespenst im Regen, dann war es wieder verschwunden, und sie blickte nur auf einen alten, windschiefen Holzschuppen, der im Sturm hin und her schwankte. Der Orkan hatte die Tür aufgedrückt. Kaum zu glauben, aber im Gebrüll der Naturgewalten hörte sie auf einmal das verängstigte Schnattern von Gänsen. Gänse? Wo kamen die jetzt her?

Doch bevor sie darüber nachdenken konnte, hatte ein

anderes Ich die Tür schon zugezogen. Sie schwankte. Geschafft. Der Sturm wurde heftiger. Wütend zerrte er an ihr, während der Lärm um sie herum, das Brausen des Windes und das Brüllen der nahen See, so infernalisch wurde, dass sie sich erschrocken die Ohren zuhielt.

Es bleibt keine Zeit mehr. Das Medaillon. Und dann zur Mannsen-Warft, zu den anderen.

Plötzlich ein Geräusch. Sie drehte sich um und erstarrte.

Zwischen ihr und dem Haus stand ein Mann, ein großer, kräftiger Mann mit schulterlangen Haaren und dunklen Augen.

Der Mann aus ihrem Traum.

Der Mann, den sie am Lagerfeuer gesehen hatte.

Aus seinem unrasierten Gesicht grinste er sie böse an. In seinem breiten Mund konnte sie seine Zähne sehen, schwarze, ungepflegte Stumpen. Mit einer Handbewegung schob er sich die Haare aus dem Gesicht, die ihm auf dem nassen Kopf klebten wie ein engmaschiges Spinnennetz.

Wer war dieser Mann?

Sein Name wollte ihr nicht einfallen, aber er war kein Unbekannter, kein Fremder. Ein Nachbar aus dem Dorf, dämmerte es ihr, aber schon war diese Ahnung wieder verschwunden. Aber eines wusste sie ganz sicher, er war böse, abgrundtief böse, so viel dämmerte ihr in ihrem von Erinnerung und Vergessen benebelten Kopf.

Was wollte er von ihr?

Langsam kam der Unbekannte, der doch kein Unbekannter war, auf sie zu. Für einen Moment war sie gelähmt, war der Körper, in dem sie steckte, steif wie Holz.

Nur noch ein paar Zentimeter, dann hatte er sie. Im stürmischen Regen kamen ihr die ausgestreckten Hände entgegen, berührten sie schon …

Im letzten Augenblick riss sie sich los. Eine weitere Böe erfasste sie und wollte sie zurück zu dem Unbekannten stoßen, mitten in seine Arme, aber es gelang ihr, ihm auszuweichen. Doch der Weg zurück ins Haus war versperrt, wo sollte sie jetzt hin?

Sie rannte los, um die Hausseite herum, vorbei an Büschen und Bäumen, über nasses Gras und glitschige Steine. Endlich hatte sie die andere Seite erreicht und wollte schon ins Haus stürmen, als der unheimliche Riese wieder vor ihr stand und ihr den Weg versperrte.

Endlich habe ich dich!

Er hatte eine heisere Stimme. Trotz des Sturms konnte sie seinen nach Schnaps und Bier stinkenden Atem riechen. Sie sah, wie der Regen ihm über den Kopf lief, von seinem Kinn heruntertropfte wie gieriger Schweiß, sie spürte seine Wut und seinen Zorn.

Angst, auf einmal breitete sich Angst in ihrem Körper aus wie ein heißes Gift. Es war nicht *ihre* Angst, trotzdem erschrak sie über die Wucht dieser Empfindung.

Der Mann packte ihren Arm, wie ein Schraubstock hielt er sie fest. Dann zog er ihr Tuch und Haube vom Kopf.

Sie schrie, wand sich verzweifelt, um von ihm loszukommen, aber es gelang ihr nicht. Stattdessen schleuderte der Mann sie brutal gegen die Wand und riss ihr mit einer einzigen Bewegung das Kleid über der Brust herunter. Lächelnd drückte er ihr Gesicht an den rauen Putz und wollte sie zu einem Kuss zwingen. Sie spürte das Blut an ihrem Hinterkopf, merkte, wie es zusammen mit dem Regen ihren Nacken herunterlief. Sie fühlte seine harten Bartstoppeln, roch seinen widerlichen Atem. Stumm vor Angst versuchte sie ihm einen Kopfstoß zu geben, aber er wich ihr nur lachend aus – und versetzte ihr eine schallende Ohrfeige.

Wo bist du? Wieso hast du mich alleine gelassen?

Wieder diese Stimme. Ihre Stimme? Oder der Nachhall eines Rufes aus einer anderen Zeit? Sie wusste es nicht. Sie sah nur sein Gesicht, ein fremdes Gesicht, dann erkannte sie auf einmal Stein, sah in seine schwarzen Augen. Er war ihr gefolgt, hierher in dieses Dorf, bis in diesen schrecklichen, nicht enden wollenden Alptraum. Die Konturen verschwammen wieder, und es war erneut dieser andere. Mit seiner gewaltigen Pranke hielt er ihren Kopf fest und schob ihr seine Zunge in den Mund.

Sie schmeckte Schnaps und Tabak, röchelte und stöhnte. Sie spürte, wie sie kurz davor war, das Bewusstsein zu verlieren.

Mit allerletzter Kraft biss sie ihm auf die Zunge und stieß ihm ihr Knie zwischen die Beine. So schnell und so heftig, dass sie selbst überrascht war.

Der Mann brüllte und sackte zusammen. Wie ein Hund winselnd hielt er sich die Hand an den blutenden Mund.

Sie stand zitternd an der Wand und sah in einer Mischung aus Entsetzen und Abscheu zu ihm hinab. Erst jetzt bemerkte sie, dass sie immer noch ein Stück seiner Zunge im Mund hatte. Angewidert spuckte sie es aus.

Er sah sie an. Das Blut lief das Kinn herunter. Er lächelte nicht mehr. In seinen dunklen Augen war nur Hass, abgrundtiefer, tödlicher Hass.

Für einen Moment trafen sich ihre Blicke.

Dann lief sie davon.

Sie rannte um das Haus, wieder zur Tür hinein. Schnaufend vor Angst schlug sie sie hinter sich zu und legte den schweren Riegel um. Sie war in Sicherheit. Draußen heulte der Wind. Oder waren es seine wütenden Schreie?

Auf einmal ein heftiges Rütteln an der Tür. Sie schrie auf,

als sie ihn plötzlich wie ein wütendes Tier vor dem Haus brüllen hörte.

Raus! Komm raus!

Verzweifelt hielt sie sich die Ohren zu.

Hör auf, hör auf! Geh endlich weg!

Tatsächlich war es auf einmal ruhig, völlig ruhig. Selbst der Sturm und die See schienen zu schweigen und neuen Atem zu holen. Das Rauschen war jetzt in ihrem Kopf, sonst hörte sie nur das laute Pochen ihres Herzens.

Hatte er aufgegeben? Würde er sie endlich in Ruhe lassen? Sie atmete tief durch, schloss die Augen und hielt die Luft an.

In diesem Moment hörte sie ein wildes Rütteln. Die Tür zum Garten. Sie hatte sie verriegelt, aber sie war nicht aus so solidem Eichenholz gebaut wie die Vordertür, sondern bestand nur aus ein paar zusammengenagelten Latten – und explodierte jetzt in einem grellen Splittern.

Er war in ihrem Haus! Sie hörte seine stampfenden Schritte.

Sie saß in der Falle.

Hastig versuchte sie den schweren Riegel der Haustür wieder aufzustemmen. Schon konnte sie seinen Gestank riechen. Er hörte sie, lachte, weil er wusste, dass sie ihm nicht entkommen konnte.

Doch er irrte sich. Im letzten Moment glitt der schwere Balken zur Seite, sie konnte die Tür aufstoßen und ins Freie springen.

Wenn der Sturm wirklich eine Pause gemacht hatte, so war er jetzt doppelt so stark wieder da. Sie musste die Augen schließen, so heftig blies er ihr ins Gesicht. Mit aller Macht stemmte sie sich dagegen und lief aus dem Garten hinaus. Der Mann war nur Zentimeter hinter ihr. Schon hatte er seine aufgequollene Hand an ihrem Kleid, doch sie konnte sich schreiend durch die Gartenpforte retten. Er griff daneben, rutschte aus und fiel fluchend in den Schlamm.

Aber er gab nicht auf. Sie blickte in seine von Dreck und Blut verzerrte Fratze und sah, wie er sich stöhnend wieder aufrichtete.

Hastig rannte sie die kleine Treppe zum Deich hinauf, stolperte auf den rutschigen Granitstufen, verlor das Gleichgewicht und schlug mit dem Knie gegen den Stein. Sie stöhnte, als sie den dumpfen Schmerz in ihrem Bein spürte, so heftig, dass es ihr fast die Sinne raubte. Mit letzter Kraft widerstand sie dem Impuls, sich einfach auf das nasse Gras fallen zu lassen und liegen zu bleiben.

Aber sie durfte nicht liegen bleiben, sie musste weiter, immer weiter! Sie stolperte nach oben, während der Wind an ihrem zerrissenen Kleid zerrte und sie nicht wusste, was schlimmer schmerzte: Kopf oder Knie. Im Mund spürte sie immer noch den widerwärtigen Geschmack von Blut, *seinem* Blut.

Oben auf dem Deich stockte ihr der Atem.

Die Wiesen, die Entwässerungsgräben, das mannshohe Schilf um den großen See, der Leuchtturm, alles, was ihr so vertraut war, nichts davon war zu sehen. Stattdessen blickte sie in ein graues Inferno aus Wasser, Wellen und Schaum. Die Nordsee donnerte direkt an den Deich – der Koog war verschwunden.

Hektisch sah sie sich um. Alles sah so anders aus. Alle Perspektiven hatten sich verändert. Doch auf einmal kam die Erinnerung zurück, eine Erinnerung, von der sie nun wusste, dass es nicht ihre war. Über ihr scheuchte der Westwind die Wolken landeinwärts, so tief, dass sie oben auf dem Deich stehend den Eindruck hatte, sie müsste sich nur strecken, um an den Himmel heranzureichen.

Du Hure, hörte sie ihn hinter sich rufen, *du verdammte Hure!*

Gleich war er auch oben auf dem Deich. Schon sah sie seinen Kopf. Doch im selben Moment glitt der schwere Mann auf dem schlüpfrigen Grund aus und rollte auf der anderen Seite hinunter. Schon hörte sie, wie er sich wieder aufraffte. Er gab nicht auf, niemals. Sie musste sich entscheiden, schnell.

Sie stand am Ende einer weiten Bucht. Der sturmumtoste Deich beschrieb eine weite Kurve, aber an der Stelle, an der er sich schließlich am Horizont im Dunkeln verlor, konnte sie ein winziges Licht sehen.

Der Deichgraf und seine Männer! Sie kämpften dort mit dem tobenden Meer und versuchten mit letzter Macht, die Lücken zu stopfen und zu verhindern, dass der Deich brach und das ganze Hinterland den Fluten schutzlos ausgeliefert war.

In Sekundenschnelle wägte sie ihre Chancen ab. Bis zur Mannsen-Warft, wo die anderen Dorfbewohner ausharrten, war es zu weit. Mit ihrem verletzten Bein würde sie es nicht bis dorthin schaffen. *Hans* – auf einmal kam ihr sein Name in den Sinn –, Hans würde sie einholen und totschlagen wie ein Stück Vieh.

Schon erschien er wieder oben auf dem Deich, das Gesicht voller Schlamm, das durchnässte Hemd wie ein nasses Tuch um seinen gewaltigen Körper flatternd. Sie sah seine funkelnden Augen und sein verzerrtes Grinsen, und sie wusste: Er würde ihr bis in die Hölle folgen. Er schimpfte und fluchte nicht mehr. Wie ein lehmbeschmierter Golem stapfte er auf sie zu, schwerfällig und unerbittlich.

Sie rannte los, humpelte mit schmerzverzerrter Miene die Deichkrone entlang. Sie dachte an Fedder. Wenn sie schnell genug war, würde der Deichgraf vielleicht nicht nur das Dorf, sondern auch ihr Leben retten. Der große, stille Mann wurde von allen im Dorf bewundert und gefürchtet. Seine Männer waren ihm treu ergeben, für ihn würden sie in den Tod gehen, wenn es nötig sein sollte. In diesem Moment erschienen sie ihr wie Engel. Sie würden den Teufel, der ihr in immer kürzerem Abstand folgte, ohne zu zögern zurück in seine Hölle treten.

Doch Hans schien ihren Plan durchschaut zu haben. Während die tobende See schon an ihren Füßen leckte, kam er immer näher. In seinem Gesicht sah sie wilde Entschlossenheit. Und während er nicht müde zu werden schien, war sie schon längst vollkommen erschöpft. Ihr kaputtes Knie jagte ihr bei jedem Schritt grelle Blitze in den Kopf. Ihre Lunge schmerzte, und nur die panische Angst um ihr nacktes Leben trieb sie weiter.

Es war zu weit. Das Licht am Horizont wollte einfach nicht größer werden. Der Grund zu ihren Füßen wurde immer weicher. Sie stolperte, rutschte aus und fiel mit dem Gesicht voran in den Matsch. Stöhnend versuchte sie sich wieder aufzurichten. Aber sie hatte keine Kraft mehr. Erschöpft sackte sie auf das nasse Gras. Es war vorbei.

Plötzlich spürte sie, wie sie schwebte. Ungläubig starrte sie auf den Boden und begriff erst dann, dass Hans sie am Kragen gepackt hatte und nach oben zerrte. Er grinste voller Verachtung – und schlug ihr dann mit der flachen Hand mitten ins Gesicht. Schreiend flog sie nach hinten und fiel mit dem Kopf hart auf den Boden.

Und er hatte noch lange nicht genug.

Während die stürmische See immer brutaler an den Deich

dröhnte und ihr den Schaum wie weißen Schleim ins Gesicht warf, trieb Hans sie mit Schlägen und Tritten vor sich her. Ihr Kopf schmerzte, sie spürte eine gebrochene Rippe, ihre Lippe war aufgeplatzt. Sie wollte weinen, aber nur ein verzweifeltes Gurgeln kam aus ihrer Kehle.

Stöhnend zog sie sich mit den Händen über das Gras und sah dabei mit aufgerissenen Augen zu ihm auf. Wie ein schwarzer Riese stand er drohend über ihr, wie ein Abgesandter des Jüngsten Gerichts, den der dunkle Sturm ausgespuckt hatte, aus den schwarzen Wolken, die sich in seinem Rücken in einem immer wilderen Strudel drehten.

»Du Hure, jetzt mach ich dich tot«, sagte er auf einmal ganz leise, und doch konnte sie jede Silbe deutlich hören.

Und dann sah sie ihn.

Hinter Hans stand ein Mann, genauso groß wie er, aber aufrecht und stolz inmitten der tobenden Welt. Seine blauen Augen leuchteten, während der Sturm seine Haare zu streicheln schien. In sanften Wogen trieb seine blonde Mähne um seinen Kopf.

Hans bemerkte ihn erst, als er seine Arme um ihn legte und ihn festhielt. Überrascht drehte er sich um und erkannte, wer da plötzlich vor ihm stand.

Einen kurzen Moment war er verwirrt, dann versuchte er, sich mit aller Macht loszureißen und mit beiden Fäusten auf ihn einzuschlagen. Aber er hatte keine Chance, seine Schläge gingen ins Leere, zu fest war der Griff des Unbekannten. Plötzlich hob der Mann Hans mit schier übermenschlicher Kraft in die Höhe, mit beiden Händen über seinen Kopf und schleuderte ihn wie ein kaputtes Spielzeug davon. Hans krachte stöhnend auf den schlammigen Grund des Deichs und rührte sich nicht mehr.

Immer noch erschöpft am Boden liegend, hatte sie den

Kampf fassungslos verfolgt. Es war kaum zu glauben. Er war wieder da, war zu ihr zurückgekehrt.

»Boye«, flüsterte sie, und ihr Mann drehte sich zu ihr um. Er lächelte, kniete neben ihr nieder, nahm sie in den Arm und drückte sie zärtlich an seine Brust. Wieder liefen ihr Tränen über die Wangen. Aber dieses Mal vor Erleichterung und Glück. Und auf einmal erfasste sie inmitten dieses tosenden Unwetters eine Liebe, so intensiv, wie sie sie noch nie zuvor erlebt hatte.

Boye.

Da spürte sie, dass der Boden bebte. Ein stummes Dröhnen ging durch den Grund, auf dem sie lag. Verwirrt blickte sie zur Seite, den Deich hinunter, ins Land hinein. Eine schnell wachsende Wasserfontäne schoss aus der Erde, hinaus auf das Feld. Schon bildete sich ein schäumender See und wurde rasch immer größer.

Der Deichgraf und seine Männer waren an der falschen Stelle, schoss ihr durch den Kopf.

Der Deich brach. Hier und jetzt.

Entsetzt blickte sie zu Boye, doch der lächelte nur, während um sie herum auf einmal die ganze Welt in Bewegung geriet. Sie sah zu Hans. Stöhnend versuchte er, auf die Beine zu kommen, als er mit ungläubigen Augen merkte, dass sich unter ihm das Gras auflöste und tiefe Löcher im wegsackenden Grund aufrissen. Hastig versuchte er, über die treibenden Erdschollen hinweg festen Boden zu erreichen. Fast war er bei ihnen angelangt, da sackte der Deich unter seinen Füßen weg. Zum letzten Mal brüllte Hans seinen Hass in die Nacht, dann strömten dunkle Wassermassen mit ungeheurer Wut über ihn hinweg und verschlangen ihn in einem Augenblick.

Auch vor ihnen öffneten sich schmatzend neue Risse im

Boden. Die durch die Lücke donnernde Flut brach an den Seiten immer mehr Erde ab und spülte sie in einer gewaltigen Welle ins Landesinnere.

Das Ende. Es gab kein Entkommen. Sie wusste, dass sie hier sterben würden.

Verzweifelt blickte sie zu Boye, der sie immer noch fest im Arm hielt. Und obwohl um sie herum die Apokalypse tobte, schwankte er nicht und schaute immer nur auf sie. Seine blauen Augen waren ohne jedes Zeichen von Furcht. Wieder lächelte er. Er nickte ihr zu, und sie verstand, was er ihr sagen wollte. Sie schloss die Augen, drückte ihren Kopf an seine Brust und spürte, wie er seinen Arm schützend um ihre Schultern legte.

O Herr, sei uns gnädig!, dachte sie. Und obwohl um sie herum die Welt zerbrach, war sie ohne Angst.

52

Schwarz. Alles um sie herum war dunkel und schwarz. Vollkommen. Dazu ein tiefes, dumpfes Rauschen, das alle anderen Geräusche in den Abgrund zog. Das Ende. Das Ende von allem.

Oder der Anfang?

Ein kleines Licht in der dunklen Unendlichkeit. Zuerst nur ein kleiner, heller Punkt im vollkommenen Nichts. Rasch wurde er größer, drehte sich schnell. Immer schneller. Ein gedämpftes Murmeln. Stimmen? Der Wind? Dann ein funkelnder Strudel. Ein Stern, viele Sterne, die sich um sich selbst drehten, um in einem grellen Blitz zu explodieren.

Wo bin ich?

Sie spürte einen gewaltigen Druck in ihrem Kopf. Ein Schmerz, stärker als alles, was sie kannte. Sie versuchte die Augen zu öffnen, aber es wollte ihr einfach nicht gelingen.

»Sie wacht auf«, hörte sie eine Stimme, vertraut, aber wie durch ein dickes Tuch gedämpft. Eine Hand, die sanft über ihre Wange strich. Wieder versuchte sie die Augenlider zu heben, ein gewaltiger Kraftakt, aber dieses Mal schaffte sie es.

Sie blickte direkt in die Sonne. Stöhnend wendete sie den Kopf ab.

»Ganz ruhig, mein Schatz, alles ist gut.«

Wie durch Nebel nahm sie das Zimmer wahr, ein Krankenzimmer. Die helle Sonne über ihr war nur das grelle Licht einer Neonröhre. Neben ihrem Bett standen drei Männer, Mannsen, ein Arzt, den sie nicht kannte, und Till.

»He, da bist du ja wieder«, flüsterte er. Sie fühlte eine grenzenlose Erleichterung. Aber beim Versuch zu lächeln spürte sie sofort wieder diesen brutalen Schmerz, als wenn etwas ihren Kopf auseinanderreißen wollte. Sie schloss die Augen.

»Es hat keinen Sinn«, sagte eine fremde Stimme. Der Arzt? »Sie braucht jetzt absolute Ruhe.«

»Wann kann ich mit ihr sprechen?«, erkundigte sich der Kommissar, Wibkes Vater, sie kannte seine tiefe Stimme gut.

»Vielleicht heute Abend. Aber nur, wenn Sie jetzt gehen und sie in Ruhe lassen.«

»Na schön«, erwiderte der Kommissar. »Dann bis später.«

Wieder versuchte sie die Augen zu öffnen. Wieder ließ sie diese kleine Bewegung vor Schmerz zusammenzucken.

Sie sah, wie der Kommissar zusammen mit dem Mann im weißen Kittel hinausging. Nur Till stand noch an ihrem

Bett. Er beugte sich zu ihr herunter und gab ihr einen zarten Kuss auf die Wange.

»Mach dir keine Sorgen, es ist vorbei. Dir kann nichts mehr passieren.«

Sie versuchte, den Kopf zu heben, aber Till drückte sie sanft zurück.

»Schhh ... ganz ruhig. Ich bin ganz in der Nähe. Und ich werde dich nie mehr alleine lassen.«

Seufzend ließ sie den Kopf sinken. In Sicherheit? Das hörte sich gut an, sehr gut. Es war vorbei. Mit dieser Erkenntnis schloss sie die Augen und versank wieder in der Dunkelheit, die nicht mehr bedrohlich, sondern warm und heimelig wie eine Höhle war.

»So, Till, jetzt noch mal fürs Protokoll: Was genau ist gestern Abend passiert?«

»Aber das habe ich doch schon gesagt, Trainer.«

»Vergessen wir jetzt mal das ›Trainer‹. Erzähl mir alles noch mal von Anfang an. Wenn du nichts dagegen hast, nehmen wir deine Aussage auf.«

Mannsen zeigte auf ein Tonbandgerät, das zwischen ihnen auf dem Tisch lag. Bernt, Mannsens neuer Assistent, kam mit drei Kaffeebechern zurück, die er am Tresen des Krankenhausrestaurants geholt hatte, und stellte sie auf den Tisch. Dann setzte er sich dazu, hielt sich aber diskret im Hintergrund. Außer ihnen war der Speiseraum völlig leer.

Mannsen wandte sich an Till. »Also, fangen wir an. Wann bist du gestern nach Hause gekommen?«

Till zögerte einen Moment. »Um elf rum. Vielleicht auch halb zwölf.«

»Wo warst du vorher?«

Zu Mannsens Überraschung zögerte Till wieder.

»Gibt es ein Problem?«, erkundigte sich der Kommissar.

»Nein, kein Problem«, sagte Till und seufzte. »Ich war bei Ihrer Tochter.«

»Bei Wibke?« Mannsen verschüttete fast seinen Kaffee.

Till hob beide Hände. »Ist nichts passiert«, sagte er abwiegelnd. »Wir haben nur ein bisschen geplaudert.«

»Hör auf, mich zu verarschen, Junge.« Mannsens Augen funkelten. »Ich kenne meine Tochter, wenn sie so spät noch Männerbesuch hat, dann bestimmt nicht, um ihm ihre Briefmarkensammlung zu zeigen.«

»Mag ja sein …« Till starrte verlegen in seinen Kaffee. »Tatsächlich gab es da auch einen Moment, wo …« Er stöhnte leise und sah verlegen aus den Fenstern der leeren Krankenhauskantine. Mannsen musterte ihn argwöhnisch. Er bemerkte, dass Bernt sehr aufmerksam zuhörte, was ihm in diesem Moment gar nicht gefiel.

»Ich gebe zu, wir haben ein bisschen geflirtet, schließlich ist Wibke eine attraktive Frau.« Er schenkte Mannsen ein nervöses Lächeln, doch der verzog keine Miene. »Aber ich habe mich rechtzeitig verdrückt, das müssen Sie mir glauben.«

»Deine Frau wird von einem Psychopathen verfolgt, und du treibst dich bei anderen Mädchen herum?«

Till verdrehte die Augen. Was konnte peinlicher sein, als das Thema ausgerechnet mit Wibkes Vater zu bereden? »Ich habe doch nichts gemacht. Außerdem dachte ich wirklich, durch die Sache mit Todde hätte sich der Fall erledigt.«

Mannsen sah ihn vorwurfsvoll an. »Hättest du mal auf Kommissar Krumme gehört.«

»Wenn wir *alle* auf den Kommissar gehört hätten, wäre das nicht passiert«, erwiderte Till ernst, und Mannsen wusste, dass er recht hatte.

»Bitte, erzählen Sie Eva bloß nichts davon. Ich liebe Eva, wirklich. Deshalb bin ich auch gegangen, als es zu heiß wurde. Ich weiß, schon der Gedanke, was mit einer anderen anzufangen, war schäbig. Aber mein Gott, ich bin auch nur ein Mann ...« Wieder sah er hilfesuchend zu dem Kommissar. Mannsen sagte nichts – bemerkte aber verärgert, dass Bernt Till nickend zustimmte.

Mannsen räusperte sich. »Keine Sorge, das bleibt unter uns. Weiter: Du bist also zwischen elf und halb zwölf nach Hause. Was ist da passiert?«

Till starrte auf seine Finger, während er weitersprach. »Als ich kam, war das Haus fast dunkel. Nur im Wohnzimmer brannten noch ein paar Lampen. Zuerst dachte ich, Eva wäre vor dem Fernseher eingeschlafen. Also bin ich leise rein. Aber im Flur, da waren überall Wasserflecken auf dem Boden. Die Kommode war umgeworfen, die Läufer verrutscht – und alles war voller Blutflecken.« Till atmete schwer und fuhr mit der Hand über seine Augen.

Mannsen verzog keine Miene. »Und dann?«

Till schluckte. »Dann bin ich ins Wohnzimmer, und da sehe ich Eva blutverschmiert auf dem Sofa. Und vor ihr Stein, dieses miese Schwein, mit runtergelassenen Hosen. Dieser Scheißkerl, mein Gott, in dem Moment war ich sicher, er hätte Eva umgebracht!«

»Er hat dich nicht bemerkt?«

»Doch, natürlich. Er hat sich umgedreht und mich mit seinen schwarzen Augen angestarrt! Und ich ...«

Till vergrub sein Gesicht in seinen zitternden Händen. Mannsen und Bernt tauschten einen betroffenen Blick.

»Was hast du getan?«

»Ich habe die Harpune an der Wand gesehen und ...« Wieder schluckte er und rieb sich mit der flachen Hand die Stirn.

»Und hast sie ihm in den Bauch gestoßen?«

Till nickte nur und sah nervös auf seine Hände. »Er hat es nicht anders verdient ...« Er stöhnte schmerzerfüllt. »Dann bin ich sofort zu Eva. Ich habe gesehen, dass sie noch lebt, aber am Kopf verletzt ist. Überall war Blut. Ich habe versucht, sie zu wecken, aber sie hat einfach nicht die Augen aufgemacht.«

»Dann hast du den Krankenwagen gerufen?«

Till nickte. Für einen Moment herrschte Schweigen in der Kantine. Nur Tills leises, verzweifeltes Schnaufen war zu hören. Mannsen betrachtete Till nachdenklich, aber voller Mitgefühl.

»Das war's?«, fragte er ruhig.

Till nickte aufgewühlt: »Bitte, sagen Sie Eva nichts von Wibke. Sie hat so viel durchgemacht! Sie hatte genug Aufregung. Wir sind so weit weggezogen, um dieses Schwein loszuwerden. Und er hat sie trotzdem gefunden. Bitte, jetzt muss endlich Schluss sein. Ich will nicht, dass sie sich weiter aufregt. Sie soll keine Angst mehr haben. Wir wollen doch einfach unsere Ruhe. Und hier weiterleben, wie ein ganz normales Ehepaar. Ist das denn zu viel verlangt?«

Wieder herrschte Schweigen im Raum. Nur der Regen prasselte leise gegen die großen Scheiben. Einen langen Moment sah Mannsen zu Till, der wieder mit verzweifelter Miene auf seine zitternden Hände starrte. Dann blickte er zu Bernt. Der nickte und schaltete das Tonbandgerät aus.

Kurz darauf machten sich die beiden Beamten auf den Weg zurück zur Wache. Während Bernt schon im Streifenwagen wartete, setzte Mannsen sich auf den Beifahrersitz.

»Na schön, Abmarsch!«, bestimmte der Kommissar. »Den Rest soll die Kripo übernehmen.«

Zu seiner Überraschung machte Bernt keine Anstalten, den Wagen zu starten. Stattdessen sah er mit abwesendem Blick aus dem Fenster.

»Alles klar bei dir?«, erkundigte sich Mannsen.

Bernt wippte mit dem Kopf nach vorne. »Schon krass, rammt der ihm voll die Harpune in den Bauch.«

Mannsen verzog den Mund und zuckte nur mit den Schultern.

»Also, ich könnte das nicht«, ergänzte sein junger Kollege.

»Hast du eine Freundin?«

Bernt sah seinen Chef überrascht an und wurde rot. »Im Moment nicht«, gab er verlegen zu.

»Aber stell dir vor, du hättest eine ... Und dann kommt irgendein perverses Schwein und will sie umbringen. Meinst du nicht, dass du in so einem Augenblick zu einem Tier werden könntest?«

Bernt überlegte und hob dann die Schultern. »Möglich ...«

»Na gut, dann los.« Tatsächlich machte Bernt endlich Anstalten, den Wagen zu starten, brach dann aber ab.

»Wissen Sie, was ich nicht kapiere, Chef?«

Mannsen seufzte. »Nein?«

»Dieser Stein, der war ja halb nackt, als wir ihn mit der Harpune im Bauch gefunden haben.«

»So wie es Herr Becker gesagt hat.«

»Das heißt, er wollte sich gerade mit Eva Becker beschäftigen, als ihr Mann nach Hause kam.«

Mannsen nickte nur.

»Aber haben Sie gesehen, wo Herr Becker sein Auto geparkt hat?«

Mannsen schwieg.

»Der Wagen stand mit den Scheinwerfern nach vorne auf der Auffahrt. Der muss eigentlich mitten in das Wohnzimmer geleuchtet haben, als er gekommen ist.«

»Und?«, sagte Mannsen und sah seinen jungen Kollegen mit den großen Segelohren und den bereits schütteren Haaren nachdenklich an. Guck an, dachte er. So dumm, wie er aussieht, ist der Junge doch nicht.

»Ja, ist das nicht komisch? Wenn dieser Typ aus Berlin wirklich so ein harter Hund war, wie kommt es, dass er überhaupt nicht auf das Licht reagiert und sich mit runtergelassener Hose wie ein kleiner Schuljunge von dem Becker erwischen lässt?«

Mannsen schaute seinen Kollegen mit starrem Blick an. »Was willst du mir damit sagen?«

Bernt zuckte mit den Schultern und kratzte sich an seinem Kopf. »Keine Ahnung, irgendwie passt da was für mich nicht zusammen.«

»Er war im Begriff, sich an Frau Becker zu vergehen. Das scheint seine Sinne betäubt zu haben.«

Bernt ließ sich die Meinung des Kommissars durch den Kopf gehen und nickte bedächtig.

»Wie auch immer«, Mannsen legte seine großen Hände auf seine Knie. »Hauptsache, der Scheißkerl ist tot. Die Kripo hat vorhin angerufen. Offensichtlich wollte er Frau Becker kidnappen und bei sich zu Hause einsperren.«

»Im Ernst? Wie dieser irre Typ aus Österreich?«

Mannsen nickte. »Die in Berlin haben einen Keller in einem Hinterhof gefunden, den Stein angemietet hatte. Er hatte schon alles vorbereitet. Die Wände mit Styropor schalldicht abgedichtet, die Fenster zugenagelt und ein paar Matratzen auf den Boden gelegt. Sogar ein kleines chemisches Klo hatte Stein schon in der Kammer aufgestellt.« Mannsen wischte sich den Schweiß von der Stirn. »Ein Gefängnis für seinen Schatz. Wer weiß, ob wir sie da gefunden hätten.«

»Wie krank …« Bernt zog die Augenbrauen hoch.

Mannsen nickte. »Mehr als das. Ich habe gerade einen Anruf bekommen. Die Kripo hat die Spuren in seinem VW-Transporter untersucht. So wie es aussieht, hat der Kerl wohl nicht nur die Joggerin umgebracht, sondern auch das junge Mädchen, das vor zwei Tagen in Niebüll verschwunden ist.«

»Haben sie ihre Leiche gefunden?«

»Noch nicht. Aber das ist wohl leider nur eine Frage der Zeit.« Für einen Moment schwiegen beide.

»Glauben Sie Becker das mit Ihrer Tochter?«

»Wenn er sagt, dass er nichts mit ihr hatte, dann glaube ich ihm. Ich kenne Till. Er spielt bei mir in der Mannschaft. Er ist ein guter Junge.«

Bernt wollte noch etwas sagen, aber Mannsen ließ ihn nicht zu Wort kommen.

»Aber kein Wort zu Frau Becker. Dieses Ehepaar hat Schlimmes durchgemacht. Sie werden bestimmt noch lange brauchen, um diese Nacht zu vergessen. Und wir sollten alles tun, um ihnen zu helfen.« Mannsen schnallte sich an. Er schaute aus dem Fenster hinaus in den Himmel. Endlich hatte es aufgehört zu regnen. An einigen Stellen konnte er sogar schon ein paar blaue Löcher im Himmelsgrau sehen.

»So, können wir jetzt bitte *endlich* losfahren?«

Bernt sah Mannsen noch einen kurzen Augenblick lang nachdenklich an.

Dann nickte er: »Alles klar, Chef.«

Er startete den Motor. Einen Augenblick später hatte der Streifenwagen den Parkplatz des Krankenhauses verlassen.

53

Till klopfte vorsichtig an die Tür und schob sie im gleichen Moment einen Spalt weit auf, um einen Blick in das Zimmer zu riskieren.

Er sah nur ein einziges Bett, daneben standen ein Tisch mit einem großen Blumenstrauß und ein Ständer mit einer aufgehängten Blutkonserve. Die Jalousien waren zur Hälfte heruntergezogen. Trotzdem leuchtete die untergehende Sonne hell herein.

»Herr Becker, das ist ja eine nette Überraschung.« Krumme richtete sich ächzend in seinem Krankenbett auf und sah ihn freundlich an. Till fand, dass er sehr schwach aussah, kein Wunder, vor kurzem wäre er fast verblutet. Trotzdem wirkte er viel entspannter, ja fröhlicher als bei ihrem letzten Gespräch.

»Die sind für Sie«, sagte Till.

»O wie nett, Astern. Ich liebe Astern.«

Till stellte den Blumenstrauß zu dem anderen, der viel größer war als seiner. *Von den Kollegen der Wache Bredstedt*, stand auf einer Karte.

»Wie geht es Ihnen, Herr Kommissar?«

»Besser, viel besser. Ich habe als Polizist in Berlin schon viel schlimmere Sachen abbekommen.«

»Schlimmer als ein Messer im Bauch?«

»Zum Glück hat er mich nur in die Seite getroffen. Ich werde wohl noch ein bisschen hier im schönen Friesland bleiben und anschließend eine Weile ein paar Pillen schlucken. Aber die Ärzte sagen, ich werde wieder vollständig gesund.«

»Ein Glück.«

»Und wie geht es Ihrer Frau?«

Till erzählte ihm, dass Eva schon wieder aufgewacht, aber noch zu schwach für längere Gespräche war. Immerhin war sie erleichtert, dass der Alptraum mit Stein endgültig vorbei war.

Krumme nickte. »Ja, so sieht es aus. Sie können sich gar nicht vorstellen, wie glücklich ich darüber bin.«

Till seufzte verlegen.

»Ich muss mich bei Ihnen entschuldigen. Ich hätte Ihnen unbedingt glauben müssen. Tut mir leid, dass ich so respektlos mit Ihnen gesprochen habe.«

»Schon gut. Wenn ich ehrlich bin, war ich selbst nicht sicher, ob ich mir glauben sollte.« Krumme lächelte, verzog aber gleich wieder schmerzerfüllt den Mund. Till sah, dass sein Bauch mit einem dicken Verband verhüllt war.

»Sie haben Ihr Leben für meine Frau riskiert.«

»Ich habe mich benommen wie ein Anfänger. Ich hätte mich nie von Stein übertölpeln lassen dürfen.«

»Er war ein Monster. Und beinahe hätte er auch Sie umgebracht.«

Krumme nickte nur nachdenklich.

»Ich habe gehört, Harke hat Sie am Deich gefunden?«

Krumme stöhnte. »Ich kann mich gar nicht genau erinnern, was da im Sturm passiert ist. Ich weiß nur, dass ich schon mehr tot als lebendig war. Wie in einem schwarzen Strudel, alles war verschwommen und drehte sich. Und auf einmal war da dieser Riese, mit seinem Sohn, glaube ich …«

»Sein Sohn? Sind Sie sicher?« Till sah den Kommissar mit großen Augen an.

Krumme versuchte stöhnend, eine bessere Position in seinem Bett zu finden.

»Nein, nicht wirklich! Vielleicht auch ein Hund. Vielleicht habe ich auch schon geträumt und kleine Engel gesehen. Jedenfalls hat mich dieser …« Er sah fragend zu Till.

»Harke?«

Krumme nickte. »…dieser Harke auf den Arm genommen und weggetragen, einfach so, als wenn ich ein kleines Paket wäre. Dabei hat er die ganze Zeit Plattdeutsch mit mir gesprochen. Ich habe kein Wort verstanden.«

Till lächelte immer noch irritiert. »Ja, Harke ist schon ein komischer Typ.«

Krumme nickte. »Aber der eigentliche Held bei der ganzen Sache sind doch Sie. Sie haben es geschafft, dem Alptraum mit Stein ein Ende zu machen.«

Till nickte und sah dabei nachdenklich nach draußen. Vor der untergehenden Sonne konnte er einen Regenbogen sehen.

»Besonders zu freuen scheinen Sie sich aber nicht?«

Till zuckte unschlüssig mit den Schultern. »Angesichts der Umstände …«

Er schwieg. Krumme betrachtete ihn.

»Sagen Sie bloß, Sie haben ein schlechtes Gewissen? Das müssen Sie nicht.«

Till seufzte. »Ich habe kein schlechtes Gewissen. Wenn ich einem Menschen den Tod gönne, dann diesem Schwein.«

»Aber?«

Till sah in die wachen Augen des Kommissars. Ob er ihn verstehen würde?

Krumme sah ihn verständnislos an. Till zog sich einen Stuhl heran und setzte sich neben das Bett.

»Das war die verrückteste Nacht meines Lebens.«

Krumme sagte nichts.

»Ich war gestern Abend noch unterwegs, bei einer …«

Till zögerte. »Bei einer Freundin. Sie hat versucht, was mit mir anzufangen.«

»Sie hatten ein Rendezvous? Während Ihre Frau alleine zu Hause von einem Mörder bedroht wurde!«

Till rutschte verlegen auf dem Stuhl herum.

»Nein, kein Rendezvous. Oder nur fast. Ich wollte das auch gar nicht.«

»Ich kapier nicht ganz …«

Till seufzte. »Ich gebe zu, ich habe ein bisschen geflirtet. Tatsächlich wurde die ganze Sache immer gefährlicher. Aber dann, in dem Moment, als es richtig heiß wurde, da war da auf einmal so … eine Stimme, in meinem Kopf. Ich weiß nicht, wie ich das anders sagen soll.«

»Eine Stimme? In Ihrem Kopf?«, wiederholte Krumme skeptisch.

»Mein schlechtes Gewissen, das Schicksal. Vielleicht auch der liebe Gott, der mich gerade noch rechtzeitig in den Hintern treten wollte. Jedenfalls fragte die Stimme: Was tust du hier eigentlich? Du hast zu Hause eine wunderbare Frau, die du wirklich liebst. Geh zu ihr, jetzt, statt deine Zeit mit irgendwelchen Mädchen zu verschwenden, die dir gar nichts bedeuten.«

Krumme nickte nur und hörte weiter aufmerksam zu. Till kratzte sich an seinem schwarzen Lockenkopf.

»Auf einmal habe ich alles ganz klar gesehen. Dass Eva und ich zusammengehören, dass ich sie brauche, dass ich immer für sie da sein will. Dass ich sie deswegen geheiratet habe. Dass ich Verantwortung für sie habe …«

Till atmete tief durch und schwieg, immer noch ganz in seine Erinnerung versunken.

»Es ist nie zu spät, erwachsen zu werden«, sagte Krumme.

Till sah ihn einen Moment lang an und nickte.

»Jedenfalls bin ich nach Hause gefahren. Aber schon auf dem Weg hatte ich ein ganz komisches Gefühl …«

»Komisch?«

»Ich weiß nicht, wie ich es beschreiben soll. Auf einmal habe ich geahnt, nein, ich war mir *sicher*, dass irgendeine Katastrophe unmittelbar bevorsteht. Verstehen Sie, was ich meine? Wie Tiere, die irgendwie schon vorher spüren, wenn ein Erdbeben kommt.«

Krumme nickte wieder, aber Till war nicht sicher, ob er ihn wirklich verstand.

»Jedenfalls ist mir auf einmal vor Angst um Eva ganz schwindelig geworden. Ich habe sogar kurz angehalten, weil ich dachte, ich hätte einen Herzinfarkt.«

»Aber dann sind Sie weitergefahren?«

»Ja, natürlich.« Till zögerte und holte tief Luft, bevor er weiterredete. »Dann bin ich ins Haus gekommen, habe das ganze Durcheinander gesehen und schließlich Stein vor dem Sofa über der bewusstlosen Eva. Noch hatte er mich nicht bemerkt und …«

Er atmete tief durch. Krumme sah ihn schweigend an.

»Für einen Moment war ich wie erstarrt! Ich sah Eva und das Blut … Was sollte ich nur machen? Dann war da die Harpune an der Wand. Ich habe sie genommen und …« Er schluckte. »Und sie ihm in den Bauch gestoßen.«

Krumme verzog keine Miene. »Sehr mutig. Ich weiß nicht, ob ich das auch geschafft hätte.«

»Das Verrückte ist, ich habe auch keine Ahnung, wie ich das geschafft habe.«

Krumme sah Till verständnislos an.

»Herr Kommissar, das war nicht mehr ich! Wenn ich daran zurückdenke, sehe ich alles nur verschwommen, so wie Sie den Moment, als Sie von Harke und …« Till zögerte kurz. »Als Sie gerettet wurden. Ich weiß nur, dass ich unbeschreibliche Angst hatte, Angst um Eva!«

»Sie standen unter Schock. Ganz klar.«

»Aber da war noch etwas. Schon im Auto und dann vor allem im Haus hatte ich das Gefühl, dass jemand *anderes* die Kontrolle über mich übernommen hat. Ich war selbst überrascht, als ich auf einmal nach der Harpune griff. Es war wie in einem Actionfilm. Und ich war Hauptdarsteller und Zuschauer zugleich.«

Krumme sah ihn schweigend an. Till seufzte.

»Was meinen Sie, bin ich genauso durchgeknallt wie dieser Kerl?«

Krumme zögerte. »Das war eine extreme Situation. Sie haben gedacht, Stein hätte Ihre Frau umgebracht«, sagte er ausweichend.

Till überlegte, aber diese Erklärung reichte ihm nicht. »Natürlich hatte ich Angst um Eva. Die Angst, dass ich sie verloren haben könnte …« Er schluckte. »Trotzdem: Irgendwie habe ich das Gefühl, ich hatte gestern einfach einen Traum, aus dem ich dann als Held wieder aufgewacht bin.«

Für einen Moment schwiegen beide.

»Ja, das war eine seltsame Nacht«, sagte Krumme behutsam und dachte an den Anblick des vor dem Haus knienden Mannes. Warum war Stein nicht sofort zu Eva gegangen? Was hatte ihn davon abgehalten, sie genauso zu misshandeln wie die anderen Frauen?

»Sie verraten mich doch nicht, oder? Eva soll nicht wissen, dass ich so ein Hosenscheißer war. Keiner soll das wissen«, sagte Till.

Krumme blickte Till nachdenklich an. Dann nickte er freundlich.

»Machen Sie sich keine Sorgen.«

54

Es war ein klarer, sonniger Herbsttag. Die Luft hatte sich wie ein frisches Tuch über die Marsch ausgebreitet. Und nach den stürmischen letzten Tagen hatte auch der Wind beschlossen, eine Atempause einzulegen.

Eva saß in eine Wolldecke gehüllt auf der Terrasse und sah zu, wie über ihr am Himmel die Ringelgänse in einem braun-schwarzen Pfeil Richtung Süden flogen. Möwen segelten zum Meer. Und von der anderen Seite des Friesenwalls konnte sie einige Schafe hören, die sich mutig von ihrer Herde entfernt hatten, um hier etwas Gras und letzte Feldblumen zu fressen. Ihr leises Rascheln war das einzige Geräusch in einer absolut ruhigen Welt.

Eva zog sich die Decke über die Brust und seufzte glücklich. Zum ersten Mal seit langer, langer Zeit fühlte sie einen tiefen Frieden in sich. Es war vorbei, sie musste keine Angst mehr haben. Der Sturm war vorüber. Trotz des bevorstehenden Winters war sie sicher, dass von nun an ausschließlich sonnige Tage auf sie warteten.

Sie blickte wieder nach oben und betrachtete die wenigen Wolken, die aussahen, als hätte sie ein Maler achtlos über das endlose Blau geworfen.

Wie weit der Himmel hier im Norden war! Eva erinnerte sich an ihr Leben in Berlin, in der engen Großstadt, das für sie inzwischen nicht mehr als eine dunkle Erinnerung war. Damals hatte sie den Himmel nur als Quelle von Regen oder sommerlicher Hitze wahrgenommen, über die man sich im Café bei seinen Freunden oder bei der Fahrt im Taxi beklagte. Wie anders war das jetzt hier in Friesland. Der ständige Wechsel von Ebbe und Flut, der Wind, der oft zum Sturm anwachsen konnte. Die Landschaft, die von der See und den Gezeiten geformt wurde. Die Versuche der Menschen, den Mächten der Natur mit langen Deichen zu widerstehen und sie mit dem Anbau von Wiesen und Kögen zu kontrollieren.

Hier im Norden bestimmte die Natur das Leben auf eine so intensive Weise, wie Eva sich das früher nie vorgestellt hätte. Hier war sie selbst nur ein kleiner Teil in einer sich ständig verändernden Welt, in einem gewaltigen lebenden Organismus.

Sie fand, dass das ein gutes, ein beruhigendes Gefühl war. Sie nippte an ihrem Tee und lehnte sich in ihrem Stuhl zurück.

»Eva?«

Sie blickte zu Till, der in der offenen Glastür zum Wohnzimmer stand.

»Alles gut bei dir?«, erkundigte er sich.

»Könnte nicht besser sein.«

»Da ist Besuch für dich.«

Till führte eine attraktive Frau um die vierzig auf die Terrasse. Sie trug eine elegante Lederjacke mit Pelzkragen und unter dem Arm ein kleines Paket.

»Eva, darf ich dir Frau Körner vorstellen?«

Eva sah die beiden verwirrt an.

»Von ihr und ihrem Mann haben wir das Haus gekauft.«

»O ja, natürlich.« Eva setzte sich auf. »Das ist ja eine Überraschung.«

Eva begrüßte Frau Körner und bot ihr einen Platz an. Till erkundigte sich, ob sie auch einen Tee haben wolle, und ging dann zurück ins Haus. Dabei bemerkte Eva, dass er und Frau Körner einen kurzen Blick tauschten.

»Was führt Sie zu uns?«, fragte Eva.

Frau Körner musterte sie einen Moment. »Ich habe in der Zeitung gelesen, was hier bei Ihnen passiert ist. Das muss schrecklich gewesen sein.«

»Schon. Aber zum Glück ist es jetzt vorbei.«

»Ja, ist es das?« Frau Körner sah Eva sehr aufmerksam an. Sie lächelte nachdenklich, und Eva verstand, was sie meinte.

»Ja, das ist es. Endgültig.«

»Das ist gut. Sehr gut.«

Frau Körner nickte erleichtert und lehnte sich dann entspannt zurück. Zufrieden blickte sie in die grüne Marsch und schwieg.

»Also haben Sie Inken auch gesehen?«, fragte Eva nach einer Weile.

»Sie wissen sogar ihren Namen?«

»Sie hieß Inken. Ihr Mann Boye. Und dann gab es noch Hans.«

Frau Körner verzog den Mund und blickte nervös zu Eva. »Der schwarze Mann?«

Eva nickte. »Der schwarze Mann. Aber jetzt ist er … verschwunden. Für immer, hoffe ich.«

Frau Körner atmete aus. Sie sah verlegen auf ihre Hände. Till brachte ihr einen Tee und zog sich diskret wieder zurück.

»Ich hätte Sie warnen müssen«, sagte Frau Körner leise.

Eva schwieg.

»Ich dachte immer, das hier wäre allein mein Problem. Wissen Sie, ich musste damals nach einer Operation starke Schmerzmittel nehmen. Und als dann diese … Bilder kamen, dachte ich, das läge daran. Aber dann nahm ich keine Tabletten mehr, und diese Visionen kamen trotzdem wieder.« Sie stöhnte. »Ich hatte solche Angst und wurde immer nervöser. Meine ganze Familie hat darunter gelitten.«

Eva nickte verständnisvoll, sagte aber immer noch nichts.

»Schließlich wollte ich nur noch weg von hier und nie wieder an dieses Haus denken.« Sie griff nach Evas Hand. »Aber wenn ich gewusst hätte, dass die Bedrohung so real werden könnte, dann ...« Sie schwieg und sah Eva verzweifelt an.

»Schon gut, Frau Körner«, sagte sie. »Ich denke, meine ganz speziellen ... Umstände waren der Grund, dass am Ende alles so gekommen ist. Sie trifft nun wirklich keine Schuld.«

Frau Körner sah sie dankbar an, wirkte aber nicht restlos überzeugt.

»Ich habe ein kleines Geschenk für Sie.« Sie holte ihr Paket hervor und packte es für Eva aus. Es war ein gerahmtes, sehr altes, fast vergilbtes Foto ihres Hauses.

Eva betrachtete es mit ungläubiger Miene. Eigentlich sah es von außen genauso aus wie heute. Sogar eine Rosenranke über der Tür hatte es damals gegeben. Menschen waren auf dem Bild nicht zu sehen.

»Es ist wunderschön«, sagte sie.

»Es muss irgendwann in den siebziger oder achtziger Jahren des 19. Jahrhunderts gemacht worden sein. Der Bauer, der uns das Haus verkauft hat, meinte, das Haus sei damals nach einer schlimmen Flut schon einmal komplett renoviert worden.«

Eva nickte nur, während sie das alte Foto fasziniert betrachtete.

»Wollen Sie es denn nicht als Andenken an Ihre Zeit in Kleebüll behalten?«, fragte sie Frau Körner.

»Nein, nehmen Sie es. Ich habe den Eindruck, Sie haben eine viel intensivere Beziehung zum Haus.«

Eva nahm das Geschenk gerne an. Die beiden Frauen

plauderten noch eine Weile über Kleebüll und seine Bewohner, dann verabschiedete sich Frau Körner, um sich wieder mit ihrer Familie zu treffen und gemeinsam mit ihr einen Ausflug nach Föhr zu machen. Bevor sie Eva alleine ließ, musste diese ihr noch versprechen, sie das nächste Mal in Hamburg zu besuchen. Eva hörte, wie Till Frau Körner zur Tür brachte. Dann kam er zurück auf die Terrasse. Eva zeigte ihm das Foto. Till versprach, es gleich im Wohnzimmer aufzuhängen.

»Und sonst? Kann ich noch irgendwas für dich tun?«, fragte er.

»Nein, danke. Alles ist wunderbar, mein Held.«

Wenn Till geschmeichelt war, ließ er sich nichts anmerken.

»Ich bin kein Held«, sagte er mit ernster Miene.

»Doch, das bist du. Du hast mir das Leben gerettet.«

Till sah sie verlegen lächelnd an und gab ihr dann einen kurzen Kuss. »Ich bin drinnen, ich muss noch einen Text für diese bescheuerte Pressekampagne schreiben.«

»In Ordnung.«

»Du rufst, wenn du was brauchst?«

Sie lächelte und gab ihm einen kurzen, zärtlichen Kuss. »Ich wünsch dir gute Ideen!«

Till nickte und ging dann hinein. Eva kuschelte sich wieder seufzend in ihre Decke. Sie sah hinüber zu der weiten Marsch, die sich vor ihr wie eine große Bühne öffnete, sah einen Schwarm Ringelgänse, der sich vom Gras erhob, um über den Sommerdeich hinweg Richtung Meer zu fliegen.

Kaum zu glauben, dass Till einen Menschen mit einer Harpune niedergestochen hatte! Ausgerechnet Till, sie hatte immer gedacht, er könnte nicht einmal einer Fliege etwas zuleide tun. Er war nun mal kein Schläger, und das war auch gut so. Aber dieses Mal war es anders gewesen. Till hatte Stein gehasst. Und dann war er nach Hause gekommen und hatte gesehen, dass der Kerl sie vergewaltigen und umbringen wollte. Welcher Ehemann wäre in so einem Moment nicht über sich hinausgewachsen?

Eva überlegte kurz und schüttelte dann den Kopf. Nein, der Till, den sie kannte, hätte die Polizei gerufen oder Hilfe bei den Nachbarn geholt. Aber mit einer schweren, rostigen Harpune zustechen? Das passte überhaupt nicht zu ihm. Hatte ihm jemand geholfen?

Sie nippte noch einmal an ihrem fast schon kalten Tee. Dann nickte sie versonnen und glaubte zu verstehen.

Ja, Till war in dieser Nacht nicht alleine gewesen – *sie* war in dieser Nacht nicht alleine gewesen. Das hatte sie ganz deutlich gespürt, bevor Stein an der Tür aufgetaucht war. So wie sie auch jetzt das unbestimmte Gefühl hatte, dass sie auf der Terrasse nicht alleine war.

Von drinnen hörte sie leise den Fernseher. Till hatte wieder irgendeine Sportsendung laufen. Bestimmt lag er wieder auf dem Sofa, statt am Computer zu arbeiten.

Sie sah zu den Buschröschen, die sie in der Ecke vor dem Wall gepflanzt hatte. Till hatte Angst gehabt, dass sie sich überanstrengen würde. Aber sie hatte ihn beruhigt. Er musste sich keine Sorgen machen. Ein bisschen Gartenarbeit tat ihr gut.

Was sie ihm nicht gesagt hatte, war, dass sie unter dem Busch ein kleines Metallkästchen vergraben hatte. Darin befanden sich zwei Medaillons: das mit Inkens Foto, auf das sie im Watt gestoßen war. Und das Medaillon mit dem Foto von Boye, das sie vor ein paar Tagen, direkt nach ihrer Entlassung aus dem Krankenhaus, im Alkoven gefunden hatte. In ihrem Traum hatte sie gesehen, wo Inken es versteckt hatte: in einem kleinen Hohlraum hinter einem Brett. Über 150 Jahre hatte es dort gelegen und war von niemandem entdeckt worden.

Zufrieden schaute Eva sich in ihrem kleinen Garten um. Draußen auf der Wiese sah sie ein Entenpärchen, das wie ein altes Ehepaar nebeneinanderher über das Gras wackelte. Ihr Blick fiel auf das Windspiel, das sie sich auf dem Bauernmarkt in Bredstedt gekauft hatten. Es stand still, wie eingefroren. Und sie sah die Schaukel, die die Körners hier zurückgelassen hatten. Leise quietschend bewegte sich das kleine Schaukelbrett hin und her.

Sie lächelte. Nein, sie war nicht alleine. Hier in diesem wunderschönen Haus, direkt am Deich hinter dem Koog, würde sie niemals alleine sein.

Epilog

Es war kurz nach Mitternacht, als er erkannte, dass er die nächste Stunde nicht überleben würde.

Der Regen klatschte ihm wie aus Eimern ins Gesicht. Der Wind brüllte so ohrenbetäubend, dass es ihm fast die Sinne nahm. Dazu das laute Donnern des Gewitters, das sich jetzt direkt über ihnen befand, die grellen Blitze, die die schäumende und tosende Apokalypse um ihn herum für schreckliche Sekunden sichtbar machten.

Er hatte schon viele schlimme Stürme und Katastrophen überstanden. Einen Taifun vor Japan, einen Mastbruch vor der australischen Küste, das schreckliche Feuer mitten im Indischen Ozean, noch als Steuermann, bei dem zehn Männer vor seinen Augen verbrannten. Viele dunkle Fahrten um Kap Hoorn, Orkane, die immer wieder versucht hatten, sein Schiff hinab in den Abgrund zu zerren.

Er kannte die Gefahren der See, wusste, mit welch unglaublicher Wut sie plötzlich zuschlagen konnte. Jeden Morgen nach dem Aufstehen und jeden Abend vor dem Schlafen kniete er in seiner Kajüte vor seiner kleinen Schlafkammer nieder und betete, erflehte die Gnade des Herrn für den Tag oder die nächste Nacht. Die Menschen konnten Schiffe so groß wie Kathedralen bauen, aus starker Eiche oder glänzendem Stahl, aber wenn Gott danach war, konnte er sie mit seiner gigantischen Faust in einem Augenblick zerschmettern.

Wieder ließ ihn ein heller Blitz zusammenzucken. Mit den klammen Fingern an der eiskalten Reling sah er für einen Moment die gewaltigen Wasserberge, die wie schwarze Riesen auf die *Lydia* zuliefen, um sie wie ein Spielzeug in die Höhe zu heben und anschließend mit aller Wucht in die Tiefe zu stoßen.

Womit nur hatte er diesen göttlichen Zorn auf sich gezogen? Er blickte mit zugekniffenen Augen zum Himmel empor, hinauf zu den dichten schwarzen Wolken, die in einem pulsierenden Strudel über sein Schiff hinwegrasten. Wieder strich eine gewaltige Welle von achtern über das Deck. Schreie gellten, und für einen Augenblick meinte er Köpfe in der Gischt zu sehen, die backbord an dem Schiff vorbeirauschte.

Wie viele tapfere Männer hatte er in dieser Nacht verloren? Er war immer stolz darauf gewesen, dass er als Kapitän keinen einzigen Matrosen auf See zurückgelassen hatte. Immer hatte er den am Kai wartenden Frauen und Kindern ihre Ehemänner und ihre Väter wiederbringen können. Aber nicht dieses Mal. Diese Nacht würde keiner von ihnen überleben. Dieses Mal würden die Frauen und Kinder umsonst warten.

Dabei war diese Reise zunächst so friedlich verlaufen. Vor vier Wochen hatten sie Talahuano, einen der Salpeterhäfen an der Westküste Südamerikas, verlassen, dann Kap Hoorn bei mittleren Winden umrundet und den Atlantik bei gutem Südwind überquert und die Azoren fast erreicht. Viele Tage voller ruhiger Routine und mit wachsender Vorfreude auf die Rückkehr nach Hamburg. Doch am letzten Nachmittag drehte der Wind plötzlich auf Nordwest und wurde schnell stärker. Der Himmel verdunkelte sich, Regen setzte ein und prasselte immer heftiger auf das Deck.

Ein Segel nach dem anderen hatte er bergen lassen, bis nur noch Unterbramsegel und Vorsegel standen.

Zunächst hatten sich die Männer über die plötzliche Herausforderung gefreut. »Was? Mehr hast du nicht zu bieten?«, hatte der junge Martens im Ausguck dem Sturm voller Übermut zugerufen. Alle, die es hörten, mussten lachen.

Er hatte nicht gelacht. Wenn er eines auf seinen Fahrten gelernt hatte, dann, dass man die Natur nicht herausforderte. Etwas lag in der Luft. Er meinte, den schwachen Geruch von Schwefel und Feuer riechen zu können. Er ahnte, dass sie in dieser Nacht etwas Ungeheuerliches erwarten würde.

Erst waren sie noch auf Kurs geblieben. Doch dann, in den frühen Abendstunden, der Sturm war mittlerweile zu einem heftigen Orkan angewachsen, stellte der Steuermann fest, dass das Ruder nicht mehr gehorchte. Sie konnten nur noch mit den Segeln navigieren. Doch wie sollte das funktionieren, wenn die See immer höher lief und Wellen von vorn bis achtern über das Deck wuschen und die Mannschaft wie Puppen über das Deck schleuderten?

Nun lachte keiner mehr.

Während die Bark in der tosenden See um ihr Leben kämpfte, hatte er seine Offiziere auf dem Achterdeck zusammengerufen. Verzweifelt überlegten sie, was zu tun war. Als er schließlich das Kommando gab, das Schiff vor den Wind zu legen, traf die *Lydia* plötzlich eine heftige Böe. Entsetzt mussten die Männer mit ansehen, wie der Ballast über Bord ging und das Schiff auf die Seite warf. Das Lee-Schanzkleid lag nun fast ganz unter Wasser, das jetzt bis an die Luken reichte.

Schreie gellten über das Schiff. Die *Lydia* konnte jeden Augenblick kentern. Ab in die Boote? Unmöglich angesichts der kochenden See! Brüllend gab er den Befehl, die Luken zu sichern und die Toppen zu kappen, griff schließlich selbst zu einer Axt, kletterte in Luv über das Backbord-Schanzkleid und half seinen Männern, das Rigg abzuschlagen. Aber die Bark wollte sich einfach nicht wieder aufrichten. Die Lage wurde immer hoffnungsloser. Mit immer neuen Schlägen trafen die Wellen auf das Schiff, zerschmetterten die Rettungsboote oder rissen sie mit hinaus in das Meer. Männer wurden in der Dunkelheit von herabfallenden Spieren und Tauwerk begraben.

Plötzlich ein Schrei, ganz in seiner Nähe. Arnesen, der Bootsmann, der ihm eben noch am Rigg geholfen hatte, hatte den Halt verloren. Mit den Armen rudernd rutschte er über das glatte Deck Richtung Abgrund. Boye sah, dass sein Sicherungsseil gerissen war. Ohne zu überlegen, warf er sich ihm hinterher und bekam ihn im allerletzten Moment am Arm zu fassen. Doch die Neigung war zu steil, und er hatte nichts, woran er sich festhalten konnte. Nun bewegten sie sich gemeinsam auf die zerstörte Reling zu.

»Lassen Sie mich!«, brüllte Arnesen.

»Niemals!«, rief Boye zurück.

Wieder wurde das Schiff von einer unsichtbaren Hand in die Höhe gehoben. Kurz vor dem sicheren Tod wurden die beiden Männer nun in die andere Richtung geschleudert. Auf einmal war alles nur noch Wasser. Er, immer noch mit Arnesen im Arm, hatte das Gefühl, er würde ertrinken, obwohl er sich immer noch auf dem Schiff befand. Dann ein brutaler Knall, ein heftiger Stoß, der ihn gegen den Besanmast schleuderte. Er hörte ein hässliches Knirschen – dann ein stechender Schmerz, der ihm fast die Besinnung nahm. Sein Unterarm war gebrochen – und von Arnesen war nichts mehr zu sehen. Verzweifelt brüllte Boye seinen Namen, immer wieder. Aber der Bootsmann blieb verschwunden.

Warum nur? Warum mussten sie alle sterben? Seine

Mannschaft, seine Familie! Hätte er die Katastrophe verhindern können? Hätte er einen anderen Kurs wählen müssen? Der junge Martens, Tore Bandiks, Sanders – alle über Bord gespült. Bootsmann Tadsen, Paulsen, der Smutje, der an Deck geeilt war, um seinen Kameraden zu helfen – beide lagen von Trümmern erschlagen auf dem Deck.

Auch Paul Nickels hatte er verloren. In einem grellen Blitz sah er seinen Ersten Offizier und besten Freund. Seit ihrer Kindheit kannten sie sich, hatten gemeinsam auf den Dünen in Amrum gespielt, waren zusammen mit den Fischerbooten hinausgefahren. Nun hing er mit gespaltenem Schädel in den Überresten der heruntergefallenen Takelage und starrte ihn aus leblosen Augen an.

Boye selbst stellte sich an das Ruder, umklammerte es mit seinem gesunden Arm, obwohl er genau wusste, dass sie verloren waren.

Sie würden alle sterben.

Mit schmerzverzerrtem Gesicht schob er die Hand unter seinem Ölmantel in die Hosentasche. Endlich fand er, was er suchte: ein kleines Medaillon. Während der Sturm mit immer brutalerer Macht an ihm zerrte, klappte er das kleine Schmuckstück auf und versuchte das Bild im Licht einer kleinen Laterne zu erkennen.

Inken, seine Frau. Lächelnd erinnerte er sich daran, wie sie das Foto vor einem Jahr gemacht hatten, an einem warmen Herbsttag, zwei Wochen nach der Hochzeit. Sie waren nach Husum gefahren, zu einem dieser neuen Fotoateliers. Eine Stunde hatte es gedauert, bis der Fotograf zufrieden gewesen war.

Boye strich zärtlich mit dem Daumen über das kleine schwarz-weiße Bild. Wie schön sie war in ihrer Föhringer Tracht! Lächelnd erinnerte er sich daran, wie schrecklich peinlich Inken diese Aufnahme gewesen war. Sie mochte nicht so im Mittelpunkt stehen. Aber er hatte darauf bestanden, ihr Foto und ihre Erinnerung in seinem Herzen waren alles, was er von seiner geliebten Frau auf seinen langen Reisen hatte.

Ein unheimliches Grollen holte ihn zurück in die Gegenwart, zurück auf das sterbende Schiff. Zuerst wusste er nicht, woher es kam. Immer lauter und furchterregender wurde es. Fast hatte er den Eindruck, dass die wehrlos im tosenden Meer treibende *Lydia* in Erwartung des Schreckens erzitterte. Dann ein greller Blitz, mehrere helle Blitze, als wenn Gott sichergehen wollte, dass der Kapitän seinem Schicksal um jeden Preis ins Auge sehen konnte. Eine riesige, eine gewaltige Welle rauschte auf die Bark zu, doppelt, ja dreimal so hoch wie das Schiff, größer als alle anderen Wellen, die das Schiff mit ihrer Kraft bereits zerschlagen hatten. Eine Wand aus brodelndem, schwarzem Wasser.

Boye wusste, dass er seinem Gott gegenüberstand. Hier und jetzt würde er sterben. Auf einmal spürte er keine Angst mehr, keinen Schmerz. Sein letzter Gedanke war bei Inken, die jetzt vergebens auf seine Rückkehr warten würde. Die weiter alleine in ihrem Haus in Kleebüll sein würde. Er seufzte. Dann zog er seinen langen, schwarzen Regenmantel zurecht, rückte die Mütze über seinen blauen Augen gerade.

Meine Inken, dachte er mit entschlossener Miene an die große, die einzige Liebe seines Lebens. Ich hätte so gerne Kinder großgezogen, gemeinsam mit dir. Aber das Schicksal wollte es anders. Hab trotzdem keine Angst. Ich verspreche dir, ich werde immer, bis ans Ende aller Zeiten, in deiner Nähe sein und meine Hand schützend über dich halten. Dann ließ er das Ruder los, ging demütig in die Knie und erwartete das Ende.

Vielen Dank an alle, die mich bei der Recherche und während des Schreibens unterstützt haben. An meinen Agenten Dr. Harry Olechnowitz, der mich mit seinem strengen, aber väterlichen Rat auf Kurs hält. An Meike Behrmann, meine Lektorin vom Goldmann Verlag, die sich trotz Babypause mit so viel Hingabe auf meine Geschichte eingelassen hat. An meinen guten Freund und geschätzten Kollegen Janne Mommsen, der mir so viele Türen und Fenster nach Nordfriesland geöffnet hat. An Vera Thielenhaus, Barbara Henning, Michael Ross, Angelika Huber, Georg Bestelmeyer, Wilfried und Ute Brömstrup für ihre Unterstützung und Hilfe. Natürlich an Anke für ihre Liebe und Geduld. Und schließlich ein besonderer Dank an Malte und Nils. Mit euch wird jede Entdeckungsreise durchs schöne Friesland zu einem wunderbaren Abenteuer.

Hendrik Berg

wurde 1964 in Hamburg geboren. Nach einem Studium der Geschichte in Hamburg und Madrid arbeitete er zunächst als Journalist und Werbetexter. Seit 1996 verdient er seinen Lebensunterhalt mit dem Schreiben von Drehbüchern. Er wohnt mit seiner Frau und seinen beiden Kindern in Köln.
Mehr zum Autor und zu seinen Büchern finden Sie unter www.hendrik-berg.de

Mehr von Hendrik Berg:

Dunkle Fluten. Roman (auch als E-Book erhältlich)

GOLDMANN
Lesen erleben